Lauren Kate • Engelslicht

Lauren Kate

Engelslicht

Aus dem Amerikanischen
von Michaela Link

Wir reduzieren und vermeiden die Emissionen,
die an unseren Produkten entstehen fortlaufend und gleichen
die verbliebenen Emissionen über ein Klimaschutzprojekt aus.
Weitere Informationen zu dem Projekt:
www.ClimatePartner.com/14044-1912-1001

MIX
Papier | Fördert gute Waldnutzung
FSC® C014496
FSC www.fsc.org

Penguin Random House Verlagsgruppe FSC® N001967

Für Jason – ohne deine Liebe geht gar nichts

8. Auflage 2023
Erstmals als cbt Taschenbuch Januar 2016

Die Originalausgabe erschien unter dem Titel »Rapture«
bei Random House Children's Books, New York

Dieses Werk wurde vermittelt durch die
Literarische Agentur Thomas Schlück, 30161 Hannover.
Aus dem Amerikanischen von Michaela Link
Lektorat: Carola Henke
Umschlagkonzeption: Geviert GBR, München,
unter Verwendung eines Motivs von Fernanda Brussi Goncalves
mit Amber Lynn Jackon von Beyond the Sea Arts und Isobel Eksteen
MG · Herstellung: kw
Satz: KCFG – Medienagentur, Neuss
Druck: GGP Media GmbH, Pößneck
ISBN: 978-3-570-31017-5
Printed in Germany

www.cbj-verlag.de

Und alle Dinge der Zerstörung nahen.
Nur unsre Liebe hat kein End.
John Donne, »The Anniversary«

Prolog

Im Fall

Zuerst war da Stille ...

In dem Raum zwischen dem Himmel und dem Sturz, weit in der unendlichen Ferne, gab es einen Augenblick, da das herrliche Summen des Himmels verstummte und durch eine Stille ersetzt wurde, die so absolut war, dass Daniels Seele angestrengt auf den leisesten Laut horchte.

Dann war ihm, als würde er fallen – ein Sturz, den nicht einmal seine Flügel verhindern konnten, als hätte der Thron Monde an ihnen befestigt. Sie waren kaum zu bewegen, und wenn doch, hatten sie keinen Einfluss auf seinen Sturz.

Wohin fiel er? Es war nichts vor ihm und nichts hinter ihm. Nichts oben und nichts unten. Nur undurchdringliche Dunkelheit und der verschwommene Umriss von dem, was von Daniels Seele übrig war.

In der Lautlosigkeit übernahm seine Fantasie das Kommando. Sie füllte seinen Kopf mit etwas Unausweichlichem: den quälenden Worten von Lucindas Fluch.

Sie wird sterben ... sie wird niemals ins Erwachsenenalter eintreten – sie wird wieder und wieder und wieder sterben, in genau dem Moment, in dem sie sich an deine Entscheidung *erinnert.*

Ihr werdet niemals wirklich zusammen sein.

Es war Luzifers üble Verwünschung, seine verbitterte Ergänzung des Urteils, das der Thron auf der himmlischen

Wiese gesprochen hatte. Jetzt kam der Tod seine Liebste holen. Konnte Daniel ihn aufhalten? Würde er ihn überhaupt erkennen?

Denn was wusste ein Engel schon vom Tod? Daniel hatte erlebt, wie er friedlich zu einigen Menschen gekommen war, wie man die neue sterbliche Rasse nannte, aber der Tod betraf die Engel nicht.

Tod und Erwachsenenalter: die beiden absoluten Werte in Luzifers Fluch. Keiner von beiden sagte Daniel etwas. Er wusste nur, dass die Trennung von Lucinda eine Strafe war, die er nicht ertragen konnte. Sie mussten zusammen sein.

»*Lucinda!*«, rief er.

Bei dem bloßen Gedanken an sie hätte ein wohliges Gefühl in seiner Seele aufsteigen sollen, aber da war nur der Trennungsschmerz, ein Übermaß von dem, was nicht war.

Er hätte seine Brüder um sich herum spüren müssen – all jene, die sich falsch oder zu spät entschieden hatten, die überhaupt keine Wahl getroffen hatten und wegen ihrer Unentschlossenheit verstoßen worden waren. Er wusste, dass er nicht *wirklich* allein war. So viele von ihnen waren in die Tiefe gestürzt, als die Wolken sich über der Leere aufgetan hatten.

Aber er konnte niemanden sehen noch spüren.

Er war nie zuvor allein gewesen. Jetzt kam er sich wie der letzte Engel aller Welten vor.

So darfst du nicht denken. Du wirst dich verlieren.

Er versuchte, es vor sich zu sehen … Lucinda, den Namensaufruf, Lucinda, die *Entscheidung* … aber während er fiel, wurde es schwerer für ihn, sich zu erinnern. Was zum Beispiel waren die letzten Worte, die der Thron gesprochen hatte …

Die Tore des Himmels …

Die Tore des Himmels sind …

Er wusste nicht mehr, wie es weiterging. Er entsann sich nur noch schwach, wie das große Licht geflackert und eine bittere Kälte sich über der Wiese ausgebreitet hatte, wie die Bäume im Obstgarten ineinander gestürzt waren und Wellen heftiger Turbulenzen ausgelöst hatten, die im ganzen Kosmos zu spüren gewesen waren, Wolkentsunamis, die die Engel geblendet und ihre Herrlichkeit vernichtet hatten. Da war noch etwas anderes gewesen, kurz vor der Zerstörung der Wiese, etwas wie ein …

Zwilling.

Ein kühner, strahlender Engel war während des Namensaufrufs emporgeschwebt und hatte gesagt, er sei Daniel, der aus der Zukunft zurückgekommen sei. Da war eine Traurigkeit in seinen Augen gewesen, die so … *alt* ausgesehen hatte. Hatte dieser Engel – diese Version von Daniels Seele – sehr gelitten?

Hatte Lucinda gelitten?

Ein gewaltiger Zorn stieg in Daniel auf. Er würde Luzifer finden, den Engel, der in der Sackgasse aller Ideen lebte. Daniel fürchtete den Verräter nicht, der einst der Morgenstern gewesen war. Daniel würde Rache nehmen, wo und wann auch immer dieses Vergessen ein Ende hatte. Aber zuerst würde er Lucinda finden, denn ohne sie war alles bedeutungslos. Ohne ihre Liebe ging gar nichts.

Ihre Liebe war von der Art, die es unvorstellbar machte, sich für Luzifer oder den Thron zu entscheiden. Die einzige Seite, die er jemals wählen konnte, war ihre. Daher würde Daniel jetzt für diesen Entschluss bezahlen, aber er wusste noch nicht, welcher Art seine Strafe sein würde. Nur dass

Lucinda von dem Ort verschwunden war, an den sie gehörte: seiner Seite.

Plötzlich durchzuckte Daniel der Schmerz der Trennung von seiner Seelengefährtin mit brutaler Schärfe. Er stöhnte lautlos, sein Verstand trübte sich, und mit einem Mal konnte er sich nicht mehr daran erinnern, *warum*. Es machte ihm Angst.

Er stürzte weiter, tief hinunter durch dichtere Schwärze.

Er konnte nichts mehr sehen oder fühlen oder sich daran erinnern, wie er hier im Nirgendwo gelandet war, durch das Nichts rasend – wohin? Für wie lange?

Erinnerungsfetzen tauchten auf und verschwanden. Es wurde immer schwerer, sich an die Worte zu erinnern, die der Engel auf der weißen Wiese gesprochen hatte, der Engel, der so große Ähnlichkeit gehabt hatte mit …

Wem hatte der Engel ähnlich gesehen? Und was hatte er gesagt, das so wichtig war?

Daniel wusste es nicht, wusste überhaupt nichts mehr.

Nur dass er durch eine endlose Leere stürzte.

Er war erfüllt von dem Drang, etwas zu finden … jemanden.

Dem Drang, sich wieder ganz zu fühlen …

Aber da war nur Dunkelheit in der Dunkelheit …

Stille, die seine Gedanken übertönte …

Ein Nichts, das alles war.

Daniel fiel.

Eins

Das Wächteramt der Engel

»Guten Morgen.«

Eine warme Hand strich Luce übers Gesicht und schob ihr eine Haarsträhne hinters Ohr.

Sie rollte sich auf die Seite, gähnte und öffnete die Augen. Sie hatte tief geschlafen und von Daniel geträumt.

»Oh«, stieß sie hervor und betastete ihre Wange. Da war er.

Daniel saß neben ihr. Er trug einen schwarzen Pullover und den roten Schal, wie damals, als sie ihn in der Sword & Cross das erste Mal gesehen hatte. Er sah besser aus als ein Traum.

Sein Gewicht ließ den Rand des Feldbetts ein wenig einsinken, und Lucinda zog die Beine an, um sich enger an ihn zu kuscheln.

»Du bist kein Traum«, sagte sie.

Daniels Augen waren müder als gewöhnlich, aber sie strahlten trotzdem in einem leuchtenden Violett, als er sie anschaute und ihre Züge musterte, als sähe er sie zum ersten Mal. Er beugte sich vor und drückte seine Lippen auf ihre.

Luce schmiegte sich an ihn und schlang ihm die Arme um den Hals, glücklich, seinen Kuss zu erwidern. Seine ungeputzten Zähne und ihr vom Schlaf zerzaustes Haar interessiert sie nicht. Sie interessierte sich für nichts anderes als für seinen Kuss. Sie waren zusammen und konnten nicht aufhören zu grinsen.

Dann stürmte die Erinnerung auf sie ein:

Rasiermesserscharfe Klauen und glanzlose rote Augen. Ein erstickender Gestank nach Tod und Fäulnis. Überall Dunkelheit, so vollkommen in ihrem Verderben, dass sie Licht und Liebe und alles Gute auf der Welt müde, zerstört und tot erscheinen ließ.

Dass Luzifer ihr früher einmal etwas anderes bedeutet hatte – Bill, der störrische steinerne Gargoyle, den sie irrtümlich für einen Freund gehalten hatte, war Luzifer höchstpersönlich gewesen –, schien unmöglich zu sein. Sie hatte ihn zu nah an sich herangelassen, und jetzt, weil sie nicht das getan hatte, was er wollte – ihre Seele im alten Ägypten zu töten –, hatte er beschlossen, reinen Tisch zu machen.

Die Zeit zu verbiegen und alles seit dem Engelssturz auszulöschen.

Jedes Leben, jede Liebe, jeder Augenblick, den jede Seele eines Sterblichen und eines Engels je erfahren hatte, würde von Luzifer nach Lust und Laune zerknüllt und weggeworfen werden, als sei das Universum ein Brettspiel und er ein jammerndes Kind, das aufgab, wenn es zu verlieren begann. Aber was er gewinnen wollte, konnte Luce nicht sagen.

Ihr wurde heiß, als sie sich an seinen Zorn erinnerte. Er hatte *gewollt*, dass sie es sah, dass sie in seiner Hand zitterte, als er sie in die Zeit des Sturzes zurückführte. Er hatte ihr zeigen wollen, dass es für ihn etwas Persönliches war.

Dann hatte er sie von sich gestoßen und einen Verkünder wie ein Netz ausgeworfen, um all die Engel einzufangen, die aus dem Himmel gefallen waren.

Gerade als Daniel sie in diesem Nirgendwo voller Sterne aufgefangen hatte, war Luzifer mit einem Mal verschwunden und hatte den Sturz von Neuem beginnen lassen. Er war nun bei den fallenden Engeln, zusammen mit der vergangenen Version seiner selbst. Luzifer würde wie die anderen in eine machtlose Isolation fallen – mit seinen Brüdern, aber abseits von ihnen, zusammen, aber allein. Jahrtausende zuvor hatten die Engel neun sterbliche Tage gebraucht, um vom Himmel auf die Erde zu fallen. Da Luzifers zweiter Fall der gleichen Flugbahn folgen würde, hatten Luce, Daniel und die anderen nur neun Tage Zeit, um ihn aufzuhalten.

Wenn ihnen dies nicht gelang, würde es, sobald Luzifer und sein Verkünder voller Engel auf der Erde gelandet waren, einen Zeitsprung geben, der sich bis zurück zu dem ursprünglichen Sturz auswirken würde, und alles würde von Neuem beginnen. Als hätte es die siebentausend Jahre zwischen damals und heute nie gegeben.

Als hätte Luce nicht endlich begonnen, den Fluch zu verstehen, zu verstehen, wo ihr Platz in all dem war, und zu erfahren, wer sie war und was sie sein konnte.

Die Geschichte und die Zukunft der Welt waren in Gefahr – es sei denn, Luce, sieben Engel und zwei Nephilim konnten Luzifer aufhalten. Sie hatten neun Tage Zeit und keine Ahnung, wo sie anfangen sollten.

Luce war am Abend zuvor so müde gewesen, dass sie sich nicht daran erinnern konnte, sich auf diese Pritsche gelegt und die dünne blaue Decke um die Schultern gezogen zu haben. Da waren Spinnweben in den Dachsparren der kleinen Hütte und ein Klapptisch voller halb ausgetrunkener Becher Kakao, den Gabbe am vergangenen Abend für alle gemacht hatte. Aber es erschien Luce alles wie ein Traum.

Ihren Flug von dem Verkünder auf diese winzige, vor Tybee gelegene Insel, diese sichere Zone für die Engel, hatte sie vor lauter Müdigkeit kaum wahrgenommen.

Sie war eingeschlafen, während die anderen noch geredet hatten, und hatte sich von Daniels Stimme in einen Traum lullen lassen. Jetzt war es still in der Hütte und in dem Fenster hinter Daniel kündigte der graue Himmel den Sonnenaufgang an.

Sie berührte ihn an der Wange. Er drehte den Kopf und küsste sie auf die Handfläche. Luce kniff die Augen zusammen, um nicht zu weinen. Warum mussten sie nach allem, was sie durchgemacht hatten, erst den Teufel besiegen, bevor sie frei waren, einander zu lieben?

»Daniel.« Rolands Stimme kam vom Eingang der Hütte. Seine Hände steckten tief in den Taschen seiner Cabanjacke und er hatte eine graue wollene Skimütze auf den Dreadlocks. Er lächelte Luce müde an. »Es wird Zeit.«

»Zeit wofür?« Luce stützte sich auf den Ellbogen. »Brechen wir auf? Jetzt schon? Ich wollte meinen Eltern noch Lebewohl sagen. Sie haben wahrscheinlich schon Panik.«

»Ich dachte, ich bringe dich jetzt bei ihnen vorbei«, warf Daniel ein, »damit du dich verabschieden kannst.«

»Aber wie soll ich ihnen erklären, dass ich nach dem Thanksgiving-Dinner verschwunden bin?«

Sie erinnerte sich an Daniels Worte vom vergangenen Abend: Obwohl es ihnen so vorgekommen war, als seien sie eine Ewigkeit in dem Verkünder gewesen, waren in Wirklichkeit nur wenige Stunden vergangen.

Doch für Harry und Doreen Price *war* es eine Ewigkeit, wenn ihre Tochter ein paar Stunden vermisst wurde.

Daniel und Roland tauschten einen Blick. »Wir haben uns

darum gekümmert«, sagte Roland und gab Daniel einen Autoschlüssel.

»Ihr habt euch darum gekümmert? Wie?«, fragte Luce. »Mein Dad hat schon mal die Polizei angerufen, als ich nur eine halbe Stunde zu spät aus der Schule gekommen bin ...«

»Keine Sorge, Kleine«, entgegnete Roland. »Du kannst dich auf uns verlassen. Du brauchst nur einen schnellen Kostümwechsel.« Er zeigte auf einen Rucksack auf dem Schaukelstuhl neben der Tür. »Gabbe hat deine Sachen hergebracht.«

»Ähm, danke«, murmelte sie verwirrt. Wo war Gabbe? Wo waren die anderen? Die Hütte war am Abend zuvor gerammelt voll gewesen, richtig gemütlich durch den Schein der Engelsflügel und den Geruch von heißer Schokolade und Zimt. Die Erinnerung an diese Behaglichkeit, zusammen mit dem Versprechen, ihren Eltern Lebewohl zu sagen, ohne zu wissen, wohin sie ging, gaben ihr an diesem Morgen ein Gefühl der Leere.

Der Holzboden fühlte sich rau an unter ihren nackten Füßen. Als sie hinabschaute, bemerkte sie, dass sie noch immer das schmale weiße Etuikleid trug, das sie in Ägypten angehabt hatte, in dem letzten Leben, das sie durch die Verkünder besucht hatte. Bill hatte es ihr besorgt.

Nein, nicht Bill. *Luzifer.* Er hatte anzüglich gegrinst, als sie den Sternenpfeil unter dem Kleid befestigt und über seinen Rat nachgedacht hatte, ihre Seele zu töten.

Niemals, niemals, niemals. Es gab zu vieles, wofür es sich zu leben lohnte.

In dem alten grünen Rucksack, den sie immer mit ins Sommercamp genommen hatte, fand Luce ihren Lieblingsschlafanzug – den rot-weiß gestreiften aus Flanell – ordentlich zusammengelegt, mit den dazugehörigen weißen Pantoffeln darunter. »Aber es ist früh am Morgen«, sagte Luce. »Wozu brauche ich einen Schlafanzug?«

Wieder tauschten Daniel und Roland einen Blick, und diesmal versuchten sie, nicht zu lachen.

»Vertrau uns einfach«, meinte Roland.

Nachdem sie sich umgezogen hatte, folgte Luce Daniel aus der Hütte. Seine breiten Schultern schützten sie vor dem Wind, als sie über den Kiesstrand ans Wasser gingen.

Die kleine Insel lag etwa anderthalb Kilometer vor der Küste. Roland hatte versprochen, dass an Land ein Wagen warten würde.

Daniels Flügel waren verborgen, aber er musste gespürt haben, dass sie auf die Stelle sah, an der sie sich aus seinen Schultern entfalteten. »Ich denke, hier und jetzt ist es besser, wenn wir am Boden bleiben.«

»Okay«, erwiderte Luce.

»Schwimmen wir um die Wette hinüber?« Ihr Atem bildete eine Wolke in der Luft. »Du weißt, dass ich dich schlagen würde.«

»Stimmt.« Er legte einen Arm um sie und wärmte sie. »Vielleicht sollten wir deshalb besser das Boot nehmen. Meinen berühmt-berüchtigten Stolz wahren.«

Sie sah zu, wie er ein kleines stählernes Ruderboot losband. Das sanfte Licht auf dem Wasser ließ sie an den Tag zurückdenken, an dem sie mit ihm ein Wettschwimmen über den verborgenen See an der Sword & Cross gemacht hatte. Seine Haut hatte geglänzt, als sie sich auf dem flachen Felsen in der Mitte hochgezogen hatten, um wieder zu Atem zu kommen, dann hatten sie sich auf den warmen Stein gelegt und sich von der Sonne trocknen lassen. Sie hatte Daniel damals kaum gekannt – hatte noch nicht gewusst, dass er ein

Engel war –, doch schon damals war sie gefährlich in ihn verliebt gewesen.

»Wir sind in meinem Leben in Tahiti viel zusammen schwimmen gewesen, nicht wahr?«, fragte sie, überrascht, sich an ein anderes Mal zu erinnern, da sie Daniels Haar nass hatte glänzen sehen.

Daniel schaute sie an, und sie wusste, wie viel es für ihn bedeutete, endlich einige Erinnerungen an ihre gemeinsame Vergangenheit mit ihr teilen zu können. Er wirkte so gerührt, dass Luce dachte, er würde weinen.

Stattdessen küsste er sie zart auf die Stirn und sagte: »Da hast du mich auch jedes Mal geschlagen, Lulu.«

Sie redeten nicht viel, während Daniel ruderte. Es reichte Luce schon, einfach zuzusehen, wie seine Muskeln sich anspannten, wenn er die Riemen nach hinten zog, zu hören, wie die Ruderblätter aus dem kalten Wasser gehoben wurden und wieder eintauchten, und die salzige Luft des Ozeans einzuatmen. Die Sonne ging über ihren Schultern auf und wärmte ihr den Nacken, aber als sie sich dem Festland näherten, sah sie etwas, das ihr einen Schauder über den Rücken sandte.

Sie erkannte den weißen 1993er Taurus sofort.

»Was ist los?« Daniel bemerkte, dass Luce sich versteifte, als das Ruderboot das Ufer berührte. »Oh. Das.« Er klang unbesorgt, als er aus dem Boot sprang und Luce eine Hand hinhielt. Der Boden war mulchig und roch intensiv. Er erinnerte Luce an ihre Kindheit, wenn sie im Herbst durch die Wälder von Georgia gelaufen war und in der Vorfreude auf Streiche und Abenteuer geschwelgt hatte.

»Es ist nicht das, was du denkst«, bemerkte Daniel. »Als Sophia aus der Sword & Cross geflohen ist, nachdem« – Luce wartete, zuckte zusammen und hoffte, dass Daniel nicht sagen würde: *Nachdem sie Penn ermordet hatte* – »nachdem wir herausgefunden hatten, wer sie wirklich war, haben die Engel ihren Wagen beschlagnahmt.« Seine Züge verhärteten sich. »Sie ist es uns schuldig, und mehr als das.«

Luce dachte an Penns weißes Gesicht, aus dem das Leben wich. »Wo ist Sophia jetzt?«

Daniel schüttelte den Kopf. »Ich weiß es nicht. Leider werden wir es wohl bald herausfinden. Ich habe das Gefühl, dass sie sich in unsere Pläne einmischen wird.« Er zog die Schlüssel aus der Tasche und öffnete die Beifahrertür. »Aber darüber solltest du dir im Moment keine Gedanken machen.«

Luce sah ihn an, während sie in den grauen Stoffsitz sank. »Worüber sollte ich mir denn dann Gedanken machen?«

Daniel drehte den Zündschlüssel und der Wagen erwachte langsam und bebend zum Leben. Als sie das letzte Mal in diesem Sitz gesessen hatte, war sie besorgt darüber gewesen, mit ihm alleine zu sein. Es war die erste Nacht gewesen, in der sie sich geküsst hatten – zumindest soweit sie es damals gewusst hatte. Luce stocherte mit dem Sicherheitsgurt in dem Gurtschloss, als sie Daniels Finger über ihren spürte. »Du weißt doch«, murmelte er, während er sich vorbeugte, um sie anzuschnallen, und dabei seine Hände auf ihren liegen ließ. »Das geht nur mit diesem kleinen Kniff.«

Er küsste sie auf die Wange, dann legte er den Rückwärtsgang ein und fuhr aus dem nassen Wald auf eine zweispurige Straße. Ihr Auto war das einzige weit und breit.

»Daniel?«, fragte Luce noch einmal. »Worüber sollte ich mir noch Gedanken machen?«

Er warf einen Blick auf Luces Schlafanzug. »Kannst du dich gut krank stellen?«

Der weiße Taurus stand im Leerlauf in der Gasse hinter dem Haus ihrer Eltern, als Luce sich an den drei Azaleen neben ihrem Schlafzimmerfenster vorbeischlich. Im Sommer würden Tomatenranken aus dem schwarzen Erdreich kriechen, aber im Winter sah es neben dem Haus kahl und trostlos und nicht besonders anheimelnd aus. Sie konnte sich nicht daran erinnern, wann sie das letzte Mal hier draußen gestanden hatte. Sie hatte sich aus drei verschiedenen Internaten gestohlen, aber niemals aus dem Haus ihrer Eltern. Jetzt schlich sie sich *hinein*, und sie wusste nicht, wie ihr Fenster funktionierte. Luce ließ den Blick über die Häuser in ihrer Straße wandern, über die Morgenzeitung, die in einer beschlagenen Plastiktüte am Rand des Rasens ihrer Eltern lag, über den alten netzlosen Basketballkorb in der Einfahrt der Johnsons auf der anderen Straßenseite. Nichts hatte sich verändert, seit sie fort gewesen war. Nichts hatte sich verändert außer ihr selbst. Wenn Bill Erfolg hatte, würde diese Wohngegend dann auch verschwinden?

Sie winkte Daniel im Auto ein letztes Mal zu, holte tief Luft und benutzte die Daumen, um das Fenster hochzustemmen.

Es glitt mühelos nach oben. Innen hatte bereits jemand das Fenstergitter herausgenommen. Luce hielt erstaunt inne, als die weißen Vorhänge sich teilten und der halb blonde, halb schwarze Schopf ihrer einstigen Feindin Molly Zane den freien Raum ausfüllte.

»Ey Hackepeter, was geht ab?«

Luce stellten sich die Nackenhaare auf, als sie den Spitznamen hörte, den sie sich an ihrem ersten Tag in der Sword & Cross eingehandelt hatte. Hatten Daniel und Roland *das* gemeint, als sie sagten, sie würden sich daheim um alles kümmern?

»Was machst du denn hier, Molly?«

»Los, komm. Ich beiße nicht.« Molly streckte eine Hand aus. Ihre Nägel zierte abgeplatzter grüner Nagellack.

Luce legte ihre Hand in Mollys, duckte sich und schob sich seitwärts, ein Bein nach dem anderen, durch das Fenster.

Ihr Schlafzimmer sah klein und altmodisch aus, wie eine Zeitkapsel einer längst vergangenen Luce. An ihrer Tür hing das gerahmte Poster des Eiffelturms. Da war ihre Pinnwand mit Bändern vom Schwimmteam aus der Thunderbolt Elementary. Und dort, unter der grün-gelben Bettdecke mit Hawaiiprint, lag ihre beste Freundin, Callie.

Callie kroch unter der Decke hervor, rannte um das Bett herum und warf sich Luce in die Arme. »Sie haben mir immer wieder gesagt, dass du okay sein würdest, aber weißt du, so, dass ich gleich wusste: Sie haben selber Schiss wie sonst was, aber sie verraten dir nichts. Hast du überhaupt eine Ahnung, wie absolut unheimlich das war? Es war, als seist du vom Erdboden verschwunden ...«

Luce umarmte sie fest.

»Okay, ihr zwei«, knurrte Molly und zog Luce von Callie weg, »ihr könnt euch später noch mit ›Oh mein Gott!‹ verausgaben. Ich habe nicht die ganze Nacht mit dieser billigen Polyesterperücke in deinem Bett gelegen und Luce-mit-Magengrippe gespielt, damit ihr beiden jetzt unsere Tarnung auffliegen lassen könnt.« Sie verdrehte die Augen. »Amateure.«

»Warte mal. Du hast *was* getan?«, fragte Luce.

»Als du ... verschwunden warst«, sagte Callie, »war doch

eins klar. Das konnten wir deinen Eltern einfach nicht erklären. Ich konnte es ja selbst kaum fassen, obwohl ich es mit eigenen Augen gesehen hatte. Während Gabbe den Garten in Ordnung gebracht hat, habe ich deinen Eltern erzählt, dass dir übel sei und du ins Bett gegangen seist, und Molly hat so getan, als sei sie du, und …«

»Ein Glück, dass ich das hier in deinem Schrank gefunden habe.« Molly zwirbelte eine kurze schwarze Lockenperücke um einen Finger. »Ein Überbleibsel von Halloween?«

»Wonderwoman.« Luce zuckte zusammen und verfluchte ihr Halloweenkostüm aus der Mittelschule, und das nicht zum ersten Mal.

»Nun, es hat funktioniert.«

Es war seltsam, dass Molly – die einst mit Luzifer paktiert hatte – ihr half. Aber wie Cam und Roland wollte selbst Molly nicht noch einmal den Sturz erleben. Da waren sie nun also, ein Team, ein seltsames Gespann.

»Du bist für mich eingesprungen? Ich weiß nicht, was ich sagen soll. Danke.«

»Na wenn schon.« Molly machte eine Kopfbewegung zu Callie, um von Luces Dankbarkeit abzulenken. »Sie war diejenige mit den Engelszungen. Bedank dich bei ihr.« Sie streckte ein Bein durch das offene Fenster und drehte sich um: »Denkt ihr, ihr kommt jetzt alleine klar? Ich muss an einem Gipfeltreffen im Waffle House teilnehmen.«

Luce reckte den Daumen hoch und ließ sich auf ihr Bett fallen.

»Oh, Luce«, flüsterte Callie. »Als du weg warst, war euer ganzer Garten mit grauem *Staub* bedeckt. Und dieses blonde Mädchen, Gabbe, hat nur einmal die Hand bewegt und alles war *verschwunden*. Dann haben wir gesagt, du seist krank, dass alle anderen nach Hause gegangen seien, und wir haben einfach angefangen, mit deinen Eltern den Abwasch zu machen. Und zuerst dachte ich, diese Molly sei ein bisschen schrecklich, aber in Wirklichkeit ist sie irgendwie cool.« Ihre Augen wurden schmal. »Aber wo *warst* du? Was ist mit dir passiert? Du hast mir wirklich einen Schrecken eingejagt, Luce.«

»Ich weiß nicht, wo ich anfangen soll«, sagte Luce.

Ein Klopfen erklang, gefolgt von dem vertrauten Knarren ihrer sich öffnenden Zimmertür.

Luces Mutter stand im Flur, das vom Schlaf zerzauste Haar von einer gelben Bananenspange gezähmt, das Gesicht ungeschminkt und hübsch. Sie hielt ein Basttablett mit zwei Gläsern Orangensaft, zwei Tellern mit gebuttertem Toast und einer Schachtel Alka-Seltzer. »Sieht so aus, als würde sich da jemand besser fühlen.«

Luce wartete, bis ihre Mom das Tablett auf den Nachttisch gestellt hatte, dann schlang sie die Arme um ihre Mutter und vergrub das Gesicht in ihrem rosafarbenen Frotteebademantel. Tränen brannten ihr in den Augen. Sie schniefte.

»Mein kleines Mädchen«, sagte ihre Mom und fühlte Luce die Stirn und die Wangen, um festzustellen, ob sie Fieber hatte. Seit Ewigkeiten hatte sie nicht mehr mit dieser sanften Stimme zu Luce gesprochen, und jetzt tat es gut, sie zu hören.

»Ich habe dich lieb, Mom.«

»Erzähl mir nicht, dass sie zu krank für Black Friday ist.« Luces Vater erschien in der Tür, eine grüne Plastikgießkanne in der Hand. Er lächelte, aber hinter seiner randlosen Brille wirkten Mr Price' Augen besorgt.

»Es geht mir besser«, erklärte Luce. »Aber ...«

»Oh, Harry«, sagte Luces Mom. »Du weißt, dass wir sie

nur für den einen Tag hier hatten. Sie muss zurück in die Schule.« Sie wandte sich an Luce. »Daniel hat vor einer Weile angerufen, Liebes. Er sagte, er könne dich abholen und in die Sword & Cross zurückbringen. Ich habe gesagt, dass dein Vater und ich dich natürlich gerne fahren würden, aber …«

»Nein«, unterbrach Luce sie schnell und dachte an den Plan, den Daniel im Wagen erklärt hatte. »Auch wenn ich nicht mitgehen kann, solltet ihr beiden trotzdem eure Black Friday Einkäufe machen. Es ist eine Price'sche Familientradition.«

Sie einigten sich darauf, dass Luce mit Daniel fahren sollte und ihre Eltern Callie zum Flughafen bringen würden. Während die Mädchen aßen, hockten Luces Eltern auf der Bettkante und sprachen über Thanksgiving (»Gabbe hat das ganze Porzellan poliert – was für ein Engel«). Als sie zu den Black Friday Schnäppchen kamen, auf die sie Jagd machen wollten (»Dein Vater will immer nur Werkzeug«), wurde Luce bewusst, dass sie nichts gesagt hatte außer idiotischen Rückmeldungen wie »Mhm« und »Ach wirklich?«.

Als ihre Eltern endlich aufstanden, um die Teller in die Küche zu bringen, und Callie zu packen begann, ging Luce ins Badezimmer und schloss die Tür.

Es kam ihr so vor, als sei sie das erste Mal seit einer Million Jahren allein. Sie setzte sich auf den Schminkhocker und schaute in den Spiegel.

Sie war sie selbst, aber anders. Sicher, Lucinda Price blickte ihr entgegen. Aber auch …

Da war Layla mit ihren vollen Lippen, Lulu mit dem dicken gewellten Haar, Lu Xin mit ihren intensiven haselnussbraunen Augen, Lucia mit ihrem Funkeln. Sie war nicht allein.

Vielleicht würde sie nie wieder allein sein. Aus dem Spiegel blickte sie eine jede ihrer Inkarnationen an und fragte sich: *Was soll aus mir werden? Was ist mit meiner Geschichte und meiner Liebe?*

Sie duschte und zog saubere Jeans an, ihre schwarzen Reitstiefel und einen langen weißen Pullover. Dann setzte sie sich auf Callies Koffer, während ihre Freundin mit dem Reißverschluss kämpfte. Das Schweigen zwischen ihnen lastete schwer.

»Callie, du bist meine beste Freundin«, sagte Luce schließlich. »Ich mache etwas durch, was ich nicht verstehe. Aber es hat nichts mir dir zu tun. Es tut mir leid, dass ich nicht weiß, wie ich mich genauer ausdrücken kann, aber ich habe dich vermisst. So sehr.«

Callies Schultern spannten sich an. »Früher hast du mir alles erzählt.« Doch der Blick, den sie tauschten, sagte, dass beide Mädchen wussten, dass das nicht länger möglich war.

Vor dem Haus schlug eine Autotür zu.

Durch die offene Jalousie sah Luce, wie Daniel auf das Haus zukam. Und obwohl noch keine Stunde vergangen war, seit er sie abgesetzt hatte, beschleunigte sich ihr Herzschlag und ihre Wangen röteten sich bei seinem Anblick. Er ging langsam, als würde er schweben, und sein roter Schal flatterte hinter ihm im Wind. Selbst Callies Augen folgten ihm.

Sie standen mit ihren Eltern am Eingang. Luce schloss jeden lange in die Arme – zuerst ihren Dad, dann ihre Mom, dann Callie, die ihre Umarmung erwiderte und flüsterte: »Was ich gestern Abend gesehen habe – wie du in diesen … diesen *Schatten* getreten bist – das war wunderschön. Ich will nur, dass du das weißt.«

Luce spürte, dass ihre Augen erneut zu brennen anfingen. Sie drückte Callie noch einmal und flüsterte: »Danke.«

Dann lief sie den Weg hinunter und in Daniels Arme.

»Da seid ihr ja, ihr Turteltäubchen, Kropf an Kropf und Haut an Häutchen«, sang Arriane und steckte den Kopf hinter einem langen Bücherregal hervor. Sie saß in Overall und Springerstiefeln, das dunkle Haar zu kleinen Rattenschwänzchen geflochten, im Schneidersitz auf einem Bibliotheksstuhl und spielte mit ihren Rastabällen.

Luce war nicht gerade glücklich, wieder in der Bibliothek der Sword & Cross zu sein. Sie war renoviert worden, seit das Feuer sie zerstört hatte, aber es roch immer noch so, als habe hier etwas Großes und Hässliches gebrannt. Offiziell war der Brand als kleiner Zwischenfall abgetan worden, obwohl er ein Todesopfer gefordert hatte – Todd, einen stillen Schüler, den Luce bis zur Nacht seines Todes kaum gekannt hatte. Luce wusste, dass irgendetwas Dunkles hinter diesem Feuer steckte. Sie machte sich Vorwürfe. Das Ganze erinnerte sie zu sehr an Trevor, einen Jungen, in den sie einmal verknallt gewesen war und der in einem anderen unerklärlichen Feuer gestorben war.

Als sie und Daniel nun um ein Bücherregal herum in den Gruppenarbeitsbereich kamen, sah Luce, dass Arriane nicht alleine war. Sie waren alle da: Gabbe, Roland, Cam, Molly, Annabelle – der langbeinige Engel mit dem pinkfarbenen Haar –, sogar Miles und Shelby, die aufgeregt winkten und völlig anders aussahen als die anderen Engel, aber auch nicht wie sterbliche Jugendliche.

Miles und Shelby – hielten die beiden *Händchen?* Aber als Luce genauer hinsah, waren ihre Hände unter dem Tisch verschwunden, an dem sie alle saßen. Miles zog sich die Baseballkappe tiefer ins Gesicht. Shelby räusperte sich und beugte sich über ein Buch.

»Dein Buch«, sagte Luce zu Daniel, sobald sie den dicken Band entdeckt hatte, aus dem unten am Buchrücken der braune Leim bröckelte. Auf dem verblichenen Einband stand: *Das Wächteramt der Engel. Theologisch-philosophische Betrachtungen zur Welt- und Himmelsordnung von Daniel Grigori.*

Sie griff automatisch nach dem blassgrauen Band. Dann schloss sie die Augen, weil es sie an Penn erinnerte, die das Buch in Luces letzter Nacht als Schülerin an der Sword & Cross gefunden hatte, und weil das Foto, das in den Buchdeckel eingeklebt worden war, sie letztlich davon überzeugt hatte, dass ihre Geschichte, wie Daniel sie ihr erzählt hatte, vielleicht doch möglich sein konnte.

Es war ein Foto, das in einem anderen Leben aufgenommen worden war, in Helston, England. Und obwohl es gar nicht hätte möglich sein können, bestand kein Zweifel: Die junge Frau auf dem Foto war sie.

»Wo hast du es her?«, fragte Luce.

Ihre Stimme musste etwas verraten haben, denn Shelby entgegnete: »Was ist so wichtig an diesem alten verstaubten Ding?«

»Es ist kostbar. Es ist jetzt unser einziger Schlüssel«, sagte Gabbe. »Sophia hat einmal versucht, es zu verbrennen.«

»Sophia?« Luce legte sich erschrocken die Hand aufs Herz. »Miss Sophia hat versucht – das Feuer in der Bibliothek? Das war sie?« Die anderen nickten. »Sie hat Todd auf dem Gewissen«, murmelte Luce benommen.

Es war also *nicht* Luces Schuld gewesen. Ein weiteres Leben, das auf Sophias Konto ging. Luce fühlte sich dadurch nicht besser.

»Und an dem Abend, als du es ihr gezeigt hast, wäre sie beinahe vor Schreck gestorben«, fuhr Roland fort. »Wir waren alle schockiert, vor allem als du darüber geredet hast.«

»Wir haben darüber geredet, dass Daniel mich geküsst hat«, erinnerte Luce sich errötend. »Und über die Tatsache, dass ich es überlebt hatte. War Miss Sophia deswegen so überrascht?«

»Zum Teil«, antwortete Roland. »Aber in diesem Buch steht noch viel mehr, von dem Sophia nicht gewollt hätte, dass du davon erfährst.«

»Spricht nicht für sie als Lehrerin, oder?«, meinte Cam und sah Luce mit einem Grinsen an, das *lange nicht gesehen* ausdrückte.

»Was hätte ich ihrer Meinung nach nicht wissen sollen?«

Alle Engel drehten sich zu Daniel um.

»Gestern Abend haben wir dir erzählt, dass keiner der Engel sich daran erinnern kann, wo wir nach dem Sturz gelandet sind«, meinte Daniel.

»Yeah, was das betrifft … wie ist das möglich?«, fragte Shelby. »Man sollte meinen, dass so etwas Daten auf dem alten Arbeitsspeicher hinterlässt.«

Cams Gesicht wurde rot. »Versuch du mal, neun Tage lang durch multiple Dimensionen und Millionen und Abermillionen von Lichtjahren zu fallen, nur um auf dem Gesicht zu landen, dir die Flügel zu brechen, dich wer weiß wie lange mit einer Gehirnerschütterung herumzuwälzen und jahrzehntelang durch die Wüste zu wandern auf der Suche nach einem Hinweis darauf, wer oder was oder wo du bist – und dann erzähl mir was über den alten Arbeitsspeicher.«

»Okay, du hast also ein Eingabeproblem«, erwiderte Shelby und setzte ihre Psychologenstimme auf. »Wenn *ich* bei dir eine Diagnose stellen sollte …«

»Nun, zumindest erinnerst du dich daran, dass eine Wüste mit im Spiel war«, sagte Miles diplomatisch und brachte Shelby damit zum Lachen.

Daniel drehte sich zu Luce um. »Ich habe dieses Buch geschrieben, nachdem ich dich in Tibet verloren hatte … aber bevor ich dir in Preußen begegnet bin. Ich weiß, dass du das Leben in Tibet besucht hast, weil ich dir dorthin gefolgt bin. Vielleicht kannst du deshalb verstehen, dass ich nach diesem Verlust versucht habe, durch jahrelange Forschungen einen Ausweg aus diesem Fluch zu finden.«

Luce wandte den Blick ab. Daniel hatte sich nach ihrem Tod in Tibet von einem Felsrand gestürzt. Sie hatte Angst, dass es wieder geschehen könnte.

»Cam hat recht«, sagte Daniel. »Keiner von uns erinnert sich daran, wo wir gelandet sind. Wir sind durch die Wüste gewandert, bis es keine Wüste mehr war, wir sind durch die Ebenen und die Täler und über die Meere gewandert, bis sie wieder zu Wüste wurden. Erst als wir uns nach und nach wiederfanden und begannen, die Geschichte zusammenzusetzen, erinnerten wir uns daran, dass wir früher einmal Engel gewesen waren.

Aber es gab Reliquien, die nach unserem Sturz geschaffen worden waren, greifbare Zeugen unserer Geschichte, die die Menschheit gefunden und als Schätze aufbewahrt hatte, die sie für Geschenke eines Gottes hielt, den sie nicht verstand. Für eine lange Zeit waren drei dieser Reliquien in einem

Tempel in Jerusalem vergraben, aber während der Kreuzzüge wurden sie gestohlen und an verschiedene Orte geschafft. Niemand von uns wusste, wo sie waren.

Während meiner Forschungen vor mehreren Hundert Jahren habe ich mich auf die mittelalterliche Epoche konzentriert und in einer Art theologischer Schnitzeljagd nach den Reliquien so viele Quellen studiert, wie ich konnte«, fuhr Daniel fort. »Der Kern der Sache ist folgender: Wenn diese drei Objekte auf dem Berg Sinai zusammengeführt werden können …«

»Warum auf dem Berg Sinai?«, unterbrach ihn Shelby.

»Dort ist die Verbindung zwischen dem Thron und der Erde am stärksten«, erklärte Gabbe und warf sich das Haar schwungvoll über die Schultern. »Dort hat Moses die Zehn Gebote empfangen, dort erscheinen die Engel, wenn sie Botschaften vom Thron übermitteln.«

»Betrachte es als Gottes Stammkneipe«, ergänzte Arriane und warf einen Rastaball zu hoch und in eine Deckenlampe hinein.

»Aber bevor du fragst«, sagte Cam und suchte vielsagend Shelbys Blick, »der Berg Sinai ist nicht der ursprüngliche Schauplatz des Sturzes.«

»Das wäre auch viel zu einfach«, meinte Annabelle.

»Wenn die Reliquien alle auf dem Berg Sinai versammelt sind«, sprach Daniel weiter, »dann werden wir meiner Theorie nach in der Lage sein, den genauen Ort des Sturzes zu entschlüsseln.«

»Deiner Theorie nach.« Cam lachte höhnisch. »Muss ich derjenige sein, der die Richtigkeit von Daniels Forschungen infrage stellt …«

Daniel biss die Zähne zusammen. »Hast du eine bessere Idee?«

»Denkst du nicht«, Cam hob die Stimme, »dass deine Theorie großes Gewicht auf die Vorstellung legt, diese Reliquien sind mehr als nur Gerüchte? Wer weiß, ob sie das bewirken können, was sie angeblich bewirken sollen?«

Luce ließ den Blick über die Gruppe von Engeln und Dämonen wandern – ihre einzigen Verbündeten auf dieser Mission, sie und Daniel zu retten … und die Welt. »In neun Tagen müssen wir also an diesem unbekannten Ort sein.«

»In *weniger* als neun Tagen«, korrigierte Daniel sie. »In neun Tagen wird es zu spät sein. Luzifer – und die Heerschar von Engeln, die aus dem Himmel verbannt wurden – werden dann eingetroffen sein.«

»Aber wenn wir Luzifer am Endpunkt des Sturzes zuvorkommen können«, sagte Luce, »was dann?«

Daniel schüttelte den Kopf. »Das wissen wir nicht genau. Ich habe nie jemandem von diesem Buch erzählt, weil ich nicht wusste, worauf es hinauslaufen würde, da hat Cam völlig recht. Ich habe überhaupt erst Jahre später erfahren, dass Gabbe es hat veröffentlichen lassen, und da hatte ich das Interesse an den Forschungen längst verloren. Du warst ein weiteres Mal gestorben, und da du nicht da warst, um deine Rolle zu spielen …«

»*Meine* Rolle?«, hakte Luce nach.

»Die wir noch nicht richtig verstehen …«

Gabbe stieß Daniel den Ellbogen in die Seite und unterbrach ihn. »Er meint, dass alles offenbart werden wird, wenn die Zeit gekommen ist.«

Molly schlug sich vor die Stirn. »Wirklich? ›Alles wird offenbart werden‹? Ist das alles, was ihr wisst? Ist es das, worüber ihr hier redet?«

»Das und *deine* Wichtigkeit«, meinte Cam und drehte sich

zu Luce um. »Du bist die Schachfigur, um die die Kräfte des Guten und des Bösen und alle Kräfte dazwischen kämpfen.«

»Was?«, flüsterte Luce.

»Halt den Mund.« Daniel konzentrierte seine Aufmerksamkeit auf Luce. »Hör nicht auf ihn.«

Cam schnaubte, aber niemand reagierte darauf. Der Laut stand einfach im Raum wie ein ungebetener Gast. Die Engel und Dämonen schwiegen. Niemand würde ein weiteres Detail über Luces Rolle beim Aufhalten des Sturzes durchsickern lassen.

»Also, all das, diese Art Schnitzeljagd«, fasste sie zusammen, »steht in dem Buch?«

»Mehr oder weniger«, bestätigte Daniel. »Ich muss mich einfach noch ein bisschen einlesen und mein Gedächtnis auffrischen. Ich hoffe, dass ich dann weiß, wo wir anfangen müssen.«

Die anderen rückten zur Seite, um Daniel am Tisch Platz zu machen. Luce spürte, wie Miles' Hand sie hinten am Arm streifte. Sie hatten kaum ein Wort miteinander gewechselt, seit sie durch den Verkünder zurückgekommen war.

»Kann ich mit dir reden?«, fragte Miles leise. »Luce?«

Der Ausdruck auf seinem Gesicht – es war aus irgendeinem Grund angespannt – ließ Luce an die letzten Momente im Garten ihrer Eltern denken, als Miles ihr Spiegelbild erzeugt hatte.

Sie hatten nie über den Kuss auf dem Dach draußen vor ihrem Wohnheimzimmer in der Shoreline gesprochen. Sicher wusste Miles, dass es ein Fehler gewesen war – aber warum hatte Luce jedes Mal, wenn sie nett zu ihm war, das Gefühl, dass sie mit ihm flirten würde, ohne es ernst zu meinen?

»Luce.« Gabbe war neben Miles aufgetaucht. »Ich wollte dir sagen« – sie blickte zu Miles – »wenn du Penn für einen Moment besuchen möchtest, dann wäre jetzt der richtige Zeitpunkt dafür.«

»Gute Idee.« Luce nickte. »Danke.« Sie warf Miles einen entschuldigenden Blick zu, aber er zog sich nur die Baseballkappe über die Augen und wandte sich ab, um Shelby etwas ins Ohr zu flüstern.

»Ähem.« Shelby hüstelte indigniert. Sie stand hinter Daniel und versuchte, über seine Schulter in dem Buch zu lesen. »Was ist mit mir und Miles?«

»Ihr bleibt hier«, sagte Gabbe und klang wie die Lehrer an der Shoreline. »Ihr müsst Steven und Francesca verständigen. Wir werden vielleicht ihre Hilfe brauchen – und eure Hilfe auch. Sagt ihnen« – sie holte tief Luft – »sagt ihnen, dass es ernst wird. Dass ein Endspiel angestoßen worden ist, wenn auch nicht so, wie wir es erwartet haben. Erzählt ihnen alles. Sie werden wissen, was zu tun ist.«

»Na schön«, antwortete Shelby stirnrunzelnd. »Du bist der Boss.«

»Holadi-hooo.« Arriane legte die Hände um den Mund. »Wenn, ähm, Luce hinausgehen will, muss ihr jemand aus dem Fenster helfen.« Sie trommelte mit den Fingern auf dem Tisch und wirkte dabei etwas schuldbewusst. »Ich habe am Eingang eine Blockade aus Bibliotheksbüchern errichtet für den Fall, dass jemand aus der Sword & Cross geneigt sein sollte, uns zu stören.«

»Ich mache das.« Cam hatte Luce bereits untergehakt. Sie begann zu protestieren, aber keiner der anderen Engel schien es für eine schlechte Idee zu halten. Daniel bemerkte es nicht einmal.

Neben dem Hinterausgang formten Shelby und Miles mehr oder minder heftig mit den Lippen die Worte *sei vorsichtig*.

Cam begleitete sie zum Fenster und strahlte mit seinem Lächeln Wärme aus. Er schob es hoch, und gemeinsam blickten sie hinaus auf den Campus, wo sie sich kennengelernt hatten, wo sie einander nahegekommen waren, wo er sie überlistet hatte, ihn zu küssen. Es waren nicht alles schlechte Erinnerungen …

Er sprang zuerst durch das Fenster und landete auf dem Sims, dann hielt er ihr die Hand hin.

»Mylady.«

Cams Griff war stark und gab ihr das Gefühl, klein und schwerelos zu sein, während er von dem Sims glitt, zwei Stockwerke in zwei Sekunden. Seine Flügel waren verborgen, aber er bewegte sich trotzdem so anmutig, als flöge er. Sie landeten sanft auf dem taufeuchten Gras.

»Ich gehe davon aus, dass du meine Gesellschaft nicht wünschst«, sagte er. »Auf dem Friedhof – nicht, du weißt schon, im Allgemeinen.«

»Ja. Nein, danke.«

Er wandte den Blick ab, griff in seine Tasche und zog ein winziges silbernes Glöckchen mit hebräischen Schriftzügen hervor, das sehr alt aussah. Er gab es ihr. »Einfach läuten, wenn du zurückgebracht werden willst.«

»Cam«, sagte Luce. »Welche Rolle spiele ich in dieser ganzen Sache?«

Cam wollte sie an der Wange berühren, doch dann schien er sich zu besinnen. Seine Hand verharrte in der Luft. »Daniel hat recht. Es steht uns nicht zu, es dir zu sagen.«

Er wartete nicht auf ihre Antwort, sondern beugte einfach

die Knie und hob vom Boden ab. Er blickte nicht einmal zurück.

Luce schaute für einen Moment auf den Campus und spürte die vertraute Feuchtigkeit der Sword & Cross auf der Haut. Sie konnte nicht sagen, ob die trostlose Schule mit ihren riesigen strengen neugotischen Gebäuden und ihren traurigen, ungepflegten Gartenanlagen anders aussah oder genauso wie immer.

Sie schlenderte über den Campus, über den niedergedrückten Rasen des Schulhofs, vorbei an dem deprimierenden Wohnheim bis hin zu dem schmiedeeisernen Tor des Friedhofs. Dort blieb sie stehen. Eine Gänsehaut überzog ihre Arme.

Der Friedhof sah immer noch aus wie ein Krater und roch auch so. Der Staub von der Schlacht der Engel hatte sich gelegt. Es war noch so früh, dass die meisten Schüler schliefen, und es würde ohnehin kaum einer von ihnen auf dem Friedhof herumstreichen, es sei denn, er leistete eine Strafarbeit ab. Sie trat durch das Tor und ging langsam zwischen den schiefen Grabsteinen und den beschmutzten Grabstätten hindurch.

Penns letzte Ruhestätte lag ganz hinten in der Ecke nach Osten. Luce hockte sich vor das Grab ihrer Freundin. Sie hatte keine Blumen, und sie kannte keine Gebete, daher legte sie die Hände auf das kalte, nasse Gras, schloss die Augen und sandte eine Nachricht an Penn, wobei sie befürchtete, dass sie sie vielleicht nie erreichen würde.

Als Luce wieder die Bibliothek erreichte, war sie gereizt. Sie brauchte Cam oder sein exotisches Glöckchen nicht. Sie konnte allein auf den Sims kommen.

Es war recht einfach, auf den untersten Teil des schrägen Daches zu steigen, und von dort aus konnte sie zu dem langen, schmalen Sims unter den Bibliotheksfenstern gelangen. Er war etwa einen halben Meter breit. Als sie ihn entlangkroch, konnte sie Cam und Daniel streiten hören.

»Was ist, wenn einer von uns abgefangen wird?« Cams Stimme war hoch und flehend. »Du weißt, dass wir gemeinsam stärker sind, Daniel.«

»Wenn wir es nicht rechtzeitig dorthin schaffen, wird unsere Stärke keine Rolle spielen. Wir werden *ausgelöscht* werden.«

Sie konnte sich die beiden auf der anderen Seite der Mauer gut vorstellen. Cam mit geballten Fäusten und blitzenden grünen Augen, Daniel, stur und unbeweglich, die Arme vor der Brust verschränkt.

»Ich würde dir zutrauen, auf eigene Faust zu handeln.« Cams Tonfall war scharf. »Deine Schwäche für sie ist stärker als dein Wort.«

»Da gibt es nichts zu diskutieren.« Daniel veränderte seine Tonlage nicht. »Uns aufzuteilen ist unsere einzige Option.«

Die anderen schwiegen und dachten wahrscheinlich das Gleiche wie Luce. Cam und Daniel benahmen sich viel zu sehr wie Brüder, als dass jemand gewagt hätte, dazwischenzugehen.

Sie erreichte das Fenster und sah, dass sich die beiden Engel gegenüberstanden. Sie hielt sich am Fensterbrett fest. Ein Anflug von Stolz überkam sie – was sie nie zugeben würde –, dass sie es ohne Hilfe zurück in die Bibliothek geschafft hatte. Wahrscheinlich würde es keiner der Engel auch nur bemerken. Sie seufzte und schob ein Bein hinein. Das war der Moment, in dem das Fenster zu zittern begann.

Die Glasscheibe klapperte, und die Fensterbank vibrierte so gewaltig unter ihren Händen, dass sie beinahe heruntergeworfen worden wäre. Sie klammerte sich fest und spürte die Erschütterungen in ihrem Inneren, als würden auch ihr Herz und ihre Seele zittern.

»Ein Erdbeben«, flüsterte sie. Gerade als sich ihr Griff um das Fensterbrett lockerte, glitt ihr Fuß über den Rand des Simses.

»Lucinda!«

Daniel stürzte ans Fenster und packte ihre Hände. Auch Cam war da und hatte ihr eine Hand auf den Rücken und die andere auf den Hinterkopf gelegt. Die Bücherregale wackelten und die Lichter in der Bibliothek flackerten, als die beiden Engel Luce durch das rüttelnde Fenster zogen, ehe die Scheibe aus dem Rahmen glitt und in tausend Glassplitter zerbarst.

Sie sah Daniel fragend an. Er hielt noch immer ihre Handgelenke umklammert, aber sein Blick ging an ihr vorbei, nach draußen. Er sah zum Himmel, der nun aufgewühlt und grau war.

Schlimmer noch war das andauernde Vibrieren *in ihrem Inneren*, das Luce das Gefühl gab, als säße sie auf dem elektrischen Hinrichtungsstuhl. Das Beben schien eine Ewigkeit zu dauern, obwohl es in Wirklichkeit nur fünf, vielleicht zehn Sekunden waren – genug Zeit für Luce, Cam und Daniel, um mit einem dumpfen Aufprall auf dem staubigen Holzboden der Bibliothek zu landen.

Dann hörte das Zittern auf und alles wurde totenstill.

»Was zum Geier?« Arriane rappelte sich vom Boden hoch. »Sind wir ohne mein Wissen durch einen Verkünder nach Kalifornien gegangen? Niemand hat mir erzählt, dass es in Georgia Erdbeben gibt!«

Cam zog sich einen langen Glassplitter aus dem Unterarm. Luce stieß einen kleinen Schrei aus, als ihm leuchtend rotes Blut den Ellbogen hinunterrann, aber es waren ihm keine Schmerzen anzusehen. »Das war kein Erdbeben. Das war eine seismische Zeitverschiebung.«

»Eine *was?*«, fragte Luce.

»Die erste von vielen.« Daniel schaute durch das zersplitterte Fenster und sah einer weißen Kumuluswolke zu, die über den nun blauen Himmel zog. »Je näher Luzifer kommt, desto stärker werden sie werden.« Er warf Cam einen Blick zu, der nickte.

»Ticktack, Leute«, sagte Cam. »Die Zeit läuft. Wir müssen aufbrechen.«

Zwei

Getrennte Wege

Gabbe trat vor. »Cam hat recht. Ich habe die Waage von diesen Verschiebungen sprechen hören.« Sie zupfte an den Ärmeln ihrer blassgelben Kaschmirstrickjacke, als würde ihr nie wieder warm werden. »Sie werden Zeitbeben genannt. Es sind Wellen in unserer Realität.«

»Und je näher er kommt«, fügte Roland mit seiner üblichen unaufdringlichen Weisheit hinzu, »je näher wir dem Ende seines Sturzes sind, desto häufiger und schwerer werden die Zeitbeben werden. Die Zeit stockt in Vorbereitung der Neuschreibung ihrer selbst.«

»So wie wenn der Computer immer öfter hängt, bevor die Festplatte abstürzt und die zwangzigseitige Hausarbeit futsch ist?«, fragte Miles. Alle sahen ihn verwirrt an. »Was?«, sagte er. »Machen Engel und Dämonen keine Hausaufgaben?«

Luce ließ sich auf einen Holzstuhl an einem leeren Tisch sinken. Sie fühlte sich hohl, als hätte sich durch das Zeitbeben etwas Wichtiges in ihr gelöst und sei für immer verloren. Das Zanken der Engel ging ihr kreuz und quer durch den Kopf, ergab jedoch nichts Nützliches. Sie mussten Luzifer aufhalten, und ihr wurde klar, dass keiner von ihnen genau wusste, wie sie das anstellen sollten.

»Venedig. Wien. Und Avignon.« Daniels klare Stimme

durchbrach den Lärm. Er setzte sich neben Luce und legte einen Arm um die Rückenlehne ihres Stuhls. Seine Fingerspitzen streiften ihre Schulter. Als er das Buch *Das Wächteramt der Engel* so hielt, dass alle es sehen konnten, verstummten die anderen. Alle konzentrierten sich.

Daniel zeigte auf eine Textpassage. Luce sah erst jetzt, dass das Buch in Latein verfasst war. Sie erkannte einige Wörter aus dem Lateinkurs, den sie in Dover einige Jahre lang belegt hatte. Daniel hatte mehrere Wörter unterstrichen und eingekreist und ein paar Randbemerkungen gemacht, aber mit der Zeit waren die abgenutzten Seiten nahezu unleserlich geworden.

Arriane beugte sich über ihn. »Und diese Hieroglyphen soll ein Mensch lesen können.«

Daniel ließ sich nicht beirren. Er machte sich rasch neue Notizen, und diese Handschrift mit den eleganten Schwüngen schenkte Luce ein warmes, vertrautes Gefühl, als sie feststellte, dass sie sie schon einmal gesehen hatte. Sie genoss jede Erinnerung daran, wie lange ihre Liebe zu Daniel nun schon dauerte und wie groß sie war, selbst wenn die Erinnerung durch etwas Kleines ausgelöst wurde, wie die Kursivschrift, die durch die Jahrhunderte lief und vorbuchstabierte, dass Daniel ihr gehörte.

»Die Himmlische Heerschar, also die bündnisfreien Engel, die aus dem Himmel verbannt worden waren, hat einen Bericht über die frühen Tage nach dem Sturz angefertigt«, sagte er langsam. »Aber es ist eine vollkommen bruchstückhafte Geschichte.«

»Eine Geschichte?«, wiederholte Miles. »Ihr sucht also einfach ein paar Bücher und lest sie, und dann wisst ihr, wohin ihr gehen müsst?«

»So einfach ist das nicht«, erwiderte Daniel. »Es sind keine Bücher in dem Sinne, dass sie dir jetzt etwas sagen würden, es waren ja die frühen Tage. Also wurden unsere Historie und unsere Erzählungen mit anderen Mitteln festgehalten.«

Arriane lächelte. »An dem Punkt wird es kompliziert, nicht wahr?«

»Die Geschichte war in Reliquien eingebunden – in vielen Reliquien, über Jahrtausende hinweg. Aber für unsere Suche sind es vor allem drei, die relevant zu sein scheinen, drei, die möglicherweise die Antwort darauf enthalten, wo die Engel auf der Erde gelandet sind.

Wir wissen nicht, um was für Reliquien es sich handelt, aber wir wissen, wo sie bei der letzten Erwähnung gewesen sind: in Venedig, Wien und Avignon. Sie befanden sich an diesen drei Orten, als ich dieses Buch recherchiert und geschrieben habe. Aber das ist einige Zeit her, und selbst damals war es reine Vermutung, ob die Gegenstände – was immer sie sein mögen – noch dort waren.«

»Also könnte es als himmlische Zeitverschwendung enden«, bemerkte Cam mit einem Seufzen. »Na toll. Wir werden nach rätselhaften Objekten suchen, die uns vielleicht sagen werden, was wir wissen müssen, oder vielleicht auch nicht, und das an Orten, an denen sie sich vielleicht seit Jahrhunderten befunden haben, oder vielleicht auch nicht.«

Daniel zuckte die Achseln. »Kurz gesagt, ja.«

»Drei Reliquien. Neun Tage«, sinnierte Annabelle mit einem Augenaufschlag. »Das ist nicht viel Zeit.«

»Daniel hatte recht.« Gabbes Blick fuhr zwischen den Engeln hin und her. »Wir müssen uns aufteilen.«

Das war es, worüber Cam und Daniel gestritten hatten,

als das Beben begann. Ob sie eine bessere Chance hatten, die Reliquien rechtzeitig zu finden, wenn sie getrennt vorgingen.

Gabbe wartete auf Cams widerstrebendes Nicken, bevor sie fortfuhr: »Dann wäre das also geklärt. Daniel und Luce – ihr nehmt die erste Stadt.« Sie warf einen Blick auf Daniels Notizen, dann schenkte sie Luce ein aufmunterndes Lächeln. »Venedig. Ihr macht euch auf nach Venedig und findet die erste Reliquie.«

»Aber wir wissen doch gar nicht, um was es sich bei dieser Reliquie handelt?« Luce beugte sich über das Buch und sah eine flüchtige Federzeichnung am Rand. Es sah beinahe aus wie ein Serviertablett, die Art, nach der ihre Mom immer in Antiquitätenläden suchte.

Daniel musterte es jetzt ebenfalls und schüttelte leicht den Kopf über das Bild, das er vor Jahrhunderten gezeichnet hatte. »Das habe ich meinen Studien der Pseudepigrafen entnehmen können – den verworfenen biblischen Schriften der frühen Kirche.«

Das Objekt war eiförmig, mit einer gläsernen Unterseite, die Daniel geschickt wiedergegeben hatte, indem er den Boden auf der anderen Seite der durchsichtigen Basis skizziert hatte. Das Tablett, oder was immer die Reliquie sein mochte, hatte auf beiden Seiten etwas, das wie kleine beschädigte Griffe aussah. Daniel hatte sogar einen Maßstab darunter eingefügt, und seiner Zeichnung zufolge war der Gegenstand groß – etwa achtzig mal hundert Zentimeter.

»Ich kann mich kaum daran erinnern, es gezeichnet zu haben.« Daniel klang so, als sei er enttäuscht über sich selbst. »Ich weiß genauso wenig wie ihr, was es ist.«

»Ich bin mir sicher, dass du es herausfinden wirst, sobald

du dort bist«, sagte Gabbe in dem angestrengten Versuch, ihm Mut zu machen.

»Das werden wir«, beteuerte Luce. »Da bin ich mir sicher.«

Gabbe blinzelte, lächelte und fuhr fort: »Roland, Annabelle und Arriane – ihr drei werdet nach Wien gehen. Damit bleiben noch …« Ihr Mund zuckte, als ihr klar wurde, was sie sagen wollte, aber sie setzte trotzdem ein tapferes Gesicht auf. »Molly, Cam und ich werden Avignon übernehmen.«

Cam rollte die Schultern zurück, seine erstaunlich goldenen Flügel schossen hervor. Die rechte Flügelspitze traf Molly im Gesicht, sodass sie zwei Meter zurücksprang.

»Tu das noch einmal, und ich mach dich fertig«, zischte Molly und sah wütend auf die Schürfwunde am Ellbogen hinunter. »Eigentlich …« Sie wollte mit erhobenen Fäusten auf Cam losgehen, aber Gabbe trat dazwischen.

Sie riss Cam und Molly mit einem aufgesetzten Seufzer auseinander. »Apropos fertigmachen, ich würde den Nächsten von euch, der den anderen provoziert, wirklich nur ungern fertigmachen« – sie lächelte ihre beiden Dämonengefährten süß an – »aber genau das werde ich tun. Es werden sehr lange neun Tage werden.«

»Lass uns hoffen, dass sie lang werden«, murmelte Daniel leise.

Luce drehte sich zu ihm um. Das Venedig in ihrem Kopf stammte aus einem Reiseführer: Postkartenbilder von Booten, die sich auf Kanälen drängten, Sonnenuntergänge über hohen Türmen und Kuppeln und dunkelhaarige Mädchen, die Gelati schleckten. Das war nicht die Reise, die sie bald unternehmen würden. Nicht, wenn der Weltuntergang seine scharfen Krallen nach ihnen ausstreckte.

»Und wenn wir alle drei Reliquien gefunden haben?«, fragte Luce.

»Dann werden wir uns auf dem Berg Sinai treffen«, antwortete Daniel, »die Reliquien vereinen ...«

»Und ein kleines Gebet sprechen, auf dass sie irgendein Licht darauf werfen, wo wir nach dem Sturz gelandet sind«, murmelte Cam düster und rieb sich die Stirn. »An diesem Punkt werden wir nur noch irgendwie den psychopathischen Höllenhund, der unsere Existenz in seinem Maul hält, davon überzeugen müssen, dass er seinen dummen Plan, die Herrschaft über das Universum zu erlangen, aufgeben sollte. Was könnte einfacher sein? Ich denke, wir haben jeden Grund zum Optimismus.«

Daniel schaute aus dem offenen Fenster. Die Sonne schien jetzt über dem Wohnheim, und Luce musste blinzeln, um nach draußen sehen zu können. »Wir müssen so schnell wie möglich aufbrechen.«

»Okay«, sagte Luce. »Ich muss nach Hause gehen und packen, meinen Pass holen ...« Ihre Gedanken wirbelten in hundert verschiedene Richtungen, als sie im Geiste eine Liste erstellte, was zu erledigen war. Ihre Eltern würden noch mindestens zwei Stunden im Einkaufszentrum sein, sie hatte also genug Zeit, um ins Haus zu flitzen und ihre Sachen zusammenzusuchen ...

»Oh, wie süß.« Annabella lachte und kam zu ihnen herübergeschwebt, ihre Füße eine Handbreit über dem Boden. Ihre muskulösen Flügel, die durch die unsichtbaren Schlitze in ihrem pinkfarbenen T-Shirt ragten, waren von einem dunklen Silber wie eine Gewitterwolke. »Es tut mir leid, so dazwischenzufunken, aber ... du bist noch nie zuvor mit einem Engel gereist, oder?«

Natürlich war sie das. Von Daniels Flügeln durch die Lüfte getragen zu werden war für sie das Natürlichste der Welt. Ihre Flüge mochten nur kurz gewesen sein, aber sie waren unvergesslich. Luce fühlte sich ihm dann am nächsten: seine Arme um ihre Taille geschlungen, sein Herz nah an ihrem schlagend, während seine weißen Flügel sie beschützten und Luce das Gefühl verliehen, bedingungslos und unwahrscheinlich geliebt zu werden.

Sie war in ihren Träumen Dutzende von Malen mit Daniel geflogen, aber nur dreimal im Wachzustand: einmal über den verborgenen See hinter der Sword & Cross, ein andermal an der Küste der Shoreline entlang und in der vergangenen Nacht von den Wolken zur Hütte.

»Ich schätze, so weit sind wir noch nie zusammen geflogen«, sagte sie schließlich.

»Für euch zwei scheint ein Kuss ja schon ein Problem zu sein«, konnte Cam sich nicht verkneifen.

Daniel ignorierte ihn. »Unter normalen Umständen würdest du die Reise sicher genießen.« Seine Miene verfinsterte sich. »Aber in den nächsten neun Tagen ist kein Platz für Normalität.«

Luce spürte seine Hände auf den Schultern, wie er ihr Haar zusammennahm und vom Hals hob. Er küsste sie entlang des Halsausschnittes ihres Pullovers und legte die Arme um sie. Luce schloss die Augen. Sie wusste, was als Nächstes kam. Das schönste Geräusch, das es gab – dieses elegante Rauschen, wenn die Liebe ihres Lebens die schneeweißen Schwingen entfaltete.

Der Schatten seiner Flügel fiel auf Luces Augenlider und ihr wurde warm ums Herz. Als sie die Augen öffnete, sah sie die Flügel, so prächtig wie nur je. Sie lehnte sich ein wenig zurück und schmiegte sich an Daniels Brust, während er sich zum Fenster umdrehte.

»Es ist nur eine vorübergehende Trennung«, verkündete Daniel zu den anderen gewandt. »Viel Glück und guten Flug.«

Mit jedem langen Flügelschlag gewannen sie dreihundert Meter an Höhe. Die Luft, die im feuchten Georgia kühl und schwer gewesen war, wurde kalt und trocken, je weiter sie stiegen. Luce spürte es beim Atmen. Der Wind zerrte ihr an den Ohren und die Augen fingen an zu tränen. Der Erdboden rückte in immer weitere Ferne und die Welt schrumpfte und verschwamm zu einem atemberaubenden grünen Bild. Die Sword & Cross hatte die Größe eines Daumenabdrucks. Dann war sie verschwunden.

Beim ersten Blick auf den Ozean wurde Luce schwindlig. Sie war froh, als sie von der Sonne wegflogen, auf den dunklen Horizont zu.

Das Fliegen mit Daniel war eine so berauschende und intensive Erfahrung, dass sie ihr in ihrer Erinnerung niemals würde gerecht werden können. Und doch hatte sich etwas verändert: Luce hatte inzwischen den Bogen raus. Sie fühlte sich wohl, folgte Daniels Bewegungen, entspannte sich in seinen Armen. Sie hielt die Beine an den Knöcheln leicht überkreuz, die Absätze ihrer Stiefel berührten die Spitzen von seinen. Ihre Körper schwangen im Einklang und antworteten auf die Bewegung seiner Flügel, die sich über ihren Köpfen wölbten und sie vor der Sonne abschirmten, um dann zu einem weiteren mächtigen Schlag auszuholen.

Sie passierten die Wolkengrenze und verschwanden im Dunst. Um sie herum war nichts außer einem zarten Weiß und der nebligen Feuchtigkeit, die leicht über sie hinwegstrich. Ein weiterer Flügelschlag. Ein weiterer Aufstieg in den Himmel. Luce machte sich keine Gedanken darüber, wie sie hier oben an der Grenze der Atmosphäre würde atmen können. Sie war bei Daniel. Es ging ihr gut. Sie waren auf dem Weg, die Welt zu retten.

Schon bald beendete Daniel den Steigflug und flog weniger wie eine Rakete und mehr wie ein unergründlich machtvoller Vogel. Aber er drosselte das Tempo nicht, er beschleunigte eher noch –, aber nun, da ihre Körper parallel zum Boden lagen, schwächte sich das Brüllen des Windes ab, und die Welt schien strahlend weiß und erstaunlich still zu sein, so friedlich, als sei sie gerade erst entstanden und als hätte noch niemand mit Geräuschen experimentiert.

»Geht es dir gut?« Seine Stimme hüllte sie ein und gab ihr das Gefühl, als könne die Liebe alles auf der Welt wieder gutmachen, was nicht gut war.

Sie legte den Kopf schräg nach links, um ihn anzusehen. Sein Gesicht war entspannt und ein sanftes Lächeln umspielte seine Lippen. Seine Augen verströmten ein violettes Licht, das so intensiv war, dass nur dieses Licht gereicht hätte, um sie schweben zu lassen.

»Dir ist kalt«, murmelte er ihr ins Ohr und streichelte ihre Finger, um sie zu wärmen, was einen heißen Schauer durch Luce' Körper sandte.

»Schon besser«, sagte sie.

Sie brachen durch die Wolkendecke: Es war wie dieser Moment in einem Flugzeug, wenn die Aussicht aus dem trüben ovalen Fenster sich von einfarbig grau zu einer unendlichen

Farbpalette wandelt. Der Unterschied war, dass es weder ein Fenster noch ein Flugzeug gab und nichts mehr zwischen ihr und dem Muschelrosa der Wolken im Osten lag, dem tiefen Dunkelblau des Himmels in großer Höhe.

Die Wolkenlandschaft bot sich fremd und fesselnd dar. Wie immer traf sie Luce unvorbereitet. Dies war eine andere Welt, in der es nur sie und Daniel gab, eine erhabene Welt, die Spitzen der höchsten Minarette der Liebe.

Welcher Sterbliche träumte nicht davon? Wie viele Male hatte Luce sich danach gesehnt, auf der anderen Seite eines Flugzeugfensters zu sein? Durch das seltsame Blassgold einer sonnengeküssten Regenwolke unter ihr zu wandern? Jetzt war sie hier und überwältigt von der Schönheit einer fernen Welt, die sie auf der Haut spüren konnte.

Aber Luce und Daniel konnten nicht innehalten. Sie konnten nicht ein einziges Mal in den nächsten neun Tagen stillstehen – oder alles würde zum Stillstand kommen.

»Wie lange wird es dauern, bis wir Venedig erreicht haben?«, wollte sie wissen.

»Nicht mehr allzu lange«, flüsterte ihr Daniel ins Ohr.

»Du klingst wie ein Pilot, der seit einer Stunde in der Warteschleife hängt und seinen Passagieren schon zum fünften Mal sagt, ›Nur noch zehn Minuten‹«, neckte Luce.

Als Daniel nicht antwortete, schaute sie zu ihm auf. Er runzelte verwirrt die Stirn. Er verstand den Vergleich nicht.

»Du hast noch nie in einem Flugzeug gesessen«, sagte sie. »Warum solltest du auch, wenn du fliegen kannst?« Sie deutete auf seine schönen Flügel. »Die ganze Warterei und Rollerei würde dich wahrscheinlich in den Wahnsinn treiben.«

»Ich würde gerne mal mit dir in einem Flugzeug fliegen.

Vielleicht machen wir einen Trip auf die Bahamas. Dorthin fliegen die Leute doch, oder?«

»Ja.« Luce schluckte. »Das sollten wir.« Sie musste unwillkürlich daran denken, wie viele unmögliche Dinge auf genau die richtige Weise geschehen mussten, damit sie beide wie ein normales Paar reisen konnten. Es war jetzt zu schwer, über die Zukunft nachzudenken, wo so viel auf dem Spiel stand. Die Zukunft war so verschwommen und fern wie der Boden tief unten – und Luce hoffte, dass sie genauso schön sein würde.

»Wie lange wird es wirklich dauern?«

»Bei dieser Geschwindigkeit vier, vielleicht fünf Stunden.«

»Aber wirst du dich nicht ausruhen müssen? Auftanken?« Luce zuckte die Achseln, immer noch furchtbar unsicher, wie Daniels Körper funktionierte. »Werden deine Arme nicht müde?«

Er kicherte.

»Was?«

»Ich komme gerade vom Himmel geflogen, und Junge, Junge, hab ich müde Arme.« Daniel drückte ihre Taille und neckte sie: »Die Vorstellung, dass meine Arme jemals müde werden, dich zu halten, ist absurd.«

Wie um es zu beweisen, wölbte Daniel den Rücken, hob die Flügel hoch über die Schultern und schlug mit ihnen einmal ganz leicht. Während sie elegant nach oben glitten, um eine Wolke herum, löste er einen Arm von ihrer Taille und demonstrierte, dass er sie auch mit einer Hand gut festhalten konnte. Sein freier Arm bewegte sich nach vorn und Daniel streifte ihre Lippen mit den Fingern und wartete auf ihren Kuss. Als sie ihn gab, legte er ihr den Arm wieder um die Taille und nahm die andere Hand weg, wobei er dramatisch nach links eindrehte. Sie küsste auch diese Hand. Dann legten sich Daniels Schultern eng um ihre und hielten sie so fest, dass er beide Arme von ihr nehmen konnte und sie trotzdem irgendwie in der Luft blieb. Es fühlte sich so köstlich, so ungebunden und voller Freude an, dass Luce zu lachen begann. Er vollführte einen großen Looping. Ihr Haar wehte ihr wild ins Gesicht. Sie hatte keine Angst. Sie flog.

Sie nahm Daniels Hände, als er sie wieder um sie legte. »Es ist irgendwie so, als wären wir dafür geschaffen worden«, meinte sie.

»Ja. Irgendwie.«

Er flog weiter und weiter, ohne zu erlahmen. Sie schossen durch Wolken und freien Himmel, durch kurze, schöne Gewitter, und wurden im nächsten Moment vom Wind getrocknet. Sie passierten transatlantische Flugzeuge mit einer solchen Geschwindigkeit, dass Luce sich vorstellte, wie die Passagiere nichts außer einem hellen, unerwarteten Silberblitz und vielleicht einer sanften Turbulenz bemerkten, die kleine Wellen in ihren Drinks verursachte.

Die Wolken wurden dünner, als sie über dem Meer segelten. Luce konnte das salzige Gewicht seiner Tiefen bis in ihre Höhe spüren, und es roch wie ein Meer von einem anderen Planeten, nicht kalkhaltig wie an der Shoreline und nicht brackig wie zu Hause. Der herrliche Schatten von Daniels Flügeln auf seiner gekräuselten Oberfläche war irgendwie tröstlich, obwohl sie kaum glauben konnte, dass sie ein Teil des Bildes in der aufgewühlten See war.

»Luce?«, fragte Daniel.

»Ja?«

»Wie war es heute Morgen mit deinen Eltern?«

Sie fuhr mit den Augen den Umriss eines einsamen Inselpaares unten in der dunklen, nassen Ebene nach und fragte sich, wo sie waren, wie weit sie von zu Hause entfernt waren.

»Hart«, gab sie zu. »Ich schätze, ich habe mich so gefühlt, wie du dich eine Million Mal gefühlt haben musst. Als sei ich jemandem fern, den ich liebe, weil ich nicht aufrichtig zu ihm sein kann.«

»Das hatte ich befürchtet.«

»In mancher Hinsicht ist es leichter, mit dir und den anderen Engeln zusammen zu sein als mit meinen eigenen Eltern und meiner besten Freundin.«

Daniel dachte einen Moment lang nach. »Ich will nicht, dass es dir so geht. Es sollte nicht so sein. Ich habe mir nie etwas anderes gewünscht, als dich zu lieben.«

»Ich auch. Mehr möchte ich gar nicht.« Aber noch während sie es aussprach und über den blassen Himmel im Osten blickte, konnte Luce nicht aufhören, diese letzten Minuten zu Hause im Geiste durchzuspielen und sich zu wünschen, sie hätte es anders gemacht. Sie hätte ihren Dad ein wenig fester umarmen sollen. Sie hätte wirklich auf die Ratschläge ihrer Mutter hören sollen. Sie hätte ihrer besten Freundin mehr Zeit schenken und sie nach ihrem Leben in Dover fragen sollen. Sie hätte nicht so selbstsüchtig oder so in Eile sein sollen. Jetzt brachte sie jede Sekunde weiter weg von Thunderbolt und ihren Eltern und Callie, und jede Sekunde rang Luce mit dem wachsenden Gefühl, dass sie die drei vielleicht nie wiedersehen würde.

Luce glaubte von ganzem Herzen an das, was sie und Daniel und die anderen Engel taten. Aber dies war nicht das erste Mal, dass sie die Menschen, die ihr wichtig waren, wegen Daniel im Stich ließ. Sie dachte an die Beerdigung, deren Zeuge sie in Preußen geworden war, an die dunklen

Wollmäntel und die rot geweinten Augen ihrer Lieben, in denen die Tränen der Trauer über ihren frühen, plötzlichen Tod gestanden hatten. Sie dachte an ihre schöne Mutter im mittelalterlichen England, wo sie den Valentinstag verbracht hatte, an ihre Schwester Helen und ihre Freundinnen Laura und Eleanor. Das war das einzige Leben, das sie besucht hatte, in dem sie nicht ihren eigenen Tod erlebt hatte, aber sie hatte genug gesehen, um zu wissen, dass es gute Menschen gab, die über Lucindas unvermeidliches Dahinscheiden am Boden zerstört sein würden. Allein die Vorstellung krampfte ihr den Magen zusammen. Und dann dachte Luce an Lucia, das Mädchen, das sie in Italien gewesen war und das seine Familie im Krieg verloren hatte, das Mädchen, das *außer* Daniel niemanden gehabt hatte, dessen Leben – so kurz es auch gewesen war – wegen seiner Liebe erfüllt gewesen war.

Als sie sich fester an seine Brust schmiegte, ließ Daniel die Hände in den Ärmeln ihres Pullovers emporgleiten und malte ihr mit den Fingern Kreise auf die Arme, so als zeichne er kleine Heiligenscheine auf ihre Haut. »Erzähl mir: Was war das Beste in all deinen Leben?«

Sie wollte sage: *Das Beste war, dich zu finden – jedes Mal.* Aber so einfach war das nicht. Es war schwer, selbst insgeheim an sie zu denken. Ihre früheren Leben begannen ineinander zu fallen und sich zu vermischen wie in einem Kaleidoskop. Da waren diese schönen Minuten auf Tahiti, als Lulu Daniels Brust tätowiert hatte. Und die Art, wie sie im alten China eine Schlacht verlassen hatten, weil ihre Liebe wichtiger war, als Krieg zu führen. Sie hätte ein Dutzend gestohlener erotischer Augenblicke nennen können, ein Dutzend herrlicher bittersüßer Küsse. Luce wusste, dass sie nicht die besten Teile waren.

Das Beste war jetzt. Das war es, was sie von ihren Reisen durch die Epochen mitgenommen hatte: Er bedeutete ihr alles, so wie sie ihm alles bedeutete. Die einzige Möglichkeit, dieses tiefe Maß ihrer Liebe zu erleben, bestand darin, jeden neuen Moment gemeinsam zu beginnen, als sei die Zeit aus Wolken gemacht. Und Luce wusste, dass sie und Daniel alles für ihre Liebe riskieren würden, wenn es in den nächsten neun Tagen unvermeidlich war.

»Es war eine Lehrzeit«, erklärte sie schließlich. »Als ich das erste Mal allein durch den Verkünder getreten bin, war ich bereits entschlossen, den Fluch zu brechen. Aber ich war überwältigt und verwirrt, bis mir allmählich klar wurde, dass ich mit jedem Leben, das ich besuchte, etwas Wichtiges über mich selbst gelernt habe.«

»Zum Beispiel?« Sie waren so hoch oben, dass die Andeutung der Erdkrümmung am Rand des dunkler werdenden Himmels zu sehen war.

»Ich habe gelernt, dass es mich nicht umgebracht hat, dich zu küssen, dass es mehr mit dem zu tun hatte, was mir in dem Moment bewusst war, wie viel von mir selbst und meiner Geschichte ich verarbeiten konnte.«

Sie spürte, dass Daniel hinter ihr nickte. »Das ist für mich immer das größte Rätsel gewesen.«

»Ich habe gesehen, dass meine früheren Ichs nicht immer nette Leute waren, aber du hast die Seele in ihnen trotzdem geliebt. Und an deinem Beispiel habe ich gelernt, wie ich deine Seele erkennen kann. Du hast … ein bestimmtes Leuchten, eine Helligkeit, und selbst wenn du nicht mehr wie dein körperliches Ich ausgesehen hast, konnte ich in ein neues Leben treten und dich wiedererkennen. Deine Seele hat für mich dann beinahe das Gesicht überlagert, das du in dem jeweiligen Leben gehabt hast. Du warst dein fremdes ägyptisches Ich *und* der Daniel, nach dem ich mich sehnte und den ich liebte.«

Daniel drehte den Kopf, um sie auf die Schläfe zu küssen. »Es ist dir wahrscheinlich gar nicht klar, aber die Macht, meine Seele zu erkennen, war schon immer in dir.«

»Nein, ich konnte nicht – ich war früher nicht in der Lage …«

»Doch, du hast es nur nicht gewusst. Du dachtest, du seist verrückt. Du hast die Verkünder gesehen und sie Schatten genannt. Du dachtest, sie verfolgten dich dein ganzes Leben lang. Und als du mir das erste Mal in der Sword & Cross begegnet bist, oder vielleicht, als du das erste Mal begriffen hast, dass dir etwas an mir lag, da hast du wahrscheinlich etwas anderes gesehen, das du nicht erklären konntest, etwas, das du zu leugnen versucht hast.«

Luce kniff die Augen zusammen, als sie es sich wieder ins Gedächtnis rief. »Du hast früher immer einen violetten Nebel in der Luft hinterlassen, wenn du vorbeigegangen bist. Aber nach einem Augenblick war er wieder weg.«

Daniel lächelte. »Das wusste ich gar nicht.«

»Wie meinst du das? Du hast gerade gesagt …«

»Ich habe mir vorgestellt, dass du *etwas* gesehen hast, aber ich wusste nicht, was es war. Was dich von meiner Seele angezogen hat, manifestierte sich auf verschiedene Weise, je nachdem, was du in ihr sehen musstest.« Er lächelte sie an. »So arbeitet deine Seele mit meiner zusammen. Ein violetter Schimmer ist nett. Ich bin froh, dass es das war.«

»Wie sieht meine Seele für dich aus?«

»Ich könnte es nicht in Worte fassen, selbst wenn ich es versuchte, aber ihre Schönheit ist unvergleichlich.«

Das war eine gute Art, diesen Flug über die Welt mit Daniel zu beschreiben. Um sie herum funkelten die Sterne in gewaltigen Galaxien. Der Mond war riesig und mit Kratern übersät. Luce war warm und sicher in den Armen des Engels, den sie liebte, ein Luxus, den sie bei ihrer Reise durch die Verkünder so vermisst hatte. Sie seufzte und schloss die Augen …

Und sah *Bill*.

Die Vision war aggressiv, drang in ihren Geist ein, obwohl es nicht die abscheuliche, schäumende Bestie war, in die Bill sich verwandelt hatte, als sie ihn zuletzt gesehen hatte. Es war einfach nur Bill, ihr steinerner Gargoyle, der ihre Hand hielt, um sie von dem Mast des gestrandeten Schiffes hinunterzufliegen, als sie auf Tahiti durch den Verkünder getreten waren. Warum diese Erinnerung sie in Daniels Armen überkam, wusste sie nicht. Aber sie konnte immer noch die kleine Steinhand spüren. Sie erinnerte sich daran, wie sehr seine Stärke und Anmut sie erstaunt hatten. Sie erinnerte sich daran, dass sie sich bei ihm sicher gefühlt hatte.

Jetzt hatte sie eine Gänsehaut und sie drückte sich unbehaglich an Daniel.

»Was ist los?«

»Bill.« Das Wort hatte einen sauren Beigeschmack.

»Luzifer.«

»Ich weiß, dass er Luzifer ist. Ich *weiß* es. Aber für eine Weile war er etwas anderes für mich. Irgendwie habe ich ihn als Freund betrachtet. Es lässt mich nicht mehr los, wie nah ich ihn an mich habe herankommen lassen. Ich schäme mich.«

»Das brauchst du nicht.« Daniel umarmte sie. »Es gibt einen Grund, warum er der Morgenstern genannt wurde.

Luzifer war *schön*. Einige sagen, er sei der Schönste gewesen.« Luce dachte, dass sie einen Anflug von Eifersucht in Daniels Ton vernahm. »Er war auch der Liebling, nicht nur des Throns, sondern vieler Engel. Denk nur an die Macht, die er über die Sterblichen ausübt. Sie fließt aus derselben Quelle.« Seine Stimme zitterte, dann wurde sie sehr angespannt. »Du solltest dich nicht dafür schämen, dass du dich zu ihm hingezogen gefühlt hast, Luce ...« Daniel brach plötzlich ab, obwohl es so klang, als hätte er noch mehr zu sagen.

»Am Ende gab es Spannungen zwischen uns«, gab sie zu, »aber ich hätte nie gedacht, dass er sich in ein solches Ungeheuer verwandeln könnte.«

»Keine Dunkelheit ist so finster wie ein großes, verdorbenes Licht. Schau.« Daniel veränderte den Winkel seiner Flügel und sie flogen in einem weiten Bogen zurück und um eine hoch aufragende Wolke. Eine Seite war von einem goldenen Rosa, von dem letzten Licht der Abendsonne angestrahlt. Als sie die Wolke umrundet hatten, sah Luce, dass die andere Seite dunkel und regenschwanger war. »Hell und dunkel zugleich – die Wolke muss beide Seiten haben, um das zu sein, was sie ist. Genauso ist es bei Luzifer.«

»Und auch bei Cam?«, fragte Luce, während Daniel den Kreis schloss, um den Flug über das Meer fortzusetzen.

»Ich weiß, dass du ihm nicht traust, aber das kannst du. Ich tue es. Cams Dunkelheit ist legendär, aber sie ist nur ein kleiner Teil seiner Persönlichkeit.«

»Doch warum hat er sich dann auf Luzifers Seite gestellt? Warum sollten es andere Engel tun?«

»Das hat Cam nicht«, sagte Daniel. »Jedenfalls nicht zu Anfang. Es war eine sehr unsichere Zeit. Noch nie dagewesen. Unvorstellbar. Zur Zeit des Sturzes gab es einige Engel, die sofort mit Luzifer paktierten, aber es gab andere wie Cam, die der Thron verstoßen hatte, weil sie sich nicht schnell genug entschieden hatten. Der Rest der Geschichte war eine sich lange hinziehende Wahl der Seiten, mit Engeln, die in den Schoß des Himmels zurückkehrten oder sich der Hölle zuwandten, bis nur noch wenige Gefallene übrig waren, die sich keiner von beiden Seiten anschlossen.«

»An diesem Punkt sind wir jetzt?«, fragte Luce, obwohl sie wusste, dass Daniel nicht gern darüber sprach, sich noch immer nicht entschieden zu haben.

»Du hast Cam früher wirklich gemocht«, sagte Daniel und lenkte das Thema von sich selbst ab. »In einigen Leben auf Erden standen wir drei uns sehr nahe. Cam ist erst viel später, nachdem ihm das Herz gebrochen worden ist, auf Luzifers Seite gewechselt.«

»Was? Wer war sie?«

»Keiner von uns möchte über sie reden. Du darfst nicht verraten, dass du Bescheid weißt«, antwortete Daniel. »Ich habe ihm die Entscheidung verübelt, aber ich kann nicht behaupten, dass ich sie nicht verstanden hätte. Wenn ich dich jemals wirklich verlieren würde, wüsste ich nicht, was ich tun würde. Meine ganze Welt würde sich verdunkeln.«

»Das wird nicht passieren«, sagte Luce zu schnell. Sie wusste, dass dieses Leben ihre letzte Chance war. Wenn sie jetzt starb, würde sie nicht zurückkommen.

Sie hatte tausend Fragen, nach der Frau, die Cam verloren hatte, nach dem seltsamen Beben in Daniels Stimme, als er über Luzifers Anziehungskraft gesprochen hatte, danach, wo sie gewesen war, als er gefallen war. Aber ihre Lider fühlten sich schwer an und ihr Körper war kraftlos vor Erschöpfung.

»Ruh dich aus«, gurrte Daniel ihr ins Ohr. »Ich werde dich wecken, wenn wir in Venedig landen.«

Und schon überließ sie sich dem Schlaf. Sie schloss die Augen gegen die phosphoreszierenden Wellen, die sich tief unten brachen, und flog in eine Welt der Träume, in der *neun Tage* keine Bedeutung hatten. In eine Welt, in der sie auf- und niedersteigen und in der Herrlichkeit der Wolken schweben und frei in die Unendlichkeit fliegen konnte, ohne die geringste Gefahr zu fallen.

Drei

Das versunkene Heiligtum

Es kam Luce so vor, als hätte Daniel schon eine halbe Stunde an die verwitterte Holztür geklopft. Das dreistöckige venezianische Stadthaus gehörte einem Kollegen, einem Professor, und Daniel war überzeugt, dass dieser Mann sie aufnehmen würde, weil sie »vor Jahren« – was bei Daniel eine ziemlich lange Zeit bedeuten konnte – gute Freunde gewesen seien.

»Er muss einen festen Schlaf haben.« Luce gähnte. Entweder das, dachte sie benommen, oder der Professor saß in einem Künstlercafé, das die ganze Nacht über geöffnet hatte, und nippte Wein über einem Buch, in dem es vor unverständlichen Ausdrücken nur so wimmelte.

Es war drei Uhr morgens – ihre Landung inmitten des silbrigen Netzes der venezianischen Kanäle war von dem Läuten einer Turmuhr irgendwo in der dunklen Ferne der Stadt begleitet gewesen – und Luce war von Müdigkeit überwältigt. Sie lehnte sich unglücklich gegen den kalten Blechbriefkasten – ein Fehler, denn er löste sich prompt von einem der Nägel, die ihn oben hielten. Der Briefkasten schwang nach unten und ließ Luce rückwärts taumeln und fast in den trüben schwarzgrünen Kanal fallen, dessen Wasser wie eine tintenschwarze Zunge über den Rand der moosbewachsenen Treppe schwappte.

Das Haus schien schichtweise zu verrotten: Die blaue Farbe des Holzes schälte sich in schleimigen Bahnen von den Fensterbänken, die roten Ziegelsteine waren mit dunkelgrünem Schimmel überzogen und der feuchte Beton der Treppe bröckelte unter ihren Füßen. Für einen Moment dachte Luce, sie könnte spüren, wie die Stadt versank.

»Er muss hier sein«, murmelte Daniel und pochte weiter.

Als sie auf der Kanalseite des Hauses gelandet waren, die normalerweise nur von Gondeln angesteuert wurde, hatte Daniel Luce ein Bett und ein heißes Getränk versprochen, eine Pause von der Feuchtigkeit und dem frischen Wind, durch den sie Stunden geflogen waren.

Endlich hörte man Schritte im Haus, dann ein Poltern, als jemand offensichtlich eine Treppe herunterkam. Daniel stieß die Luft aus und schloss erleichtert die Augen, als der Messingknauf sich drehte. Angeln quietschten, als die Tür aufschwang.

»Wer zum Teufel …« Die drahtigen weißen Haarbüschel standen dem alten Italiener nach allen Seiten vom Kopf ab. Er hatte außergewöhnlich buschige weiße Augenbrauen, einen ebensolchen Schnurrbart und dichtes weißes Brusthaar, das ihm aus dem V-Ausschnitt der dunkelgrauen Robe quoll.

Luce sah Daniel überrascht blinzeln, als dachte er, er hätte sich in der Adresse geirrt. Dann leuchteten die blassbraunen Augen des alten Mannes auf. Er taumelte vor und zog Daniel in eine kräftige Umarmung.

»Ich habe mich schon langsam gefragt, ob du mich wohl besuchen würdest, bevor ich den Löffel abgebe«, flüsterte der Mann heiser. Sein Blick wanderte zu Luce, und er lächelte, als hätten sie ihn nicht geweckt, als hätte er sie seit Monaten erwartet. »Nach all den Jahren hast du endlich Lucinda mitgebracht. Ist das schön!«

Sein Name war Professor Mazotta. Er und Daniel hatten in den Dreißigern an der Universität von Bologna zusammen Geschichte studiert. Er war nicht erschreckt oder verwirrt darüber, dass Daniel nicht alterte: Mazotta kannte Daniels wahres Wesen. Er schien nur Freude darüber zu empfinden, wieder mit einem alten Freund vereint zu sein, eine Freude, die dadurch verstärkt wurde, dass er der Liebe des Lebens dieses Freundes vorgestellt wurde.

Er geleitete sie in sein Büro, das gleichzeitig eine Studie über verschiedene Stufen des Verfalls war. Seine Bücherregale bogen sich in der Mitte durch, auf seinem Schreibtisch türmten sich vergilbende Stapel Papier und der zerschlissene Teppich war mit Kaffeeflecken übersät. Mazotta machte sich sofort daran, ihnen eine Tasse starke heiße Schokolade zu kochen – die alte schlechte Gewohnheit eines alten Mannes, krächzte er Luce zu und knuffte sie in die Seite. Daniel nippte nur kurz an seiner Schokolade, bevor er sein Buch bei den Beschreibungen der ersten Reliquie aufschlug und es Mazotta in die Hand drückte.

Mazotta setzte eine dünne Drahtbrille auf und überflog rasch die Seite, wobei er auf Italienisch vor sich hin murmelte. Er erhob sich, ging zu dem Bücherregal, kratzte sich den Kopf, drehte sich zum Schreibtisch um, lief im Büro auf und ab, nippte an seinem Kakao und kehrte dann zu dem Bücherregal zurück, um einen dicken, in Leder gebundenen Band herauszuziehen. Luce unterdrückte ein Gähnen. Ihre Lider fühlten sich an, als hätten sie große Mühe, etwas Schweres oben zu halten. Sie versuchte, nicht einzunicken, und kniff sich in die Hand, um wach zu bleiben. Doch die Stimmen von Daniel und Professor Mazotta trafen sich wie ferne Nebelwolken, während sie über die Unmöglichkeit dessen stritten, was der jeweils andere sagte.

»Es handelt sich auf gar keinen Fall um eine Fensterscheibe aus der Ignatiuskirche.« Mazotta rang die Hände. »Sie sind leicht hexagonal und diese Abbildung ist unverkennbar länglich.«

»Was tun wir hier?«, rief Daniel plötzlich so heftig, dass ein Bild von einem blauen Segelboot an der Wand klirrte. »Wir sollten in der Bibliothek in Bologna sein. Hast du noch die Schlüssel? In deinem Büro musst du …«

»Ich bin seit dreizehn Jahren emeritiert, Daniel. Und wir reisen nicht zweihundert Kilometer durch die Nacht, nur um uns …« Er hielt inne. »Nun sieh dir Lucinda an, sie schläft im Stehen, wie ein Pferd!«

Lucinda verzog schläfrig das Gesicht. Sie hatte Angst davor, in einen Traum zu gleiten, in dem sie Bill treffen könnte. Er neigte neuerdings dazu, aufzutauchen, wenn sie die Augen schloss. Sie wollte wach bleiben, wollte ihm fernbleiben, wollte an dem Gespräch über die Reliquie teilnehmen, die sie und Daniel am nächsten Tag würden finden müssen. Aber der Schlaf war beharrlich und ließ sich nicht zurückweisen.

Sekunden oder Stunden später hob Daniel sie vom Boden hoch und trug sie eine dunkle, enge Stiege hinauf.

»Es tut mir leid, Luce«, glaubte sie ihn sagen zu hören. Sie schlief zu fest, um zu antworten. »Ich hätte dich früher schlafen lassen sollen. Ich habe einfach solche Angst«, flüsterte er. »Angst, dass uns die Zeit davonlaufen wird.«

Luce blinzelte überrascht. Sie lag in einem Bett und auf dem Tischchen daneben stand in einer niedrigen Glasvase eine weiße Pfingstrose.

Sie nahm die Blume aus der Vase und atmete ihren vollen Duft ein. Dass ein paar Wassertropfen vom Stiel auf die Brokatdecke mit dem Rosenmuster fielen, störte sie nicht. Dann stellte sie das Kissen am Kopfende des Messingbettes auf, um sich im Raum umzusehen.

Für einen Moment war sie verwirrt, weil sie sich an einem fremden Ort befand. Geträumte Erinnerungen an Reisen durch die Verkünder verblassten langsam, als sie vollends wach wurde. Bill war nicht mehr da, um ihr Hinweise darauf zu geben, wo sie gelandet war. Er erschien ihr nur in ihren Träumen, und in der vergangenen Nacht war er Luzifer gewesen, ein Ungeheuer, das über die Vorstellung gelacht hatte, sie und Daniel könnten irgendetwas ändern oder aufhalten.

Ein weißer Umschlag lehnte an der Vase auf dem Nachttisch.

Daniel.

Sie erinnerte sich nur an einen sanften, süßen Kuss und wie sich seine Arme von ihr gelöst hatten, als er sie am vorigen Abend ins Bett gebracht und dann die Tür hinter sich geschlossen hatte.

Wohin war er danach gegangen?

Sie riss den Umschlag auf und zog die steife weiße Karte, die er enthielt, heraus. Auf der Karte standen drei Worte:

Auf dem Balkon.

Lächelnd schlug Luce die Decken zurück und schob die Beine über die Bettkante. Sie tappte über den riesigen Webteppich, die weiße Pfingstrose immer noch in der Hand. Die Fenster waren hoch und schmal und reichten fast bis zu der gut sechs Meter hohen, gewölbten Decke. Hinter einem der dunkelbraunen Vorhänge führte eine Glastür auf den Balkon. Sie entriegelte die Tür und trat hinaus, in der Erwartung, Daniel zu finden und in seine Arme zu sinken.

Doch der halbmondförmige Balkon war leer. Eine kurze Balustrade, ein Stockwerk tiefer das grüne Wasser des Kanals, und ein kleiner Tisch mit Glasplatte und daneben ein roter Klappstuhl aus Segeltuch. Es war ein schöner Morgen. Die Luft roch brackig, aber frisch. Auf dem Kanal glitten schmale schwarz glänzende Gondeln wie elegante Schwäne aneinander vorbei. Auf einer Wäscheleine ein Stockwerk über ihr sang eine Drossel und auf der anderen Seite des Kanals stand eine Reihe schmaler pastellfarbener Häuser. Es war bezaubernd, gewiss, das Traum-Venedig der meisten Menschen, aber Luce war nicht als Touristin hier. Sie und Daniel waren hier, um ihre Geschichte zu retten und die Geschichte der Welt. Und die Uhr tickte. Und Daniel war verschwunden.

Dann bemerkte sie einen zweiten weißen Umschlag auf dem Balkontisch, der an einem winzigen weißen Styroporbecher lehnte und einer kleinen Papiertüte. Wieder riss sie den Umschlag auf und wieder fand sie eine Karte mit nur drei Worten:

Bitte warte hier.

»Ärgerlich, aber romantisch«, sagte sie laut. Sie setzte sich auf den Klappstuhl und spähte in die Tüte. Eine Handvoll kleiner, mit Marmelade gefüllter und mit Zimt und Zucker bestäubter Donuts strömte einen berauschenden Duft aus. Die Tüte fühlte sich warm an und hatte ein paar Fettflecken, wo das Öl durchsickerte. Luce steckte einen Donut in den Mund und nahm einen Schluck aus der winzigen weißen Tasse, die den kräftigsten und köstlichsten Espresso enthielt, den sie je probiert hatte.

»Schmecken die Bombolini?«, rief Daniel von unten.

Luce sprang auf und beugte sich über das Geländer. Er stand am Heck einer Gondel, die mit Engeln bemalt war, und trug einen flachen Strohhut mit einem breiten roten Band. Langsam steuerte er das Boot mit einem langen Riemen auf sie zu.

Ihr ging das Herz auf, wie immer, wenn sie Daniel in einem anderen Leben zum ersten Mal sah. Aber er war hier. Er gehörte ihr. Es geschah jetzt.

»Tauch sie in den Espresso, und dann sag mir, wie es ist, im Himmel zu sein«, sagte Daniel und lächelte zu ihr hinauf.

»Wie komme ich zu dir hinunter?«, rief sie.

Er zeigte auf die schmalste Wendeltreppe, die Luce je gesehen hatte, gleich rechts neben dem Geländer. Sie schnappte sich den Kaffee und die Tüte mit Donuts, schob sich den Stiel der Pfingstrose hinters Ohr und ging auf die Treppe zu.

Sie konnte Daniels Blick spüren, als sie über die Balustrade kletterte und die Stufen hinunterglitt. Jedes Mal, wenn sie eine volle Umdrehung der Treppe hinter sich brachte, fing sie ein Aufblitzen seiner violetten Augen auf. Als sie unten ankam, reichte er ihr die Hand, um ihr ins Boot zu helfen.

Da war die Elektrizität, nach der sie sich seit ihrem Erwachen gesehnt hatte. Der Funke zwischen ihnen, den sie bei jeder Berührung spürten. Daniel schlang die Arme um sie und zog sie eng an sich. Er küsste sie lange und leidenschaftlich, bis ihr schwindelig wurde.

»So muss man einen Morgen beginnen.« Daniel strich über die Blütenblätter der Pfingstrose hinter ihrem Ohr.

Plötzlich spürte sie ein schwaches Gewicht an ihrem Hals, und als sie die Hand hob, fand sie eine zierliche Kette, der ihre Finger bis zu einem silbernen Medaillon folgten. Sie hielt es vor sich und betrachtete die rote Rose, die in den Deckel eingraviert war.

Ihr Medaillon! Es war dasjenige, das Daniel ihr an ihrem letzten Abend in der Sword & Cross gegeben hatte. Sie hatte es während der kurzen Zeit, die sie allein in der Hütte verbracht hatte, in den Einband des Buches *Das Wächteramt der Engel* gesteckt, aber ihre Erinnerung an diese Tage war unklar. Sie wusste nur noch, dass Mr Cole sie in aller Eile zum Flughafen gebracht hatte, damit sie ihren Flug nach Kalifornien nicht verpasste. Das Medaillon und das Buch waren ihr erst wieder eingefallen, als sie in der Shoreline eingetroffen war, und zu dem Zeitpunkt war sie davon überzeugt gewesen, sie verloren zu haben.

Daniel musste es ihr um den Hals gelegt haben, als sie geschlafen hatte. Ihre Augen wurden wieder feucht, diesmal vor Glück. »Wo hast du …«

»Mach es auf.« Daniel lächelte.

Als sie das Medaillon das letzte Mal in der Hand gehalten hatte, hatte das Bild einer früheren Luce und eines früheren Daniels sie verwirrt. Daniel hatte versprochen, ihr bei ihrer nächsten Begegnung zu sagen, wann das Foto aufgenommen worden war. Doch dazu war es nicht gekommen. Ihre gestohlene gemeinsame Zeit in Kalifornien war meist stressig und zu kurz gewesen, voller dummer Streitereien, die sie sich nun mit Daniel nicht mehr vorstellen konnte.

Luce war froh darüber, dass sie gewartet hatte, denn als sie diesmal das Medaillon öffnete und das winzige Foto hinter dem Glas sah – Daniel mit Fliege und Luce mit einer eleganten Kurzhaarfrisur –, erkannte sie sofort, was es war.

»Lucia«, flüsterte sie. Es war die junge Krankenschwester, die Luce kennengelernt hatte, als sie in das Mailand des Ersten Weltkriegs getreten war. Das Mädchen war damals viel jünger gewesen, süß und ein wenig forsch, aber so aufrichtig, dass Luce es sofort bewundert hatte.

Sie lächelte bei dem Gedanken, wie Lucias Blick immer wieder zu Luces kürzerem, modernem Haarschnitt gegangen war, und wie Lucia gescherzt hatte, dass alle Soldaten in Luce verliebt seien. Sie erinnerte sich vor allem daran, dass, wenn Luce etwas länger in dem italienischen Krankenhaus geblieben wäre und wenn die Umstände ... nun, ganz andere gewesen wären, sie beide die besten Freundinnen hätten sein können.

Sie blickte strahlend zu Daniel auf, aber ihre Miene verdüsterte sich schnell. Er sah sie an, als hätte er einen Schlag in den Magen bekommen.

»Was hast du?« Sie ließ das Medaillon los, trat auf ihn zu und schlang ihm die Arme um den Hals.

Er schüttelte benommen den Kopf. »Ich bin einfach nicht daran gewöhnt, solche Momente mit dir zu teilen. Der Ausdruck auf deinem Gesicht, als du Lucia erkannt hast, ist das Schönste, was ich je gesehen habe.«

Luce errötete und lächelte und war sprachlos und wollte weinen, alles gleichzeitig. Sie verstand genau, was Daniel meinte.

»Es tut mir leid, dass ich weggegangen bin und dich einfach so allein gelassen habe«, fuhr er fort. »Ich musste in Bologna etwas in einem von Mazottas Büchern überprüfen. Ich dachte, dass du so viel Schlaf brauchst wie möglich, und du sahst so schön aus, dass ich es nicht übers Herz bringen konnte, dich zu wecken.«

»Hast du gefunden, wonach du gesucht hast?«, erkundigte Luce sich.

»Möglicherweise. Mazotta hat mir einen Hinweis auf eine der Piazzas hier in der Stadt gegeben. Er ist in erster Linie Kunsthistoriker, aber er kennt sich in Theologie besser aus als jeder Sterbliche, dem ich je begegnet bin.«

Luce ließ sich auf die niedrige rote Samtbank der Gondel sinken. Daniel setzte den Riemen in Bewegung und das Boot nahm Fahrt auf. Langsam glitten sie durch das leuchtend pastellgrüne Wasser des Kanals, auf dessen Oberfläche das Spiegelbild der Palazzi an den Ufern durch kleine Wellen verzerrt wurde.

»Die gute Nachricht«, fuhr Daniel fort und schaute unter der Krempe seines Hutes hervor, »ist die, dass Mazotta zu wissen glaubt, wo sich das Objekt befindet. Ich habe mit ihm bis Sonnenaufgang darüber gestritten, aber wir haben schließlich ein interessantes altes Foto gefunden, das mit meiner Zeichnung übereinstimmt.«

»Und?«

»Wie sich herausstellte« – Daniel ließ die Gondel mit einigen fast unmerklichen Bewegungen des Riemens eine enge Kurve fahren, bevor es unter einer niedrigen Fußgängerbrücke hindurchging –, »handelt es sich bei dem Serviertablett um einen Heiligenschein.«

»Einen *Heiligenschein*? Ich dachte, nur Engel auf Grußkarten hätten Heiligenscheine.« Sie legte den Kopf schräg und sah Daniel an. »Hast *du* einen Heiligenschein?«

Daniel lächelte, als fände er die Frage bezaubernd. »Nein, nicht in der Art eines goldenen Ringes. Soweit wir sagen können, sind Heiligenscheine Darstellungen unseres Lichtes, und zwar so, dass Sterbliche es verstehen können. Wie zum Beispiel das violette Licht, das du in der Sword & Cross um mich herum gesehen hast. Gabbe hat dir vermutlich nie erzählt, wie sie für da Vinci Modell gestanden hat?«

»Sie hat *was* getan?« Luce verschluckte sich beinahe an ihren Bombolini.

»Er wusste natürlich nicht, dass sie ein Engel war, aber sie sagt, Leonardo habe über das Licht gesprochen, das aus ihrem Innern zu strömen schien. Das ist der Grund, warum er sie mit einem Heiligenschein um den Kopf gemalt hat.«

»Wow.« Luce schüttelte erstaunt den Kopf, während sie an einem Liebespaar mit Filzhüten im Partnerlook vorbeifuhren, das sich auf einem Balkon küsste.

»Er war nicht der Einzige. Künstler haben Engel auf diese Weise dargestellt, seit wir auf die Erde gestürzt sind.«

»Und der Heiligenschein, den wir heute finden müssen?«

»Er ist das Werk eines anderen Künstlers.« Daniels Gesicht wurde ernst. Bläsertöne einer zerkratzten Jazzplatte klangen aus einem offenen Fenster und schienen den Raum um die Gondel auszufüllen und Daniels Erzählung zu untermalen. »Es ist die Skulptur eines Engels und viel älter, aus der vorklassischen Zeit. So alt, dass man nicht weiß, wer der Künstler ist. Die Figur stammt aus Anatolien und wurde, wie der Rest der Reliquien, während des zweiten Kreuzzugs gestohlen.«

»Also finden wir diese Skulptur in einer Kirche oder einem Museum oder sonst wo, schnappen uns den Heiligenschein vom Kopf des Engels und düsen damit einfach zum Berg Sinai?«, fragte Luce.

Daniels Augen verdunkelten sich für den Bruchteil einer Sekunde. »Das ist im Moment der Plan, ja.«

»Das klingt zu einfach«, meinte Luce und bemerkte die Details der Gebäude links und rechts – die hohen gotischen Fenster in einem, die grünen Kräuter, die aus dem Fenster eines anderen wuchsen. Alles schien mit einer Art heiterer Selbstaufgabe in das leuchtend grüne Wasser zu sinken.

Daniel sah an ihr vorbei und das sonnenbeschienene Wasser spiegelte sich in seinen Augen. »Wir werden sehen, wie einfach es ist.«

Er lenkte das Boot aus der Mitte des Kanals an eine Anlegestelle. Die Gondel schaukelte, als Daniel sie an einer mit Kletterpflanzen überrankten Ziegelmauer zum Stehen brachte. Er machte das Gefährt mit einer Leine an einem der Pfähle dort fest.

»Das ist die Adresse, die Mazotta mir gegeben hat.« Daniel deutete auf eine alte gewölbte Steinbrücke, die man ebenso gut als romantisch wie auch als baufällig betrachten konnte. »Diese Treppe hinauf geht es zur Piazza. Es sollte nicht weit sein.«

Er sprang aus der Gondel und auf den Gehweg, dann hielt er Luce die Hand hin. Sie folgte seinem Beispiel und gemeinsam überquerten sie Hand in Hand die Brücke. Während sie an einem Bäckerstand nach dem anderen vorbeigingen und an Händlern, die Venedig-T-Shirts verkauften, konnte Luce nicht umhin, all die anderen glücklichen Paare zu betrachten: Alle hier schienen sich zu küssen und froh zu sein. Sie nahm sich die Pfingstrose vom Ohr und steckte sie in die Handtasche. Sie und Daniel waren auf einer Mission, nicht in den Flitterwochen, und wenn sie versagten, würde es nie wieder eine romantische Begegnung geben.

Also setzten sie ihren Weg energischen Schrittes fort, bogen links in eine schmale Straße ein und dann nach rechts auf eine breite, offene Piazza.

Dort blieb Daniel abrupt stehen.

»Es sollte hier sein. Auf dem Platz.« Er warf einen Blick auf die Adresse und schüttelte erschöpft und ungläubig den Kopf.

»Was ist los?«

»Die Adresse, die Mazotta mir gegeben hat, ist *diese* Kirche. Das hat er mir nicht gesagt.« Er zeigte auf einen hohen Bau mit drei Rundfenstern. Es war eine große, eindrucksvolle Kirche mit hellroter Fassade und leuchtend weißen Rändern um die Fenster. »Die Skulptur – der Heiligenschein – muss dort drin sein.«

»Gut.« Luce lief los und sah sich einen Moment später verwirrt nach Daniel um, der immer noch wie angewurzelt dastand. »Lass uns hineingehen und nachschauen.«

Daniel trat von einem Fuß auf den anderen. Er sah plötzlich blass aus. »Ich kann nicht, Luce.«

»Warum nicht?«

Daniels Körper hatte sich vor Nervosität spürbar versteift. Seine Arme schienen ihm an den Seiten festgewachsen zu sein, und seine Zähne waren so fest zusammengebissen, dass sein Kiefer hätte verdrahtet sein können. Daniel war sonst immer zuversichtlich. Dieses ungewohnte Verhalten kam Luce seltsam vor.

»Dann weißt du es nicht?«, fragte er.

Luce schüttelte den Kopf und Daniel seufzte.

»Ich dachte, dass sie es dir an der Shoreline vielleicht beigebracht hätten ... die Sache ist die, wenn ein gefallener Engel ein Heiligtum Gottes betritt, wird es und alle, die sich darin aufhalten, in Flammen aufgehen.«

Er beendete seinen Satz sehr schnell, gerade als eine Gruppe deutscher Schulmädchen auf der Piazza an ihnen vorbei und zum Eingang der Kirche ging. Luce beobachtete, wie einige der Mädchen sich nach Daniel umdrehten, flüsterten, kicherten und sich die Zöpfe glatt strichen, für den Fall, dass er zufällig in ihre Richtung schaute.

Daniel heftete den Blick auf Luce. Er wirkte immer noch nervös. »Es ist eins der vielen kaum bekannten Details unserer Strafe. Wenn ein gefallener Engel den Wunsch hat, sich wieder der Rechtsprechung von Gottes Gnaden zu unterwerfen, muss er sich direkt an den Thron wenden. Umwege sind uns verboten.«

»Du sagst, dass du niemals einen Fuß in eine Kirche gesetzt hast? Nicht ein einziges Mal in den Tausenden von Jahren, die du auf der Erde gewesen bist?«

Daniel schüttelte den Kopf. »Weder in eine Kirche noch in einen Tempel, eine Synagoge oder eine Moschee. Niemals. Die Schwimmhalle der Sword & Cross war das Äußerste, das ich gewagt habe. Als sie entweiht und für den Sport umgewidmet worden ist, wurde das Tabu aufgehoben.« Er schloss die Augen. »Arriane hat es einmal getan, ganz zu Anfang, bevor sie sich wieder dem Himmel angeschlossen hat. Sie wusste es nicht besser. Die Art, wie sie es beschreibt ...«

»Hat sie daher die Narben an ihrem Hals?« Luce berührte sich instinktiv an der gleichen Stelle und dachte zurück an die erste Stunde an der Sword & Cross: Arriane hatte ihr ein gestohlenes Schweizer Armeemesser ausgehändigt und verlangt, dass Luce ihr die Haare schnitt. Sie hatte den Blick nicht von den seltsamen, verwachsenen Narben des Engels abwenden können.

»Nein.« Daniel schaute unangenehm berührt weg. »Das war etwas anderes.«

Eine Gruppe von Touristen posierte mit ihrem Reiseführer vor dem Kirchentor. In der Zeit, die sie miteinander gesprochen hatten, waren zehn Personen in die Kirche hinein- oder wieder hinausgegangen, anscheinend ohne die Schönheit oder Bedeutung des Gebäudes zu würdigen – doch Daniel, Arriane und eine ganze Legion von Engeln konnten niemals dort eintreten.

Aber Luce schon.

»Ich werde gehen. Ich weiß von deiner Zeichnung, wie der Heiligenschein aussieht. Wenn er dort drin ist, werde ich ihn finden und ...«

»Du kannst hineingehen, das stimmt.« Daniel nickte. »Es gibt keinen anderen Weg.«

»Kein Problem.« Luce heuchelte Lässigkeit.

»Ich werde hier warten.« Daniel wirkte widerstrebend und erleichtert zugleich. Er drückte ihre Hand und setzte sich auf den hohen Rand eines Brunnens in der Mitte des Platzes, dann erklärte er ihr, wie der Heiligenschein aussehen sollte und wie sie ihn abnehmen konnte. »Aber sei vorsichtig! Er ist mehr als zweitausend Jahre alt und zerbrechlich!« Hinter ihnen spie ein Cherub einen endlosen Wasserstrom aus. »Luce, wenn du irgendein Problem hast, wenn etwas auch nur annähernd verdächtigt erscheint, dann komm sofort wieder heraus.«

In der Kirche war es kühl und dunkel. Sie war kreuzförmig angelegt, hatte hohe Säulen und war erfüllt von schwerem Weihrauchduft. Luce nahm sich eine englischsprachige

Broschüre, die am Eingang auslag, und stellte fest, dass sie keine Ahnung hatte, wie die gesuchte Engelsskulptur hieß. Sie ärgerte sich über sich selbst, dass sie nicht gefragt hatte – Daniel hätte es gewusst –, und ging durch das schmale Kirchenschiff, vorbei an den Reihen leerer Bänke, während ihr Blick über die hohen Buntglasfenster mit den Stationen des Kreuzwegs wanderte.

Obwohl es draußen auf der Piazza von Menschen nur so wimmelte, war es in der Kirche relativ still. Luce war sich des Klackerns ihrer Reitstiefel auf dem Marmorboden unangenehm bewusst. In einer der kleinen Seitenkapellen, die hinter Eisengittern rechts und links des Chores lagen, stand eine Madonnenstatue. Die ausdruckslosen Marmoraugen der Madonna wirkten unnatürlich groß und ihre schmalen, betenden Hände überlang.

Luce konnte den Heiligenschein nirgendwo entdecken.

Schließlich stand sie am Ende des Langhauses in der Mitte der Kirche, wo der schwache Schein des Morgenlichts durch die Fenster fiel. Ein Mann in einer langen grauen Robe kniete vor einem Altar. Er murmelte leise einen lateinischen Gesang. *Dies irae, dies illa.* Luce erkannte die Worte aus ihrem Lateinkurs in Dover wieder, konnte sich aber nicht mehr daran erinnern, was sie bedeuteten.

Als sie sich dem Mann näherte, brach sein Gesang ab, und er hob den Kopf, als hätte ihre Gegenwart sein Gebet gestört. Sie hatte noch nie eine so blasse Haut gesehen. Sie wandte den Blick ab und ging nach links in das Querhaus, in das kürzere Schiff, das die Kreuzform der Kirche bildete, um dem Mann Raum zu geben …

Und sah sich einem Ehrfurcht gebietenden Engel gegenüber, der einige Meter über ihr aufragte.

Es war eine Statue aus glattem hellrosa Marmor und ganz anders als die Engel, die Luce inzwischen so gut kannte. Da war nichts von Cams grimmiger Vitalität, nichts von der unendlichen Komplexität, die sie an Daniel bewunderte. Dies war eine Statue, die von unerschütterlichen Gläubigen für unerschütterliche Gläubige geschaffen worden war. In Luce weckte der Engel keine Gefühle. Er schaute himmelwärts und sein marmorner Körper deutete sich unter den weichen Falten der Draperie über seiner Brust und Hüfte ab. Sein Gesicht war mit geübter Hand fein gemeißelt worden, von dem Rücken seiner Nase bis zu den winzigen Locken über seinem Ohr. Die Hände des Engels deuteten gen Himmel, als erbäte er Vergebung für eine vor langer Zeit begangene Sünde.

»Bon giorno.« Die Stimme ließ Luce zusammenfahren. Sie hatte den Priester in der schweren, bodenlangen, schwarzen Robe nicht kommen sehen, hatte die Sakristei am Rande des Querhauses nicht bemerkt, durch deren geschnitzte Mahagonitür der Geistliche soeben getreten war.

Er hatte eine schorfige Nase und große Ohrläppchen und überragte sie ein gutes Stück. Seine Gegenwart bereitete ihr Unbehagen. Sie zwang sich zu einem Lächeln und trat einen Schritt zur Seite. Wie sollte sie eine Reliquie von einem solch öffentlichen Ort stehlen? Warum hatte sie nicht vorher auf der Piazza daran gedacht? Sie konnte noch nicht einmal mit dem Priester reden …

Dann fiel es ihr wieder ein: Sie *sprach* Italienisch. Sie hatte es – mehr oder weniger – sofort gelernt, als sie durch den Verkünder auf italienischen Boden getreten war.

»Das ist eine schöne Skulptur«, sagte sie zu dem Priester.

Ihr Italienisch war nicht perfekt – sie sprach wie jemand, der es einmal fließend beherrscht hatte und dem es nun ein wenig eingerostet war. Trotzdem, es war gut genug, dass der Priester sie verstehen konnte.

»Ja, das ist sie.«

»Die Arbeit des Künstlers mit dem ... Meißel«, sagte sie und breitete die Arme weit aus, als würde sie das Werk kritisch betrachten, »ist so, als hätte er den Engel aus dem Stein befreit.« Luce richtete den Blick ihrer großen Augen wieder auf die Skulptur und versuchte, so unschuldig wie möglich zu wirken, dann ging sie einmal um den Engel herum. Und tatsächlich, ein goldener, mit Glas ausgefüllter Heiligenschein bekrönte dessen Kopf. Nur dass er nicht an den Stellen beschädigt war, die Daniels Skizze angedeutet hatte. Vielleicht war er restauriert worden.

Der Priester nickte weise und sagte: »Kein Engel war nach der Sünde des Sturzes jemals frei. Das kundige Auge kann auch dies erkennen.«

Daniel hatte ihr den Trick erklärt, wie sie den Heiligenschein vom Kopf des Engels lösen konnte: Sie musste ihn wie ein Lenkrad umfassen und zweimal entschieden, aber mit Gefühl gegen den Uhrzeigersinn drehen. »Weil er aus Glas und Gold gefertigt ist, konnte er der Skulptur erst nachträglich hinzugefügt werden. Daher wurde eine Basis in den Stein gehauen und der Heiligenschein mit einem passgenauen Loch versehen. Nur zwei kräftige Drehungen – aber vorsichtig!« Das würde ihn aus seiner Verankerung lösen.

Sie schaute zu der gewaltigen Statue hinauf, die über ihren Köpfen aufragte.

Gut.

Der Priester trat neben Luce. »Dies ist Raphael, der Heiler.«

Luce kannte keinen Engel namens Raphael. Sie fragte sich, ob er echt war oder eine Erfindung der Kirche. »Ich, äh, habe in einem Reiseführer gelesen, dass er aus der vorklassischen Zeit stammt.« Sie warf einen verstohlenen Blick auf den dünnen Marmorsteg, der den Heiligenschein mit dem Kopf des Engels verband. »Wurde diese Skulptur nicht während der Kreuzzüge in die Kirche gebracht?«

Der Priester hob die Arme vor die Brust, sodass die langen, weiten Ärmel seiner Robe bis zu den Ellenbogen zurückrutschten. »Sie denken an das Original. Es stand südlich von Dorsoduro in der Chiesa dei Piccoli Miracoli auf der Insel der Robben und verschwand mit der Kirche und der Insel, als beide, wie wir wissen, vor Jahrhunderten im Meer versanken.«

»Nein.« Luce schluckte hörbar. »Das wusste ich nicht.«

Der Blick seiner runden braunen Augen heftete sich auf ihre. »Sie müssen neu in Venedig sein«, bemerkte er. »Irgendwann zerfällt hier alles und landet im Meer. Aber eigentlich ist es gar nicht so schlimm. Wie würden wir sonst so gute Kopisten werden?« Er schaute zu dem Engel auf und strich mit seinen langen braunen Fingern über den Marmorsockel. »Diese Reproduktion wurde für nur fünfzigtausend Lire in Auftrag gegeben. Ist das nicht bemerkenswert?«

Es war nicht bemerkenswert, es war schrecklich. Der echte Heiligenschein war im Meer versunken? Jetzt würden sie ihn nie finden, sie würden nie den wahren Ort des Sturzes erfahren, sie würden nie in der Lage sein, Luzifer daran zu hindern, sie zu vernichten. Sie hatten diese Reise gerade erst begonnen, und es schien bereits, als sei alles verloren.

Luce taumelte rückwärts und fand kaum Atem, um dem Priester zu danken. Mit einem Gefühl, bleiern und aus dem Gleichgewicht zu sein, wäre sie beinahe über den bleichen

Betenden gestolpert, der ihr zornig nachblickte, als sie zur Tür eilte.

Sobald sie die Schwelle überschritten hatte, rannte sie los. Daniel fing sie am Brunnen am Ellbogen auf. »Was ist passiert?«

Ihr Gesicht musste alles verraten haben. Sie erzählte ihm die Geschichte und wurde mit jedem Wort mutloser. Als sie zu dem Teil kam, an dem der Priester mit der Reproduktion zum Schnäppchenpreis geprahlt hatte, rollte ihr eine Träne über die Wange.

»Bist du sicher, dass er die Kathedrale La Chiesa dei Piccoli Miracoli genannt hat?«, hakte Daniel nach und schaute über die Piazza. »Auf der Insel der Robben?«

»Ich bin mir sicher, Daniel, er ist weg. Er wurde auf dem Grund des Meeres begraben.«

»Und wir werden ihn finden.«

»Was? Wie?«

Er hatte sie bereits an der Hand gepackt und rannte mit einem Seitenblick auf das Kirchenportal über den Platz.

»Daniel …«

»Du kannst doch schwimmen.«

»Das ist nicht komisch.«

»Nein, das ist es nicht.« Er hörte auf zu rennen und drehte sich wieder zu ihr um, hielt ihr Kinn in der Hand. Ihr Herz raste, aber sein Blick ließ alles langsamer werden. »Es ist nicht ideal, aber wenn dies die einzige Möglichkeit ist, an das Objekt heranzukommen, dann ist es eben die Möglichkeit, wie wir an das Objekt herankommen werden. Nichts kann uns aufhalten. Du weißt das. Nichts darf uns aufhalten.«

Minuten später waren sie wieder in der Gondel und Daniel ruderte sie aufs Meer hinaus – mit jedem Schlag des Riemens trieb er sie an wie ein Motor. Sie schossen an jeder anderen Gondel im Kanal vorbei, nahmen enge Kurven um niedrige Brücken und hervorstehende Ecken von Gebäuden und bespritzten erschrockene Gesichter in benachbarten Gondeln mit Wasser.

»Ich kenne diese Insel«, sagte Daniel, der nicht einmal außer Atem war. »Sie lag früher auf halbem Wege zwischen der Kathedrale von San Marco und der Giudecca. Aber man kann das Boot dort nirgendwo festmachen. Wir werden die Gondel verlassen müssen. Wir werden von Bord gehen und schwimmen müssen.«

Luce schaute über den Rand der Gondel in das trübe grüne Wasser, das sich schnell unter ihr bewegte. Kein Badeanzug. Unterkühlung. Italienische Meeresungeheuer in unbekannten Schlammtiefen. Die Sitzbank der Gondel war eiskalt und das Wasser roch wie mit Abwässern gewürzter Schlick. All das schoss Luce durch den Kopf, aber als sie Daniel in die Augen sah, nahm ihre Furcht ab.

Er brauchte sie. Sie war an seiner Seite und hinterfragte nichts.

»Gut.«

In der Lagune ging es chaotisch zu: Im Wasser wimmelte es von Vaporetti, die Urlauber und ihre Rollkoffer zu den Hotels brachten, Motorbooten, die von reichen, eleganten Reisenden gechartert worden waren, und bunten Kajaks mit amerikanischen Rucksacktouristen. Alle, Gondeln und Kähne und Polizeiboote, fuhren kreuz und quer durcheinander.

Daniel manövrierte ihre Gondel mühelos durch das Gewirr und zeigte in die Ferne. »Siehst du die Türme?«

Luce schaute über die bunten Boote hinweg. Der Horizont war eine schwache Linie, wo das Blaugrau des Himmels das dunklere Blaugrau des Wassers berührte. »Nein.«

»Konzentrier dich, Luce.«

Nach einigen Momenten kamen zwei kleine grünliche Türme – sie hätte nie geglaubt, dass sie ohne Fernrohr so weit sehen könnte – in Sicht. »Oh. Da.«

Daniel trieb das Boot noch schneller voran, nachdem sie aus dem dichtesten Gedränge heraus waren. Das Wasser wurde bewegter, seine Farbe veränderte sich zu einem Dunkelgrün, und es begann eher wie das Meer zu riechen als nach dem eigenartig reizvollen Schmutz Venedigs. Luces Haar wehte im immer kälteren Wind. »Wir können nur hoffen, dass unser Heiligenschein nicht schon von Unterwasserarchäologen geklaut worden ist.«

Zuvor hatte Daniel sie gebeten, kurz auf ihn zu warten. Er war in einer schmalen Gasse verschwunden und im Nu mit einer kleinen rosa Plastiktüte zurückgekommen. Als er sie ihr jetzt zuwarf, zog Luce eine Schwimmbrille heraus. Sie sah idiotisch teuer und nicht sehr funktional aus: malvenfarben und schwarz mit modischen Engelsflügeln an den Rändern der Gläser. Luce konnte sich nicht erinnern, wann sie das letzte Mal mit einer solchen Brille geschwommen war, aber als sie über das dunkle schwarze Wasser sah, war sie dankbar, ihre Augen schützen zu können.

»Schwimmbrille, aber kein Badeanzug?«, fragte sie.

Daniel errötete. »Ich schätze, das war dumm. Aber ich war in Eile und habe nur daran gedacht, was du *brauchen* würdest, um den Heiligenschein zu finden.« Er trieb die Gondel weiter auf die Türme zu. »Du kannst doch in deiner Unterwäsche schwimmen, oder?«

Jetzt wurde Luce rot. Unter normalen Umständen wäre die Frage vielleicht aufregend gewesen, etwas, über das sie zusammen hätten kichern können. Aber nicht in diesen neun Tagen. Sie nickte. Acht Tage waren es jetzt noch. Daniel war todernst. Luce schluckte nur hörbar und sagte: »Natürlich.«

Die beiden grüngrauen Türme wurden größer, zeichneten sich klarer ab, und dann hatten Luce und Daniel sie auch schon erreicht. Sie waren hoch und konisch und bestanden aus grünspanüberzogenen Kupferlamellen. Früher waren sie von kleinen tropfenförmigen Kupferfähnchen bekrönt worden, die aussahen, als kräuselten sie sich im Wind, aber eine verwitterte Flagge war von Löchern durchsetzt und die andere war ganz abgebrochen. Auf dem offenen Wasser wirkten die herausragenden Türme bizarr und ließen auf eine höhlenartige Kathedrale in der Tiefe schließen. Luce fragte sich, vor wie langer Zeit die Kirche versunken war, wie tief sie unter der Oberfläche lag.

Der Gedanke, dort in einer lächerlichen Schwimmbrille und von Mom gekaufter Unterwäsche hinabzutauchen, ließ sie schaudern.

»Diese Kirche muss riesig sein«, sagte sie. Sie meinte: *Ich glaube nicht, dass ich das kann. Ich kann unter Wasser nicht atmen. Wie sollen wir einen kleinen Heiligenschein finden, der mitten im Meer versunken ist?*

»Ich kann dich bis zur Kapelle begleiten, aber nicht weiter. Solange du meine Hand festhältst.« Daniel reichte Luce eine warme Hand, um ihr zu helfen, in der Gondel aufzustehen. »Das Atmen wird kein Problem sein. Aber die Kirche wird immer noch geweiht sein, was bedeutet, dass du den Heiligenschein finden und holen musst.«

Daniel zog sich das T-Shirt über den Kopf und ließ es auf

die Sitzbank der Gondel fallen. Dann trat er schnell aus seiner Hose, ohne im Boot das Gleichgewicht zu verlieren, und schlüpfte aus den Tennisschuhen. Luce beobachtete ihn und spürte, wie sich etwas in ihr regte, bis ihr bewusst wurde, dass sie sich ebenfalls ausziehen sollte. Sie streifte die Stiefel ab, zog sich die Socken aus und schälte sich, so züchtig sie konnte, aus ihren Jeans. Daniel hielt ihr die Hand hin, um ihr zu helfen, damit sie nicht fiel; er sah ihr zu, aber nicht so, wie sie es erwartet hätte. Er machte sich Sorgen um sie, wegen ihrer Gänsehaut. Er rieb ihr die Arme, nachdem sie den Pullover ausgezogen hatte und nun frierend in der vernünftigen Unterwäsche dastand, in der Gondel mitten in der venezianischen Lagune.

Wieder zitterte sie, ob vor Kälte oder Furcht konnte sie nicht sagen. Aber ihre Stimme klang tapfer, als sie die kneifende Schwimmbrille aufsetzte und sagte: »Okay, lass uns schwimmen.«

Sie hielten sich an den Händen, genau wie beim letzten Mal, als sie zusammen in der Sword & Cross schwimmen gegangen waren. Als sie ihre Füße von dem polierten Deck der Gondel hoben, zog Daniel sie hinauf, höher, als sie selbst je hätte springen können – und dann tauchten sie ins Wasser ein.

Sie durchbrach die Oberfläche des Meeres, das nicht so kalt war, wie sie erwartet hatte. Das Wasser, das sie umgab, wurde sogar wärmer, je näher sie bei Daniel schwamm.

Er glühte.

Natürlich tat er das. Sie hatte ihre Ängste nicht aussprechen wollen, wie dunkel und unwegsam die Kirche unter Wasser sein würde, und jetzt begriff sie, dass Daniel wie immer auf sie aufpasste. Daniel würde ihr den Weg zu dem Heiligenschein mit demselben schimmernden Strahlen leuchten, das Luce in vielen der früheren Leben gesehen hatte. Sein Licht brach sich in dem trüben Wasser und hüllte Luce ein, so wunderschön und überraschend wie ein Regenbogen, der sich kühn über einen schwarzen Nachthimmel zog.

Sie schwammen hinab, Hand in Hand, gebadet in ein violettes Licht. Das Wasser war seidig und still wie ein leeres Grab. Nach einigen Metern wurde das Meer dunkler, aber Daniels Licht erhellte immer noch ihre Umgebung. Noch ein paar weitere Meter und die Fassade der Kirche kam in Sicht.

Sie war schön. Das Meer hatte sie erhalten, und das Glühen von Daniels Herrlichkeit warf einen violetten Schimmer über ihre alten Steine, der sie zu verzaubern schien. Zwischen den beiden Türmen über der Wasseroberfläche saß ein flaches Dach, gesäumt von steinernen Heiligenfiguren. Da waren halb verfallene Mosaiken, die Jesus mit einigen der Apostel zeigten. Wo einst die alten Venezianer gewandelt waren, lag alles unter einer dicken Schicht von Algen begraben, die vor Meerestieren nur so wimmelten: Winzige silberne Fische huschten durch die Nischen, Seeanemonen ragten aus den Darstellungen der Wunder heraus, Aale schlüpften aus den Ritzen. Daniel blieb neben Luce und folgte ihrem etwas eigenwilligen Kurs und beleuchtete ihr den Weg.

Luce schwamm um die rechte Seite der Kirche und spähte durch zerbrochene Bleiglasfenster. Dann – sie hatte es bereits erwartet – begannen ihre Lungen zu protestieren. Aber sie war noch nicht bereit aufzugeben. Sie hatten es gerade erst zu der Stelle geschafft, wo sie etwas sehen konnten, das wie ein Altar wirkte. Sie biss die Zähne zusammen und ertrug das Brennen noch etwas länger.

Daniels Hand umklammernd, spähte sie durch eins der Fenster neben dem Querhaus. Ihr Kopf und ihre Schultern wagten sich hinein, und Daniel drückte sich so gut er konnte flach gegen die Kirchenmauer, um das Innere für sie zu beleuchten.

Sie sah nichts als modernde Bänke und einen in zwei Teile geborstenen Altar. Der Rest lag im Dunkeln, und Daniel konnte nicht näher herankommen, um ihr mehr Licht zu geben. Sie spürte eine wachsende Enge in den Lungen und geriet in Panik – aber dann ließ sie irgendwie wieder nach, und Luce hatte das Gefühl, als hätte sie verschwenderisch viel Zeit, bevor die Enge und die Panik zurückkehren würden. Es war, als seien da Atemschwellen, und Luce konnte einige von ihnen passieren, bevor es wirklich ernst wurde. Daniel beobachtete sie und nickte, als verstünde er, dass sie noch etwas länger durchhalten konnte.

Sie schwamm an einem der Fenster vorbei und etwas Goldenes glänzte in einer eingestürzten Ecke der Kirche. Daniel hatte es ebenfalls wahrgenommen. Er schwamm an ihre Seite, wobei er darauf achtete, nicht in die Kirche einzudringen. Nur die Spitze des Heiligenscheins war zu sehen. Die Statue selbst machte den Eindruck, als sei sie durch einen eingebrochenen Teil des Bodens gesunken. Luce stieß einen Schwall Luftblasen aus und schwamm näher heran, unsicher, wie sie den Heiligenschein freibekommen sollte. Aber sie konnte nicht länger aushalten. Ihre Lungen brannten. Sie gab Daniel das Zeichen, aufzutauchen.

Er schüttelte den Kopf.

Als sie überrascht zusammenzuckte, zog er sie aus der Kirche heraus und nahm sie in die Arme. Er küsste sie leidenschaftlich, und es tat so gut, aber …

Aber nein, er küsste sie nicht nur. Er atmete Luft in ihre Lungen. Sie keuchte und spürte, wie die reine Luft in sie hineinströmte und ihre Lungen stärkte, gerade, als sie sich so anfühlten, als würden sie platzen. Es war, als hätte er einen endlosen Vorrat, und Luce gierte nach allem, was sie bekommen konnte. Ihre Hände suchten den beinahe nackten Körper des anderen so leidenschaftlich ab, als küssten sie sich nur um des Vergnügens willen. Luce wollte nicht aufhören. Aber sie hatten nur acht Tage. Als sie schließlich nickte zum Zeichen, dass sie genug hatte, grinste Daniel und löste sich von ihr.

Sie kehrten zu der kleinen Öffnung zurück, die einmal Fensterglas enthalten hatte. Daniel positionierte sich so, dass sein Glühen hineinschien, um ihr den Weg zu weisen. Sie wand sich langsam durch das Fenster. In der Kirche kam es ihr sofort kalt und unsinnigerweise beengt vor. Das war merkwürdig, denn die Kathedrale war riesig: Ihre Decken waren einige Dutzend Meter hoch und Luce hatte den Ort für sich allein.

Vielleicht war das ja das Problem. Daniel schien auf der anderen Seite des Fensters zu weit weg zu sein. Zumindest konnte sie vor sich den Engel sehen. Sie schwamm auf den goldenen Heiligenschein zu und umfasste ihn mit beiden Händen. Sich an Daniels Anweisungen erinnernd, drehte sie den Heiligenschein, als steuere sie einen Greyhound-Bus.

Er rührte sich nicht.

Luce packte den glitschigen Heiligenschein fester. Sie rüttelte ihn hin und her und nahm alle Kraft zusammen, die sie hatte.

Langsam, ganz langsam knarrte er und bewegte sich ein Stück nach links. Sie strengte sich erneut an, wobei sie verzweifelt Bläschen ausstieß. Gerade als sich Erschöpfung bemerkbar machte, löste sich der Heiligenschein und drehte sich. Daniels Miene nahm einen stolzen Ausdruck an, als er sie und sie ihn ansah und ihre Blicke sich ineinander verwoben. Sie dachte kaum noch über ihren Atem nach, während sie sich mühte, den Heiligenschein loszuschrauben.

Schließlich löste er sich. Sie schrie vor Freude auf und war erstaunt über sein ansehnliches Gewicht. Doch als sie zu Daniel aufschaute, sah er sie nicht mehr an. Er blickte nach oben, weit in die Ferne.

Und dann war er verschwunden.

Vier

Die Katze im Sack

Luce war allein in der Dunkelheit.

Wo war er?

Sie schwamm näher an das Loch im Boden heran, wo der Engel eingesunken war – wo nur Sekunden zuvor Daniels Licht ihr den Weg geleuchtet hatte.

Nach oben. Es war die einzige Möglichkeit.

Der Druck in ihren Lungen wuchs schnell und breitete sich in ihrem ganzen Körper aus, pochte in ihrem Kopf. Mittlerweile war die Luft, die sie von Daniel erhalten hatte, aufgebraucht. Sie konnte die Hand nicht vor Augen sehen. Sie konnte nicht denken. Sie durfte *nicht* in Panik geraten.

Luce stieß sich von dem zerstörten Kirchenboden ab und versuchte, an die Stelle zu gelangen, wo sie das Fenster vermutete, durch das sie in die Kathedrale gekommen war. Mit zitternder Hand tastete sie die muschelbedeckten Wände ab, suchte nach der schmalen Öffnung, durch die sie sich wieder hindurchzwängen musste.

Da.

Sie schob die Hände aus der Ruine und spürte, wie warm das Wasser draußen war. In der Dunkelheit wirkte die Öffnung noch schmaler und unpassierbarer als zuvor. Aber es war der einzige Weg hinaus.

Mit dem Heiligenschein, den sie sich unbeholfen unter

das Kinn geklemmt hatte, stieß Luce sich vorwärts und stemmte die Ellenbogen gegen die Außenmauer des Gebäudes, um sich hindurchzuziehen. Erst die Schultern, dann die Taille, dann ...

Ein stechender Schmerz fuhr ihr durch die Hüfte.

Ihr linker Fuß steckte fest, an einer Stelle, die sie weder erreichen noch sehen konnte. Tränen stiegen ihr in die Augen und sie schrie frustriert auf. Sie sah die Bläschen aus ihrem Mund nach oben steigen – nach oben, wohin sie ebenfalls musste –, und sie trugen in sich mehr Kraft und Luft, als sie noch übrig hatte.

Halb drinnen und halb draußen, kämpfte Luce in nackter Angst. Wenn Daniel nur hier wäre ...

Doch Daniel war nicht da.

Den Heiligenschein in einer Hand, zog sie die andere wieder durch das enge Fenster, schob sie dicht am Körper hinab und versuchte, ihren Fuß zu erreichen. Ihre Finger trafen auf etwas Kaltes, Gummiartiges und Unbekanntes. Ein Stück davon löste sich in ihrer Hand und zerfiel. Sie wand sich angewidert, mühte sich aber weiter ab, den Fuß loszureißen. Sie konnte kaum noch etwas sehen, ihre Fingernägel rissen ein und ihr Knöchel war ganz wund vom Ziehen und Zerren – dann war sie plötzlich frei.

Ihr Bein schoss ruckartig nach oben, und dabei schlug ihr Knie so heftig gegen die bröckelnde Mauer, dass sie wusste, sie hatte es sich aufgeschlagen. Aber das spielte keine Rolle: Hektisch schob sie sich ganz durch das Fenster.

Sie hatte den Heiligenschein. Sie war frei.

Aber sie hatte nicht mehr genug Luft in den Lungen, um es bis nach oben zu schaffen. Sie zitterte heftig, ihre Beine reagierten kaum noch auf ihre Befehle und ihr tanzten schwarzrote Punkte vor Augen. Sie fühlte sich dumpf, als schwimme sie durch nassen Zement.

Dann geschah etwas Erstaunliches: Das dunkle Wasser um sie herum erhellte sich in einem schimmernden Leuchten, und sie fand sich in Wärme und Licht wie in einer Sommerdämmerung gehüllt.

Eine Hand erschien und streckte sich nach ihr aus.

Daniel. Luce schob die Finger in seine starke, breite Hand und drückte den Heiligenschein fest an die Brust.

Sie schloss die Augen und flog mit Daniel durch den Unterwasserhimmmel nach oben.

Eine Sekunde schien zu verstreichen, dann brachen sie durch die Oberfläche in blendend helles Sonnenlicht. Instinktiv sog Luce so viel Luft in ihre Lungen, wie sie konnte, und erschreckte sich selbst über ihr raues Stöhnen, während sie mit der anderen die Schwimmbrille abriss.

Aber – es war merkwürdig. Ihr Körper schien nicht so viel Luft zu brauchen, wie ihr Verstand es ihr sagte. Ihr war schwindelig, sie war von dem plötzlichen Sonnenlicht wie benommen, aber seltsamerweise drohte ihr keine Ohnmacht. War sie doch nicht so lange dort unten gewesen, wie sie gedacht hatte? Konnte sie plötzlich viel länger die Luft anhalten? Ein sportlicher Stolz gesellte sich zu ihrer Erleichterung darüber, überlebt zu haben.

Daniel fand unter Wasser ihre Hände. »Geht es dir gut?«

»Was ist mit dir passiert?«, rief sie. »Ich wäre beinahe …«

»Luce«, warnte er. »Still.«

Er strich ihr mit den Fingern über die Hand und nahm ihr wortlos den Heiligenschein ab. Ihr wurde erst bewusst, wie schwer das Ding war, als sie es nicht mehr trug. Aber warum verhielt Daniel sich so seltsam und nahm ihr den

Heiligenschein so verstohlen ab, als hätte er etwas zu verbergen?

Luce brauchte nur dem Blick seiner dunklen violetten Augen zu folgen.

Sie waren nicht an der Stelle herausgekommen, an der sie abgetaucht waren. Vorher, so wurde Luce klar, hatten sie die versunkene Kathedrale von vorne gesehen – nur die beiden grüngrauen Spitzen, die von den untergegangenen Türmen aufragten –, aber jetzt waren sie fast genau über der Mitte der Kirche, wo früher das Langhaus gewesen war.

Sie wurden von zwei langen Reihen von Strebepfeilern flankiert, die einst die nun zerfallenden Steinmauern des langen Kirchenschiffes gehalten hatten. Die Strebebögen waren schwarz vor Moos und nicht annähernd so hoch wie die Türme der Fassade. Ihre Steinschrägen brachen durch die Wasseroberfläche – was sie zu perfekten Bänken für die Gruppe von gut zwanzig Outcasts machten, die Luce und Daniel umgaben.

Als Luce sie erkannte – braune Trenchcoats, bleiche Haut, tote Augen –, unterdrückte sie einen Aufschrei.

»Hallo«, sagte einer.

Es war nicht Phil, der schmierige Outcast, der sich als Shelbys Freund ausgegeben hatte und dann im Garten von Luces Eltern den Kampf gegen die Engel angeführt hatte. Ihn konnte sie nicht entdecken. Luce sah nur eine Truppe ausdrucksloser und gleichgültiger Wesen, die sie nicht kannte und die sie auch nicht kennenlernen wollte.

Als gefallene Engel, die sich nicht entscheiden konnten, waren die Outcasts in mancher Hinsicht das Gegenteil von Daniel, der sich geweigert hatte, sich auf eine andere Seite als die von Luce zu stellen. Vom Himmel wegen ihrer Unentschlossenheit gemieden, von der Hölle gegenüber allem außer dem schwächsten Schein der Seelen mit Blindheit geschlagen, boten die Outcasts das Bild einer Versammlung, von dem einem übel werden konnte. Sie starrten Luce genauso an wie beim letzten Mal, mit schauerlich leeren Augen, die ihren Körper zwar nicht sehen konnten, doch etwas in ihrer Seele spürten, das ihnen sagte, sie sei »der Preis«.

Luce fühlte sich ungeschützt, in der Falle. Das Grinsen der Outcasts machte das Wasser kälter. Daniel schwamm näher an sie heran und sie spürte etwas Glattes an ihrem Rücken. Er hatte im Wasser seine Flügel entfaltet.

»Ein Fluchtversuch würde euch schlecht bekommen«, dröhnte ein Outcast hinter Luce, als spüre er die Regung von Daniels Flügeln unter Wasser. »Ein Blick hinter euch sollte euch von unserer zahlenmäßigen Überlegenheit überzeugen und hiervon genügt ein einziger.« Er öffnete den Trenchcoat, um einen Köcher mit silbernen Sternenpfeilen zu enthüllen.

Die Outcasts hatten sie umzingelt, hockten überall um sie herum auf den steinernen Überresten der venezianischen Insel. Sie wirkten hochmütig und schäbig in ihren Trenchcoats, die sie um die Taille geknotet hatten, um ihre schmutzigen, klopapierdünnen Flügel zu verbergen. Luce erinnerte sich von der Schlacht im Garten ihrer Eltern daran, dass die weiblichen Outcasts genauso grausam und gnadenlos waren wie die Männer. Das war erst vor wenigen Tagen gewesen, doch es kam ihr so vor, als seien Jahre vergangen.

»Aber wenn ihr es vorzieht, uns zu testen ...« Träge legte der Outcast einen Pfeil auf die Sehne und Daniel konnte sein Schaudern nicht ganz verbergen.

»Ruhe.« Einer der Outcasts erhob sich auf dem Strebepfeiler. Er trug keinen Trenchcoat, sondern eine lange graue Robe, und Luce schnappte nach Luft, als er die Kapuze zurückschlug und sein bleiches Gesicht enthüllte. Er war der blasse, singende Mann aus der Kirche. Er hatte sie die ganze Zeit beobachtet und alles gehört, was sie zu dem Priester gesagt hatte. Dann musste er ihr hierher gefolgt sein. Seine farblosen Lippen verzogen sich zu einem Lächeln.

»Hat sie ihren Heiligenschein also gefunden«, knurrte er.

»Das geht euch nichts an«, rief Daniel, aber Luce hörte die Verzweiflung in seiner Stimme. Sie wusste immer noch nicht warum, aber die Outcasts waren entschlossen, Luce zu ihrer Angelegenheit zu machen. Sie glaubten, dass ihre Erlösung, ihre Rückkehr in den Himmel zum Teil in ihrer Macht lag, aber ihre Logik war ihr jetzt genauso schleierhaft, wie sie es im Garten ihrer Eltern gewesen war.

»Beleidigt uns nicht mit euren Lügen«, donnerte der Outcast in der Robe. »Wir wissen, was ihr sucht, und ihr wisst, dass es unsere Aufgabe ist, euch aufzuhalten.«

»Du verstehst das nicht«, sagte Daniel. »Du siehst es nicht als das, was es ist. Nicht einmal *du* kannst wollen, …«

»Dass Luzifer die Geschichte umschreibt?« Die weißen Augen des Outcasts bohrten sich in den Raum zwischen Daniel und Luce. »Oh ja, das würde uns sehr gefallen.«

»Wie kannst du das sagen? Alles – die Welt, wir, so wie wir jetzt sind – wird ausgelöscht werden. Das ganze Universum, jedes Bewusstsein, weg.«

»Glaubst du wirklich, dass unser Leben während dieser letzten siebentausend Jahre es wert ist, erhalten zu werden?« Die Augen des Anführers wurden schmal. »Es ist besser, uns auszulöschen, diese blinde Existenz auszuradieren, bevor wir verkümmern. Beim nächsten Mal …« Wieder richtete er seine blicklosen Augen auf Luce. Sie sah, wie sie sich in ihren Höhlen drehten und auf ihre Seele zielten. Und es brannte. »Beim nächsten Mal werden wir nicht auf solch sinnlose Art den Zorn des Himmels auf uns ziehen. Der Thron wird uns wieder willkommen heißen. Wir werden unsere Karten weiser ausspielen.« Sein blinder Blick verweilte auf Luces Seele. Er lächelte. »Beim nächsten Mal werden wir … Hilfe haben.«

»Ihr werdet gar nichts haben, so wie jetzt. Tritt beiseite, Outcast. Dieser Krieg ist eine Nummer zu groß für dich.«

Der Outcast in der Robe befingerte einen Sternenpfeil und lächelte. »Es wäre so einfach, dich jetzt zu töten.«

»Es kämpft bereits eine Engelschar für Lucinda. Wir werden Luzifer aufhalten, und wenn wir dabei noch Zeit haben, uns mit etwas so Unwichtigem wie euch zu beschäftigen, werden die Outcasts diesen Moment und alles, was sie seit dem Sturz getan haben, noch bereuen.«

»In der nächsten Runde werden die Outcasts sich von Anfang an auf das Mädchen konzentrieren. Wir werden es verzaubern, so wie du es getan hast. Wir werden es dazu bringen, jedes Wort zu glauben, das wir sagen, so wie du es getan hast. Wir haben dich studiert. Wir wissen, was zu tun ist.«

»Narren!«, rief Daniel. »Ihr denkt, ihr werdet beim nächsten Mal klüger oder tapferer sein? Ihr denkt, ihr werdet euch noch an diesen Moment, an dieses Gespräch, an diesen brillanten Plan erinnern? Ihr werdet nur wieder dieselben Fehler begehen. Das werden wir alle. Nur Luzifer wird sich an seine Irrtümer erinnern. Und sein Streben dient nur seinen niederen Begierden. Ihr erinnert euch doch gewiss noch, wie seine Seele aussieht«, sagte Daniel spitz, »selbst wenn ihr sonst nichts seht.«

Die Outcasts erhoben sich von ihren Plätzen.

»Ich erinnere mich«, hörte Luce einen Outcast schwach murmeln.

»Luzifer war der strahlendste Engel von allen«, rief ein anderer voller Wehmut. »So schön, dass es uns geblendet hat.«

Luce wurde klar, dass sie empfindlich waren, was ihre Missgestalt anging.

»Lass von deinen Ausflüchten ab!«, übertönte eine lautere Stimme die anderen. Der Outcast in der Robe, der Anführer dieser Szene. »In der nächsten Runde werden die Outcasts wieder sehen können. Sehen wird zu Weisheit führen, und Weisheit führt zurück durch die Pforten des Himmels. Wir werden für den Preis attraktiv sein. Sie wird uns leiten.«

Luce zitterte an Daniels Seite.

»Vielleicht können wir *alle* eine zweite Chance auf Erlösung bekommen«, appellierte Daniel an sie. »Wenn wir in der Lage sind, Luzifer aufzuhalten ... dann gibt es keinen Grund, warum ihr nicht auch ...«

»Nein!« Der Anführer stürzte sich von seinem Strebepfeiler auf Daniel und seine widerwärtigen zerfetzten Flügel breiteten sich mit einem Knacken wie ein brechender Zweig aus.

Daniel löste die Flügel von Luces Taille und drückte ihr den Heiligenschein wieder in die Hand, während er sich aus dem Wasser erhob, um sich zu verteidigen. Der Anführer in der Robe konnte es mit Daniel nicht aufnehmen, der hinaufschoss und ihm einen rechten Haken verpasste.

Der Outcast flog einige Meter rückwärts und hüpfte dabei wie ein Stein über das Wasser. Nachdem er zum Stillstand gekommen war, richtete er sich auf und kehrte an seinen Platz auf dem Strebepfeiler zurück. Mit einer Bewegung seiner bleichen Hand gab er seinen Gefährten das Zeichen, sich in einem Kreis in die Luft zu erheben.

»Ihr wisst, wer sie ist!«, rief Daniel. »Ihr wisst, was dies für uns bedeutet. Tut ausnahmsweise einmal in eurem Dasein etwas Mutiges, anstatt etwas Feiges.«

»Wie?«, fragte der Outcast herausfordernd. Wasser lief vom Saum seiner Robe.

Daniel atmete schwer und richtete den Blick auf Luce und den goldenen Heiligenschein, der im Wasser schimmerte. Seine violetten Augen wirkten für einen Moment lang panisch – und dann tat er etwas, womit Luce nie gerechnet hätte.

Er sah dem Anführer der Outcasts tief in seine toten weißen Augen, streckte die Hand aus und sagte: »Schließt euch uns an.«

Der Outcast stieß ein düsteres Lachen aus.

Daniel zuckte mit keiner Wimper.

»Die Outcasts arbeiten für niemanden als für sich selbst.«

»Das hast du klargemacht. Niemand verlangt von euch, euch zu binden. Aber arbeitet nicht gegen die einzige richtige Sache. Ergreift diese Chance, alle zu retten, euch selbst eingeschlossen. Schließt euch unserem Kampf gegen Luzifer an.«

»Das ist ein Trick!«, rief eins der Outcastmädchen.

»Er versucht, dich zu täuschen, um seine Freiheit zu gewinnen.«

»Nehmt das Mädchen!«

Luce schaute entsetzt den Outcast an, der über ihr aufragte. Er kam näher, seine Augen weiteten sich hungrig, und seine weißen Hände zitterten, als sie sich nach ihr ausstreckten. Näher. Noch näher. Sie schrie …

Aber niemand hörte es, denn in diesem Moment *kräuselte* sich die Welt. Die Luft und das Licht und jedes Teilchen in der Atmosphäre schienen sich zu verdoppeln und zu teilen, um dann mit einem Donnerschlag in sich zusammenzufallen.

Es geschah wieder.

Durch den Wald beiger Trenchcoats und schmutziger Flügel hatte der Himmel ein fahles, versmogtes Grau angenommen, wie beim letzten Mal in der Bibliothek der Sword & Cross, als alles schon einmal erzittert war. Ein weiteres Zeitbeben. *Luzifer kommt näher.*

Eine gewaltige Welle brach über Luces Kopf zusammen. Sie ruderte mit einem Arm, umklammerte den Heiligenschein mit dem anderen und trat hektisch mit den Beinen, um den Kopf über Wasser zu halten.

Sie sah Daniels Gesicht, als zu ihrer Linken ein gewaltiges Knarren erklang. Seine weißen Flügel schwebten auf sie zu, aber nicht schnell genug.

Das Letzte, was Luce sah, ehe ihr Kopf unter Wasser geriet, schien sich in Zeitlupe abzuspielen: Der grüngraue Kirchturm kippte und neigte sich ganz sachte auf ihren Kopf zu. Sein Schatten wuchs, bis er sie mit einem gewaltigen Aufschlag in die Dunkelheit riss.

Als Luce erwachte, hob und senkte sie sich auf einer Welle: Sie lag auf einem Wasserbett.

Die Fenster waren mit roten Spitzengardinen verhängt. Graues Licht, das durch die kunstvolle Spitze fiel, ließ vermuten, dass draußen der Abend dämmerte. Luce verspürte einen pochenden Schmerz in ihrem Kopf und ihrem Knöchel. Sie rollte sich in den schwarzen Seidenlaken herum – und fand sich einem Mädchen mit verschlafenem Blick und einer gewaltigen blonden Mähne gegenüber.

Das Mädchen stöhnte und zuckte mit silbergeschminkten Lidern, während es sich die schlaffe Hand über den Kopf legte. »Oh«, sagte es und klang viel weniger überrascht, neben Luce aufzuwachen, als Luce es war. »Wie spät ist es gestern geworden?«, lallte sie auf Italienisch. »Diese Party war *verrückt.*«

Luce wich zurück, fiel aus dem Bett und versank in einem dicken weißen Teppich. Der Raum glich einer Höhle, kalt, mit abgestandener Luft, dunkelgrauer Tapete und einem übergroßen Empirebett auf einem großen Teppich in der Mitte. Sie hatte keine Ahnung, wo sie war, wie sie hergekommen war, wessen Bademantel sie trug, wer dieses Mädchen war oder was das für eine Party gewesen sein sollte, von der das Mädchen dachte, Luce habe sie in der Nacht zuvor besucht. War sie irgendwie in einen Verkünder gefallen? Neben dem Bett stand ein Hocker mit Zebramuster. Die Kleider, die sie in der Gondel zurückgelassen hatte, waren sauber darauf gefaltet – der weiße Pullover, den sie zwei Tage zuvor im Haus ihrer Eltern angezogen hatte, ihre Jeans und daneben ihre aneinander gelehnten Reitstiefel. Das silberne Medaillon mit der eingravierten Rose – sie hatte es in ihren Stiefel gesteckt, kurz bevor sie und Daniel ins Wasser getaucht waren – lag in einem zierlichen Glasschälchen auf dem Nachttisch.

Sie legte es an und zwängte sich in ihre Jeans. Das Mädchen im Bett war wieder eingeschlafen, ein schwarzes Seidenkissen über dem Gesicht, unter dem ihr zerzaustes blondes Haar hervorquoll. Luce schaute um das hohe Kopfende herum und sah zwei leere lederne Fernsehsessel vor einem brennenden Kamin an der gegenüberliegenden Wand, und darüber hing ein Flachbildschirmfernseher.

Wo war Daniel?

Sie zog gerade den Reißverschluss ihres zweiten Stiefels hoch, als sie eine Stimme hörte, die durch die gesprungenen Glastüren auf der anderen Seite des Bettes kam.

»Du wirst es nicht bereuen, Daniel.«

Bevor er antworten konnte, war Luces Hand auf dem Türknauf – und dort im Wohnzimmer fand sie ihn, auf einem Zweiersofa mit Zebramuster, gegenüber von Phil, dem Outcast.

Als er sie in der Tür sah, erhob Daniel sich. Auch Phil stand auf und trat steif neben seinen Stuhl. Daniel strich Luce übers Gesicht und über die Stirn, die, wie Luce nun feststellte, empfindlich und wohl voller blauer Flecken war.

»Wie fühlst du dich?«

»Der Heiligenschein …«

»Wir haben den Heiligenschein.« Daniel deutete auf die riesige goldgerahmte Glasscheibe, die auf dem großen hölzernen Esstisch im angrenzenden Raum lag. An dem Tisch saß ein Outcast und löffelte Joghurt, während ein anderer mit verschränkten Armen in der Tür lehnte. Beide waren Luce zugewandt, aber man konnte nicht sagen, ob sie sich dessen bewusst waren. Luce fühlte sich in ihrer Nähe nervös, spürte ein Frösteln in der Luft, vertraute jedoch Daniels Gelassenheit.

»Was ist mit dem Outcast passiert, gegen den du gekämpft hast?«, fragte Luce und sah sich nach der bleichen Gestalt in der Robe um.

»Mach dir um ihn keine Sorgen. *Du* bist diejenige, um die

ich mir Sorgen mache.« Er sprach so zärtlich mit ihr, als wären sie allein.

Sie erinnerte sich daran, wie der Kirchturm sich in ihre Richtung geneigt hatte, als die Kathedrale unter Wasser eingestürzt war. Sie erinnerte sich an Daniels Flügel, die einen Schatten über alles geworfen hatten, als sie sich zu ihr hinabgesenkt hatten.

»Du hast einen bösen Schlag auf den Kopf bekommen. Die Outcasts haben mir geholfen, dich aus dem Wasser zu ziehen, und sie haben uns hierher gebracht, damit du schlafen konntest.«

»Wie lange habe ich geschlafen?«, wollte Luce wissen. Die Nacht brach gerade an. »Wie viel Zeit haben wir noch …«

»Sieben Tage, Luce«, antwortete Daniel leise. Ihr wurde klar, wie deutlich es auch ihm bewusst war, dass ihnen die Zeit davonlief.

»Nun, wir sollten hier keine Zeit mehr verschwenden.« Sie warf einen Blick zu Phil hinüber, der sein Glas und das von Daniel mit etwas Rotem auffüllte, das dem Flaschenetikett zufolge Campari hieß.

»Gefällt dir meine Wohnung nicht, Lucinda Price?«, fragte Phil und tat so, als sehe er sich zum ersten Mal in dem postmodernen Wohnzimmer um. An den Wänden hingen Gemälde im Stil von Jackson Pollock, aber es war Phil, von dem Luce die Augen nicht abwenden konnte. Seine Haut war teigiger, als sie es in Erinnerung hatte, mit dicken, dunklen Ringen unter den leeren Augen. Bei jedem Gedanken an seine zerlumpten Flügel, die ihr Spiegelbild im Garten ihrer Eltern gehalten hatten, bereit, sie an einen dunklen, fernen Ort zu bringen, wurde ihr kalt.

»Ich kann es natürlich nicht gut sehen, aber man hat mir

gesagt, der Raum sei auf eine Weise eingerichtet, die junge Damen anspricht. Wer hätte gedacht, dass ich nach meiner Zeit mit deiner Nephilimfreundin Shelby eine solche Vorliebe für sterbliches Fleisch entwickeln würde? Hast du meine Freundin im Schlafzimmer kennengelernt? Sie ist ein süßes Mädchen, sie sind alle so süß.«

»Wir sollten gehen.« Luce zupfte drängend an Daniels Hemd.

Die anderen Outcasts im Raum nahmen Haltung an. »Bist du sicher, dass du nicht auf einen Drink bleiben kannst?«, fragte Phil und füllte ein drittes Glas mit der kirschroten Flüssigkeit, die er unweigerlich verschüttete. Daniel legte die Hand über den Rand und füllte stattdessen ein Glas mit Grapefruitlimonade.

»Setz dich, Luce«, sagte Daniel und reichte ihr das Glas. »Wir sind noch nicht ganz bereit zum Aufbruch.«

Als die beiden saßen, folgten die anderen zwei Outcasts ihrem Beispiel. »Dein Freund ist sehr vernünftig«, bemerkte Phil und legte seine schmutzigen Springerstiefel auf den marmornen Wohnzimmertisch. »Wir sind übereingekommen, dass die Outcasts sich eurem Bestreben, den Morgenstern aufzuhalten, anschließen werden.«

Luce beugte sich zu Daniel vor. »Können wir *allein* reden?«

»Ja, natürlich«, antwortete Phil für ihn, erhob sich erneut mit steifen Gliedern und nickte den anderen Outcasts zu. »Nehmen wir uns alle einen Moment Zeit.« Die anderen bildeten hinter Phil eine Reihe und verschwanden durch eine hölzerne Schwingtür in der Küche.

Sobald sie allein waren, legte Daniel ihr die Hände auf die Knie. »Hör mal, ich weiß, dass sie nicht deine Lieblings…«

»Daniel, sie haben versucht, mich zu entführen.«

»Ja, ich weiß, aber da dachten sie noch, ...« – Daniel hielt inne, fuhr ihr durchs Haar und entwirrte eine verhedderte Stelle – »da dachten sie, dass sie ihren früheren Verrat wieder wettmachen könnten, wenn sie dich dem Thron präsentieren würden. Aber jetzt hat sich das Spiel von Grund auf verändert, zum Teil aufgrund dessen, was Luzifer getan hat – und zum Teil, weil du dem Ziel, den Fluch zu brechen, näher gekommen bist, als die Outcasts erwartet haben.«

»Was?«, fragte Luce aufgeregt. »Du glaubst, ich bin kurz davor, den Fluch zu brechen?«

»Sagen wir einfach, du warst noch nie so dicht dran«, erwiderte Daniel, und etwas hob sich in Luce, das sie nicht verstand. »Mit der Hilfe der Outcasts im Kampf gegen unsere Feinde kannst du dich auf das konzentrieren, was du tun musst.«

»Die Hilfe der Outcasts? Aber sie haben uns gerade in einen Hinterhalt gelockt.«

»Phil und ich haben über alles geredet. Wir sind zu einer Übereinkunft gekommen. Luce, hör zu« – Daniel ergriff ihren Arm und flüsterte, obwohl sie allein im Raum waren –, »die Outcasts sind eine geringere Bedrohung, wenn sie auf unserer Seite sind, als wenn sie gegen uns wären. Sie sind unangenehm, aber sie sind auch außerstande zu lügen. Mit ihnen werden wir immer wissen, wo wir stehen.«

»Warum müssen wir überhaupt mit ihnen auf einer Seite stehen?« Luce ließ sich in das Kissen mit dem Zebradruck fallen.

»Sie sind bewaffnet, Luce. Besser ausgerüstet und haben mehr Krieger als jede andere Fraktion, auf die wir treffen werden. Es könnte die Zeit kommen, in der wir ihre Sternenpfeile und ihre Stärke brauchen werden. Man muss nicht ihr bester Freund sein, aber sie sind ausgezeichnete Leibwächter und skrupellos, wenn es um ihre Feinde geht.« Er lehnte sich zurück und schaute aus dem Fenster, als sei gerade etwas Unangenehmes vorbeigeflogen. »Und da sie auf jeden Fall an dieser Sache beteiligt sein werden, können wir uns genauso gut mit ihnen verbünden.«

»Was ist, wenn sie mich immer noch für den Preis oder so was halten?«

Daniel schenkte ihr ein sanftes, unerwartetes Lächeln. »Ich bin mir sicher, dass sie das immer noch denken. Viele tun das. Aber nur du kannst entscheiden, wie du deine Rolle in dieser alten Geschichte erfüllen willst. Denk daran, als wir uns in der Sword & Cross zum ersten Mal geküsst haben. Dieses Erwachen in dir war nur der erste Schritt. All die Lektionen, die du während deiner Zeit in den Verkündern gelernt hast, haben dich gerüstet. Die Outcasts können dir das nicht nehmen. Das kann niemand. Und außerdem« – er grinste – »niemand kann dich berühren, wenn ich an deiner Seite bin.«

»Daniel?« Sie nippte an der Grapefruitlimonade und spürte, wie sie im Hals prickelte. »Wie werde ich meine Rolle in dieser alten Geschichte erfüllen?«

»Ich habe keine Ahnung«, antwortete er, »aber ich kann es gar nicht erwarten, es herauszufinden.«

»Ich auch nicht.« Die Küchentür schwang auf, und das bleiche, beinahe hübsche Gesicht eines Mädchens erschien, das blonde Haar zu einem strengen Pferdeschwanz zurückgebunden. »Die Outcasts werden des Wartens müde«, sang sie roboterhaft.

Daniel sah Luce an, die sich zu einem Nicken zwang.

»Du kannst sie hereinschicken«, sagte Daniel zu dem Mädchen.

Sie marschierten schnell und mechanisch im Gänsemarsch herein und bezogen alle wieder ihre früheren Positionen, bis auf Phil, der näher an Luce heranrückte. Der Löffel des Joghurtessers stieß unbeholfen gegen den Rand seines leeren Plastikbechers.

»Also hat er dich auch überzeugt?«, fragte Phil und hockte sich auf die Armlehne des Sofas.

»Wenn Daniel euch vertraut, werde ich …«

»Wie ich es mir gedacht habe«, unterbrach er sie. »Wenn die Outcasts sich heutzutage verpflichten, dann sind wir extrem loyal. Wir verstehen, was auf dem Spiel steht, wenn wir diese Art von … Entscheidungen treffen.« Er betonte das Wort »Entscheidungen« und nickte Luce zu, was sie nervös machte. »Die Entscheidung, sich mit einer Seite zu verbinden, ist sehr wichtig, denkst du nicht auch, Lucinda Price?«

»Daniel, wovon redet er?«, fragte Luce, obwohl sie es schon zu wissen glaubte.

»Alle sind heutzutage davon fasziniert«, antwortete Daniel müde. »Der annähernde Gleichstand zwischen Himmel und Hölle.«

»Nach all diesen Jahrtausenden ist er fast erreicht!« Phil ließ sich in das Zweiersofa Luce und Daniel gegenüber sinken. Er war lebhafter, als Luce ihn je zuvor gesehen hatte. »Fast jeder Engel hat sich mit einer Seite verbündet, dunkel oder hell, nur einer hat noch nicht gewählt.«

Ein Engel, der bisher nicht gewählt hat.

Eine Erinnerung blitzte auf: Sie trat mit Shelby und Miles durch einen Verkünder nach Las Vegas. Sie waren dorthin gegangen, um sich mit ihrer Schwester Vera aus einem früheren Leben zu treffen, und waren in einem IHOP gelandet, wo Arriane ihnen sagte, es werde eine Abrechnung geben.

Bald. Und am Ende, wenn über jede Seele der anderen Engel Klarheit besteht, würde alles darauf hinauslaufen, dass ein wichtiger Engel eine Seite wählte.

Luce war davon überzeugt, dass der unentschlossene Engel Daniel war.

Er wirkte verärgert und wartete darauf, dass Phil zum Ende kam.

»Und natürlich sind da immer noch die Outcasts.«

»Was meinst du?«, hakte Luce nach. »Haben die Outcasts keine Seite gewählt? Ich habe immer angenommen, dass ihr auf Luzifers Seite steht.«

»Das liegt nur daran, dass du uns nicht magst«, sagte Phil mit todernster Miene. »Nein, die Outcasts können nicht wählen.« Er drehte den Kopf, wie um aus dem Fenster zu schauen, und seufzte. »Kannst du dir vorstellen, wie das ist …«

»Das sagst du der Falschen, Phil«, unterbrach Daniel.

»Wir sollten *zählen*«, sagte Phil, der plötzlich einen flehentlichen Ton anschlug. »Wir bitten ja nur darum, dass wir in dem kosmischen Gleichgewicht eine Bedeutung haben.«

»Ihr könnt nicht wählen«, wiederholte Luce, die langsam verstand. »Ist das die Strafe für eure Unentschlossenheit?«

Der Outcast nickte steif. »Und daher spielt unsere Existenz im kosmischen Gleichgewicht keine Rolle. Auch unser Tod spielt keine Rolle.« Phil senkte den Kopf.

»Du weißt, dass es nicht meine Entscheidung ist«, erwiderte Daniel. »Und es ist bestimmt nicht Luce' Entscheidung. Wir verschwenden Zeit …«

»Sei nicht so abweisend, Daniel Grigori«, sagte Phil. »Wir alle haben unsere Ziele. Ob du es zugibst oder nicht, du brauchst uns, um deine Ziele zu erreichen. Wir hätten uns mit den Ältesten der Zhsmaelim zusammentun können. Miss

Sophia Bliss hat euch immer noch im Auge. Sie ist natürlich fehlgeleitet, aber wer weiß – vielleicht könnte sie Erfolg haben, wo du scheitern wirst.«

»Warum habt ihr euch dann nicht ihnen angeschlossen?«, fragte Luce scharf und nahm Daniel in Schutz. »Ihr hattet keine Probleme, mit Sophia zusammenzuarbeiten, als ihr meine Freundin Dawn entführt habt.«

»Das war ein Fehler. Damals wussten wir noch nicht, dass die Ältesten das andere Mädchen umgebracht hatten.«

»Penn.« Luces Stimme brach.

Phils blasses Gesicht wirkte erschöpft. »Unverzeihlich. Die Outcasts würden niemals einem Unschuldigen etwas zuleide tun. Erst recht nicht einem mit einem so feinen Charakter, einem so gebildeten Verstand.«

Luce sah Daniel an und wollte ihm vermitteln, dass sie mit ihrem Urteil über die Outcasts vielleicht zu schnell gewesen war, aber Daniel sah Phil finster an.

»Und doch habt ihr euch gestern mit Miss Sophia getroffen«, sagte er.

Der Outcast schüttelte den Kopf.

»Cam hat mir die goldene Einladung gezeigt«, hakte Daniel nach. »Ihr habt euch auf der Rennbahn der Sterblichen namens Churchill Downs mit ihr getroffen, um über die Verfolgung von Luce zu sprechen.«

»Falsch.« Phil stand auf. Er war genauso groß wie Daniel, aber kränklich und zerbrechlich. »Wir haben uns gestern mit Luzifer getroffen. Man lehnt keine Einladung des Morgensterns ab. Miss Sophia und ihre Spießgesellen waren da, nehme ich an. Die Outcasts haben ihre schmutzigen Seelen gespürt, aber wir arbeiten nicht mit ihnen zusammen.«

»Einen Moment«, schaltete Luce sich ein, »ihr habt euch

gestern mit Luzifer getroffen?« Das bedeutete Freitag, den Tag, den Luce und die anderen in der Sword & Cross damit verbracht hatten, darüber zu diskutieren, wie sie die Reliquien finden konnten, damit sie Luzifer daran hindern konnten, die Vergangenheit auszulöschen. »Aber da waren wir schon aus den Verkündern zurück. Luzifer wäre dann bereits im Sturz gewesen.«

»Nicht unbedingt«, erklärte Daniel. »Obwohl dieses Treffen stattgefunden hat, nachdem *ihr* aus den Verkündern zurückgekommen wart, hat es sich trotzdem in *Luzifers* Vergangenheit abgespielt. Nur hat er deine Verfolgung in Gestalt dieses Gargoyles einen halben Tag später und Hunderte von Meilen von *deinem* Startpunkt entfernt aufgenommen.«

Bei dieser Logik schwirrte Luce ein wenig der Kopf, aber in einem Punkt sah sie klar: Sie misstraute Phil. Sie wandte sich ihm zu. »Ihr habt also die ganze Zeit gewusst, dass Luzifer plante, die Vergangenheit auszulöschen. Wolltet ihr ihm helfen, so wie ihr nun gelobt habt, uns zu helfen?«

»Wir haben uns mit ihm getroffen, weil wir verpflichtet sind zu kommen, wenn er uns ruft. Das ist jeder, bis auf den Thron« – er hielt inne, und ein dünnes Lächeln breitete sich auf seinen Lippen aus –, »nun, ich kenne keine Lebensform, die Luzifers Ruf widerstehen könnte.« Er legte den Kopf schief und sah Luce an. »Was ist mit dir?«

»Das reicht«, sagte Daniel.

»Außerdem«, fuhr Phil fort, »wollte er unsere Hilfe gar nicht. Der Morgenstern hat uns ausgeschlossen. Er sagte« – Phil schloss die Augen, und für einen Moment sah er aus wie ein normaler Jugendlicher, fast schon süß –, »er sagte, er könne nichts mehr dem Zufall überlassen, dass es an der Zeit sei, die Dinge selbst in die Hand zu nehmen. Das Treffen wurde abrupt vertagt.«

»Das muss der Moment gewesen sein, als Luzifer dir in die Verkünder gefolgt ist«, meinte Daniel zu Luce. Ihr war schwummrig, als sie sich daran erinnerte, wie Bill sie in dem Tunnel gefunden hatte, so verletzlich, so allein. All diese Augenblicke, in denen sie dankbar gewesen war, ihn als Helfer an ihrer Seite zu haben. Er hatte auch fast den Eindruck gemacht, als sei er gerne mit ihr zusammen, zumindest für eine Weile.

Phils leere Augen richteten sich starr auf sie, als untersuche er eine Veränderung in ihrer Seele. Konnte er spüren, wie es sie jedes Mal verwirrte, wenn sie über die Zeit nachdachte, die sie mit Bill allein verbracht hatte? Konnte Daniel es spüren?

Phil lächelte sie nicht direkt an, aber er wirkte auch nicht so leblos wie sonst. »Die Outcasts werden dich beschützen. Wir wissen, dass deine Feinde zahlreich sind.« Er sah zu Daniel. »Die Waage ist ebenfalls aktiv.«

Luce warf Daniel einen Blick zu. »Die Waage?«

»Sie arbeitet für den Himmel. Sie ist lästig, aber keine Bedrohung.«

Phil senkte wieder den Kopf. »Die Outcasts glauben, dass die Waage sich vom Himmel gelöst hat.«

»Was?« Daniel klang, als bekäme er keine Luft mehr.

»Da ist eine Fäulnis unter ihnen, von der Art, die sich schnell verbreitet. Habt ihr nicht gesagt, dass ihr Freunde in Wien habt?«

»Arriane«, stieß Luce hervor. »Und Gabbe und Roland. Sind sie in Gefahr?«

»Wir haben Freunde in Wien«, bekräftigte Daniel. »Und auch in Avignon.«

»Die Waage breitet sich in Wien aus.«

Als Luce zu Daniel herumwirbelte, entfaltete er seine Flügel. Sie brachen hervor und erhellten den Raum mit ihrer Herrlichkeit. Phil schien es nicht zu bemerken oder sich darum zu scheren, während er an dem roten Likör nippte. Die leeren Blicke der anderen Outcasts bohrten sich neidisch in Daniels Flügel.

Die Glastüren zum Schlafzimmer öffneten sich, und die verkaterte Italienerin, mit der Luce das Bett geteilt hatte, stolperte barfuß in den Raum. Sie schaute zu Daniel hinüber und rieb sich die Augen. »Wow, der Megatraum!«, murmelte sie auf Italienisch, bevor sie im Badezimmer verschwand.

»Genug geredet«, sagte Daniel. »Wenn eure Armee so stark ist, wie du behauptest, dann lasst ein Drittel von ihr nach Wien gehen, um die drei gefallenen Engel dort zu beschützen. Schickt ein weiteres Drittel nach Avignon, wo ihr Cam und zwei weitere Gefallene finden werdet.«

Als Phil nickte, entfalteten zwei Outcasts im Wohnzimmer ihre tristen Flügel und schossen wie riesige Fliegen durch das offene Fenster.

»Das verbliebene Drittel unserer Streitmacht fällt in meine Zuständigkeit. Wir werden dich zum Berg Sinai begleiten. Kommt, schwingen wir uns in die Lüfte auf. Die anderen werde ich unterwegs einsammeln.«

»Ja«, sagte Daniel schnell. »Bist du bereit, Luce?«

»Lasst uns aufbrechen.« Sie lehnte sich mit dem Rücken gegen Daniels Schultern, damit er sie in die Arme nehmen, durch das Fenster springen und in den dunklen Himmel über Venedig hinausfliegen konnte.

Fünf

Eintausend Küsse tief

Sie landeten kurz vor Sonnenaufgang in einer hohen Bergwüste. Am östlichen Horizont färbten sich Himmel und Wolken rosa und golden und heilten die blauen Flecke der Nacht.

Daniel setzte Luce auf einem flachen Felsplateau ab, das zu trocken und unbarmherzig war, um selbst dem zähesten Wüstenstrauch Nahrung zu bieten. Die kahle Berglandschaft erstreckte sich ringsum in einer unendlichen Weite. Mal fiel sie hier steil in dunkle Täler ab, mal erhob sie sich dort zu Gipfeln mit gewaltigen gelbbraunen Felsbrocken, die wie hingeworfen wirkten. Es war kalt und windig, und die Luft war so trocken, dass das Schlucken schmerzte. Auf dem Felsplateau war kaum genug Platz für Luce und Daniel und die fünf Outcasts, die mit ihnen gereist waren.

Feiner Sand peitschte durch Luce' Haar, während Daniel die Flügel anlegte. »Da wären wir.« Er klang beinahe ehrfürchtig.

»Wo?« Luce zog den Kragen ihres weißen Pullovers höher, um die Ohren gegen den Wind zu schützen.

»Auf dem Berg Sinai.«

Sie tat einen trockenen, sandigen Atemzug und drehte sich einmal um sich selbst, während die zarten goldenen Sonnenstrahlen über den Sandsteinbergen im Osten länger wurden. »Hier hat Gott Moses die Zehn Gebote gegeben?«

»Nein.« Daniel zeigte über ihre Schulter nach Süden, wo ein paar Hundert Meter entfernt eine Reihe puppengroßer Rucksacktouristen ein gangbareres Terrain bestiegen. Ihre Stimmen waren in der kalten, dünnen Wüstenluft klar vernehmbar und ihr leises Gelächter hallte unheimlich von den stillen Bergspitzen wider. Einer der Touristen trank Wasser aus einer blauen Plastikflasche. »*Dort* hat Moses die Zehn Gebote empfangen.« Er breitete die Arme aus und warf einen Blick auf den kleinen runden Fels, auf dem sie gelandet waren. »Dies ist der Ort, an dem einige der Engel gestanden und es beobachtet haben. Gabbe, Arriane, Roland, Cam« – er deutete erst auf eine Stelle auf dem Felsen, dann auf eine andere, wo ein Engel gestanden hatte – »und noch ein paar.«

»Und du?«

Er wandte sich ihr zu und machte drei schnelle Schritte vor, sodass sie sich an der Brust und an den Zehenspitzen berührten. »Genau« – er küsste sie – »hier.«

»Und wie war es so?«

Daniel sah weg. »Es war der erste offizielle Bund mit den Menschen. Davor hatte es nur Bünde zwischen Gott und den Engeln gegeben. Einige der Engel fühlten sich verraten, hatten das Gefühl, dass es die natürliche Ordnung störte. Andere dachten, wir hätten es selbst bewirkt, dass es eine natürliche Entwicklung sei.«

Das Violett seiner Augen flammte für einen Moment etwas heller auf. »Die anderen müssen unterwegs sein.« Er drehte sich zu den Outcasts um, die sich dunkel gegen die zunehmende Helligkeit im Osten abhoben. »Werdet ihr Wache halten, bis sie eintreffen?«

Phil verneigte sich. Die anderen vier Outcasts standen hinter ihm, die ausgefransten Ränder ihrer schmutzigen Flügel bewegten sich im Wind.

Daniel zog sich den linken Flügel vor den Körper, um ihn vor Blicken abzuschirmen, und langte mit der rechten Hand hinein wie ein Zauberer, der in seinen Umhang griff.

»Daniel?«, fragte Luce und trat näher. »Was ist los?«

Das Gesicht verzerrt, schüttelte Daniel den Kopf. Dann zuckte er zusammen und schrie vor Schmerz auf, was Luce noch nie zuvor erlebt hatte. Sie versteifte sich.

»Daniel?«

Als er sich entspannte und seinen Flügel wieder ausstreckte, hielt er etwas Weißes und Schimmerndes in der Hand.

»Ich hätte das schon früher tun sollen«, murmelte er.

Es sah aus wie ein Streifen Stoff, so glatt wie Seide, aber steifer. Es war etwa dreißig Zentimeter lang und einige Zentimeter breit und es zitterte in dem kalten Wind. Luce starrte es an. War das ein *Flügelstreifen*, den Daniel abgerissen hatte? Sie schrie entsetzt auf und griff danach, ohne nachzudenken. Es war eine Feder!

Wenn man Daniels Flügel betrachtete, von ihnen umschlungen wurde, vergaß man, dass sie aus einzelnen Federn bestanden. Luce hatte immer angenommen, dass ihre Beschaffenheit rätselhaft und jenseitig sei, der Stoff aus Gottes Träumen. Aber diese Feder war anders als jede andere, die Luce zuvor gesehen hatte: breit, dicht gefiedert, belebt von der gleichen Macht, die durch Daniel floss.

Es war das Weichste und doch Stärkste, was Luce je berührt hatte, außerdem das Schönste – bis sie das Blut an der Stelle sah, wo Daniel sich die Feder ausgerissen hatte.

»Warum hast du das getan?«, fragte sie.

Daniel übergab die Feder Phil, der sie ohne Zögern an das Revers seines Trenchcoats steckte.

»Es ist ein Zeichen«, erklärte Daniel. »Falls die anderen vor uns eintreffen, werden sie wissen, dass die Outcasts Freunde sind.« Er folgte ihren Augen, die groß vor Sorge waren, zu der blutverschmierten Stelle seines Flügels. »Mach dir um mich keine Gedanken. Es wird verheilen. Komm mit.«

»Wohin?«, wollte Luce wissen.

»Die Sonne wird gleich aufgehen«, antwortete Daniel und nahm eine kleine Ledertasche von Phil entgegen. »Und du musst am Verhungern sein.«

Luce merkte erst jetzt, dass ihr Magen knurrte.

»Ich dachte, wir könnten einen Moment für uns haben, bevor die anderen auftauchen.«

Von dem Plateau führte ein steiler, schmaler Pfad zu einem kleinen Vorsprung unterhalb der Stelle, wo sie gelandet waren. Sie stiegen vorsichtig den zerklüfteten Felsen hinab, Hand in Hand, und als es zu steil wurde, um zu gehen, glitt Daniel hinunter, wobei er sich dicht am Boden hielt, die Flügel angelegt.

»Wir wollen die Wanderer nicht erschrecken«, erklärte er. »An den meisten Orten der Erde sind die Menschen nicht bereit, Wunder oder Engel zu sehen. Wenn sie einen Blick auf uns im Flug erhaschen, reden sie sich ein, dass ihre Augen ihnen Streiche spielen. Aber an einem Ort wie diesem ...«

»Können Menschen Wunder sehen«, vollendete Luce den Satz für ihn. »Sie wollen sie sehen.«

»Richtig. Und Sehen führt zu Grübeln.«

»Und Grübeln führt zu ...«

»Ärger.« Daniel lachte ein wenig.

Luce konnte sich ein Grinsen nicht verkneifen und freute sich, dass Daniel zumindest für einige Augenblicke ihr eigenes Wunder war.

Sie setzten sich nebeneinander auf die kleine, flache Stelle mitten im Nirgendwo, von einem Granitbrocken gegen den Wind geschützt und von niemandem zu sehen außer einem hellbraunen Rebhuhn, das zwischen den rauen Felsen umherlief. Luces Blick glitt über die sich rasch verändernde Landschaft: ein Ring aus Bergen, ein Gipfel im Schatten, ein anderer im Licht, die mit jeder Sekunde heller wurden, als die Sonne über den rosafarbenen Horizont stieg.

Daniel zog den Reißverschluss der Tasche auf und spähte hinein. Dann schüttelte er lachend den Kopf.

»Was ist so komisch? Was ist drin?«, wollte Luce wissen.

»Bevor wir Venedig verlassen haben, habe ich Phil gebeten, ein paar Sachen aus dem Schrank einzupacken. Das kommt dabei raus, wenn man es einem blinden Outcast überlässt, ein nahrhaftes Mal vorzubereiten.« Er zog eine Packung Pringles mit Paprikageschmack heraus, einen roten Beutel Malteser, eine Handvoll Baci Pralinen, in silberne Folien verpackt, ein Päckchen Kaugummi, mehrere kleine Flaschen Diät-Cola und ein paar Päckchen mit Instant-Espresso.

Luce brach in Gelächter aus.

»Hilft dir das über die Runden?«, fragte er.

Luce kuschelte sich an ihn und kaute einige der knusprigen Malteser, während sie zusah, wie der Himmel im Osten rosa wurde, dann golden, dann babyblau, und die Sonne über die fernen Gipfel und Täler stieg. Das Licht warf seltsame Schatten in die Spalten des Berges. Zuerst nahm Luce an, dass zumindest einige von ihnen Verkünder waren, doch dann wurde ihr klar, dass sie einfach nur Schatten waren, die sich mit dem Licht bewegten. Es war Tage her, dass sie einen Verkünder gesehen hatte.

Seltsam. Für Wochen und Monate waren sie immer regelmäßiger vor ihr erschienen, bis sie kaum noch wusste, wo sie hinsehen sollte, überall schwabbelte einer finster und lockend in einer Ecke. Jetzt schienen sie verschwunden zu sein.

»Daniel, was ist mit den Verkündern passiert?«

Er lehnte sich an den Fels zurück und atmete tief aus, bevor er antwortete: »Sie sind bei Luzifer und der Heerschar des Himmels. Auch sie sind Teil des Sturzes.«

»Was?«

»Es ist noch nie zuvor passiert. Die Verkünder sind ein Teil der Geschichte. Sie sind die Schatten bedeutsamer Ereignisse. Sie wurden durch den Sturz verursacht, und als Luzifer dieses Spiel in Gang setzte, wurden sie dorthin zurückgezogen.«

Luce versuchte, es sich vorzustellen: eine Million zitternder Schatten rings um einen großen, dunklen Himmelskörper, die ihre Fühler wie Sonnenflecken nach der Oberfläche des Vergessens ausstrecken.

»Deshalb mussten wir hierher fliegen, anstatt hindurchzutreten«, sagte sie.

Er nickte und biss in einen Pringle, mehr, weil er es gewohnt war, unter Sterblichen zu sein, als aus einem Bedürfnis nach Nahrung. »Die Schatten sind in dem Moment verschwunden, als wir aus der Vergangenheit zurückgekehrt sind. Dieser Augenblick, in dem wir uns gerade befinden – diese neun Tage von Luzifers Schachzug – sind eine Zeit der Schwebe. Sie hat sich vom Rest der Geschichte gelöst, und wenn wir scheitern, wird sie ganz aufhören, zu existieren.«

»Wo genau ist das? Ich meine, der Sturz.«

»In einer anderen Dimension, es ist kein Ort, den ich beschreiben könnte. Wir waren ihm dort näher, wo ich dich aufgefangen habe, nachdem du dich von Luzifer getrennt hattest, aber wir waren immer noch sehr weit davon entfernt.«

»Ich hätte nie gedacht, dass ich das einmal sagen würde, aber« – sie beobachtete die Schatten auf dem Berg – »ich vermisse sie. Die Verkünder waren die Verbindung zu meiner Vergangenheit.«

Daniel nahm ihre Hand und schaute ihr tief in die Augen. »Die Vergangenheit ist wichtig wegen all der Informationen und der Weisheit, die sie birgt. Aber man kann sich in ihr verlieren. Du musst lernen, die Gegenwart in dem Wissen um die Vergangenheit zu leben.«

»Aber jetzt, da sie fort sind …«

»Jetzt, da sie fort sind, kannst du es ganz allein tun.«

Sie schüttelte den Kopf. »Aber wie?«

»Mal sehen«, antwortete er. »Siehst du diesen Fluss am Horizont?« Er zeigte auf einen Hauch von Blau, das sich durch die flache Ebene auf dem Wüstenboden schlängelte. Es war so weit entfernt, dass Luce es gerade noch erkennen konnte.

»Ja, ich denke, ich sehe es.«

»Ich habe zu verschiedenen Zeiten hier in der Nähe gelebt, und einmal, vor einigen Hundert Jahren, hatte ich ein Kamel, das ich Oded genannt habe. Es war so ziemlich das faulste Geschöpf, das je auf Erden wandelte. Es wurde ständig ohnmächtig, wenn ich es gefüttert habe, und es zum Tee in das nächste Beduinenlager zu schaffen, war ein kleines Wunder. Aber als ich dich in diesem Leben das erste Mal getroffen habe …«

»Ist Oded losgerannt«, sagte Luce, ohne nachzudenken. »Ich habe geschrien, weil ich dachte, er würde mich niedertrampeln. Du hast gesagt, du hättest ihn noch nie so schnell erlebt.«

»Yeah, nun«, meinte Daniel. »Er hat dich gemocht.«

Sie schwiegen und sahen einander an, und Daniel begann zu lachen, als Luce der Unterkiefer herunterklappte. »Ich habe es geschafft!«, rief sie aus. »Es war einfach da, in meiner Erinnerung, ein Teil von mir. Als sei es gestern passiert. Es ist mir einfach so eingefallen!«

Es war ein Wunder. All diese Erinnerungen aus all diesen Leben, die jedes Mal verloren gegangen waren, wenn Lucinda in Daniels Armen gestorben war, fanden irgendwie den Weg zurück zu ihr, so wie Luce immer den Weg zurück zu Daniel fand.

Nein. *Sie* fand den Weg zu ihnen.

Es war, als sei nach Luce' Reise durch die Verkünder eine Pforte offen gelassen worden. Diese Erinnerungen blieben bei ihr, von Moskau über Helston bis nach Ägypten. Jetzt standen ihr noch mehr zur Verfügung.

Sie hatte plötzlich ein ausgeprägtes Gefühl dafür, wer sie war – und sie war nicht nur Luce Price aus Thunderbolt, Georgia. Sie war jedes Mädchen, das sie je gewesen war, eine Verschmelzung von Erfahrungen, Fehlern, Erfolgen und vor allem Liebe.

Sie war Lucinda.

»Schnell«, sagte sie zu Daniel. »Können wir es noch einmal probieren?«

»Okay, wie wäre es mit einem anderen Wüstenleben? Du hast in der Sahara gelebt, als ich dich fand. Groß und schlaksig warst du und die schnellste Läuferin des Dorfes. Ich war auf der Durchreise, auf dem Weg zu einem Besuch bei Roland, und habe für die Nacht an der nächstgelegenen Quelle Rast gemacht. Alle anderen Männer waren mir gegenüber sehr misstrauisch, aber …«

»Aber mein Vater hat dir drei Zebrafelle für das Messer bezahlt, das du in deiner Tasche hattest!«

Daniel grinste. »Er hat hart gefeilscht.«

»Das ist Wahnsinn«, sagte sie, beinahe atemlos. Wie viele Erinnerungen hatte sie noch, von denen sie nichts wusste? Wie weit konnte sie in der Zeit zurückgehen? Sie drehte sich zu Daniel um, zog die Knie an und beugte sich vor, sodass sie sich fast an der Stirn berührten. »Kannst du dich an alles aus unseren Vergangenheiten erinnern?«

Daniels sah sie mit einem weichen Blick an. »Manchmal gerät mir die Reihenfolge durcheinander. Ich gebe zu, ich erinnere mich nicht an lange Zeitspannen, die ich allein verbracht habe, aber ich kann mich an jede Gelegenheit erinnern, wenn ich dein Gesicht zum ersten Mal gesehen habe, an jeden Kuss auf deine Lippen. Jede einzelne Erinnerung mit dir ist noch da.«

Luce wartete nicht darauf, dass Daniel sich vorbeugte, um sie zu küssen. Stattdessen senkte sie ihre Lippen auf seine und genoss sein überraschtes, freudiges Aufstöhnen, wollte ihn von jedem Schmerz befreien, den er jemals über ihren Verlust empfunden hatte.

Daniel zu küssen war irgendwo zwischen berauschend neu und unverkennbar vertraut, wie eine Kindheitserinnerung, die einem vorkam wie ein Traum, bis in einer alten Schachtel auf dem Dachboden ein fotografischer Beweis gefunden wurde. Luce hatte das Gefühl, als hätte sie einen ganzen Hangar voll monumentaler Fotografien entdeckt, und all diese begrabenen Momente seien aus ihrer Gefangenschaft in die tiefsten Gründe ihrer Seele entlassen worden.

Sie küsste ihn nun, aber seltsamerweise küsste sie ihn *damals*. Sie konnte die Geschichte ihrer Liebe beinahe berühren, konnte ihr Wesen auf der Zunge schmecken. Ihre Lippen zeichneten Daniels Lippen nicht nur jetzt nach, sondern auch in einem anderen Kuss, einem älteren Kuss, einem Kuss wie diesem, mit ihrem Mund an der gleichen Stelle und seinen Armen auf die gleiche Art um ihre Taille. Er schob die Zunge gegen ihre Zähne, und das rief die Erinnerung an eine Handvoll anderer Küsse wach, von denen jeder einzelne berauschend gewesen war. Als er ihr über den Rücken strich, spürte sie hundert Schauder wie diesen. Und als sie die Lider flatternd hob und senkte, schien sein Anblick durch die halbgeschlossenen Augen eintausend Küsse tief zu sein.

»Daniel.« Die tonlose Stimme eines Outcasts beendete Luces Tagtraum. Der bleiche Junge ragte vor ihnen auf und schaute von dem hohen Felsen herunter, gegen den sie sich gelehnt hatten. Durch seine grauen, beinahe durchscheinenden Flügel sah Luce eine Wolke am Himmel vorüberziehen.

»Was gibt es, Vincent?«, fragte Daniel und erhob sich. Er musste die Namen der Outcasts aus ihrer gemeinsamen Zeit im Himmel vor dem Sturz kennen.

»Verzeih mir die Störung«, sagte der Outcast, der so unhöflich war, den Blick nicht von Luces brennenden Wangen abzuwenden. Wenigstens konnte er sie nicht wirklich sehen.

Sie stand schnell auf, zog ihren Pullover zurecht und legte sich eine kalte Hand auf die heiße Wange.

»Sind die anderen eingetroffen?«, rief Daniel nach oben.

Der Outcast stand reglos über ihnen. »Nicht direkt.«

Daniels rechte Hand legte sich um Luces Taille. Mit einem

sanften Rauschen seiner Flügel überwand er die steile, haushohe Felswand, wie ein Sterblicher vielleicht eine Stufe auf einer Treppe hochgehen würde. Luce rutschte vor lauter Erregung über ihren Aufstieg der Magen in die Kniekehle.

Nachdem Daniel Luce auf dem felsigen Plateau abgesetzt hatte, drehte er sich um. Die fünf Outcasts, die sie begleitet hatten, kauerten um eine Gestalt. Als Daniel den sechsten Outcast sah, zuckte er zusammen, und seine Flügel fuhren vor Schreck zurück.

Der Junge war klein, schmal gebaut und hatte große Füße. Sein Kopf war frisch rasiert. Er hätte etwa vierzehn sein können, wenn die Outcasts in sterblichen Jahren gealtert wären. Jemand hatte ihn verprügelt und übel zugerichtet.

Sein Gesicht war zerschrammt, als hätte man ihn immer wieder gegen eine Ziegelmauer geworfen. Seine Lippe blutete so stark, dass glänzendes Blut seine Zähne verschmierte. Zuerst erkannte Luce es nicht als solches, weil das Blut des Outcasts nicht rot war. Es war hellgrau. Sein Blut hatte die Farbe von Asche.

Er wimmerte und flüsterte etwas, das Luce nicht verstehen konnte, weil er auf dem Felsen lag, umringt von den anderen, die ihn versorgten.

Sie versuchten, ihn hochzuheben, um ihm den schmutzigen Trenchcoat auszuziehen, der an mehreren Stellen aufgeschlitzt war und dem ein Ärmel fehlte. Aber der Outcast schrie so heftig auf, dass selbst Phil nachgab und den Jungen wieder hinlegte.

»Seine Flügel sind gebrochen«, erklärte Phil, und Luce bemerkte, dass die schmuddeligen Flügel hinter seinem Rücken unnatürlich verdreht lagen. »Ich weiß nicht, wie er es bis hierher geschafft hat.«

Daniel kniete vor dem Outcast nieder, sodass dem Jungen die Sonne nicht mehr ins Gesicht schien. »Was ist passiert, Daedalus?« Er legte dem Outcast eine Hand auf die Schulter, was ihn zu beruhigen schien.

»Es ist eine Falle«, stieß Daedalus heiser hervor und spuckte dabei äschernes Blut auf das Revers seines Trenchcoats.

»Was ist eine Falle?«, fragte Vincent nach.

»Wer hat sie gestellt?«, fragte Daniel.

»Die Waage. Will die Reliquie. Wartet in Wien – auf eure Freunde. Große Armee.«

»Armee? Sie kämpfen jetzt offen gegen Engel?« Daniel schüttelte ungläubig den Kopf. »Aber sie können keine Sternenpfeile haben.«

Daedalus' weiße Augen quollen vor Schmerz aus ihren Höhlen. »Können uns nicht töten. Nur foltern …«

»Du hast gegen die Waage gekämpft?« Daniel wirkte erschrocken und beeindruckt. Luce verstand noch immer nicht, was die Waage war. Sie stellte sie sich undeutlich als dunkle Auswüchse des Himmels vor, die auf die Erde herabstießen. »Was ist passiert?«

»Versucht zu kämpfen. Unterzahl.«

»Was ist mit den anderen, Daedalus?« Phils Stimme klang immer noch emotionslos, aber zum ersten Mal hörte Luce darin so etwas wie unterschwelliges Mitgefühl.

»Franz und Arda« – der Junge sprach, als bereiteten ihm die Worte selbst Schmerzen – »hierhin unterwegs.«

»Und Calpurnia?«, fragte Phil.

Daedalus schloss die Augen und schüttelte den Kopf, so sanft er konnte.

»Haben sie die Engel angegriffen?«, fragte Daniel. »Arriane, Roland, Annabelle? Sind sie in Sicherheit?«

Die Lider des Outcasts flackerten, dann schlossen sie sich. Luce hatte sich ihren Freunden nie so fern gefühlt. Wenn Arriane etwas zustieß oder Roland oder irgendeinem der Engel …

Phil schob sich neben Daniel, dicht an den Kopf des verletzten Jungen. Daniel machte ihm Platz. Langsam zog Phil einen langen, matten, silbernen Sternenpfeil aus seinem Trenchcoat.

»Nein!«, rief Luce und schlug sich schnell die Hand vor den Mund. »Du darfst nicht …«

»Keine Sorge, Lucinda Price«, sagte Phil, ohne sich zu ihr umzudrehen. Er griff in die schwarze Ledertasche, die Daniel wieder von dem Vorsprung mitgebracht hatte, und zog eine kleine Flasche Diät-Cola heraus. Mit den Zähnen drehte er den Verschluss ab, der in einem langen Bogen über den Fels rollte, bevor er über den Rand fiel. Dann schob Phil ganz langsam den Sternenpfeil in den schmalen Flaschenhals.

Es zischte und knisterte und Phil verzog das Gesicht, als die Flasche in seinen Händen zu qualmen und dampfen begann. Ein übelkeiterregender, süßer Duft wehte daraus empor, und Luce' Augen wurden groß, als die sprudelnde braune Flüssigkeit, die ganz normale Diät-Cola, sich zu drehen begann und eine helle silbrig schillernde Farbe annahm.

Phil zog den Sternenpfeil aus der Flasche und fuhr vorsichtig mit den Lippen darüber, wie um ihn zu reinigen, dann steckte er ihn wieder in seinen Mantel. Seine Lippen leuchteten für einen Moment silbern, bis er sie sauber leckte.

Er nickte einem der anderen Outcasts zu, einem Mädchen, deren glatter blonder Pferdeschwanz ihr den halben Rücken hinabfiel. Automatisch griff sie unter Daedalus' Kopf, um ihn ein Stück von dem Felsen anzuheben. Phil teilte die blutenden Lippen des Jungen mit einer Hand und goss ihm vorsichtig die silberne Flüssigkeit in den Hals.

Daedalus keuchte und hustete und verzog das Gesicht, aber schließlich beruhigte er sich. Er begann vorsichtig zu trinken, dann schluckte er die Flüssigkeit gierig hinunter und schlürfte den letzten Rest aus der Flasche.

»Was ist das?«, fragte Luce.

»Das Getränk enthält eine chemische Verbindung«, erklärte Daniel, »ein Gift, das die Sterblichen Aspartam nennen und von dem sie glauben, dass ihre Wissenschaftler es erfunden hätten. Aber es ist eine alte himmlische Substanz – ein Stoff, der beim Kontakt mit einem Gegenmittel in der Legierung der Sternenpfeile reagiert und so einen Heiltrank für Engel ergibt. Für leichte Gebrechen wie dieses.«

»Er wird jetzt schlafen müssen«, sagte das blonde Mädchen. »Aber er wird erfrischt erwachen.«

»Ihr werdet uns verzeihen, dass wir aufbrechen müssen.« Daniel erhob sich. Seine weißen Flügel schleiften über den felsigen Boden, doch dann straffte er die Schultern und sie schnellten empor. Er griff nach Luces Hand.

»Geht zu euren Freunden«, sagte Phil. »Vincent, Olianna, Sanders und Emmet werden euch begleiten. Ich werde mich euch mit den anderen anschließen, wenn Daedalus wieder auf den Flügeln ist.«

Die vier Outcasts traten vor und neigten vor Luce und Daniel den Kopf, als erwarteten sie einen Befehl.

»Wir werden die östliche Route fliegen«, instruierte Daniel sie. »Nach Norden über das Schwarze Meer, dann nach Westen, wenn wir Moldawien passiert haben. Der Windstrom ist dort ruhiger.«

»Was ist mit Gabbe, Molly und Cam?«, fragte Luce.

Daniel sah Phil an, der von dem schlafenden Outcast aufblickte. »Einer von uns wird hier Wache stehen. Wenn eure Freunde eintreffen, werden die Outcasts eine Nachricht schicken.«

»Ihr habt das Zeichen?«, fragte Daniel.

Phil drehte sich, um die lange weiße Feder zu zeigen, die im Knopfloch seines Revers steckte. Sie leuchtete und pulsierte im Wind, ihr Strahlen ein scharfer Kontrast zu der totenbleichen Haut des Outcasts.

»Ich hoffe, du wirst Verwendung dafür haben.« Daniels Worte machten Luce Angst, denn sie bedeuteten, dass er dachte, die Engel in Avignon wären in ebenso großer Gefahr wie die in Wien.

»Sie brauchen uns, Daniel«, sagte sie. »Lass uns aufbrechen.«

Daniel warf ihr einen warmen, dankbaren Blick zu. Dann nahm er sie, ohne zu zögern, in die Arme. Mit dem Heiligenschein, den sie gemeinsam in den verschränkten Händen hielten, beugte Daniel die Knie und schwang sich in den Himmel auf.

Sechs

Mit kleinen Schwächen

Es nieselte in Wien.

Nebelvorhänge hüllten die Stadt ein, und so konnten Daniel und die Outcasts ungesehen auf dem Dachgesims eines gewaltigen Gebäudes landen, ehe die Nacht sich ganz herabsenkte.

Luce sah zuerst eine prächtige Bronzekuppel, die meergrün vor dem Nebel leuchtete. Daniel setzte sie davor auf einem schrägen Abschnitt des Kupferdaches ab, auf dem sich Regenpfützen gebildet hatten und das von einer niedrigen Marmorbalustrade eingefasst war.

»Wo sind wir?«, fragte sie und bestaunte die mit Goldquasten verzierte Kuppel, ihre ovalen, mit Blumenmotiven gerahmten Fenster, die zu hoch waren, als dass menschliche Augen sie hätten sehen können, es sei denn, sie befänden sich in den Armen eines Engels.

»Auf der Hofburg.« Daniel trat über eine steinerne Regenrinne an den Rand des Daches. Seine Flügel streiften die weiße Balustrade und ließen sie trostlos aussehen. »Das Heim der Wiener Könige, Kaiser und Präsidenten.«

»Sind Arriane und die anderen hier?«

»Das bezweifle ich«, sagte Daniel. »Aber es ist ein angenehmer Ort, um sich zu orientieren, bevor wir nach ihnen suchen.«

Ein labyrinthartiges Netz von Nebengebäuden erstreckte sich in alle Richtungen und bildete den Rest des Palastes. Einige von ihnen schlossen sich um schattige quadratische Hofanlagen viele Stockwerke tiefer, andere zogen sich schnurgerade länger hin, als Lucinda in dem Nebel sehen konnte. Verschiedene Abschnitte der Kupferdächer leuchteten in verschiedenen Grünschattierungen – mal gelbgrün, mal fast blaugrün – als seien über eine lange Zeitspanne immer wieder neue Teile an das Gebäude angebaut worden, als seien sie in den Regenfällen verschiedener Epochen verrostet.

Die Outcasts verteilten sich um die Kuppel, lehnten sich an die gedrungenen Schornsteine, die vom Ruß geschwärzt waren, der auch das Dach verschmutzte, oder standen vor der Fahnenstange, die sich aus der Mitte erhob und die rot-weiß gestreifte österreichische Flagge trug. Luce stand neben Daniel und fand sich zwischen ihm und einer Marmorstatue wieder. Die Statue stellte einen Krieger dar, der einen Ritterhelm trug und einen langen goldenen Speer in der Hand hielt. Sie folgten dem Blick des Kriegers auf die Stadt. Alles roch nach Holzrauch und Regen.

Unter dem Nebel glitzerte Wien durch das Funkeln von einer Million Weihnachtslichtern. Es wimmelte vor seltsamen Autos und eiligen Fußgängern, die im Gegensatz zu Luce an das Stadtleben gewöhnt waren. In der Ferne erhoben sich Berge, und breit floss die Donau durch die Stadt. Als Luce mit Daniel hinunterschaute, hatte sie das Gefühl, schon einmal hier gewesen zu sein. Sie war nicht sicher, wann, aber in ihr wuchs das immer vertrauter werdende Gefühl eines Déjà-vu.

Sie konzentrierte sich auf den schwachen Lärm, der vom geschäftigen Treiben des Christkindlmarktes auf dem runden Platz vor der Hofburg herrührte, auf die Art, wie die Kerzen in ihren runden roten und grünen Glaslaternen flackerten, wie die Kinder einander nachliefen und Holzhunde auf Rädern hinter sich herzogen. Dann geschah es: Sie erinnerte sich mit einer Welle der Befriedigung daran, dass Daniel ihr einmal genau dort unten dunkelrote Haarschleifen aus Samt gekauft hatte. Die Erinnerung war schlicht, freudig und *ihre.*

Luzifer konnte sie nicht haben. Er konnte sie ihr nicht wegnehmen – oder irgendeine andere Erinnerung. Nicht von Luce, nicht von der großartigen, überraschenden, unvollkommenen Welt, die sich unter ihr ausbreitete.

Sie strotzte vor Entschlossenheit, ihn zu besiegen, und vor dem Zorn zu wissen, dass all dies wegen seiner Machenschaften, und weil sie seine Wünsche zurückgewiesen hatte, vielleicht verschwinden würde.

»Was ist los?« Daniel legte ihr eine Hand auf die Schulter.

Luce wollte es nicht sagen. Daniel sollte nicht wissen, dass sie sich jedes Mal, wenn sie an Luzifer dachte, vor sich selbst ekelte.

Der Wind brauste um sie herum und teilte den Nebel, der über der Stadt lag, sodass in einiger Entfernung ein sich langsam drehendes Riesenrad zu sehen war. Menschen fuhren in ihm im Kreis herum, als würde die Welt niemals untergehen, als würde das Rad sich ewig drehen.

»Ist dir kalt?« Daniel legte seinen weißen Flügel um sie. Sein übernatürliches Gewicht fühlte sich irgendwie erdrückend an und erinnerte sie daran, dass ihre Unzulänglichkeiten als Sterbliche – und Daniels Sorge wegen ihnen – sie aufhielten.

Die Wahrheit war, dass Luce schrecklich fror, Hunger

hatte und müde war, aber sie wollte nicht, dass Daniel sie verhätschelte. Sie hatten wichtige Dinge zu tun.

»Mir geht es gut.«

»Luce, wenn du müde bist oder Angst hast …«

»Ich sagte, es geht mir gut, Daniel«, blaffte sie. Das hatte sie nicht gewollt und es tat ihr sofort leid.

Durch den Nebel konnte sie verschwommen Pferdekutschen mit Touristen ausmachen, und die schwachen Umrisse von Menschen, die ihrem Leben nachgingen. Genau das, worum Luce sich so sehr bemühte.

»Habe ich mich zu oft beklagt, seit wir die Sword & Cross verlassen haben?«, fragte sie.

»Nein, du warst unglaublich …«

»Ich werde nicht sterben oder ohnmächtig werden, nur weil es kalt und nass ist.«

»Das weiß ich.« Daniels Direktheit überraschte sie. »Ich hätte wissen sollen, dass *du* es auch weißt. Im Allgemeinen werden Sterbliche von den Bedürfnissen und Funktionen ihres Körpers eingeschränkt – Essen, Schlaf, Wärme, Schutz, Sauerstoff, nagende Angst vor dem Tod und so weiter. Deswegen wären die meisten Menschen nicht bereit, diese Reise zu machen.«

»Ich habe einen langen Weg hinter mir, Daniel. Ich *will* hier sein. Ich hätte dich nicht allein gehen lassen. Wir waren uns einig.«

»Gut, dann hör mir zu: Es liegt in deiner Macht, dich von den Fesseln der Sterblichkeit zu befreien. Frei von ihnen zu sein.«

»Was? Ich brauche mir wegen der Kälte keine Gedanken zu machen?«

»Nein.«

»Gut.« Sie stopfte ihre eisigen Hände in ihre Jeanstaschen. »Und Apfelstrudel?«

»Triumph des Geistes über die Materie.«

Ein zögerndes Lächeln spielte um ihre Lippen. »Nun, wir haben ja schon festgestellt, dass du für mich atmen kannst.«

»Unterschätze dich nicht.« Daniel lächelte kurz zurück. »Es hat mehr mit dir zu tun als mit mir. Versuche es mal: Sage dir, dass dir *nicht* kalt ist, dass du *keinen* Hunger hast und *nicht* müde bist.«

»In Ordnung.« Luce seufzte. »Mir ist nicht …« Sie begann ungläubig zu murmeln, aber dann fing sie Daniels Blick auf. Daniel, der glaubte, dass sie Dinge tun konnte, von denen sie nie gedacht hätte, dass sie dazu fähig sei, der glaubte, dass ihre Willenskraft den Unterschied ausmache zwischen Heiligenschein haben und Heiligenschein fallen lassen. Sie hielt ihn in den Händen. Beweis.

Jetzt sagte er ihr, dass sie menschliche Bedürfnisse habe, nur weil sie es glaube. Sie beschloss, diese verrückte Idee auszuprobieren. Sie straffte die Schultern. Sie sprach die Worte laut in die neblige Dunkelheit. »Ich, Lucinda Price, friere *nicht*, ich habe *keinen* Hunger, ich bin *nicht* müde.«

Der Wind wehte weiterhin, der Uhrturm in der Ferne schlug fünf – und etwas löste sich von ihr, sodass sie sich nicht mehr erschöpft fühlte. Sie kam sich ausgeruht vor und bereit zu allem, was die Nacht fordern würde, entschlossen, Erfolg zu haben.

»Schönes Gespür, Lucinda Price«, sagte Daniel. »Fünf Sinne um fünf Uhr transzendiert.«

Sie griff nach seinem Flügel, hüllte sich in ihm ein und ließ sich von ihm wärmen. Diesmal hieß das Gewicht seines

Flügels sie in einer mächtigen, neuen Dimension willkommen. »Ich kann es schaffen.«

Daniels Lippen streiften ihren Kopf. »Ich weiß.«

Als Luce sich von Daniel abwandte, war sie überrascht, dass die Outcasts nicht mehr herumlungerten, sie nicht mehr mit toten Augen anstarrten.

Sie waren verschwunden.

»Sie haben sich auf die Suche nach der Waage gemacht«, erklärte Daniel. »Daedalus hat uns Hinweise zu ihrem Aufenthaltsort gegeben, aber ich werde eine genauere Vorstellung von ihm oder von dem Ort brauchen, an dem die anderen festgehalten werden, damit die Outcasts sie retten können, während ich die Waage ablenke.« Er setzte sich auf den Vorsprung und legte die Beine über die vergoldete Figur eines Adlers, der auf die Stadt hinaussah. Luce sank an seine Seite.

»Es sollte nicht lange dauern, je nachdem, wie weit sie entfernt sind. Dann brauchen sie vielleicht eine halbe Stunde, um das Protokoll der Waage zu durchlaufen« – er legte den Kopf schräg und rechnete kurz –, »es sei denn, sie beschließen, ein Gericht einzuberufen wie beim letzten Mal, als sie mich belästigt haben. Heute Abend werde ich einen Weg finden, mich dem zu entziehen, es auf einen anderen Termin zu verschieben, den ich nicht einhalten werde.« Er nahm ihre Hand und wandte sich ihr zu. »Ich sollte spätestens um sieben wieder hier sein. Das ist in zwei Stunden.«

Luce' Haar war nass vom Nebel, aber sie befolgte Daniels Rat und sagte sich, dass es ihr nichts ausmache, und schon bemerkte sie es nicht mehr. »Machst du dir Sorgen um die anderen?«

»Die Waage wird ihnen nichts tun.«

»Warum haben sie dann Daedalus etwas getan?«

Sie stellte sich Arriane mit geschwollenen, blau geschlagenen Augen vor, Roland mit abgebrochenen, blutverschmierten Zähnen. Sie wollte nicht, dass sie aussahen wie Daedalus.

»Oh«, sagte Daniel. »Die Waage kann Furcht einflößend sein. Sie genießt es, anderen Schmerzen zuzufügen, und sie könnte unseren Freunden ein zeitweiliges Unbehagen bereiten. Aber sie wird sie nicht dauerhaft verletzen. Sie tötet nicht. Das ist nicht ihr Stil.«

»Was ist dann ihr Stil?« Luce schlug auf dem harten, feuchten Dach die Beine unter. »Du hast mir immer noch nicht erzählt, wer das eigentlich ist und womit wir es zu tun haben.«

»Die Waage entstand nach dem Sturz. Es ist eine kleine Gruppe von … niederen Engeln. Sie waren die Ersten, die bei dem Namensaufruf gefragt worden waren, auf welcher Seite sie stehen wollten, und sie wählten den Thron.«

»Es gab einen Namensaufruf?«, fragte Luce, nicht sicher, ob sie richtig gehört hatte. Es klang mehr nach Schule als nach Himmel.

»Nach der Spaltung im Himmel musste sich jeder von uns für eine Seite entscheiden. Und so wurde jeder aufgerufen, dem Thron einen Treueeid zu leisten. Zuerst kamen die Engel mit den kleinsten Herrschaftsbereichen an die Reihe.« Er sah in den Nebel, und es war, als könne er alles wieder vor sich sehen. »Es hat eine Ewigkeit gedauert, die Namen der Engel zu verlesen, von den untersten Rängen an aufwärts. Wahrscheinlich hat es genauso lange gedauert wie der Aufstieg und Fall von Rom. Aber bevor der Namensaufruf zu Ende war, geschah etwas …« Daniel holte bebend Luft.

»Geschah was?«

»Geschah etwas, wodurch der Thron das Vertrauen in seine Engelsschar verlor …«

Daniel verstummte. Mittlerweile war Luce klar geworden, dass dies nicht geschah, weil er ihr nicht vertraute oder weil sie etwas nicht verstehen würde, sondern weil es trotz all der Dinge, die sie gesehen und gelernt hatte, für sie noch zu früh sein könnte, die Wahrheit zu erfahren. Also fragte sie nicht – obwohl sie darauf brannte –, was den Thron dazu veranlasst hatte, den Namensaufruf abzubrechen, bevor die höchsten Engel eine Seite gewählt hatten. Sie ließ Daniel weitersprechen, als er bereit war.

»Der Himmel hat jeden verbannt, der sich nicht auf seine Seite gestellt hat. Erinnerst du dich, wie ich dir erzählt habe, dass einige Engel nie die Gelegenheit bekommen haben zu wählen? Sie gehörten zu den letzten beim Namensaufruf, zu den höchsten. Nach dem Sturz war der Himmel der meisten seiner Erzengel beraubt.« Er schloss die Augen. »Die Waage, die durch puren Zufall loyal erschienen war, trat in die Bresche.«

»Weil also die Waage als Erste dem Himmel den Treueeid geleistet hatte …«, begann Luce.

»War sie der Ansicht, sie hätte ein höheres Maß an Ehre«, beendete Daniel ihren Gedanken. »Seither haben sie selbstgerecht behauptet, dem Thron zu dienen, indem sie als himmlische Bewährungshelfer auftreten. Aber die Position haben sie selbst erfunden, sie wurden nicht bestimmt. Als die Erzengel nach dem Sturz fort waren, hat die Waage das Machtvakuum ausgenutzt. Sie haben sich selbst eine Rolle gegeben und sie haben den Thron von ihrer Wichtigkeit überzeugt.«

»Sie haben auf Gott Einfluss genommen?«

»Mehr oder weniger. Sie haben gelobt, die Gefallenen wieder in den Himmel zu bringen, jene Engel zurückzuholen, die vom Weg abgekommen waren, sie wieder in die Herde zurückzuführen. Sie haben uns einige Jahrtausende lang gedrängt, uns wieder auf die ›richtige‹ Seite zu stellen, aber irgendwann haben sie den Versuch aufgegeben, unsere Ansichten verändern zu wollen. Jetzt versuchen sie meistens nur noch, uns das Leben schwer zu machen.«

Zorn sprach aus seinem stählernen Blick, und Luce fragte sich, was im Himmel so schlimm sein konnte, dass Daniel in seinem selbst gewählten Exil blieb. War der Friede des Himmels nicht seinem jetzigen Leben vorzuziehen, während alle darauf warteten, dass er sich entschied?

Daniel lachte verbittert. »Aber die Engel, die ihre Flügel wert sind und in den Himmel zurückgekehrt sind, brauchen dafür die Waage nicht. Frag Gabbe, frag Arriane. Die Waage ist ein Witz. Sie hatte aber trotzdem ein oder zwei Erfolge.«

»Aber nicht in deinem Fall?«, fragte sie. »Du hast keine Seite gewählt. Und deshalb sind sie hinter dir her, oder?«

Eine überfüllte rote Straßenbahn fuhr unten um den runden Platz und bog dann in eine enge Straße ab.

»Sie sind seit Jahren hinter mir her«, bestätigte Daniel, »und verbreiten Lügen und zetteln Skandale an.«

»Und doch hast du dich nicht zum Thron bekannt. Warum eigentlich nicht?«

»Ich habe es dir gesagt. So einfach ist das nicht«, erwiderte er.

»Aber du wirst natürlich nicht mit Luzifer paktieren.«

»Nein, aber … ich kann nicht in ein paar Minuten die Argumente von Jahrtausenden erklären. Es wird durch Faktoren, die nicht in meiner Macht stehen, verkompliziert.« Er wandte den Blick ab, richtete ihn auf die Stadt, dann ließ er ihn auf seine Hände fallen. »Es ist eine Beleidigung, zur Wahl aufgefordert zu werden, eine Beleidigung für deinen Schöpfer, dass man die Unermesslichkeit seiner Liebe auf die kleinen, unbedeutenden Grenzen einer Geste während des Namensaufrufs reduzieren soll.« Er seufzte. »Ich weiß nicht. Vielleicht bin ich zu aufrichtig.«

»Nein …«, begann Luce.

»Wie dem auch sei, die Waage. Sie ist ein himmlischer Bürokrat. Ich stelle sie mir vor wie einen Verein von Highschooldirektoren, die Papiere herumschieben und geringfügige Verstöße gegen Regeln bestrafen, die niemanden interessieren und an die niemand glaubt, und das alles im Namen der ›Moral‹.«

Wieder schaute Luce über die Stadt, die sich in den Mantel der Nacht hüllte. Sie dachte an den Konrektor in Dover mit dem sauren Atem, an dessen Namen sie sich nicht erinnern konnte, der sich nie für ihre Seite der Geschichte interessiert hatte, der die Papiere für ihren Schulausschluss nach dem Feuer unterzeichnet hatte, in dem Trevor umgekommen war. »Ich bin von solchen Leuten verletzt worden.«

»Das sind wir alle. Sie reiten auf den albernen Regeln herum, die sie für gerecht halten. Keiner von uns mag sie, aber leider hat der Thron ihnen die Macht gegeben, uns zu überwachen, uns ohne Grund zu verhaften, uns für Verbrechen durch eine Jury zu verurteilen, die sie gewählt haben.«

Luce schauderte wieder, diesmal nicht wegen der Kälte. »Und du glaubst, sie haben Arriane, Roland und Annabelle? Warum? Warum sollten sie sie festhalten?«

Daniel seufzte. »Ich *weiß*, dass sie Arriane, Roland und Annabelle haben. Ihr Hass macht sie blind gegen die Tatsache, dass sie Luzifer helfen, indem sie uns aufhalten.« Er schluckte hörbar. »Was ich am meisten fürchte, ist, dass sie außerdem die Reliquie haben.«

In der Ferne erschienen vier zerlumpte Flügelpaare im Nebel. Outcasts. Als sie sich dem Palastdach näherten, erhoben Luce und Daniel sich, um sie zu begrüßen.

Die Outcasts landeten neben Luce, und ihre Flügel knisterten wie Papierschirme, als sie sie anlegten. Ihre Gesichter verrieten keinerlei Gefühl, nichts an ihrem Verhalten ließ darauf schließen, dass ihre Reise ein Erfolg gewesen war.

»Nun?«, fragte Daniel.

»Die Waage hat die Kontrolle über einen Ort unten am Fluss übernommen«, erklärte Vincent und zeigte in Richtung des Riesenrades. »Den vernachlässigten Flügel eines Museums. Er wird renoviert und ist eingerüstet, daher können sie ihn unbemerkt überwachen. Er hat keine Alarmanlagen.«

»Bist du sicher, dass es die Waage ist?«, fragte Daniel schnell.

Einer der Outcasts nickte. »Wir haben ihre Narben gesehen, ihre goldenen Zeichen – der Stern mit den sieben Zacken für die sieben heiligen Tugenden auf ihrem Hals.«

»Was ist mit Roland, Arriane und Annabelle?«, fragte Luce.

»Sie sind bei der Waage. Ihre Flügel sind gefesselt«, sagte Vincent.

Luce wandte sich ab und biss sich auf die Lippe. Für einen Engel musste es schrecklich sein, die Flügel nicht bewegen zu können. Sie konnte den Gedanken nicht ertragen, dass Arriane nicht frei mit ihren schillernden Flügeln schlagen konnte. Sie konnte sich nichts vorstellen, was stark genug wäre, um die Kraft von Rolands marmorierten Flügeln zu bändigen.

»Nun, wenn wir wissen, wo sie sind, lasst uns gehen und sie retten«, sagte sie.

»Und die Reliquie?«, fragte Daniel Vincent leise.

Luce starrte ihn an. »Daniel, unsere Freunde sind in Gefahr.«

»Haben sie die Reliquie?«, drängte Daniel. Er sah Luce an und legte ihr die Hand um die Taille. »*Alles* ist in Gefahr. Wir werden Arriane und die anderen retten, aber wir müssen auch diese Reliquie finden.«

»Wir wissen es nicht.« Vincent schüttelte den Kopf. »Das Museum wird schwer bewacht, Daniel Grigori. Sie erwarten deine Ankunft.«

Daniel wandte sich der Stadt zu und ließ die violetten Augen über den Fluss schweifen, als suche er nach dem Museum. Seine Flügel pulsierten. »Sie werden nicht lange warten.«

»Nein!«, flehte Luce. »Du wirst in eine Falle laufen. Was, wenn sie dich als Geisel nehmen, so wie die anderen?«

»Die anderen müssen sie irgendwie verärgert haben. Solange ich ihrem Protokoll folge und an ihre Eitelkeit appelliere, wird die Waage mich nicht einsperren«, versicherte er ihr. »Ich werde allein gehen.« Er sah die Outcasts an und fügte hinzu: »Unbewaffnet.«

»Aber die Outcasts haben den Auftrag, dich zu beschützen«, wandte Vincent mit seiner monotonen Stimme ein. »Wir werden dir in einigem Abstand folgen und …«

»Nein.« Daniel hob eine Hand, um Vincent aufzuhalten. »Ihr übernehmt das Dach des Museums. Habt ihr die Waage dort gespürt?«

Vincent nickte. »Ein paar. Die meisten sind am Haupteingang.«

»Gut.« Daniel nickte. »Ich werde ihre eigene Vorgehensweise gegen sie verwenden. Sobald ich an der Tür bin, wird die Waage Zeit damit verschwenden, mich zu identifizieren, sie wird mich auf Schmuggelware untersuchen, auf alles, was sie als illegal bewerten könnte. Während ich sie am Eingang ablenke, werdet ihr Outcasts durchs Museumsdach eindringen und Roland, Arriane und Annabelle befreien. Und wenn ihr dort oben einem Mitglied der Waage begegnet …«

Wie auf Kommando hielten die Outcasts ihre Trenchcoats auf, um Köcher mit matten silbernen Sternenpfeilen und kompakten Bögen zu enthüllen.

»Ihr könnt sie nicht töten«, warnte Daniel.

»Bitte, Daniel Grigori«, flehte Vincent. »Ohne sie sind wir alle besser dran.«

»Sie haben ihren Namen nicht nur wegen ihrer engstirnigen Besessenheit von Regeln. Sie stellen auch ein wesentliches Gegengewicht zu Luzifers Kräften dar. Ihr seid schnell genug, um ihren Mänteln auszuweichen. Wir müssen sie nur für eine Weile aufhalten, und dafür wird eine Drohung genügen.«

»Aber sie wollen nur *dich* aufhalten«, konterte Vincent. »Es wird nur dazu führen, dass alles ausgelöscht wird.«

Luce wollte gerade fragen, wo *ihr* Platz in diesem Plan war, als Daniel sie in die Arme zog. »Du musst hierbleiben und die Reliquie bewachen.« Sie warfen einen Blick auf den Heiligenschein, der am Sockel der Kriegerstatue lehnte. Er war voller Regentropfen. »Bitte, keine Diskussion. Wir müssen die Waage von der Reliquie fernhalten. Der Heiligenschein ist hier am sichersten, und du bist es auch. Olianna wird bleiben, um dich zu beschützen.«

Luce sah das Mädchen an, das mit einem leeren Ausdruck zurückstarrte, ihre Augen ein Grau ohne Tiefe. »Gut, ich bleibe hier.«

»Lass uns hoffen, dass sie die zweite Reliquie noch nicht haben«, sagte er und bog die Flügel zurück. »Sobald die anderen befreit sind, überlegen wir gemeinsam, wie wir sie finden können.«

Luce ballte die Fäuste, schloss die Augen und küsste Daniel, dann hielt sie ihn für einen letzten Moment fest an sich gedrückt.

Eine Sekunde später war er fort, und seine königlichen Flügel wurden kleiner, als er in die Nacht aufstieg, die drei Outcasts an seiner Seite. Schon bald wirkten sie nur noch wie Staubkörner in den Wolken.

Olianna wirkte wie eine in einen Trenchcoat gehüllte Version einer der Statuen auf dem Dach. Sie stand Luce mit verschränkten Armen gegenüber, das blonde Haar so straff aus der Stirn gekämmt und zum Pferdeschwanz gebunden, dass es aussah, als würde es reißen. Dann griff sie in den Trenchcoat, wobei ein strenger Geruch von Sägespänen herauswehte. Als sie einen silbernen Sternenpfeil herausnahm und einlegte, wich Luce einige Schritte zurück.

»Hab keine Angst, Lucinda Price«, sagte Olianne. »Ich will nur bereit sein, dich zu verteidigen, falls ein Feind sich nähert.«

Luce versuchte, nicht daran zu denken, welche Feinde das blonde Mädchen im Sinn hatte. Sie ließ sich wieder aufs Dach sinken und schützte sich hinter der Kriegerfigur mit dem goldenen Speer vor dem Wind, mehr aus Gewohnheit denn aus Notwendigkeit. Sie setzte sich so, dass sie den hohen Uhrturm aus braunen Ziegelsteinen mit dem goldenen

Zifferblatt noch sehen konnte. Halb sechs. Sie zählte die Minuten, bis Daniel und die anderen Outcasts zurückkamen.

»Willst du dich hinsetzen?«, fragte sie Olianna, die dicht hinter Luce stand, den Pfeil schussbereit.

»Ich ziehe es vor, Wache zu stehen …«

»Yeah, ich schätze, man kann wirklich nicht Wache *sitzen*«, murmelte Luce. »Ha-ha.«

Unten heulte eine Sirene auf und ein Streifenwagen raste durch einen Kreisverkehr. Als er fort war und es wieder still wurde, wusste Luce nicht, wie sie die Stille füllen sollte.

Sie starrte auf die Uhr und blinzelte, als würde es ihr helfen, durch den Nebel zu sehen. Hatte Daniel das Museum inzwischen erreicht? Was würden Arriane, Roland und Annabelle tun, wenn sie die Outcasts sahen? Luce realisierte, dass Daniel niemandem außer Phil eine Feder aus seinem Flügel gegeben hatte. Woher würden die Engel wissen, dass sie den Outcasts trauen konnten? Sie hatte die Schultern bis zu den Ohren hochgezogen und ihr ganzer Körper versteifte sich vor Frustration. Warum saß sie hier herum und wartete und riss dumme Witze? Sie sollte eine aktive Rolle spielen. Schließlich wollte die Waage nicht Luce. Sie sollte helfen, ihre Freunde zu retten und die Reliquie zu finden, statt hier zu sitzen wie ein Fräulein in Nöten, das auf die Rückkehr seines Ritters wartete.

»Erinnerst du dich an mich, Lucinda Price?«, fragte die Outcast so leise, dass Luce es beinahe überhört hätte.

»Warum sprechen die Outcasts uns plötzlich mit vollem Namen an?« Sie drehte sich um und sah, dass das Mädchen ihr den Kopf zugeneigt hatte, während Pfeil und Bogen nun an ihrer Schulter lehnten.

»Es ist ein Zeichen des Respekts, Lucinda Price. Wir sind

jetzt eure Verbündeten. Deine und Daniel Grigoris. Erinnerst du dich an mich?«

Luce dachte kurz nach. »Warst du eine der Outcasts, die im Garten meiner Eltern gegen die Engel gekämpft haben?«

»Nein.«

»Es tut mir leid.« Luce zuckte die Achseln. »Ich erinnere mich nicht an alles aus meiner Vergangenheit. Sind wir uns schon einmal begegnet?«

Die Outcast hob den Kopf ein wenig an. »Wir haben einander früher gekannt.«

»Wann?«

Das Mädchen hob in einer zierlichen Geste die Schultern, und Luce bemerkte plötzlich, dass sie hübsch war. »Früher eben. Es ist schwer zu erklären.«

»Was ist das nicht?« Luce drehte sich wieder um. Sie war nicht in der Stimmung, ein weiteres kryptisches Gespräch zu entschlüsseln. Sie stopfte sich die eiskalten Hände in die Ärmel des weißen Pullovers und sah dem Verkehr auf den glatten Straßen zu, sah die kleinen Autos, die sich in gewundenen Gassen in schräge Parklücken gezwängt hatten, sah Menschen in langen, dunklen Mänteln, die über beleuchtete Brücken gingen und Einkäufe zu ihren Familien nach Hause trugen.

Luce fühlte sich schmerzlich einsam. Dachte ihre Familie an sie? Stellten sich ihre Eltern vor, dass sie in dem engen Wohnheimzimmer saß, in dem sie in der Sword & Cross geschlafen hatte? War Callie inzwischen wieder zurück in Dover? Würde sie sich auf den kalten Fenstersitz in ihrem Zimmer hocken, die dunkelroten Fingernägel trocknen lassen und am Telefon über ihre merkwürdige Thanksgivingreise plaudern, um sich mit einer anderen Freundin zu verabreden, die nicht Luce war?

Eine dunkle Wolke zog an der Uhr vorbei und verbarg sie, als es sechs schlug. Daniel war seit einer Stunde fort, die Luce vorkam wie ein Jahr. Sie beobachtete die Kirchenglocken, wie sie läuteten, beobachtete die Zeiger der großen, alten Uhr, und sie ließ die Gedanken zu ihren Leben zurückwandern, die sie vor der Erfindung der Zeitmessung gelebt hatte, als Zeit noch Jahreszeiten bedeutete, das Pflanzen und Ernten.

Nach dem sechsten Schlag der Uhr kam ein weiterer – und Luce fuhr gerade rechtzeitig herum, um zu sehen, wie Olianna auf die Knie sackte. Sie fiel und landete schwer in Luces Armen. Luce drehte den zerlumpten Engel um und berührte Oliannas Gesicht.

Die Outcast war bewusstlos. Das Geräusch, das Luce gehört hatte, war der Schlag auf den Kopf, den Olianna erhalten hatte.

Vor Luce stand eine riesige Gestalt in einem schwarzen Umhang. Es war ein Mann, und sein Gesicht war voller Falten und sah unglaublich alt aus, Hautlappen hingen von seinen stumpfen blauen Augen und seinem vorspringendem Kinn herab, unter einem Mund voller schiefer schwarzgelber Zähne. In der großen rechten Hand hielt er die Fahnenstange, die er als Waffe benutzt haben musste. An ihrem Ende hing die österreichische Flagge und flatterte sanft gegen das Dach.

Luce sprang auf und hob unwillkürlich die Fäuste, ehe sie sich fragte, was sie ihr gegen diesen gewaltigen Teufel nutzen würden.

Seine Flügel waren von einem sehr blassen Blau, beinahe weiß. Und verglichen mit seinem Körper waren sie klein. Ausgestreckt reichten sie kaum weiter als seine Arme.

Etwas Kleines und Goldenes war vorne an den Umhang des Mannes geheftet: eine Feder – eine marmorierte gold-schwarze Feder. Luce wusste, von wessen Flügel sie stammte. Aber warum sollte Roland dieser Kreatur eine Feder von seinen Flügeln geben?

Er hätte es nicht getan. Die Feder war geknickt und durchtrennt, und am Kiel fehlte ihr ein Stück. Ihre Spitze war rot vor Blut, und statt aufrecht zu stehen wie die große, brillante Feder, die Daniel Phil gegeben hatte, schien diese verwelkt und verblasst zu sein, als sie an den schwarzen Umhang dieses schauerlichen Engels gesteckt worden war.

Ein Trick.

»Wer bist du?«, fragte Luce und fiel auf die Knie. »Was willst du?«

»Zeig ein wenig Respekt.« Die Kehle des Engels zuckte, als wollte er bellen, aber seine Stimme klang zittrig und schwach.

»Verdiene dir meinen Respekt«, erwiderte Luce. »Dann werde ich ihn dir geben.«

Er bedachte sie mit einem bösen Grinsen und ließ den Kopf sinken. Dann zog er den Umhang herunter, um seinen Nacken zu entblößen. Luce blinzelte in dem fahlen Licht. Sein Hals trug ein Brandzeichen, das in dem Schein der Straßenlaternen und des Mondes golden schimmerte: ein Stern mit sieben Zacken.

Er war ein Mitglied der Waage.

»Erkennst du mich jetzt?«

»Arbeiten so die Vollstrecker des Throns? Indem sie unschuldige Engel niederschlagen?«

»Kein Outcast ist unschuldig. Noch irgendjemand sonst, was das betrifft, bis das Gegenteil bewiesen wurde.«

»Sie haben sich der Ehrlosigkeit schuldig gemacht, von hinten auf ein Mädchen loszugehen.«

»Frechheit.« Er rümpfte die Nase. »Damit wirst du bei mir nicht weit kommen.«

»Da wollte ich auch gar nicht hin.« Luces Blick schoss zu Olianna hinüber, zu ihrer bleichen Hand und dem Sternenpfeil, den sie umklammert hielt.

»Aber da wirst du auch nicht bleiben«, sagte der Engel stockend, als müsse er sich dazu zwingen, bei ihrem unsinnigen Wortgeplänkel mitzumachen.

Luce riss den Sternenpfeil an sich, als der Engel sich auf sie stürzte. Aber er war viel schneller und stärker, als er aussah. Er entwandt ihr den Pfeil und verpasste ihr eine kräftige Ohrfeige, sodass sie hart auf dem Dach aufschlug. Dann hielt er ihr die Spitze des Sternenpfeils über das Herz.

Sie können keine Sterblichen töten. Sie können keine Sterblichen töten, sagte sie immer wieder zu sich selbst. Aber Luce erinnerte sich auch an Bills Handel mit ihr: Sie hatte einen unsterblichen Teil an sich, der getötet werden *konnte.* Ihre Seele. Und sie würde sich nicht davon trennen, nicht nach allem, was sie durchgemacht hatte, nicht, da das Ende so nahe war.

Sie hob das Bein und wollte ihn treten, wie sie es in Kung-Fu-Filmen gesehen hatte, als er plötzlich Pfeil und Bogen über den Rand des Daches warf. Luce riss den Kopf zur Seite, drückte die Wange gegen den kalten Stein und sah, wie die Waffe hinunter auf die funkelnden Weihnachtslichter der Wiener Straßen zu durch die Luft wirbelte.

Der Engel der Waage rieb sich die Hände an seinem Umhang ab. »Schmutzige Dinger.« Dann packte er Luce grob an den Schultern und riss sie auf die Füße.

Er trat die Outcast zur Seite – Olianna stöhnte, regte sich

aber nicht –, und dort, unter ihrem dünnen Körper, lag der goldene Heiligenschein.

»Ich dachte mir doch, dass ich das hier finden würde«, sagte der Engel, riss ihn an sich und schob ihn in die Falten seines Umhangs.

»Nein!« Sie stieß die Hände in den dunklen Ort, wo sie den Heiligenschein hatte verschwinden sehen, aber der Engel schlug ihr ein zweites Mal ins Gesicht, und sie taumelte bis zur Dachkante zurück.

Sie hielt sich das Gesicht. Ihre Nase blutete.

»Du bist gefährlicher, als sie denken«, krächzte er. »Man hat uns gesagt, du seist ein mutloser Jammerlappen. Ich sollte dich besser fesseln, bevor wir fliegen.«

Der Engel schlüpfte schnell aus seinem Umhang und warf ihn ihr wie einen Vorhang über den Kopf, sodass Luce für einen langen, schrecklichen Augenblick nichts mehr sah. Dann war die Wiener Nacht – und der Engel – wieder sichtbar. Luce bemerkte, dass er unter dem Umhang, den er über sie geworfen hatte, einen weiteren identischen Umhang trug. Er bückte sich, und mit einem Zug an einer Kordel zog sich Luces Umhang wie eine Zwangsjacke zusammen. Als sie um sich trat und sich wehrte, spürte sie, wie der Umhang nur noch enger wurde.

Sie stieß einen Schrei aus. »Daniel!«

»Er wird dich nicht hören«, kicherte der Engel freudlos, während er sie sich unter den Arm klemmte und an den Rand des Daches trat. »Er wird dich nicht hören, auch wenn du ewig schreist.«

Sieben

Engelsknoten

Der Umhang war lähmend.

Je mehr Luce sich wand, umso mehr zog er sich zusammen. Der raue Stoff wurde von einem seltsamen Seil gesichert, das ihr in die Haut schnitt und sie an jeder Bewegung hinderte. Wenn Luce dagegen ankämpfte, reagierte das Seil, es spannte sich fester um ihre Schultern und drückte ihr die Rippen zusammen, bis sie kaum mehr atmen konnte.

Der Engel der Waage hielt Luce unter seinem knochigen Arm fest, während er durch den Nachthimmel flog. Das Gesicht in dem stinkenden Umhang begraben, konnte sie nichts sehen, konnte nur den Wind spüren, der über ihren elenden, schimmligen Kokon peitschte. Sie hörte nichts als das Heulen des Windes, durchdrungen vom Schlagen steifer Flügel.

Wohin brachte er sie? Wie konnte sie Daniel verständigen? Sie hatten *keine* Zeit für so etwas!

Nach einer Weile hörte es auf zu stürmen, aber der Waage-Engel landete nicht.

Er und Luce schwebten in der Luft.

Dann stieß der Engel ein Brüllen aus. »Eindringling!«, bellte er.

Luce spürte, dass sie beide fielen, aber sie konnte nur die schwarzen Falten des Umhangs ihres Häschers sehen, die ihre Entsetzensschreie dämpften – bis selbst die Schreie in dem Geräusch von zerbrechendem Glas verstummten.

Dünne rasiermesserscharfe Splitter schlitzten ihren eng geschnürten Umhang und den Stoff ihrer Jeans auf. Ihre Beine brannten, als hätte sie tausend Schnittwunden.

Als die Füße des Engels auf den Boden eines Ganges krachten, wurde Luce von dem Aufprall kräftig durchgeschüttelt. Dann ließ er sie grob fallen und sie landete auf Hüfte und Schulter. Sie rollte einige Schritte weit, bis sie liegen blieb. Neben sich sah sie eine lange hölzerne Werkbank, auf der sich Bruchstücke von verblasstem Tuch und Porzellan stapelten. Sie wälzte sich darunter, um vorübergehend Schutz zu finden, und schaffte es beinahe zu verhindern, dass der Umhang sich noch enger um sie zusammenzog. Er hatte angefangen, sich um ihre Luftröhre zu schließen.

Aber jetzt konnte sie wenigstens etwas sehen.

Sie war in einem kalten, höhlenartigen Raum. Der Boden unter ihr war ein glänzendes Mosaik aus dreieckigen roten und grauen Kacheln. Die Wände bestanden aus schimmerndem senffarbenem Marmor, wie auch die dicken, quadratischen Pfeiler in der Mitte des Raums. Sie betrachtete kurz eine lange Reihe von Oberlichtern aus Milchglas, die sich an der gewaltigen Decke in einer Höhe von zwölf Metern erstreckten. In dem Glasdach klafften große Löcher, durch das der bewölkte Nachthimmel zu sehen war. Das musste die Stelle sein, an der sie und der Engel hindurchgekracht waren.

Das musste der Museumsflügel sein, den die Waage übernommen hatte, von dem Vincent Daniel auf dem Kupferdach erzählt hatte. Das bedeutete, dass Daniel draußen sein musste – und Arriane und Annabelle und Roland sollten irgendwo drinnen sein! Ihr Herz wurde leicht, dann schwer.

Der Outcast hatte gesagt, dass man ihnen die Flügel gefesselt hatte. Waren sie in der gleichen Verfassung wie sie, Luce? Es frustrierte sie, dass sie es bis hierher geschafft hatte, ihnen aber nicht helfen konnte, dass sie sich bewegen musste, um sie zu retten, dass aber jede Bewegung ihr Leben in Gefahr brachte. Es gab vielleicht nichts Schlimmeres, als nicht in der Lage zu sein, sich zu *bewegen*.

Vor ihr erschienen die schlammbespritzten schwarzen Stiefel des Waage-Engels. Luce spähte zu ihm empor. Er bückte sich und strömte einen Geruch nach fauligen Mottenkugeln aus, als er ihr einen anzüglichen Blick zuwarf. Seine schwarz behandschuhte Hand streckte sich nach ihr aus.

Dann fiel die Hand des Engels schlaff herab – als sei er k. o. geschlagen worden. Er stürzte nach vorn, krachte schwer gegen die Werkbank, schob sie zurück und brachte Luce zum Vorschein. Der abgetrennte Kopf der Skulptur, der den Waage-Engel offenbar getroffen hatte, kullerte auf schauerliche Weise über den Boden, bis er neben Luce zu liegen kam und sie anzustarren schien.

Als Luce sich wieder unter den Tisch rollte, nahm sie aus dem Augenwinkel unscharf weitere blaue Flügel wahr. Noch mehr Waage-Engel. Vier von ihnen flogen in loser Formation auf eine Nische zu … wo Luce jetzt Emmet stehen sah. Er schwenkte eine lange silberne Säge.

Emmet musste den Kopf geworfen haben, der sie vor der Waage gerettet hatte! Er war der Eindringling, dessen Eintritt durch die Decke ihren Entführer erzürnt hatte. Luce hätte nie gedacht, dass sie sich so darüber freuen würde, einen Outcast zu sehen.

Emmet war umringt von Skulpturen auf Sockeln und Podesten, einige mit Tüchern verhängt, andere eingerüstet, eine frisch enthauptet – und von vier unwahrscheinlich alten Waage-Engeln, die dicht neben ihm in der Luft schwebten, die Umhänge ausgebreitet wie schäbige Vampire. Diese steifen schwarzen Mäntel schienen ihre einzige Waffe zu sein, ihr einziges Werkzeug, und Luce wusste genau, dass es ein brutales Werkzeug war. Ihre schmerzhafte Atmung war der Beweis.

Sie unterdrückte einen Aufschrei, als Emmet einen Sternenpfeil aus dem Köcher unter seinem Trenchcoat zog und ihn vor sich hielt. Daniel hatte den Outcasts das Versprechen abgenommen, die Waage nicht auszumerzen!

Die Waage-Engel wichen langsam vor Emmet zurück und zischten so laut »Gemein! Gemein!«, dass der Engel, der Luce gefangen hatte, sich auf dem Tisch über ihr zu regen begann. Dann tat der Outcast etwas, das alle anderen erstaunte. Er richtete den Sternenpfeil gegen sich selbst. Luce hatte Daniel in Tibet lebensmüde erlebt, daher kannte sie dieses Gefühl größter Verzweiflung, das mit einer so extremen Geste einherging. Aber Emmet wirkte so selbstbewusst und trotzig wie immer, als er von einem ledrigen Waagegesicht zum anderen sah.

Die Waage-Engel wurden von Emmets seltsamem Verhalten ermutigt. Sie schwebten immer näher heran wie Geier, die sich einem Kadaver auf einem Highway in der Wüste näherten. Wo waren die anderen Outcasts? Wo war Phil? Hatte die Waage sie bereits erledigt?

Die Waage-Engel versperrten Luce die Sicht auf den dünnen Outcast. Ein Reißen wie von dickem, schwerem Stoff war zu hören. Die Waage-Engel schwebten regungslos, ihre breiten, sich überlappenden Umhänge wie das klaffende Maul eines Verkünders, der an einen schrecklichen und traurigen Ort führte. Dann ein weiteres Geräusch, als würde etwas aufgeschlitzt, und danach wieder ein Reißen – und auf einmal wirbelten vier Engel der Waage wie Stoffpuppen auf Luce zu, die Kiefer schlaff, die Augen offen, die Umhänge zerfetzt und aufgerissen, sodass die schwarzen Herzen und schwarzen Lungen, die krampfhaft zuckten und aus denen Blut strömte, entblößt waren.

Daniel hatte den Outcasts gesagt, dass sie ihre Sternenpfeile nicht benutzen durften, um die Waage-Engel zu *töten*. Aber er hatte nichts davon gesagt, dass die Outcasts sie nicht verletzen durften.

Die vier Waage-Engel fielen zu Boden wie Marionetten, deren Schnüre durchschnitten worden waren. Sie konnten kaum atmen. Luce hob den Blick von ihnen zu der Nische, wo Emmet schwarzes Waageblut von der Befiederung des Sternenpfeils wischte. Luce hatte noch nie gehört, dass jemand das stumpfe Ende eines Sternenpfeils als Waffe benutzte – und die Waage anscheinend auch nicht.

»Ist Lucinda hier?«, hörte Luce Phil rufen. Sie schaute auf und sah sein Gesicht durch ein Loch im Dach leuchten.

»Hier!«, rief Luce zu ihm hoch und warf sich dabei unwillkürlich nach vorn, wodurch ihr Umhang sich fester um ihre Kehle zog. Als sie das Gesicht verzerrte, wurde der Umhang noch etwas enger.

Ein riesiges Bein fiel über die Tischkante, und ein schwarzer Stiefel schwang Luce ins Gesicht und traf sie mitten auf die Nase, sodass ihr der Schmerz die Tränen in die Augen trieb. Der Engel, der sie gefangen hatte, war wach! Diese Erkenntnis, gepaart mit dem plötzlichen Schmerz, der sie fast blind machte, ließ sie noch weiter unter den Tisch zurückweichen. Dabei schloss der Umhang sich ganz um ihren Hals und drückte ihr die Luftröhre endgültig zu. Sie geriet in Panik, schnappte vergeblich nach Luft und wand sich, jetzt, da es keine Rolle mehr spielte, ob der Umhang sie noch mehr einschnürte …

Dann erinnerte sie sich daran, wie sie in Venedig entdeckt hatte, dass sie den Atem länger anhalten konnte, als sie es für möglich gehalten hatte. Und Daniel hatte ihr gerade erklärt, dass sie durch bloße Willenskraft menschliche Grenzen überwinden konnte, wann immer sie wollte. Also tat sie es, sie tat es einfach, sie nutzte ihren Willen, um am Leben zu bleiben.

Aber das hinderte ihren Entführer nicht daran, die Werkbank, die sie beschützte, umzuwerfen, sodass Gefäße und die abgetrennten Gliedmaßen antiker Skulpturen durch die Luft flogen.

»Du siehst aus, als fühltest du dich … unwohl.« Er grinste und entblößte blutverschmierte Zähne, dann streckte er eine schwarz behandschuhte Hand nach dem Saum von Luces Umhang aus.

Aber der Waage-Engel erstarrte, als die Befiederung eines Sternenpfeils durch die Stelle brach, wo eben noch sein rechtes Auge gewesen war. Blut spritzte aus der leeren Höhle auf Luces Umhang. Der Engel schrie auf, taumelte wild durch den Raum und ruderte mit den Armen, wobei ihm der umgedrehte Sternenpfeil aus dem verhutzelten Gesicht ragte.

Blasse Hände erschienen vor ihr, dann die Ärmel eines zerlumpten hellbraunen Trenchcoats, gefolgt von einem kurz rasierten blonden Kopf. Phil ließ keine Regung erkennen, als er vor ihr in die Knie ging.

»Da bist du ja, Lucinda Price.« Er packte den Kragen des schwarzen Umhangs, der sie einschnürte, und hob Luce hoch. »Ich war zum Palast zurückgekehrt, um nach dir zu sehen.«

Er setzte sie auf einen nahen Tisch. Sie kippte sofort um, außerstande, sich aufrecht zu halten. Emmet richtete sie wieder auf, genauso emotionslos wie sein Kollege.

Endlich konnte sie es wagen, sich genauer umzuschauen. Vor ihr führten drei flache Treppen zu einer weiten Halle. In ihrer Mitte ragte hinter einer roten Samtkordel ein ausgestopfter Löwe empor. Er stand auf den Hinterbeinen und bleckte brüllend die Zähne. Seine Mähne war abgewetzt und vergilbt.

Blaugraue Flügel bedeckten den Boden des Restaurierungsflügels, und sie erinnerten Luce an einen mit Heuschrecken übersäten Parkplatz, den sie eines Sommers nach einem Gewitter in Georgia gesehen hatte. Die Waage-Engel waren nicht tot – sie hatten sich nicht in Sternenpfeilstaub aufgelöst – aber es waren so viele von ihnen bewusstlos, dass die Outcasts sich kaum bewegen konnten, ohne ihnen auf die Flügel zu treten. Phil und Emmet mussten mindestens fünfzig Waage-Engel kampfunfähig gemacht haben. Ihre kurzen blauen Flügel zuckten gelegentlich, aber sonst rührten sie sich nicht.

Alle sechs Outcasts – Phil, Vincent, Emmet, Sanders, das andere Mädchen, dessen Namen Luce nicht kannte, und sogar Daedalus mit seinem bandagierten Gesicht – waren noch auf den Beinen und wischten sich Gewebe und Knochensplitter von ihren besudelten Trenchcoats.

Das blonde Mädchen, das geholfen hatte, Daedalus gesund zu pflegen, packte einen kaum atmenden weiblichen Waage-Engel an den Haaren. Die modrigen blauen Flügel der Alten zitterten, als die blonde Outcast den Kopf der

Waage gegen eine Marmorsäule krachen ließ. Sie kreischte die ersten vier oder fünf Male, als ihr Kopf gegen den Stein schlug. Dann erstarb das Kreischen, und ihre hervorquellenden Augen rollten zurück in den Kopf.

Phil mühte sich mit der schwarzen Zwangsjacke ab, mit der Luce gefesselt war. Seine flinken Finger machten seinen Mangel an Sehkraft wieder wett. Ein bewusstloser Waage-Engel fiel von irgendwo oben herab, seine zerschundene Wange kam zwischen ihrem Hals und ihrer Schulter zu liegen. Sie spürte, wie ihr heißes Blut auf den Nacken sickerte, und kniff schaudernd die Augen zusammen.

Phil trat den Engel vom Tisch herunter, sodass er mit dem Einäugigen zusammenstieß, der Luce gefangen hatte und immer noch hilflos und stöhnend durch den Raum torkelte. »Warum ich? Ich habe alles richtig gemacht.«

»Er hat den Heiligenschein …«, begann Luce.

Aber Phil wandte seine Aufmerksamkeit wieder der blassen Masse von Waageflügeln zu, aus der ein stämmiger Engel mit einer Frisur wie ein tibetischer Mönch sich erhoben hatte und jetzt von hinten auf Daedalus zustürmte. Ein grober schwarzer Umhang hing über dem Kopf des Outcasts, bereit, zu fallen.

»Ich bin gleich zurück, Lucinda Price.« Phil ließ Luce in ihren Fesseln auf dem Tisch und spannte einen Sternenpfeil in seinen Bogen ein. Im Nu hatte er sich zwischen Daedalus und den Waage-Engel geschoben.

»Lass den Umhang fallen, Zaban.« Phil wirkte so grimmig wie im Garten von Luces Eltern. Luce stellte überrascht fest, dass sie einander mit Namen kannten, aber natürlich mussten sie einst alle zusammen im Himmel gelebt haben. Das war jetzt kaum vorstellbar.

Zaban hatte wässrige blaue Augen und bläuliche Lippen. Er schien beinahe froh darüber zu sein, dass der Sternenpfeil auf ihn gerichtet war. Er warf sich den Mantel über die Schulter und drehte sich zu Phil um, wodurch Daedalus frei kam und einen spindeldürren Waage-Engel an den Füßen hochheben konnte. Er schwang den alten Engel dreimal im Kreis und schleuderte ihn dann durch das Ostfenster hinaus, sodass er unten in das Gerüst krachte.

»Du drohst mir, mich zu erschießen, Philipp?« Zabans Blick war auf den Sternenpfeil geheftet. »Du willst das Gleichgewicht zugunsten von Luzifer verändern? Warum überrascht mich das nicht?«

Phil richtete sich drohend auf. »Du bist nicht wichtig genug, als dass dein Tod das Gewicht verschiebt.«

»Zumindest zählen wir. Zusammengenommen geben unsere Leben in dem Gleichgewicht den Ausschlag. Gerechtigkeit gibt immer den Ausschlag. Ihr Outcasts« – er lächelte in gespieltem Mitleid – »steht für gar nichts. Das macht euch wertlos.«

Das war genug für Phil. Dieser Waage-Engel hatte etwas an sich, das er nicht ertragen konnte. Mit einem Ächzen schoss er den Pfeil auf Zabans Herz ab.

»Ich stehe dir feindlich gegenüber«, murmelte er und wartete darauf, dass der blau geflügelte alte Knacker verschwand.

Auch Luce wartete darauf, dass er verschwand. Sie hatte es schon früher mitangesehen. Aber der Pfeil prallte von Zabans Umhang ab und fiel klappernd zu Boden.

»Wie hast du …?«, fragte Phil.

Zaban lachte und zog etwas aus einer verborgenen Brusttasche in seinem Umhang. Luce beugte sich vor und wollte sehen, wie Zaban sich geschützt hatte. Aber sie beugte sich zu weit und fiel vom Tisch. Sie landete mit dem Gesicht auf dem Boden.

Niemand bemerkte es. Sie starrten auf das kleine Buch, das Zaban aus seinem Umhang gezogen hatte. Luce stemmte sich leicht hoch und sah, dass es in Leder gebunden war, in dem gleichen Blauton wie die Flügel der Waage-Engel. Es war mit einer goldenen Knotenschnur umwickelt und sah aus wie eine Bibel, wie sie die Soldaten im Bürgerkrieg in ihre Brusttaschen gesteckt hatten in der Hoffnung, dass die Bücher ihre Herzen schützen würden.

Dieses Buch hatte genau das getan.

Luce blinzelte, um den Titel zu lesen, und wand sich auf dem Boden etwas näher heran. Aber sie war immer noch zu weit entfernt.

Mit einer einzigen Bewegung holte Phil sich seinen Sternenpfeil wieder und schlug Zaban das Buch aus der Hand. Es landete glücklicherweise wenige Schritte von Luce entfernt. Sie wand sich wieder, obwohl sie, in dem Umhang gefesselt, es natürlich nicht aufheben konnte. Trotzdem, sie musste wissen, um was für ein Buch es sich handelte. Es kam ihr vertraut vor, als hätte sie es vor langer, langer Zeit schon einmal gesehen. Sie las die goldenen Buchstaben auf dem Rücken.

DIE GESCHICHTE
DER GEFALLENEN ENGEL

Jetzt hielt Zaban darauf zu. Kurz vor Luce, die ungeschützt mitten im Raum auf dem Boden lag, blieb er stehen. Er funkelte sie böse an und steckte das Buch ein.

»Oh nein«, sagte er. »*Du* wirst dir das nicht ansehen. Du wirst nicht sehen, was die Waageflügel alles geleistet haben. Auch nicht, was noch getan werden muss, um das letzte harmonische Gleichgewicht herzustellen. Du warst ja die ganze Zeit zu beschäftigt damit, dich selbstsüchtig zu verlieben und dich wieder zu trennen, um Notiz von uns und der Gerechtigkeit zu nehmen.«

Luce hasste zwar die Waage, doch wenn es eine Aufzeichnung über die Gefallenen gab, brannte sie darauf zu erfahren, wessen Namen auf diesen Seiten standen, brannte darauf zu erfahren, wo Daniels Name jetzt stand. Das war es also, wovon die Gefallenen ständig redeten. Ein einzelner Engel, der das Zünglein an der Waage war.

Aber bevor Zaban mit weiterer Kritik über Luce herfallen konnte, nahm ein Paar leuchtend weißer Flügel ihr Blickfeld ein – ein Engel, der durch das größte Loch in den Oberlichtern herabstieg.

Daniel landete vor ihr und besah sich den Umhang, der sie fesselte. Er musterte ihren eingeschnürten Hals. Dann spannte er die Muskeln an und versuchte, den Mantel wegzureißen.

Aus dem Augenwinkel sah Luce, wie Phil eine kleine Spitzhacke von einem Tisch nahm und Zaban quer über die Brust zog. Der Engel taumelte und versuchte, sich drehend außer Reichweite zu bringen. Die Hacke traf ihn am Arm. Der Schlag war so kraftvoll, dass er Zabans Hand am Handgelenk abtrennte. Luce wurde fast übel, als sie die bleiche, schlaffe Faust mit einem dumpfen Aufprall zu Boden fallen sah. Von dem blauen Blut einmal abgesehen, das daraus strömte, hätte sie auch einer der zerstörten Statuen gehören können.

»Binde sie dir mit einem deiner Knoten wieder an«, höhnte Phil, als Zaban zwischen den geschundenen, bewusstlosen Körpern der Mitglieder seiner Sekte nach der fehlenden Hand tastete.

»Tut es weh?« Daniel riss an den Knoten, die Luce fesselten.

»Nein.« Sie wollte, dass es die Wahrheit war. War es ja auch beinahe.

Als er mit roher Kraft nichts ausrichten konnte, versuchte Daniel, strategischer an den Umhang heranzugehen. »Gerade hatte ich das lose Ende noch«, murmelte er. »Jetzt ist es in dem Umhang verschwunden.« Seine Finger bewegten sich langsam über ihren Körper und fühlten sich gleichzeitig nah und fern an.

Luce wünschte, dass ihre Hände, mehr als jeder andere Teil ihres Körpers, frei gewesen wären, damit sie Daniel nun hätte berühren, seine Angst hätte lindern können. Sie vertraute darauf, dass er sie befreite. Sie vertraute ihm in allen Dingen.

Was konnte sie tun, um ihm zu helfen? Sie schloss die Augen und kehrte zu dem Leben auf Tahiti zurück. Daniel war Seemann gewesen. Er hatte ihr an den stillen Nachmittagen am Strand Dutzende von Knoten beigebracht. Sie erinnerte sich jetzt: Der Schmetterlingsknoten, der in der Mitte des Seils eine lange Schlaufe mit zwei Flügeln bildete und der sehr belastbar war, oder der Fischerknoten, auch Liebesknoten genannt. Er sah einfach aus, herzförmig, aber er konnte nur gelöst werden, wenn vier Hände gleichzeitig tätig waren, jede musste einen Strang durch einen anderen Teil des Herzens führen.

Daniel rollte mit den Fingern den Kragen um und zog ihn damit noch weiter zusammen. Er fluchte, als er ihr in den Hals schnitt.

»Ich kann es nicht«, rief er schließlich aus. »Die Zwangsjacke der Waage besteht aus unendlichen Knoten. Nur einer von ihnen kann sie aufbinden. Wer hat dir das angetan?«

Luce deutete mit dem Kopf auf den Engel mit den blauen Flügeln, der vor sich hin heulte und in einer Ecke neben einem Marmorfaun herumtorkelte. Die Befiederung des Sternenpfeils ragte ihm noch immer aus dem Auge. Luce wollte Daniel erzählen, wie ihr Peiniger Olianna mit einer Fahnenstange ausgeschaltet hatte und sie dann gefesselt und hierhergebracht hatte.

Aber sie konnte nicht einmal sprechen. Der Umhang war zu eng.

Mittlerweile hatte Phil den jammernden Engel am Kragen seines blutgetränkten Mantels gepackt. Er schlug dem Waage-Engel dreimal ins Gesicht, bevor dieser aufhörte, voller Selbstmitleid zu stöhnen und erschrocken seine blauen Flügel zurückzog. Luce sah, dass sich ein dicker Kranz aus getrocknetem Blut um die Stelle gebildet hatte, wo die Befiederung des Pfeils aus der Augenhöhle ragte.

»Binde sie los, Barach«, befahl Daniel, der Luce' Peiniger sofort erkannte, und Luce fragte sich, wie gut sie einander kannten.

»Unwahrscheinlich.« Barach wandte sich ab und spuckte einen Strom blauen Bluts und zwei scharfe, winzige Zähne auf den Boden aus.

Blitzartig hatte Phil dem Engel einen Sternenpfeil zwischen die Augen gerichtet. »Daniel Grigori hat dir befohlen, sie loszubinden. Du wirst gehorchen.«

Barach zuckte zusammen und warf einen verächtlichen Blick auf den Pfeil. »Gemein! Gemein!«

Ein dunkler Schatten fiel über Phil.

Benommen nahm Luce einen weiteren Waage-Engel wahr, die schrumpelige, alte Vettel mit den modrigen blauen Flügeln. Sie musste sich hochgerappelt haben, nachdem sie bewusstlos geschlagen worden war. Jetzt ging sie mit derselben Spitzhacke, die Phil gegen Zaban benutzt hatte, auf Phil los …

Aber dann löste der Waage-Engel sich in Staub auf.

Zehn Schritte hinter ihr stand Vincent mit einem leeren Bogen in der Hand. Er nickte Phil zu, dann drehte er sich um und ließ den Blick über den Teppich aus blauen Flügeln wandern, ob sich dort etwas bewegte.

Daniel wandte sich zu Phil und murmelte: »Wir dürfen nicht zu viele von ihnen töten. Die Waage spielt im Gleichgewicht eine Rolle. Wenn auch nur eine kleine.«

»Sehr bedauerlich«, entgegnete Phil mit einem seltsamen Neid in der Stimme. »Wir werden das Töten auf ein Minimum reduzieren, Daniel Grigori. Aber wir würden es vorziehen, sie alle umzubringen.« Er hob die Stimme, damit Barach ihn verstehen konnte. »Willkommen im Reich der Blindheit. Die Outcasts sind mächtiger, als du denkst. Ich würde dich ohne Zögern erledigen. Doch ich sage dir noch einmal: Binde sie los.«

Barach stand für einen langen Moment da, als würde er abwägen, und blinzelte mit seinem verbliebenen faltigen alten Augenlid.

»Mach sie los! Sie kann nicht atmen!«, brüllte Daniel.

Barach knurrte und trat zu Luce. Seine altersfleckigen Hände öffneten eine Reihe von Knoten, die weder Phil noch Daniel hatten finden können. Luce verspürte jedoch keine Erleichterung am Hals. Nicht bis er etwas zu flüstern begann, ganz leise, und Luce seinen stinkenden Atem roch.

Der Sauerstoffmangel hatte sie geschwächt, aber die Worte bohrten sich ihr in den vernebelten Verstand. Es war eine alte Form von Hebräisch. Luce wusste nicht, woher sie die Sprache kannte, aber sie tat es.

»UND DER HIMMEL WEINTE, ALS ER DIE SÜNDEN SEINER KINDER SAH.«

Die Worte waren kaum zu verstehen. Daniel und Phil hatten sie nicht einmal gehört. Luce war sich nicht sicher, ob sie sie richtig vernommen hatte – aber sie waren ihr dennoch vertraut. Wo hatte sie diese Worte schon einmal gehört?

Die Erinnerung kam schneller, als ihr lieb war: ein anderes Mitglied der Waage, das Luce in einem anderen Körper in einen älteren Umhang als diesen steckte. Es war vor sehr langer Zeit geschehen. Sie hatte alles schon einmal durchgemacht, war gefesselt und dann freigelassen worden.

In jenem Leben hatte Luce etwas in die Hände bekommen, das sie nicht hätte sehen dürfen. Ein Buch, das mit einem komplizierten Knoten zusammengebunden war.

DIE GESCHICHTE
DER GEFALLENEN ENGEL.

Was hatte sie damit gemacht? Was hatte sie sehen wollen?

Das Gleiche, was sie jetzt sehen wollte. Die Namen der Engel, die noch nicht gewählt hatten. Aber auch damals war es ihr nicht gestattet gewesen, das Buch zu lesen.

Vor langer Zeit hatte Luce das Buch in den Händen gehalten, und ohne zu wissen, wie, hatte sie den Knoten beinahe gelöst. Dann hatte der Waage-Engel sie geschnappt und in den Umhang eingewickelt. Luce hatte seine blauen Flügel beben sehen, als er das Buch heftig verknotet und abermals verknotet hatte. Nachdem er sich davon überzeugt hatte, dass ihre unreinen Finger es nicht beschädigt hatten, hatte er es gesagt. Sie hatte ihn diese Worte flüstern hören – die gleichen seltsamen Worte –, unmittelbar bevor er eine Träne über dem Buch vergossen hatte.

Der goldene Faden hatte sich wie durch Zauberhand gelöst.

Sie schaute nun den runzligen alten Engel an und sah, wie ihm eine silbrige Träne aus dem Auge über die verwitterte Wange rann. Er sah ehrlich bewegt aus, aber auf eine herablassende Art und Weise, als bemitleide er das Schicksal ihrer Seele. Die Träne landete auf dem Umhang und auf rätselhafte Weise öffneten sich die Knoten.

Luce rang nach Luft. Daniel riss den Umhang ganz von ihr weg. Sie schlang die Arme um ihn. Frei.

Sie umarmte Daniel noch immer, als Barach sich nah an ihr Ohr beugte. »Es wird euch niemals gelingen.«

»Schweig still, du Teufel«, befahl Daniel.

Aber Luce wollte wissen, was Barach meinte. »Warum nicht?«

»Du bist nicht die Richtige!«, antwortete Barach.

»Ruhe!«, rief Daniel.

»Nie, nie, nie. Nicht in einer Million Jahren«, sang der Engel und rieb die kratzige Wange an Luces Gesicht – dann schoss ihm Phil den Pfeil ins Herz.

Acht

Als der Himmel weinte

Etwas fiel ihnen krachend vor die Füße.

»Der Heiligenschein!«, stieß Luce hervor.

Daniel bückte sich und hob die goldene Reliquie vom Boden auf. Er bestaunte sie kopfschüttelnd. Irgendwie war sie zurückgeblieben, als der Waage-Engel und seine seltsamen Kleider verschwunden waren.

»Es tut mir leid, dass ich sein Leben genommen habe, Daniel Grigori«, sagte Phil. »Aber ich konnte Barachs Lügen nicht länger ertragen.«

»Mir gingen sie auch langsam auf die Nerven«, erwiderte Daniel. »Sei einfach vorsichtig mit den anderen.«

»Nimm das hier«, erwiderte Phil und ließ die schwarze Tasche von der Schulter gleiten. »Verbirg es vor der Waage. Sie giert danach.« Als er die Tasche öffnete, sah Luce darin Daniels Buch: *Das Wächteramt der Engel.*

Phil zog den Reißverschluss zu und gab Daniel die Tasche. »Ich werde jetzt zurückkehren, um Wache zu halten. Die verwundeten Waage-Engel könnten jeden Moment wieder zu sich kommen.«

»Du hast deine Sache gegen die Waage gut gemacht«, sagte Daniel beeindruckt. »Aber …«

»Ja«, antwortete Phil. »Es werden nicht die einzigen bleiben. Sind dir draußen vor dem Museum viele begegnet?«

»Es sind unzählige«, sagte Daniel.

»Wenn du uns erlauben würdest, freien Gebrauch von den Sternenpfeilen zu machen, könnten wir eure Flucht sichern …«

»Nein. Ich will das Gleichgewicht nicht in einem solchen Maß stören. Es wird niemand mehr getötet außer in absoluter Notwehr. Wir werden uns einfach beeilen und hier verschwinden müssen, bevor die Verstärkung der Waage eintrifft. Geh jetzt, bewach die Fenster und die Türen. Ich werde gleich bei dir sein.«

Phil nickte, drehte sich um und watete durch den Teppich aus blauen Flügeln, dann war er verschwunden.

Sobald sie allein waren, tastete Daniel Luce' Körper ab. »Bist du verletzt?«

Sie schaute an sich hinunter und rieb sich den Hals. Das Glas des Oberlichts hatte ihre Jeans an mehreren Stellen durchschnitten, aber keine der Wunden sah tödlich aus. Daniels früherem Rat folgend, sagte sie sich: *Es tut nicht weh.* Das Brennen ließ nach.

»Mir geht es gut«, versicherte sie schnell. »Und wie ist es dir ergangen?«

»Genauso, wie wir es geplant hatten. Ich habe den größten Teil der Waage aufgehalten, während die Outcasts diesen Weg hinein fanden.« Er schloss die Augen. »Aber ich habe nicht gewollt, dass du verletzt wirst. Es tut mir leid, Luce, ich hätte dich nicht allein lassen dürfen …«

»Mir geht es gut, Daniel, und der Heiligenschein ist in Sicherheit. Was ist mit den anderen Engeln? Wie viele andere Waage-Engel sind noch hier?«

»Daniel Grigori!« Phils Ruf gellte durch die große Halle.

Luce und Daniel durchquerten sie rasch und stiegen über

blaue Waageflügel hinweg zu dem gewölbten Eingang des Raumes. Dort blieb Luce wie angewurzelt stehen.

Ein Mann in einer dunkelblauen Uniform lag mit dem Gesicht nach unten auf dem Fliesenboden. Rotes Blut bildete eine Lache um seinen Kopf – rotes Menschenblut.

»Ich – ich habe ihn getötet«, stammelte Daedalus, der einen schweren Eisenhelm in der Hand hielt und verängstigt wirkte. Das Visier des Helms war blutverschmiert. »Er kam durch die Tür gerannt, und ich dachte, er gehöre zur Waage. Ich dachte, ich würde ihn nur bewusstlos schlagen. Aber er war ein Sterblicher.«

Ein Mopp und ein Farbeimer lagen umgekippt neben dem Leichnam. Sie hatten einen Hausmeister getötet. Bis dahin war der Kampf gegen die Waage in gewisser Weise unwirklich erschienen. Er war brutal und sinnlos gewesen, und zwei Waage-Engel waren getötet worden – aber es hatte sich abseits der Welt der Sterblichen abgespielt. Luce wurde übel, als sie sah, wie das Blut in die Fugen des Fliesenbodens sickerte, aber sie konnte den Blick nicht losreißen.

Daniel rieb sich das Kinn. »Du hast einen Fehler gemacht, Daedalus. Aber es war richtig, die Tür vor Eindringlingen zu bewachen. Der Nächste, der durchkommt, wird ein Waage-Engel sein.« Er sah sich im Raum um. »Wo sind die gefallenen Engel?«

»Was ist mit ihm?« Luce starrte auf den toten Mann auf dem Boden. Seine Schuhe waren frisch geputzt. Er trug einen schmalen goldenen Ehering. »Er war nur ein Hausmeister, der nachsehen wollte, was der Lärm zu bedeuten hatte. Jetzt ist er *tot.*«

Daniel nahm Luce an den Schultern und legte seine Stirn an ihre. Sein Atem kam kurz und heiß. »Seine Seele hat nun

Glück und Frieden gefunden. Und es werden noch viele Seelen verloren gehen, wenn wir nicht bald unsere Freunde finden, die Reliquie an uns bringen und von hier verschwinden.« Er drückte ihr die Schultern, dann ließ er sie zu schnell wieder los. Sie schluckte die Tränen für den Toten hinunter und drehte sich zu Phil um.

»Wo sind sie?«

Phil deutete mit einem bleichen Finger gen Himmel.

Von einem dicken Querbalken neben dem zerschmetterten Oberlicht baumelten drei schwarze Jutesäcke. Einer von ihnen wölbte sich und schwankte, wie etwas, das versuchte, geboren zu werden.

»Arriane!«, rief Luce.

Derselbe Sack ruckte erneut, diesmal heftiger.

»Ihr werdet sie niemals rechtzeitig befreien«, erklang eine zittrige Stimme vom Boden. Ein Waage-Mitglied mit einem Fischgesicht stützte sich auf die Ellbogen. »Verstärkung ist unterwegs. Wir werden euch alle in die Mäntel der Gerechten binden und uns Luzifer selbst vornehmen …«

Ein Bronzeschild, den Phil wie ein Frisbee warf, schnitt ein Stück von der Kopfhaut der Waage ab, und sie sank in den Haufen blauer Flügel zurück.

Phil wandte sich an Daniel. »Wenn du die Hilfe der Waage brauchst, um deine Freunde loszubinden, werden wir mehr Glück haben, solange ihre Streitmacht klein ist.«

Daniels Augen brannten violett, als er durch den Museumsflügel flog und sich von einem eingerüsteten Restaurierungsbereich zum nächsten bewegte. Er hielt an einem breiten Marmortisch, der aussah wie der Arbeitsplatz eines der Restauratoren: voller Papiere und Werkzeuge – größtenteils nutzlos nach dieser Nacht –, die Daniel nun gründlich durchwühlte. Er warf eine leere Wasserflasche beiseite, einen Stapel Ordner, ein verblasstes Foto in einem Rahmen. Schließlich griff er nach einem langen, stabilen Skalpell.

»Nimm das hier«, sagte er zu Luce und schob ihr Phils schwere Tasche über die Schulter. Sie hielt sie an sich gedrückt, als Daniel die Flügel zurückbog und sich vom Boden abstieß.

Mit angehaltenem Atem beobachtete sie, wie er mühelos aufstieg, magisch, und fragte sich, wie es kam, dass seine Flügel alles in dem spärlich beleuchteten Museum erstrahlen ließen. Als Daniel die Decke erreichte, zog er das Skalpell sauber über die Dachsparren und durchschnitt das Seil, an dem die drei Säcke hingen. Sie glitten ihm lautlos in die Arme und mit einem einzigen Flügelschlag trug er sie nach unten.

Daniel legte die schwarzen Säcke nebeneinander auf ein freies Stück Boden. Luce, die zu ihm hinübereilte, konnte die Gesichter der drei Engel oben hinausschauen sehen. Sie waren in die gleichen starren schwarzen Umhänge eingeschnürt, wie Luce es gewesen war. Aber die Engel waren außerdem mit Streifen schwarzer Jute geknebelt worden, die sich im Mund ihrer Freunde zusammenzuziehen schienen. Arriane wand sich und wurde immer röter im Gesicht. Sie sah so zornig aus, dass Luce dachte, sie würde jeden Augenblick explodieren.

Phil warf einen Blick auf die Mitglieder der Waage, die sich auf dem Boden wanden. Er klemmte sich eins unter die Arme. Der Engel blinzelte benommen. »Daniel Grigori, möchtest du, dass die Outcasts einen Freiwilligen der Waage auswählen, der dir hilft, deine Freunde zu befreien?«

»Wir werden niemals die Geheimnisse unserer Knoten

preisgeben!« Der Waage-Engel war so weit bei Bewusstsein, dass er zischte: »Lieber würden wir sterben.«

»Uns wäre es auch lieber, wenn ihr sterben würdet«, gab Vincent zurück. Er ging mit einem Sternenpfeil in jeder Hand auf ihren Kreis zu und hielt dem Waage-Engel, der gesprochen hatte, einen Pfeil an die Kehle.

»Vincent, halt dich zurück«, befahl Phil.

Daniel kniete bereits über dem ersten schwarzen Umhang – Rolands – und zog an den unsichtbaren Knoten. »Ich kann die Enden nicht finden.«

»Vielleicht würde ein Sternenpfeil sie durchschneiden«, schlug Phil vor und hielt einen silbernen Pfeil hoch. »Wie den Gordischen Knoten.«

»Das wird nicht funktionieren. Die Knoten wurden mit einem okkulten Zauber gesegnet. Wir werden vielleicht die Waage brauchen.«

»Wartet mal!« Luce ließ sich neben Roland auf die Knie fallen. Er lag still, aber seine Augen sagten Luce alles darüber, wie ohnmächtig er sich vorkam. Nichts sollte eine Seele wie Roland fesseln. Durch diesen Umhang konnte sie nichts von der Eleganz sehen, die den gefallenen Engel zu dem machten, der er war – ob er nun die Nephilim an der Shoreline beim Fechten besiegte, bei einer Party an der Sword & Cross die Plattenteller drehte oder gewandter als jeder andere, den sie kannte, durch die Verkünder trat. Dass die Waage ihrem Freund das angetan hatte, machte Luce so zornig, dass ihr die Tränen kamen.

Tränen.

Das war es.

Die hebräischen Worte fielen ihr wieder ein. Ihre Reisen hatten ihr eine Gabe für Sprachen geschenkt. Sie schloss die

Augen und sah im Geiste, wie die goldene Schnur von dem Buch abfiel. Sie erinnerte sich daran, wie Barachs rissige Lippen selbstgerecht die Worte geformt hatten …

Und Luce sprach sie nun zu Roland, ohne zu wissen, was sie bedeuteten, nur in der Hoffnung, dass sie helfen konnten.

»Und der Himmel weinte, als er die Sünden seiner Kinder sah.«

Rolands Augen wurden groß. Die Knoten lösten sich. Der Umhang fiel zu seinen Seiten herunter und auch der Knebel glitt ihm aus dem Mund.

Er rang nach Luft, rollte sich auf die Knie, stand auf und ließ seine goldenen Flügel mit atemberaubender Wucht hervorschießen. Das Erste, was er tat, war Luce auf die Schulter zu klopfen.

»Danke, Lucinda. Für die nächsten tausend Jahre schuldet dir dieser Gefallene einen Gefallen.«

Roland war wieder frei – aber Blut sickerte aus der Stelle, wo Barach ihm das falsche Zeichen aus dem Flügel gerissen hatte.

Daniel nahm Luce an der Hand und zog sie zu den beiden anderen gefesselten Engeln. Er hatte Luce beobachtet und von ihr gelernt. Und so machte er sich daran, Annabelle zu befreien, während Luce vor Arriane kniete. Arriane konnte nicht still liegen. Der Umhang war so fest um sie geschnürt, dass Luce kaum hinsehen mochte.

Ihre Blicke trafen sich. Arriane gab einen Laut von sich, den Luce so interpretierte, dass sie sich freute, Luce zu sehen. Luces Augen wurden feucht, als sie sich an ihren ersten Tag an der Sword & Cross erinnerte. Damals hatte sie mitangesehen, wie Arriane sich einer Elektroschockbehandlung unterzog. Der ultracoole Engel war ihr so zerbrechlich erschienen, und obwohl Luce das Mädchen kaum gekannt hatte, hatte sie den Drang verspürt, Arriane zu beschützen, so wie man alte Freunde schützt. Dieser Drang war im Laufe der Zeit nur noch stärker geworden.

Eine heiße Träne rollte ihr über die Wange und landete mitten auf Arrianes Brust. Luce flüsterte die hebräischen Worte und hörte, wie Daniel sie gleichzeitig Annabelle zuflüsterte. Sie warf ihm einen Blick zu. Seine Wangen waren feucht.

Urplötzlich lösten sich die Knoten, dann fielen sie ganz auseinander. Die Engel waren durch Luces und Daniels Hände befreit worden – und durch ihre Herzen.

Das Ausfahren von Arrianes Ehrfurcht gebietenden, schillernden Flügeln verursachte einen Windstoß, gefolgt von einem sanfteren Lufthauch von Annabelles silberglänzenden Flügeln. Im Raum herrschte beinahe Stille, bevor die Knebel der beiden Mädchen abfielen. Arriane hatte außerdem ein Stück Klebeband über dem Mund; sie war wahrscheinlich der Grund gewesen, warum man die anderen überhaupt geknebelt hatte. Daniel nahm eine Ecke des Klebebandes und riss es mit einem Ruck ab.

»Ja, Wahnsinn! Ist das gut, frei zu sein!«, rief Arriane und betastete das rot geschwollene, rechteckige Stück Haut um ihren Mund. »Ein dreifaches Hoch auf die Knotenmeisterin Lucinda!« Sie sprühte vor Leben, aber sie kämpfte mit den Tränen. Als sie sah, dass Luce es sah, wischte sie sie hastig weg.

Sie ging über den mit Flügeln übersäten Boden, schnitt spöttische Grimassen vor den bewusstlosen Waage-Engeln und sprang auf sie zu, als wolle sie sie schlagen. Ihr Jeansoverall war fast völlig zerfetzt, ihr Haar zerzaust und fettig, und auf dem linken Wangenknochen hatte sie eine Prellung, die wie eine Landkarte von Australien aussah. Die Spitzen ihrer schillernden Flügel waren verbogen und schleiften über den schmutzigen Boden.

»Arriane«, flüsterte Luce. »Du bist verletzt.«

»Ach, was soll's, Kind, mach dir um mich keinen Kopf.« Arriane warf ihr ein schiefes Grinsen zu. »Ich fühle mich fit genug, um dieser alten Waage mal so richtig in den Arsch zu treten!« Sie schaute sich im Raum um. »Nur dass es leider so aussieht, als seien mir die Outcasts zuvorgekommen.«

Annabelle erhob sich langsamer als Arriane, breitete ihre muskulösen silbernen Flügel aus und zog sie wieder zusammen, dann dehnte sie ihre langen Glieder wie eine Ballerina. Aber als sie zu Luce und Arriane aufsah, lächelte sie und legte den Kopf schief. »Es muss doch irgendetwas geben, um es ihnen heimzuzahlen.«

Arrianes Flügel flatterten, und sie erhob sich einige Meter über den Boden und flog in großen Kreisen durch den Museumsflügel und besah sich die Zerstörung. »Ich werde mir etwas einfallen lassen ...«

»Arriane«, warnte Roland, der mit Daniel geflüstert hatte und nun aufsah.

»Waaas?« Arriane zog einen Schmollmund. »Du gönnst mir aber auch gar keinen Spaß mehr, Ro.«

»Wir haben keine Zeit für Späße«, erklärte Daniel ihr.

»Diese Fossilien haben uns stundenlang gefoltert«, rief Annabelle vom Kopf des Löwen herab. »Da können wir uns doch wohl revanchieren.«

»Nein«, entgegnete Roland. »Hier ist genug irreparabler Schaden angerichtet worden. Wir sollten unsere Energie darauf verwenden, die zweite Reliquie zu suchen.«

»Dann lass uns zumindest dafür sorgen, dass sie sich derweil nicht rühren«, sagte Annabelle.

Roland sah Daniel an, der nickte.

Mit einem Lächeln huschte Annabelle zu einem Tisch an der hinteren Wand des Museums. Sie drehte einen Hahn auf und summte leise vor sich hin. Dann goss sie Gips oder ein anderes Abgussmaterial in einen Eimer und begann, Wasser hinzuzufügen.

»Arriane«, erklärte sie draufgängerisch. »Ich brauch dich hier.«

»Sehr wohl, Ma'am.« Arriane nahm Annabelle den ersten Eimer ab und flog lieblich lächelnd über die halb bewusstlosen Waage-Engel. Langsam begann sie, den nassen Brei über ihren Köpfen auszugießen. Er schwappte an ihnen hinunter und sammelte sich in einer Lache zwischen ihren Körpern. Einige von ihnen wehrten sich gegen die Mixtur, die schnell zu einer Art künstlichem Treibsand erstarrte. Luce erkannte die Genialität des Plans. In wenigen Augenblicken, wenn die Masse ausgehärtet war, würden die Waage-Engel in ihren hingestreckten Haltungen festsitzen.

»Das ist unklug!«, gurgelte einer der Waage-Engel durch den nassen Gips.

»Wir machen euch zu einem Denkmal der Gerechtigkeit!«, rief Annabelle.

»Denkt immer dran: Nur die Harten – kommen in den Garten.« Arriane lachte und verriet mehr als nur einen Anflug von rachsüchtiger Häme.

Die Mädchen fuhren fort, Eimer um Eimer auszuschütten – jeder der bedrohlichen Engel bekam einen vollen Eimer über den Kopf gegossen, bis man ihn nicht mehr hörte – bis es nicht mehr nötig war, dass die Outcasts die Waage-Engel mit ihren Sternenpfeilen in Schach hielten.

Daniel und Roland standen abseits von der Gruppe und diskutierten mit gedämpfter Stimme. Luce konnte den Blick nicht von Arrianes roter Prellung, dem Blut an Rolands Flügeln und der Schnittwunde in Annabelles Schulter wenden.

Dann kam ihr eine Idee.

Sie griff in die Tasche, holte drei kleine Flaschen Diät-Cola hervor und zog eine Handvoll Sternenpfeile aus ihrem silbernen Köcher. Sie drehte die Deckel ab.

Schnell tauchte Luce in jede der Flaschen einen Sternenpfeil. Die braune Flüssigkeit begann zu brodeln und zu dampfen. Als sie einen silbrigen Ton annahm, stand Luce auf und rief die anderen.

»Alle hierher.«

Daniel und Roland verstummten.

Arriane hörte auf, die Waage mit nassem Gips zu übergießen.

Annabelle landete wieder auf der Mähne des Löwen.

Keiner von ihnen sprach, aber alle wirkten beeindruckt, als sie nach den Flaschen griffen und zur Feier des Tages anstießen, ehe sie tranken.

Anders als der Outcast Daedalus brauchten die Engel nicht die Augen zu schließen und einzuschlafen, nachdem sie die umgewandelte Cola getrunken hatten. Vielleicht, weil sie nicht so schwer verprügelt worden waren oder weil diese höhere Form eines Engels mehr aushalten konnte. Das Getränk beruhigte sie trotzdem.

Schließlich klatschte Roland in die Hände und entfachte eine mächtige Flamme. Er sandte Hitzewellen zu den eingegipsten Waage-Engeln hinüber und glasierte ihren Überzug, aus dem man schwerer entkommen konnte als aus ihren Umhängen.

Dann setzten sich Roland, Arriane, Annabelle und Luce Daniel gegenüber an einen der hohen Tische.

Daniel zog den Reißverschluss der Tasche auf, um den anderen den Heiligenschein zu zeigen.

Arriane schnappte voller Ehrfurcht nach Luft und streckte die Hand aus, um ihn zu berühren.

»Ihr habt ihn gefunden.« Annabelle zwinkerte Luce zu. »Ist ja voll krass!«

»Was ist mit der zweiten Reliquie?«, fragte Daniel. »Habt ihr sie? Hat die Waage sie euch abgenommen?«

Annabelle schüttelte den Kopf. »Wir hatten sie noch nicht gefunden.«

»Aber wir haben sie reingelegt«, bemerkte Arriane und sah mit schmalen Augen zu der Waage hinüber. »Sie dachten, sie könnten es aus uns herausprügeln.«

»Dein Buch ist zu ungenau, Daniel«, sagte Roland. »Wir sind nach Wien gekommen, um nach einer Liste zu suchen.«

»Die Desiderata«, erwiderte Daniel. »Ich weiß.«

»Aber das war *alles*, was wir wussten. In den Stunden zwischen unserer Ankunft und unserer Gefangennahme durch die Waage sind wir in sieben verschiedenen Stadtarchiven gewesen und haben nichts gefunden. Es war dumm. Wir haben zu viel Aufmerksamkeit erregt.«

»Es ist meine Schuld«, murmelte Daniel. »Ich hätte mehr herausfinden sollen, als ich vor Jahrhunderten das Buch geschrieben habe. Ich war in dieser Zeit zu impulsiv und ungeduldig. Jetzt kann ich mich nicht mehr daran erinnern, was mich zu dem Desideratum geführt hat oder wie sein genauer Wortlaut ist.«

Roland zuckte die Achseln. »Es hätte vielleicht ohnehin keine Rolle gespielt. Als wir eintrafen, war die Stadt ein

Minenfeld. Wenn wir das Desideratum gehabt hätten, hätten sie es uns nur weggenommen. Sie hätten es zerstört, so wie sie für die Zerstörung dieser Kunstwerke gesorgt haben.«

»Die meisten dieser Stücke waren ohnehin Fälschungen«, meinte Daniel, wodurch Luces Schuldgefühle über das, was sie in dem Museum angerichtet hatten, ein wenig nachließen. »Und für den Moment können die Outcasts mit der Waage fertigwerden. Wir übrigen müssen uns beeilen, dass Desideratum zu finden. Du sagst, ihr wart in der Bibliothek der Hofburg?«

Roland nickte.

»Was ist mit der Universitätsbibliothek?«

»Äh, ja«, murmelte Annabelle, »dort sollten wir uns in nächster Zeit besser nicht blicken lassen. Arriane hat einige unschätzbare Pergamentrollen in der Abteilung Alte und wertvolle Bestände zerstört ...«

»He«, blaffte Arriane entrüstet. »Ich habe sie wieder zusammengeklebt!«

Donnernde Schritte erklangen im Flur und alle rissen die Köpfe zu dem offenen Durchgang herum. Mindestens zwanzig weitere Waage-Engel versuchten, in den Raum zu fliegen, aber die Outcasts hielten sie mit ihren Sternenpfeilen am Eingang auf.

Einer von ihnen entdeckte den Heiligenschein in Daniels Hand und stieß einen kleinen Schrei aus. »Sie haben die erste Reliquie gestohlen.«

»Und sie arbeiten zusammen! Engel und Dämonen und« – schmale Augen fielen auf Luce – »jene, die ihren Platz nicht kennen, alle arbeiten sie zusammen für eine unreine Sache. Der Thron heißt dies nicht gut. Ihr werdet das Desideratum niemals finden!«

»*Desideratum*«, murmelte Luce und erinnerte sich schwach an eine lange, langweilige Stunde in ihrem Lateinkurs in Dover. »Das ist … Singular.« Sie wirbelte zu Daniel herum. »Eben hast du *Desiderata* gesagt. Das ist Plural.«

»Etwas Begehrenswertes«, flüsterte Daniel. Seine violetten Augen begannen zu pulsieren, und schon bald schien sein ganzes Sein zu glühen – ein Lächeln des Wiedererkennens breitete sich auf seinen Zügen aus. »Es ist nur eine Sache. Das ist richtig.«

Dann erklang irgendwo in der Ferne der tiefe Schlag einer Kirchenturmuhr.

Es war Mitternacht.

Luzifer war einen Tag näher gekommen. Ihnen blieben noch sechs Tage.

»Daniel Grigori«, überschrie Phil das Glockengeläut, »wir können sie nicht ewig festhalten. Du und deine Engel, ihr müsst gehen.«

»Wir verschwinden«, rief Daniel zurück. »Vielen Dank.« Er drehte sich zu den Engeln um. »Wir werden jede Bibliothek, jedes Archiv in dieser Stadt besuchen, bis …«

Roland sah ihn zweifelnd an. »In Wien muss es Hunderte von Bibliotheken geben.«

»Und vielleicht sollten wir versuchen, darin nicht ganz so destruktiv zu sein?«, schlug Annabelle vor und sah Arriane mit schräg gelegtem Kopf an. »Auch Sterblichen ist ihre Vergangenheit wichtig.«

Ja, dachte Luce, Sterblichen ist ihre Vergangenheit sogar sehr wichtig. Erinnerungen an ihre vergangenen Leben kamen ihr jetzt häufiger, aber sie konnte sie nicht lenken. Während die Engel sich zum Abflug bereitmachten, stand Luce reglos da, von einem intensiven Flashback geschwächt.

Dunkelrote Haarschleifen. Daniel und der Christkindlmarkt. Ein Gewitter mit Hagel und sie hatte keinen Mantel angehabt. Das letzte Mal, als sie in Wien gewesen war … da hatte noch mehr hinter dieser Geschichte gesteckt … etwas anderes … eine Türglocke …

»Daniel.« Luce packte ihn an der Schulter. »Was ist mit der Bibliothek, in der wir zusammen waren? Erinnerst du dich?« Sie schloss die Augen und tastete sich mehr fühlend als denkend durch eine nicht besonders tief vergrabene Erinnerung. »Wir sind übers Wochenende nach Wien gekommen … Ich weiß nicht mehr, wann, aber wir haben Mozart die *Zauberflöte* dirigieren sehen … in dem Theater an der Wien? Du wolltest diesen Freund von dir besuchen, der in einer alten Bibliothek gearbeitet hat, sein Name war …«

Sie brach ab, denn als sie die Augen öffnete, starrten die anderen sie ungläubig an. Niemand, am allerwenigsten Luce, hatte erwartet, dass *sie* diejenige sein würde, die wusste, wo sie das Desideratum finden würden.

Daniel erholte sich als Erster. Er ließ sein seltsames Lächeln aufblitzen, das voller Stolz war, wie Luce wusste. Aber Arriane, Roland und Annabelle sahen sie weiter staunend an, als hätten sie plötzlich erfahren, dass sie Chinesisch sprach. Was sie ja auch tat.

Arriane wackelte mit einem Finger im Ohr. »Muss ich mit den psychedelischen Drogen aufhören oder hat sich LP gerade ohne Vorsagen an eine der entscheidendsten Stellen aller Zeiten aus einem ihrer früheren Leben erinnert?«

»Du bist ein Genie«, sagte Daniel und küsste sie leidenschaftlich.

Luce errötete und beugte sich vor, um den Kuss ein wenig in die Länge zu ziehen, aber dann hörte sie ein Räuspern.

»Im Ernst, ihr zwei«, sagte Annabelle. »Ihr werdet genug Zeit zum Knutschen haben, wenn wir diese Sache durchgezogen haben.«

»Ich würde ja vorschlagen, ›nehmt euch ein Zimmer‹, aber ich fürchte, dann würden wir euch nie wiedersehen«, fügte Arriane hinzu, worauf sie alle in Gelächter ausbrachen.

Als Luce die Augen öffnete, hatte Daniel die Flügel weit ausgebreitet. Sie wischten abgebrochene Gipsstückchen mit den Spitzen weg und verstellten die Sicht auf die Waage-Engel. Die schwarze Ledertasche mit dem Heiligenschein hatte er sich über die Schulter geschlungen.

Die Outcasts sammelten die verstreuten Sternenpfeile wieder ein und steckten sie in die silbernen Köcher. »Guten Flug, Daniel Grigori.«

»Dir auch.« Daniel nickte Phil zu. Er drehte Luce um, sodass sie sich mit dem Rücken an seine Brust lehnte und seine Arme bequem um ihre Taille lagen. Sie verschränkten die Hände über ihrem Herzen.

»Die Stiftsbibliothek«, sagte Daniel zu den anderen Engeln. »Folgt mir, ich weiß genau, wo sie ist.«

Neun

Das Desideratum

Nebel umgab die Engel. Sie flogen über den Fluss, vier Flügelpaare, die bei jedem Schlag ein gewaltiges *Wusch!* erzeugten. Sie hielten sich nah genug am Boden, sodass der gedämpfte orangefarbene Schein der Natriumdampflampen wie die Beleuchtung einer Landebahn aussah. Doch sie setzten nicht zur Landung an.

Daniel war nervös. Luce konnte es in seinem ganzen Körper spüren: in seinen beiden Armen um ihre Taille, in seinen Schultern, die hinter ihren lagen, selbst in der Art, wie seine breiten Flügel über ihnen schlugen. An seinem Griff konnte sie seine Anspannung ablesen, und sie wusste, wie er sich fühlte. Sie brannte genauso darauf, die Stiftsbibliothek zu erreichen wie er.

Nur einige wenige Landmarken stachen aus dem Nebel hervor. Da war der hohe Turm der gewaltigen gotischen Kirche, und dort das unbeleuchtete Riesenrad, dessen leere rote Waggons in der Nacht schwankten. Da war die grüne Bronzekuppel des Palastes, wo sie nach ihrem Eintreffen in Wien gelandet waren. Aber Moment – sie waren bereits am Palast vorbeigekommen, vor einer halben Stunde vielleicht. Luce hatte versucht, nach Olianna Ausschau zu halten, die der Waage-Engel bewusstlos geschlagen hatte. Sie hatte sie auf dem Dach nicht gesehen und sie sah sie auch jetzt nicht.

Warum flogen sie im Kreis? Hatten sie sich verirrt?

»Daniel?«

Er antwortete nicht.

In der Ferne läuteten Kirchenglocken. Sie läuteten zum vierten Mal, seit Luce, Daniel und die anderen sich durch das zerstörte Oberlicht im Museum aufgemacht hatten. Sie waren schon seit langer Zeit unterwegs. Konnte es wirklich drei Uhr morgens sein?

»Wo *ist* sie?«, murmelte Daniel leise und legte sich nach links in die Kurve. Er folgte der Spur des Flusses, dann entfernte er sich von ihr, um über einer breiten Allee, die mit dunklen Kaufhäusern gesäumt war, zu segeln. Luce hatte auch diese Straße schon gesehen. Sie flogen im Kreis.

»Sagtest du nicht, du wüsstest genau, wo sie ist!« Arriane brach aus der Formation aus, in der sie geflogen waren – Daniel und Luce an der Spitze, während Roland, Arriane und Annabelle hinter ihnen ein dichtes Dreieck bildeten –, und glitt nun einige Meter unter Daniel und Luce, nahe genug, um zu reden. Ihr Haar war zerzaust und ihre schillernden Flügel flatterten im Nebel.

»Ich weiß *sehr wohl*, wo sie ist«, antwortete Daniel. »Zumindest weiß ich, wo sie *war.*«

»Du hast einen seltsamen Orientierungssinn, Daniel.«

»Arriane.« Roland sprach in dem warnenden Tonfall, den er sich für Arriane aufhob, wenn sie in schöner Regelmäßigkeit zu weit ging. »Er muss sich konzentrieren.«

»Yeah, yeah, yeah.« Arriane verdrehte die Augen. »Ich kehre besser in die Formation zurück.« Arriane schlug mit den Flügeln, wie manche Mädchen mit den Wimpern klimperten, machte mit den Fingern das Friedenszeichen und ließ sich zurückfallen.

»Okay, also wo *war* die Bibliothek?«, fragte Luce.

Daniel seufzte, legte leicht die Flügel an und ließ sich mehrere Meter nach unten fallen. Kalter Wind schlug Luce ins Gesicht. Ihr Magen machte einen Satz, als sie hinabstürzten, dann beruhigte er sich wieder, als Daniel abrupt über einer Wohnstraße bremste, als sei er auf einem unsichtbaren Hochseil gelandet.

Die Straße war still und leer und dunkel, nur zwei lange Reihen von steinernen Stadthäusern zu beiden Seiten. Die Fensterläden waren für die Nacht geschlossen worden. Kleine Autos standen in schmalen, schrägen Parktaschen auf der Straße. Junge Bäume wuchsen in regelmäßigen Abständen aus dem gepflasterten Gehsteig, der an kleinen, gepflegten Vorgärten vorbeiführte.

Die anderen Engel schwebten rechts und links von Daniel und Luce, einige Meter über der Straße.

»Das ist die Stelle, an der sie stand«, sagte Daniel. »Sie war *hier.* Sechs Häuserblocks vom Fluss entfernt, westlich vom Türkenschanzpark. Ich könnte es schwören. Das hier« – er machte eine ausholende Handbewegung über die gleichförmigen Reihenhäuser unten – »war alles nicht da.«

Annabelle runzelte die Stirn und zog die Knie an, ihre silbernen Flügel schlugen schwach, um sie in der Luft zu halten. Ihre gekreuzten Knöchel enthüllten knallpinke Ringelsocken, die unter ihren Jeans hervorschauten. »Glaubst du, sie wurde zerstört?«

»In dem Fall«, antwortete Daniel, »habe ich keine Ahnung, wie wir die Reliquie finden sollen.«

»Wir sind geliefert«, seufzte Arriane. »Es ist nie so toll, wie man es sich vorstellt.«

»Vielleicht sollten wir nach Avignon fliegen«, schlug

Roland vor. »Schauen, ob Cams Gruppe mehr Glück hatte.«

»Wir brauchen alle drei Reliquien«, wandte Daniel ein.

Luce drehte sich leicht in Daniels Armen, um ihn anzuschauen. »Es ist nur ein Problem. Denkt daran, was wir in Venedig durchmachen mussten. Aber wir haben den Heiligenschein bekommen. Wir werden auch das Desideratum bekommen. Das ist alles, was zählt. Wann war das letzte Mal jemand von uns in dieser Bibliothek, vor zweihundert Jahren? Natürlich verändern sich die Dinge. Das heißt nicht, dass wir aufgeben. Wir müssen einfach ... müssen einfach ...«

Alle sahen sie an. Aber Luce wusste nicht, was sie tun sollte. Sie wusste nur, dass sie nicht aufgeben durften.

»Die Kleine hat recht«, sagte Arriane. »Wir geben nicht auf. Wir ...«

Arriane brach ab, als ihre Flügel zu rappeln begannen.

Dann stieß Annabelle einen spitzen Schrei aus. Sie wurde hochgeschleudert und auch ihre Flügel erbebten. Luce spürte, wie Daniels Hände zu zittern begannen, als der neblige Nachthimmel dieses eigenartige Grau annahm – die Farbe eines Gewitters am Horizont –, das Luce nun als die Farbe eines Zeitbebens erkannte.

Luzifer.

Fast vermeinte sie das Zischen seiner Stimme zu hören, seinen Atem an ihrem Hals zu spüren.

Luce' Zähne klapperten, und sie spürte es bis ins Mark, es war, als würde alles in ihrem Inneren wie eine Kette aufgewickelt werden.

Die Gebäude am Boden schimmerten. Laternenpfähle bogen sich. Die Atome der Luft selbst schienen sich zu spalten. Luce fragte sich, wie sich das Beben auf die Städter auswirkte, die in ihren Betten träumten. Konnten sie es spüren? Wenn nicht, beneidete sie sie.

Sie wollte Daniels Namen rufen, aber ihre Stimme war verzerrt, als sei sie unter Wasser. Sie schloss die Augen, doch davon wurde ihr nur übel. Sie öffnete sie wieder und versuchte, sich auf die festen weißen Gebäude zu konzentrieren, die in ihren Fundamenten erbebten, bis sie zu unscharfen weißen Formen verwischten.

Dann sah Luce, dass ein Gebäude reglos blieb, als sei es unverwundbar gegen die Strömungen des Kosmos. Es war ein kleines braunes Haus in der Mitte der schwankenden weißen Straße.

Vor einer Sekunde war es noch nicht da gewesen. Man sah es wie durch einen Wasserfall, und es war nur für einen Moment sichtbar, bevor es sich krümmte und schimmerte und wieder in der Reihe teurer, moderner Stadthäuser verschwand.

Aber für einen Moment war das Haus da gewesen, ein festgefügtes Ding in dem alles verzehrenden Chaos, kein und doch ein Teil der Wiener Straße.

Das Zeitbeben kam mit einem Schaudern zum Erliegen und die Welt um Luce und die Engel herum verstummte. Es war nie stiller als in jenen Momenten unmittelbar nach einem Beben in der Zeit.

»Habt ihr das gesehen?«, rief Roland glücklich.

Annabelle schüttelte die Flügel aus und strich die Spitzen mit den Fingern glatt. »Ich erhole mich immer noch vom letzten Mal. Ich *hasse* diese Beben.«

»Ich auch.« Luce erschauderte. »Ich habe etwas gesehen, Roland. Ein braunes Haus. War es das? Die Stiftsbibliothek?«

»Ja.« Daniel flog einen immer enger werdenden Kreis über der Stelle, wo Luce das Haus gesehen hatte.

»Vielleicht sind diese Wackelkontakte ja *doch* für irgendetwas gut«, meinte Arriane.

»Wo ist das Haus hin?«, fragte Luce.

»Es ist immer noch da. Es ist bloß nicht hier«, antwortete Daniel.

»Ich habe Legenden über diese Dinge gehört.« Roland fuhr sich durch die dicken goldschwarzen Dreadlocks. »Aber ich hätte nie gedacht, dass sie wirklich möglich sind.«

»Welche Dinge?« Luce kniff auf der Suche nach dem braunen Haus die Augen zusammen. Aber die Reihe moderner Stadthäuser rührte sich nicht. Die einzige Bewegung auf der Straße kam von den kahlen Ästen im Wind.

»Man nennt es Patina«, erklärte Daniel. »Es ist eine Möglichkeit, die Realität um eine Einheit von Zeit und Raum zu biegen …«

»Es ist eine Neuordnung der Realität, um etwas zu verstecken«, fügte Roland hinzu, dann flog er an Daniels Seite und spähte nach unten, als könne er das Haus noch sehen.

»Also, während diese Straße durchgehend in einer Realität existiert« – Annabelle deutete auf die Stadthäuser hinab –, »liegt darunter ein anderes, unabhängiges Reich, in dem diese Straße zu unserer Stiftsbibliothek führt.«

»Patinas bilden die Grenzen zwischen Realitäten«, sagte Arriane, die Daumen in die Hosenträger ihres Overalls eingehakt. »Eine Lasershow, die nur *besondere* Leute sehen können.«

»Ihr scheint ja eine Menge über diese Dinge zu wissen«, bemerkte Luce.

»Yeah.« Arriane lachte spöttisch. »Außer wie man durch eine durchkommt.«

Daniel nickte. »Nur wenige Wesen sind mächtig genug,

um Patinas zu schaffen, und die, die es können, halten sie streng bewacht. Die Bibliothek ist hier. Aber Arriane hat recht. Wir müssen herausfinden, wie wir hineingelangen können.«

»Angeblich braucht man einen Verkünder, um reinzukommen«, sagte Arriane.

»Eine kosmische Legende.« Annabelle schüttelte den Kopf. »Jede Patina ist anders. Der Zugang liegt ganz allein bei ihrem Schöpfer. Er programmiert den Code.«

»Cam hat auf einer Party mal eine Geschichte erzählt, wie er sich Zutritt zu einer Patina verschafft hat«, berichtete Roland. »Oder war das eine Geschichte über eine Party, die er in einer Patina geschmissen hat?«

»Luce!«, sagte Daniel plötzlich, und sie zuckten alle im Flug zusammen. »Du bist es. Du bist es immer gewesen.«

Luce zuckte die Achseln. »Immer was gewesen?«

»Du bist diejenige, die immer die Glocke geläutet hat. Du bist diejenige, die Zugang zu der Bibliothek hatte. Du brauchst nur die Glocke zu läuten.«

Luce schaute über die leere Straße, wo der Nebel alles ringsum braun färbte. »Wovon redest du? Welche Glocke?«

»Schließ die Augen«, forderte Daniel sie auf. »Erinnere dich daran. Gehe in die Vergangenheit und suche den Glockenzug ...«

Luce war bereits da, zurück in der Bibliothek, als sie das letzte Mal mit Daniel hier in Wien gewesen war. Ihre Füße standen fest auf dem Boden. Es regnete und die Haare klebten ihr im Gesicht. Ihre roten Haarschleifen waren nass, aber das kümmerte sie nicht. Sie suchte nach etwas. Da war ein kurzer Weg durch den Vorgarten, dann eine dunkle Nische vor der Bibliothek. Draußen war es kalt gewesen und drinnen brannte ein Feuer. Dort, in der staubigen Ecke neben der Tür, befand sich ein Flechtband, das mit weißen Pfingstrosen bestickt war. Das Band hing von einer schweren silbernen Glocke herunter.

Sie streckte die Hand aus und zog.

Den Engeln stockte der Atem. Luce schlug die Augen auf.

Dort, auf der Nordseite der Straße, wurde die Reihe moderner Stadthäuser genau in der Mitte von einem kleinen braunen Haus durchbrochen. Rauch stieg aus dem Schornstein auf. Das einzige Licht – abgesehen von den Flügeln der Engel – war der fahle gelbe Schein einer Lampe in dem Fenster an der Vorderseite des Hauses.

Die Engel landeten leise auf der verlassenen Straße und Daniel lockerte seinen Griff um Luce. Er küsste ihr die Hand. »Du hast dich erinnert. Gut gemacht.«

Das braune Haus hatte nur ein Geschoss, während die umliegenden Stadthäuser drei Stockwerke hoch waren, sodass man hinter dem Haus Parallelstraßen sehen konnte, die mit weiteren modernen weißen Stadthäusern gesäumt waren. Das Haus war eine Anomalie: Luce betrachtete sein Strohdach, das Gartentor mit Rosenbogen vor dem Rasen voller Unkraut, die gewölbte, asymmetrische Haustür aus Holz, all dies ließ das Haus aussehen, als gehörte es ins Mittelalter.

Luce trat darauf zu und fand sich auf einem Gehsteig wieder. Ihr Blick fiel auf das große Bronzeschild, das in die Lehmwand gedrückt war. Es war eine Gedenktafel, auf der in großen Lettern eingemeißelt stand: STIFTSBIBLIOTHEK, GEGR. 1233.

Luce betrachtete die ansonsten normale Straße. Recyclingcontainer quollen über vor Plastikflaschen, Kleinwagen parkten so dicht hintereinander, dass ihre Stoßstangen sich berührten, Schlaglöcher übersäten die Straße. »Also befinden wir uns auf einer echten Straße in Wien ...«

»Genau«, sagte Daniel. »Wenn es Tag wäre, würdet ihr die Nachbarn sehen, aber sie könnten euch nicht sehen.«

»Gibt es viele Patinas?«, fragte Luce. »War da eine über der Hütte, in der ich auf der Insel in Georgia geschlafen habe?«

»Sie sind höchst ungewöhnlich. Eigentlich kostbar.« Daniel schüttelte den Kopf. »Diese Hütte war nur die beste sichere Zuflucht, die wir so kurzfristig finden konnten.«

»Eines armen Mannes Patina«, meinte Arriane.

»Zum Beispiel das Sommerhaus von Mr Cole«, fügte Roland hinzu. Mr Cole war ein Lehrer an der Sword & Cross. Er war sterblich, aber er war ein Freund der Engel gewesen, seit sie an die Schule gekommen waren, und jetzt, da Luce fort war, deckte er sie. Es war Mr Cole zu verdanken, dass ihre Eltern sich nicht noch mehr um sie sorgten als sonst.

»Wie werden sie hergestellt?«, fragte Luce.

Daniel schüttelte den Kopf. »Das weiß niemand außer dem Künstler der Patina. Und davon gibt es nur sehr wenige. Erinnerst du dich an meinen Freund Dr. Otto?«

Sie nickte. Der Name des Doktors hatte ihr auf der Zunge gelegen.

»Er hat hier einige Hundert Jahre gelebt – und selbst er wusste nicht, wie diese Patina hierher gekommen ist.« Daniel musterte das Gebäude. »Ich weiß nicht, wer jetzt der Bibliothekar ist.«

»Lasst uns gehen«, sagte Roland. »Wenn das Desideratum hier ist, sollten wir es schnellstens finden und Wien verlassen, bevor die Waage sich neu formiert und uns aufspürt.«

Er schob den Riegel des Tores hoch und hielt es auf, sodass die anderen hindurchgehen konnten. Der Kiesweg, der zu dem braunen Haus führte, war von wilden purpurnen Freesien und weißen Orchideen überwuchert, die die Luft mit ihrem süßen Duft erfüllten.

Die Gruppe erreichte die schwere Holztür mit ihrem Bogenrand und dem flachen Eisenklopfer und Luce ergriff Daniels Hand. Annabelle pochte an die Tür.

Im Haus rührte sich nichts.

Dann schaute Luce nach oben und entdeckte einen Glockenzug, genauso geflochten wie der, den sie in der Luft geläutet hatte. Sie sah Daniel an. Er nickte.

Sie zog, und die Tür ging langsam und knarrend auf, als hätte das Haus selbst sie alle erwartet. Sie spähten in den von Kerzenschein erhellten Flur, der so lang war, dass Luce nicht sehen konnte, wo er aufhörte. Das Haus war viel größer, als man es von außen vermutet hätte, die Decken waren niedrig und gewölbt wie ein Eisenbahntunnel. Alle Wände bestanden aus schönen zartrosa Ziegelsteinen.

Die anderen Engel schlossen sich Daniel und Luce an, den beiden einzigen, die schon einmal hier gewesen waren. Daniel überschritt als Erster die Türschwelle in den Flur und hielt Luce an der Hand. »Hallo?«, rief er.

Kerzenlicht flackerte auf den Ziegelsteinen, während die anderen Engel eintraten, und Roland schloss hinter ihnen die Tür. Als sie weitergingen, wurde Luce sich der Stille im Flur bewusst und des dumpfen Geräuschs ihrer Schritte auf dem glatten Steinboden.

An der ersten offenen Tür auf der linken Seite des Flurs blieb sie stehen, da eine Erinnerung sie überkam. »Hier«, sagte sie und deutete in den Raum. Er war dunkel bis auf den gelben Schein einer Lampe auf der Fensterbank, demselben Licht, das sie von draußen gesehen hatten. »War dies nicht Dr. Ottos Büro?«

Es war zu dunkel, um gut zu sehen, aber Luce erinnerte sich an ein Feuer, das fröhlich im Kamin auf der gegenüberliegenden Seite des Raums gebrannt hatte. In ihrer Erinnerung standen ein Dutzend Bücherregale neben dem Kamin, die von Dr. Ottos Büchern überquollen. Hatte ihr früheres Ich nicht ihre in Wollsocken steckenden Füße auf den Fußschemel am Feuer gelegt und den vierten Band von *Gullivers Reisen* gelesen? Und hatte nicht der reichlich fließende Apfelwein des Doktors den ganzen Raum nach Äpfeln, Zimt und Nelken duften lassen?

»Du hast recht.« Daniel nahm einen Leuchter mit brennenden Kerzen aus seiner Nische im Flur und beleuchtete damit den Raum. Aber das Gitter vor dem Kamin war geschlossen, genauso wie der antike hölzerne Sekretär in der Ecke, und selbst im warmen Kerzenschein wirkte die Luft kalt und abgestanden. Die Regale bogen sich in der Mitte unter dem Gewicht der Bücher, die eine dicke Staubschicht bedeckte. Das Fenster, das einst auf eine belebte Wohnstraße hinausgesehen hatte, war mit dunkelgrünen Vorhängen verhangen, was dem Raum einen trostlosen Anschein von Verlassenheit verlieh.

»Kein Wunder, dass er meine Briefe nicht beantwortet hat«, murmelte Daniel. »Es sieht so aus, als sei der Doktor weitergezogen.«

Luce ging zu den Bücherregalen und strich mit dem Finger über einen staubigen Buchrücken. »Glaubt ihr, in einem dieser Bücher könnte etwas über das Begehrenswerte stehen, nach dem wir suchen?«, fragte Luce und nahm einen Band aus dem Regal: *Canzoniere* von Petrarca, gesetzt in gotischer Schrift. »Ich bin mir sicher, Dr. Otto hätte nichts dagegen, dass wir uns hier umsehen, wenn uns das helfen könnte, das Desideratum zu fin …«

Sie brach ab. Sie hatte etwas gehört – das leise Summen einer Frauenstimme.

Die Engel wechselten Blicke, als sie ein weiteres Geräusch in der dunklen Bibliothek vernahmen. Neben dem unheimlichen Lied hörten sie nun das Klappern von Schuhen und das Klirren eines Wagens, der geschoben wurde. Daniel schlich zu der offenen Tür. Luce folgte ihm und spähte vorsichtig in den Flur.

Ein dunkler Schatten streckte sich ihnen entgegen. Kerzen flackerten in den steinernen rosa Nischen in dem gewölbten, tunnelartigen Flur, verzerrten den Schatten und ließen die Arme gespenstisch und unnatürlich lang erscheinen.

Die Besitzerin des Schattens, eine dünne Frau in einem grauen Bleistiftrock, einer senffarbenen Strickjacke und sehr hohen schwarzen Schuhen, kam auf sie zu und schob einen feinen silbernen Teewagen vor sich her. Ihr feuerrotes Haar war zu einem Knoten aufgesteckt. Elegante goldene Reifen glitzerten in ihren Ohren. Etwas an der Art, wie sie ging, wie sie sich hielt, wirkte vertraut.

Während die Frau vor sich hin summte, hob sie leicht den Kopf und warf den Schatten ihres Profils an die Wand. Der Schwung der Nase, das vorspringende Kinn, die leichte Wölbung der Brauen – all das vermittelte Luce ein Gefühl von Déjà-vu. Sie durchsuchte ihre Vergangenheit nach anderen Leben, in denen sie diese Frau vielleicht gekannt hatte.

Plötzlich wich alles Blut aus Luces Gesicht. Keine Haartönung dieser Welt konnte sie täuschen.

Die Frau, die den Teewagen schob, war Miss Sophia Bliss.

Ohne nachzudenken, griff Luce nach einem kalten Schürhaken aus Messing, der in einem Ständer neben der Bibliothekstür lehnte. Mit zusammengebissenen Zähnen und klopfendem Herzen hob sie ihn wie eine Waffe und stürmte in den Flur.

»Luce!«, rief Daniel.

»Dee?«, sagte Arriane.

»Ja, Liebes?«, antwortete die Frau eine Sekunde, bevor sie Luce bemerkte, die auf sie zustürmte. Sie sprang im gleichen Augenblick beiseite, als Daniels Arm sich um Luce legte und ihren Angriff aufhielt.

»Was machst du da?«, flüsterte Daniel.

»Sie ist – sie ist …« Luce wehrte sich gegen Daniel, sein Griff tat ihr weh. Diese Frau hatte Penn umgebracht. Sie hatte versucht, Luce zu ermorden. Warum wollten die anderen sie nicht töten?

Arriane und Annabelle liefen zu Miss Sophia und überfielen sie mit einer doppelten Umarmung.

Luce blinzelte.

Annabelle küsste die Frau auf die blassen Wangen. »Ich habe dich nicht mehr gesehen seit dem Bauernaufstand in Nottingham … wann war das? So um 1380 herum?«

»So lange ist es doch bestimmt nicht her«, erwiderte die Frau höflich in dem gleichen freundlichen Bibliothekarinnen-Singsang wie an der Sword & Cross, als sie Luce mit einer List dazu gebracht hatte, sie zu mögen. »Eine schöne Zeit.«

»Ich habe Sie auch schon eine Weile nicht mehr gesehen«, sagte Luce hitzig. Sie riss sich von Daniel los und hob wieder das Schüreisen, wobei sie sich wünschte, es wäre eine tödlichere Waffe. »Nicht mehr, seit Sie meine Freundin ermordet haben …«

»Ach herrje.« Die Frau zuckte mit keiner Wimper. Sie sah Luce an und legte sich einen schlanken Finger an die Lippen. »Da muss es sich wohl um eine Verwechslung handeln.«

Roland trat vor und stellte sich zwischen Luce und Miss Sophia. »Es ist nur so, dass Sie wie jemand anders aussehen.« Seine ruhige Hand auf ihrer Schulter ließ Luce innehalten.

»Wie meinen Sie das?«, fragte die Frau.

»Oh, natürlich!« Daniel lächelte Luce traurig an. »Du dachtest, sie sei – wir hätten dir sagen sollen, dass Transhimmlische einander oft ähnlich sehen.«

»Du meinst, sie ist nicht Miss Sophia?«

»Sophia Bliss?« Die Frau sah aus, als hätte sie gerade in eine Zitrone gebissen. »Lebt dieses Miststück immer noch? Ich war mir sicher, dass sie inzwischen jemand von ihrem Elend erlöst hätte.« Sie rümpfte ihre kleine Nase und sah Luce mit einem Achselzucken an. »Sie ist meine Schwester, daher kann ich nur einem kleinen Prozentsatz des Zorns auf dieses widerwärtige Frauenzimmer, den ich im Laufe der Jahre entwickelt habe, Luft machen.«

Luce lachte nervös. Der Schürhaken glitt ihr aus den Fingern und landete auf dem Boden. Sie musterte die ältere Frau, entdeckte Ähnlichkeiten mit Miss Sophia – ein Gesicht, das alt und jung zugleich wirkte – und Unterschiede. Verglichen mit Sophias schwarzen Augen sahen die kleinen Augen dieser Frau beinahe golden aus, was durch den ähnlichen gelben Ton ihrer Strickjacke noch unterstrichen wurde.

Die Szene mit dem Schürhaken war Luce peinlich. Sie lehnte sich an die gewölbte Ziegelsteinmauer und sank zu Boden, unsicher, ob sie erleichtert oder nicht darüber war, dass sie Miss Sophia nicht erneut gegenübertreten musste. »Es tut mir leid.«

»Keine Sorge, Liebes«, sagte die Frau vergnügt. »An dem Tag, an dem ich Sophia wiedersehe, nehme ich mir den nächstbesten schweren Gegenstand, und dann mache ich sie fertig.«

Arriane streckte eine Hand aus, um Luce aufzuhelfen, und zog so heftig, dass ihre Füße sich vom Boden abhoben. »Dee ist eine alte Freundin. Und ein erstklassiges Partytier, wenn ich das hinzufügen darf. Hat den Stoffwechsel eines Esels. In der Nacht, in der sie Saladin verführt hat, hätte sie fast die Kreuzzüge beendet.«

»Ach, Unsinn!«, sagte Dee und wedelte wegwerfend mit der Hand.

»Und sie ist die beste Geschichtenerzählerin«, fügte Annabelle hinzu. »Oder sie war es, bevor sie vom Antlitz der Erde verschwunden ist. Wo hast du dich so lange versteckt?«

Die Frau holte tief Luft und ihre goldenen Augen wurden feucht. »Ich habe mich verliebt.«

»Oh, Dee!«, gurrte Annabelle und nahm die Hand der Frau. »Wie wunderbar.«

»Otto Z. Otto.« Die Frau schniefte. »Möge er in Frieden …«

»Dr. Otto.« Daniel trat aus der Tür. »Sie haben Dr. Otto gekannt?«

»In- und auswendig.« Die rätselhafte Dame zog die Nase hoch.

»Ups, meine Manieren!«, murmelte Arriane. »Wir müssen uns miteinander bekannt machen. Daniel, Roland, ich glaube nicht, dass ihr unsere Freundin Dee jemals offiziell kennengelernt habt …«

»Sehr angenehm. Ich bin Paula Serenity Bisenger.« Die Frau lächelte, betupfte sich die feuchten Augen mit einem Spitzentaschentuch und gab zuerst Daniel, dann Roland die Hand.

»Ms Bisenger«, sagte Roland, »darf ich fragen, warum die Mädchen Sie Dee nennen?«

»Nur ein alter Spitzname, mein Lieber«, antwortete die Frau mit der Art von kryptischem Lächeln, die Rolands Spezialität war. Als sie sich zu Luce umdrehte, leuchteten ihre goldenen Augen auf.

»Ah, Lucinda.« Anstatt ihr die Hand zu reichen, breitete Dee die Arme aus, aber Luce kam sich komisch vor, die Umarmung zu akzeptieren. »Ich entschuldige mich für die unglückliche Ähnlichkeit, die dir einen solchen Schrecken eingejagt hat. Ich muss sagen, dass meine Schwester aussieht wie ich, während ich *nicht* so aussehe wie *sie*. Aber du und ich, wir kennen einander schon so lange und seit so vielen Leben, so vielen Jahren, dass ich vergesse, dass du dich vielleicht nicht erinnern kannst. Ich war es, der du deine dunkelsten Geheimnisse anvertraut hast – deine Liebe zu Daniel, deine Ängste über die Zukunft, deine verwirrenden Gefühle für Cam.« Luce errötete, aber die Frau bemerkte es nicht. »Und du warst diejenige, der ich die Gründe für meine Existenz anvertraut habe, ebenso wie den Schlüssel zu allem, wonach du suchst. Du warst die einzige unschuldige Person, die ich kannte, bei der ich mich immer darauf verlassen konnte, dass sie das tat, was getan werden musste.«

»Es – es tut mir leid, dass ich mich nicht erinnere«, stammelte Luce, und es war tatsächlich so. »Sind Sie ein Engel?«

»Eine Transhimmlische, Liebes.«

»Eigentlich sind sie Sterbliche«, erklärte Daniel, »aber sie können für Hunderte, ja sogar für Tausende von Jahren leben. Sie haben lange Zeit eng mit Engeln zusammengearbeitet.«

»Es begann alles mit unserem Urgroßvater Methusalem«, erklärte Dee stolz. »Er hat das Beten erfunden. Ehrlich!«

»Wie hat er das gemacht?«, fragte Luce.

»Nun, wenn Sterbliche früher etwas wollten, *wünschten* sie es sich einfach auf völlig willkürliche Weise. Urgroßvater war der Erste, der sich direkt an Gott wandte, und – jetzt kommt der geniale Teil – er hat um eine Nachricht gebeten, die bestätigte, dass er erhört wurde. Gott antwortete mit einem Engel, und der Botenengel war geboren. Es war Gabbe, glaube ich, die den Luftraum zwischen Himmel und Erde bereitete, sodass die Gebete der Sterblichen besser fließen konnten. Urgroßvater liebte Gabbe, er liebte die Engel, und er lehrte seine ganze Verwandtschaft, sie ebenfalls zu lieben. Oh, aber das war vor vielen, vielen Jahren.«

»Warum leben Transhimmlische so lange?«, fragte Luce.

»Weil wir erleuchtet sind. Aufgrund unserer Familiengeschichte mit den Botenengeln und der Tatsache, dass wir in der Lage sind, die Herrlichkeit eines Engels zu empfangen, ohne überwältigt zu werden, wie es vielen Sterblichen geschieht, werden wir mit einer verlängerten Lebensspanne belohnt. Wir vermitteln zwischen Engeln und Sterblichen, sodass die Welt immer etwas vom Schutz der Engel spürt. Wir können natürlich jederzeit getötet werden, aber abgesehen von Mord und außergewöhnlichen Unfällen wird ein Transhimmlischer bis ans Ende aller Tage leben. Vierundzwanzig Transhimmlische, Nachfahren von Methusalem, gibt es noch. Wir waren früher vorbildlich, aber ich muss zu meiner Schande gestehen, dass es mit uns bergab geht. Ihr habt von den Ältesten der Zhsmaelim gehört?«

Bei der Erwähnung von Sophias bösem Clan überlief Luce ein kalter Schauer.

»Alles Transhimmlische«, sagte Dee. »Die Ältesten haben edel *angefangen*. Es gab eine Zeit, da ich selbst mit ihnen zu tun hatte. Natürlich sind die Guten alle übergelaufen« – sie sah Luce an und runzelte die Stirn –, »kurz nachdem deine Freundin Penn ermordet wurde. Sophia hatte schon immer etwas Grausames an sich. Jetzt ist sie ehrgeizig geworden.« Sie schwieg und zog ein weißes Taschentuch hervor, um eine Ecke des silbernen Teewagens zu polieren. »Dass wir bei unserem Wiedersehen über so düstere Dinge sprechen müssen. Es gibt aber auch etwas Positives: Du hast dich daran erinnert, wie man durch meine Patina reisen kann.« Dee strahlte Luce an. »Vorbildliche Arbeit.«

»*Du* hast diese Patina geschaffen?«, fragte Arriane. »Ich hatte ja keine Ahnung, dass du das kannst!«

Dee zog eine Augenbraue hoch, den Hauch eines Lächelns auf den Lippen. »Eine Frau darf nicht *alle* ihre Geheimnisse verraten, damit man sie nicht übervorteilt. Hab ich nicht recht, Mädchen?« Sie hielt inne. »Nun, jetzt, da wir alle wieder Freunde sind, was führt euch in die Stiftsbibliothek? Ich wollte gerade meinen morgendlichen Jasmintee genießen. Ihr müsst unbedingt auch eine Tasse nehmen, ich mache immer zu viel.«

Sie trat beiseite, um ihnen das silberne Tablett zu zeigen, das vollgepackt war mit einer hohen silbernen Teekanne, Porzellantellern mit winzigen Gurkensandwiches ohne Kruste, duftigen Scones mit goldenen Rosinen und einer Kristallschale, die bis zum Rand mit Clotted Cream und

Kirschen gefüllt war. Beim Anblick des Essens fuhr Luces Magen Achterbahn.

»Du hast uns also erwartet«, sagte Annabelle, während sie die Teetassen abzählte.

Dee lächelte, drehte sich um und schob den Wagen wieder den Flur hinunter. Luce und die Engel mussten rennen, um Schritt zu halten, während Dees Absätze durch den Gang klapperten und in einen großen Raum abbogen, dessen Wände aus dem gleichen rosa Ziegelstein bestanden. Ein helles Feuer brannte in der Ecke. Im Raum stand ein polierter Esstisch aus Eiche, an dem sechzig Personen Platz gefunden hätten, und darüber hing ein riesiger Kronleuchter aus einem versteinerten Baumstamm, der mit Hunderten funkelnder Kerzenleuchter aus Glas geschmückt war.

Der Tisch war bereits mit feinem Porzellan für mehr Gäste gedeckt, als zu ihrer Gruppe gehörten. Dee machte sich daran, die Tassen mit dampfendem bernsteinfarbenem Tee zu füllen. »Es geht hier sehr ungezwungen zu, setzt euch einfach, wo ihr wollt.«

Nach einigen vielsagenden Blicken von Daniel trat Arriane schließlich vor und berührte Dee – die einen Berg Sahne in einen Kelch gab und mit Früchten bestückte – leicht am Rücken.

»Es ist so, Dee, wir können leider nicht zum Tee bleiben. Wir sind etwas in Eile. Sieh mal …«

Daniel trat vor. »Haben Sie die Neuigkeiten über Luzifer gehört? Er versucht, die Vergangenheit auszulöschen, indem er die Heerschar der Engel von der Zeit des Sturzes in die Gegenwart transportiert.«

»Das würde das Beben erklären«, murmelte Dee, während sie eine weitere Teetasse füllte.

»Sie können die Zeitbeben auch spüren?«, fragte Luce.

Dee nickte. »Aber die meisten Sterblichen können das nicht, für den Fall, dass du dich das gefragt hast.«

»Wir sind gekommen, weil wir den ursprünglichen Ort des Sturzes finden müssen«, erklärte Daniel, »den Ort, an dem Luzifer und die Heerschar des Himmels erscheinen werden. Wir müssen ihn aufhalten.«

Dee wirkte seltsam unbeirrt von der Nachricht und fuhr fort, die Gurkensandwiches aufzuteilen. Die Engel warteten auf ihre Antwort. Ein Holzscheit im Feuer splitterte, zerbrach und fiel von dem Rost.

»Und alles, weil ein Junge ein Mädchen liebte«, sagte sie endlich. »Ziemlich beunruhigend. Das weckt wirklich die schlimmsten Seiten in all den alten Feinden, nicht wahr? Die Waage löst sich vom Himmel, die Ältesten töten Unschuldige. Zu viele Unannehmlichkeiten. Als hättet ihr gefallenen Engel nicht schon genug um die Ohren. Ihr müsst wirklich schrecklich müde sein.« Sie schenkte Luce ein beruhigendes Lächeln und forderte sie erneut mit einer Handbewegung auf, sich zu setzen.

Roland zog den Stuhl an der Stirnseite des Tisches vor, damit Dee Platz nehmen konnte, und ließ sich zu ihrer Linken nieder. »Vielleicht können Sie uns helfen.« Er bedeutete den anderen, seinem Beispiel zu folgen. Annabelle und Arriane setzten sich neben ihn und Luce und Daniel nahmen an der anderen Seite des Tisches Platz. Luce umschloss Daniels Hand.

Dee verteilte die Teetassen. Als das Porzellangeklapper und Löffelgeklirre nachließ, räusperte sich Luce. »Wir müssen Luzifer aufhalten, Dee.«

»Das will ich doch hoffen.«

Daniel ergriff Luces Finger. »Im Augenblick suchen wir nach drei Reliquien, die die frühe Geschichte der Gefallenen erzählen. Wenn sie zusammengebracht werden, sollten sie den ursprünglichen Ort des Sturzes offenbaren.«

Dee nippte an ihrem Tee. »Kluger Junge. Wart ihr erfolgreich?«

Daniel zog die Ledertasche hervor und öffnete den Reißverschluss, um ihr den Heiligenschein aus Gold und Glas zu zeigen. Eine Ewigkeit war vergangen, seit Luce in die versunkene Kirche getaucht war, um ihn von dem Kopf der Statue zu lösen.

Dee legte die Stirn in Falten. »Ja, ich erinnere mich daran. Der Engel Semihazar hat ihn erschaffen, nicht wahr? Er hatte schon immer einen schlechten Geschmack. Es gab keine geschriebenen Texte, die er hätte parodieren können, sodass er diese Statue als eine Art Kommentar zu der dummen Art machte, in der sterbliche Künstler versuchen, das Leuchten der Engel darzustellen. Amüsant, nicht wahr? Stellt euch vor, einen hässlichen … Basketballring auf dem Kopf zu tragen. Zwei Punkte und so weiter.«

»Dee.« Arriane griff in die Tasche und zog Daniels Buch hervor, dann blätterte sie es durch, bis sie die Notiz am Rand gefunden hatte, die von dem Desideratum handelte. »Wir sind nach Wien gekommen, um das hier zu suchen« – sie zeigte auf die Stelle, die sie meinte –, »das Begehrenswerte. Aber uns läuft die Zeit davon, und wir wissen nicht, was es ist oder wo wir es finden können.«

»Wie herrlich. Ihr seid genau an den richtigen Ort gekommen.«

»Hab ich's doch gewusst!«, krähte Arriane. Sie lehnte sich auf ihrem Stuhl zurück und schlug Annabelle, die höflich an einem Scone knabberte, auf den Rücken. »Sobald ich dich gesehen habe, wusste ich, dass alles gut werden würde. Du hast das Desideratum, stimmt's oder habe ich recht?«

»Nein, Liebes.« Dee schüttelte den Kopf.

»Was … dann?«, fragte Daniel.

»Ich *bin* das Desideratum.« Sie strahlte. »Ich habe so lange darauf gewartet, in den Dienst berufen zu werden.«

Zehn

Sternenpfeil im Staub

»*Sie* sind das Desideratum?« Luce fiel das Gurkensandwich aus der Hand, das von der Teetasse abprallte und einen Klecks Mayonnaise auf der Spitzendecke hinterließ.

Dee lächelte sie glücklich an. Da war ein beinahe schelmischer Glanz in ihren goldenen Augen, der aus ihr trotz ihrer vielen Hundert Jahre wieder ein junges Mädchen machte. Als sie eine glänzende Strähne roten Haares in ihren Knoten zurückschob und allen Tee nachschenkte, war es schwer zu begreifen, dass dieses elegante, lebendige Wesen gleichzeitig de facto ein Artefakt war.

»So sind Sie also zu dem Spitznamen Dee gekommen, nicht wahr?«, fragte Luce.

»Ja.« Dee wirkte erfreut. Sie zwinkerte Roland zu.

»Dann wissen Sie, wo der Ort des Sturzes ist?«

Die Frage ließ alle aufhorchen. Annabelle setzte sich kerzengerade hin und reckte den langen Hals. Arriane tat das Gegenteil und rutschte tiefer in ihren Stuhl, die Ellbogen auf dem Tisch, das Kinn in die Hände gestützt. Roland beugte sich vor und schob sich die Dreadlocks hinter eine Schulter. Daniel hielt Luces Hand umklammert. War Dee die Antwort auf jede Frage, die sie hatten?

Sie schüttelte den Kopf.

»Ich kann euch helfen herauszufinden, wo der Sturz stattgefunden hat.« Dee stellte ihre Teetasse auf den Unterteller. »Die Antwort liegt in mir, aber ich bin außerstande, sie so auszudrücken, dass sie für euch oder für mich zu verstehen ist. Nicht bis alle Teile an Ort und Stelle sind.«

»Wie meinen Sie das, ›an Ort und Stelle‹?«, fragte Luce. »Woher werden wir wissen, wann das passiert?«

Dee ging zu dem Kamin hinüber und schob das herausgefallene Holzscheit mit einem Schürhaken wieder ins Feuer. »Ihr werdet es wissen. Wir alle werden es wissen.«

»Aber Sie wissen zumindest, wo das dritte Objekt ist?« Roland reichte einen Teller mit Zitronenscheiben herum, nachdem er eine in seinen Tee getan hatte.

»Das tue ich in der Tat.«

»Unsere Freunde«, begann Roland, »Cam, Gabbe und Molly sind nach Avignon gegangen, um danach zu suchen. Wenn Sie ihnen dabei helfen könnten, es aufzuspüren …«

»Sie wissen genauso gut wie ich, dass die Engel jede Reliquie selbst finden müssen, Sie Blitzbirne.«

»Ich dachte mir schon, dass Sie das sagen würden.« Er lehnte sich auf seinem Stuhl zurück und musterte Dee. »Bitte, nennen Sie mich Roland.«

»Und ich dachte mir schon, dass Sie das fragen würden. Roland.« Sie lächelte. »Ich bin froh, dass Sie es getan haben. Es gibt mir das Gefühl, als würden Sie darauf vertrauen, dass ich Ihnen helfen werde, Luzifer zu besiegen.« Sie legte den Kopf schief und sah Luce an. »Vertrauen ist wichtig, meinst du nicht, Lucinda?«

Luce schaute in die Runde der gefallenen Engel, die sie vor Ewigkeiten an der Sword & Cross kennengelernt hatte. »Ja.«

Sie hatte einst ein ganz anderes Gespräch mit Miss Sophia geführt, die Vertrauen als einen schlechten Ratgeber beschrieben hatte, *im schlimmsten Fall kostet es das Leben.* Es war unheimlich, wie sehr sich die beiden äußerlich ähnelten, während die Worte, die aus ihren ungleichen Seelen sprachen, gegensätzlicher nicht hätten sein können.

Dee griff nach dem Heiligenschein in der Mitte des Tisches.

»Darf ich?«

Daniel reichte ihn ihr hinüber, und Luce wusste aus Erfahrung, dass er sehr schwer war. In Dees Händen schien er nichts zu wiegen.

Dees schlanke Arme waren kaum lang genug, um seinen Goldrand zu umfassen, aber sie drückte den Heiligenschein an sich wie ein Kind. Ihr schwaches Spiegelbild sah ihr aus dem Glas entgegen.

»Ein weiteres Wiedersehen«, sagte sie leise zu sich selbst. Als Dee aufschaute, konnte Luce nicht erkennen, ob sie zufrieden oder traurig war. »Es wird wunderbar sein, wenn das dritte Objekt in eurem Besitz ist.«

»Dein Wort in Gottes Ohr«, erwiderte Arriane und goss sich etwas aus einer dicken silbernen Flasche in den Tee.

»Das ist Urgroßvaters Spruch!«, sagte Dee mit einem Lächeln.

Alle lachten, wenn auch ein wenig nervös.

»Da wir gerade von der dritten Reliquie sprechen« – Dee warf einen Blick auf eine schmale goldene Armbanduhr, die in dem Gewirr ihrer Perlarmbändern verborgen war – »hatte nicht jemand erwähnt, dass ihr es ziemlich eilig habt, weiterzukommen?«

Es folgte ein Lärm von Teetassen, die auf die Unterteller

zurückgestellt wurden, Stühlen, die zurückgeschoben wurden, und Flügeln, die sich rauschend um den Tisch entfalteten. Plötzlich wirkte das gewaltige Esszimmer kleiner und heller, und Luce verspürte das vertraute Kribbeln, das sie beim Anblick von Daniels ausgebreiteten Flügeln überfiel.

Dee fing ihren Blick auf. »Sieht schön aus, nicht?«

Statt zu erröten, dass sie dabei ertappt worden war, wie sie Daniel anschaute, lächelte Luce nur, denn Dee war auf ihrer Seite.

»Wohin, Käpt'n?«, fragte Arriane Daniel und stopfte sich die Taschen des Overalls mit Scones voll.

»Zurück zum Berg Sinai, richtig?«, fragte Luce. »Sollten wir uns dort nicht mit Cam und den anderen treffen?«

Daniel warf einen Blick zur Tür. Er runzelte erregt die Stirn. »Eigentlich wollte ich es nicht erwähnen, bis wir die zweite Reliquie gefunden haben, aber …«

»Komm schon, Grigori«, sagte Roland. »Lass hören.«

»Bevor wir das Museum verlassen haben«, begann Daniel, »hat Phil mir erzählt, dass er eine Nachricht von einem der Outcasts erhalten habe, die er nach Avignon geschickt hatte. Cams Gruppe ist abgefangen worden …«

»Die Waage?«, fragte Dee. »Hängt sie immer noch Fantasien über ihre Wichtigkeit im kosmischen Gleichgewicht nach?«

»Es ist nicht sicher«, entgegnete Daniel, »obwohl es wahrscheinlich zu sein scheint. Wir werden Kurs auf die Pont Saint-Bénézet in Avignon nehmen.« Er warf Annabelle einen Blick zu, deren Gesicht scharlachrot anlief.

»Was?«, rief sie. »Warum dahin?«

»Meine Randbemerkungen in meinem Buch legen die Vermutung nahe, dass es der ungefähre Ort der dritten Reliquie ist. Es hätte Cams, Gabbes und Mollys erster Halt sein sollen.«

Annabelle wandte den Blick ab und sagte nichts mehr. Die Stimmung wurde ernst, als die Gruppe aus dem Speisezimmer ging. Luce war nervös vor Sorge um Cam, Gabbe und Molly und sah sie im Geiste schon wie Arriane und Annabelle in die schwarzen Umhänge der Waage gefesselt.

Die Engelsflügel raschelten an den schmalen Ziegelsteinwänden entlang, während sie durch den endlosen Flur zurückgingen. Als sie die Holztür erreichten, die nach draußen führte, schob Dee die Eisenscheibe über dem Spion beiseite und spähte hinaus.

»Mmmh.« Sie ließ das Guckloch zu schwingen.

»Was ist los?«, fragte Luce, aber da hatte Dee die Tür bereits geöffnet und bedeutete allen, das eigenartige braune Haus zu verlassen, dessen Seele so viel reicher war, als es sein Äußeres vermuten ließ.

Luce ging als Erste und wartete unter dem Vordach – das im Grunde nur ein Haufen bereiften Strohs war –, auf die anderen. Die Engel quollen zur Tür hinaus, immer einer nach dem anderen – Daniel, der seine weißen Flügel zurückwölbte, als er mit der Brust voran hinaustrat, Annabelle, die rasch ihre dicken silbernen Flügel anlegte, Roland, der die goldenen marmorierten Flügel vor dem Körper zusammennahm und wie einen unsichtbaren Schild hielt, und Arriane, die unbekümmert hindurchrauschte und eine Kerze verfluchte, die unbemerkt an der Tür gestanden und ihr eine Flügelspitze versengt hatte.

Anschließend standen die Engel zusammen auf dem Rasen und dehnten die Flügel, dankbar, wieder draußen an der frischen Luft zu sein.

Luce fiel auf, dass es dunkel war. Sie war sich sicher, dass es kurz vor Sonnenaufgang gewesen war, als sie die Stiftsbibliothek betreten hatten. Die Kirchenglocken hatten noch einmal geläutet und vier Uhr verkündet, und der Himmel hatte seine Hand nach dem kostbaren Gold der Morgendämmerung ausgestreckt.

Waren sie nur eine Stunde bei Dee im Haus gewesen? Warum war der Himmel jetzt von einem dunklen nachtschwarzen Blau?

Lichter brannten in den weißen steinernen Stadthäusern. Leute waren hinter den Fenstern zu sehen, die Eier brieten und Kaffee einschenkten. Männer mit Aktentaschen und Frauen in eleganten Kostümen kamen aus den Haustüren und stiegen, ohne auch nur einmal auf die Versammlung von Engeln in der Mitte der Straße zu achten, in Autos und fuhren davon, zur Arbeit, wie Luce vermutete.

Sie erinnerte sich daran, dass Daniel ihr erklärt hatte, dass die Wiener sie nicht sehen konnten, wenn sie sich in der Patina befanden. Und sie sahen auch das braune Haus nicht. Luce beobachtete eine Frau in einem schwarzen Frotteebademantel und einer Regenhaube aus Plastik, die übernächtigt mit ihrem kleinen Wuschelhund auf sie zukam. Ihr Besitz grenzte an den überwucherten Kiespfad, der zur Stiftsbibliothek führte. Die Frau und ihr Hund betraten den Weg.

Und verschwanden.

Luce stieß einen überraschten Schrei aus, aber dann deutete Daniel hinter sie, zu der anderen Seite des Rasens der Bibliothek. Sie wirbelte herum. Einige Meter entfernt, wo der Kiesweg aufhörte und der moderne Gehsteig sich fortsetzte, tauchten die Frau und der Hund wieder auf. Der

Hund kläffte hysterisch, aber die Frau ging weiter, als hätte nichts ihre Morgenroutine gestört.

Luce ging auf, wie seltsam es war, dass die ganze Mission der Engel darin bestand, dafür zu sorgen, dass das Leben dieser Frau so blieb. Damit nichts geschah, um die Welt dieser Frau auszulöschen, sodass sie noch nicht einmal mitbekam, in welcher Gefahr sie sich befunden hatte.

Die Menschen auf der Straße mochten zwar weder Luce noch die Engel bemerkt haben, aber den Himmel bemerkten sie durchaus. Die Frau mit dem Hund warf immer wieder besorgte Blicke nach oben, und die meisten, die ihre Häuser verließen, trugen Regenmäntel und hatten Schirme dabei.

»Wird es regnen?« Luce war mit Daniel durch warme Regenschauer geflogen, die sie erfrischt und beschwingt hatten ... aber dieser Himmel war unheilverkündend, fast schwarz.

»Nein«, antwortete Dee. »Es wird nicht regnen. Das ist die Waage.«

»Was?« Luce riss den Kopf hoch. Sie warf einen kurzen Blick auf den Himmel und war entsetzt, als er sich verschob und absackte. Gewitterwolken bewegten sich nicht so.

»Der Himmel wird von ihren Flügeln verdunkelt.« Arriane schauderte. »Und ihren Umhängen.«

Nein.

Luce starrte in den Himmel, bis sie verstand, was sie sah. Die wogende Masse blaugrauer Flügel löste ein Schwindelgefühl in ihr aus. Sie waren über dem Himmel verschmiert, dick wie eine Farbschicht, und verdeckten die aufgehende Sonne. Die Schläge der kurzen Flügel summten wie ein Hornissenschwarm. Ihr krampfte sich das Herz zusammen, als sie versuchte, sie zu zählen. Es war unmöglich. Wie viele Hunderte schwebten dort über ihnen?

»Wir werden belagert«, stellte Daniel fest.

»Sie sind so nah«, sagte Luce und zuckte zusammen, als der Himmel sich wie in einem Strudel drehte. »Können sie uns sehen?«

»Nicht direkt, aber sie wissen, dass wir hier sind«, erwiderte Dee locker, als eine kleine Gruppe von Waage-Engeln tiefer flog, tief genug, dass sie ihre verschrumpelten, blutrünstigen Gesichter sehen konnten. Kalte Augen wanderten über die Stelle, an der Luce und die anderen versammelt waren, aber wenn es um die Patina ging, schien die Waage ungefähr so blind zu sein wie die Outcasts.

»Meine Patina umgibt uns, so wie ein Teewärmer eine Kanne umgibt, und bildet eine schützende Barriere. Die Waage kann nicht hindurchsehen oder durch sie hindurchreisen.« Dee lächelte Luce an. »Sie reagiert nur auf das Klingeln einer gewissen Art von Seele, einer Seele, die sich ihres eigenen Potenzials nicht bewusst ist.«

Daniels Flügel pulsierten neben ihr. »Sie scharen unablässig weitere Brüder um sich. Wir müssen hier irgendwie herauskommen und wir müssen uns beeilen.«

»Ich habe nicht die Absicht, mich in eine ihrer halsbrecherischen Burkas einwickeln zu lassen«, stellte Dee fest. »Niemand ergreift mich in meinem eigenen Haus!«

»Ich mag die Art, wie sie redet«, flüsterte Annabelle Luce zu.

»Folgt mir!«, rief Dee und rannte durch ein Tor eine Gasse entlang. Sie spurteten hinter ihr her durch ein unerwartetes Kürbisbeet, um eine kunstvolle und verfallene Gartenlaube herum und in einen großen und üppigen grünen Garten.

Roland reckte das Kinn gen Himmel. Er war jetzt dunkler, von noch mehr Flügeln verdeckt.

»Wie lautet der Plan?«

»Nun, zunächst einmal« – Dee kam herübergeschlendert und blieb unter einer Eiche in der Mitte des Gartens stehen – »muss die Bibliothek zerstört werden.«

Luce stieß einen überraschten Schrei aus. »Warum?«

»Einfache Mechanik. Diese Patina hat immer die Bibliothek umfasst, also muss sie bei der Bibliothek bleiben. Um an der Waage vorbeizukommen, werden wir die Patina öffnen müssen, und damit machen wir die Stiftsbibliothek sichtbar, und ich habe nicht vor, sie zu verlassen, nur damit die Waage sich darin breitmachen kann.« Sie tätschelte Luce das erschütterte Gesicht. »Keine Sorge, Liebes, ich habe die wertvollen Bände der Sammlung längst gespendet – größtenteils dem Vatikan, einige sind an die Huntington gegangen und an eine ahnungslose kleine Stadt in Arkansas. Niemand wird diesen Ort vermissen. Ich bin die letzte Bibliothekarin hier, und ich habe ehrlich gesagt nicht die Absicht, nach dieser Mission hierher zurückzukehren.«

»Ich verstehe immer noch nicht, wie wir an ihnen vorbeikommen.« Daniels Blick ruhte starr auf dem wirbelnden blauschwarzen Himmel.

»Ich werde eine zweite Patina herstellen müssen, die nur unsere Körper umfasst und uns eine sichere Passage garantiert. Dann werde ich diese hier öffnen und die Waage hineinfliegen lassen.«

»Ich glaube, ich verstehe, worauf du hinauswillst«, sagte Arriane, während sie wie ein Affe einen Ast hinaufkletterte, um sich in die Eiche zu setzen.

»Die Stiftsbibliothek wird geopfert werden« – Dee runzelte die Stirn –, »aber zumindest wird die Waage schönes Feuerholz abgeben.«

»Moment mal, wie wird die Bibliothek geopfert werden?« Roland verschränkte die Arme vor der Brust und schaute auf Dee hinab.

»Ich hatte gehofft, dass Sie mir dabei helfen könnten, Roland«, antwortete Dee mit einem Glitzern in den Augen. »Sie sind doch ein kleiner Feuerteufel, nicht wahr?«

Roland zog die Augenbrauen hoch, aber Dee hatte sich bereits umgedreht. Sie stand vor dem Baumstamm und griff nach einer Beule in seiner Rinde, zog daran wie an einem geheimen Türknauf und öffnete den Stamm zu einer ausgehöhlten Kammer in seinem Inneren. Dort war das Holz poliert und der Raum hatte ungefähr die Größe eines kleinen Spindes. Dees Arm tauchte hinein und zog einen langen goldenen Schlüssel hervor.

»So öffnet man die Patina?«, fragte Luce, überrascht, dass man dazu einen echten Schlüssel benötigte.

»Nun, auf diese Art schließe ich sie auf, damit sie für unsere Zwecke manipuliert werden kann.«

»Wenn Sie sie öffnen und es ein Feuer geben sollte«, sagte Luce, die sich daran erinnerte, wie die Frau, die mit ihrem Hund Gassi gegangen war, beim Überqueren des Rasens der Bibliothek für einen Moment wie vom Erdboden verschluckt gewesen war, »was wird dann mit den Häusern geschehen, mit den Menschen auf der Straße?«

»Das ist das Komische an der Patina«, sagte Dee und kniete sich hin, um nach etwas zu suchen. »Sie befindet sich auf der Grenze zwischen der Realität der Vergangenheit und der Gegenwart, und so können wir hier und nicht hier sein, in der Gegenwart und auch anderswo. Es ist ein Ort, an dem alles, was wir uns über Zeit und Raum vorstellen, in materieller Form zusammenkommt.« Sie hob die Wedel eines übergroßen Farns und grub mit den Händen in der Erde. »Außerhalb der Patina werden keine Sterblichen betroffen sein, aber wenn die Waage so räuberisch ist, wie wir sie kennen, wird sie direkt auf uns herabstoßen, sobald ich die Patina öffne. Für einen Augenblick wird sie sich mit uns gemeinsam in der anderen Wirklichkeit befinden, in der die Stiftsbibliothek noch in dieser Straße steht.«

»Und wir werden in der zweiten Patina hinausfliegen«, vermutete Daniel.

»Genau«, bestätigte Dee. »Dann brauchen wir diese nur um sie herum zu schließen. So, wie sie jetzt nicht hineinkommen können, werden sie dann nicht hinauskommen. Und während wir sicher nach dem schönen, alten Avignon fliegen, wird die Bibliothek in Rauch aufgehen, während die Waage darin gefangen ist.«

»Es ist brillant«, sagte Daniel. »Streng genommen wird die Waage noch am Leben sein, daher wird unser Eingreifen das himmlische Gleichgewicht nicht durcheinanderbringen, aber sie werden …«

»Sie werden Brandflecken der Vergangenheit sein, abgeschottet, aus dem Weg. Richtig. Sind alle an Bord?« Dees Gesicht leuchtete auf. »Ah, *da* ist es ja!«

Umringt von Luce und den Engeln, streifte Dee den Schmutz von einem Schlüsselloch ab, das im Garten vergraben war. Sie schloss die Augen, hielt den Schlüssel fest ans Herz gedrückt und flüsterte einen Segen:

»Licht umgebe uns, Liebe umfange uns, schütze uns, Patina, gegen das Böse, das kommen muss.«

Vorsichtig schob sie den Schlüssel in das Schloss. Ihr Handgelenk zitterte unter der Kraftanstrengung, die nötig war, um den Schlüssel zu drehen, aber schließlich machte er knarrend eine Vierteldrehung nach rechts. Dee atmete tief aus und erhob sich, dann wischte sie sich die Hände am Rock ab.

»Auf geht's.«

Sie hob die Arme über den Kopf und senkte sie dann, ganz langsam und sehr vorsichtig, zu ihrem Herzen herunter. Luce wartete darauf, dass die Erde sich bewegte, dass irgendetwas geschah, aber für einen Moment schien sich nichts verändert zu haben.

Dann, als der Raum um sie herum stecknadelstill wurde, hörte Luce ein beinahe lautloses, helles Geräusch, das wie Händereiben klang. Die Luft schien sich leicht zu verdrehen und ließ alles – das braune Haus, die Reihe von Wiener Stadthäusern daneben, selbst die blauen Flügel der Waage hoch oben in der Luft – erzittern. Farben bogen sich und schmolzen. Es war, als stünde man in dem trüben Nebel, der von ausfließendem Benzin aufsteigt.

Wie zuvor konnte Luce die Patina sehen und nicht sehen. Ihre formlose Grenze war einen Moment lang sichtbar – schillernd und durchsichtig wie eine Seifenblase –, dann verschwand sie. Aber Luce konnte *spüren,* wie sie sich um die kleine Stelle im Garten bildete, wo sie und die anderen standen, sie verströmte Wärme und gab Luce das Gefühl, von einem mächtigen Schutz umschlossen zu werden.

Niemand sprach, alle waren verstummt angesichts des Wunders, das Dee vollbracht hatte.

Luce betrachtete die alte Frau, die so intensiv vor sich hin summte, dass sie beinahe zu vibrieren schien. Und dann spürte sie zu ihrer Überraschung, dass die innere Patina vollendet war. Etwas, das sich einen Moment zuvor noch unvollständig angefühlt hatte, war nun vollendet. Dee nickte, wobei sie die Hände über dem Herzen hielt, als würde sie beten. »Wir sind in der Patina innerhalb der Patina. Wir sind im Herzen der Sicherheit. Wenn ich die äußere Barriere für die Waage öffne, vertraut dieser Sicherheit und bewahrt Ruhe. Euch kann nichts passieren.«

Wieder flüsterte sie die Worte – *Licht umgebe uns, Liebe umfange uns, schütze uns, Patina, gegen das Böse, das kommen muss* –, und Luce ertappte sich dabei, dass sie mitmurmelte. Daniels Stimme fiel ebenfalls ein.

Und dann war es, als ob ein kalter Windstoß durch ein Loch in einen warmen Raum fuhr. Sie rückten enger zusammen, Flügel an Flügel, Luce in der Mitte. Sie beobachteten den sich verändernden Himmel.

Ein wildes Kreischen kam von hoch oben, in das Tausende einfielen. Die Waage konnte es jetzt sehen.

Sie schwärmte auf das Loch zu.

Die Öffnung war für Luce so gut wie unsichtbar, aber sie musste sich genau über dem Schornstein des braunen Hauses befinden. Die Waage-Engel steuerten darauf zu, wie geflügelte Ameisen, die über einen Marmeladenklecks herfallen. Sie schlugen auf dem Dach, dem Gras, der Regenrinne des Hauses auf. Ihre Umhänge blähten sich unter der Wucht der harten Landung. Ihre Augen schweiften über das Grundstück – sie spürten Luce, Dee und die Engel, und spürten sie nicht.

Luce hielt den Atem an und gab keinen Laut von sich.

Die Waage-Engel strömten in immer größerer Zahl heran. Schon bald wimmelte es im Garten von ihren steifen blauen Flügeln. Sie umringten Dees innere Patina und warfen hungrige Wolfsblicke genau auf die Stelle, wo ihre Beute sich versteckte. Aber die Waage konnte die Engel, das Mädchen und die Transhimmlische, die sicher im Innern waren, nicht sehen.

»Wo sind sie?«, knurrte einer von ihnen, und sein Umhang verfing sich in dem Meer von blauen Flügeln, als er sich durch die Menge seiner Brüder schob. »Sie stecken hier irgendwo.«

»Bereitet euch darauf vor, im Eiltempo nach Avignon zu fliegen«, flüsterte Dee, die steif dastand, während ein Waage-Engel mit einem Geburtsmal quer über dem Gesicht sich am Rand ihrer Patina vorbeugte und wie ein Schwein auf der Suche nach Futter schnüffelte.

Arrianes Flügel zitterten, und Luce wusste, dass sie daran dachte, was die Waage ihr angetan hatte. Luce griff nach der Hand ihrer Freundin.

»Roland, wie wäre es jetzt mit einer mächtigen Feuersbrunst?«, sagte Daniel mit geschürzten Lippen.

»Du hast es erfasst.« Roland verschränkte die Finger und runzelte die Stirn, dann fixierte er das braune Haus. Es gab einen großen Knall, als sei eine Bombe detoniert, und die Stiftsbibliothek explodierte. Waage-Engel wurden kreischend in den Himmel der Patina geschleudert, die Umhänge in fingerartige Flammen gehüllt.

Roland machte einen Wink mit der Hand, und das Loch, wo die Bibliothek gestanden hatte, wurde zu einem Vulkan, der Feuer spie und Lava über den Rasen strömen ließ. Die Eiche geriet in Brand. Flammen breiteten sich in ihren Zweigen aus, als seien sie Streichhölzer in einer Schachtel. Luce schwitzte, und ihr war schwindelig von der Hitze, doch selbst als die Waage von Schockwellen zurückgeworfen wurde, verbrannte die Gruppe in Dees kleiner Patina nicht.

Dee rief: »Lasst uns fliegen!«, gerade als ein Tornado aus

heißer, brennender Luft durch den Innenhof wirbelte und hundert Waage-Engel verschluckte und in seinen lodernden Kern hinaufhob, sich mit ihnen über den Rasen drehte.

»Luce, bist du bereit?« Daniels Arme schlangen sich um sie, im gleichen Moment, als Rolands sich fest um Dee legten. Rauch hüllte die Patina ein, sodass Luce Mühe hatte, durch ihre wunde Luftröhre zu atmen.

Dann hob Daniel sie von den Füßen. Sie flogen senkrecht nach oben. Aus dem Augenwinkel sah Luce rechts Rolands marmorierte Flügel und Annabelle und Arriane links von sich. Die Flügel der Engel schlugen so schnell und kräftig, dass sie eine reine, blendende Helligkeit schufen, die steil nach oben aus dem Feuer hinaus- und in die klare blaue Luft hineinstieg.

Aber die Patina stand nach wie vor offen. Die Waage-Engel, die noch fliegen konnten, ahnten, dass sie überlistet und in die Falle gelockt worden waren. Sie versuchten, sich aus dem Flammenmeer zu erheben, aber Roland ließ eine weitere Brandwelle auf sie niederfahren, drängte sie zurück auf die brennende Erde und versengte ihre runzelige Haut, bis sie Skelette mit Flügeln waren.

»Nur noch einen Moment …« Dees Fingerspitzen und ihr ruhiger Blick arbeiteten an den Grenzen der Patina. Luce betrachtete Dee, dann das Durcheinander von brennenden Waage-Engeln. Sie stellte sich vor, wie die Patina oben zusammengezogen wurde wie ein Umhang um einen Hals, und dabei die Waage innen einschloss und sie erstickte.

»Alles erledigt«, rief Dee, während Roland sie höher in die Luft trug.

Luce blickte zwischen ihren Füßen hindurch nach unten, während der Boden sich schnell von ihnen entfernte. Das

Feuer loderte noch bedrohlich, doch dann flackerte es und verschwand schließlich, verschluckt von einem rauchenden, verborgenen Anderswo. Die Straße, die sie unter sich zurückließen, war weiß und modern und voller Leute, die von alldem nichts bemerkt hatten.

Als der Boden schon tief unter ihnen war, hörte Luce auf, sich Waageflügel vorzustellen, die in roten Flammen kochten. Es hatte keinen Sinn, zurückzuschauen. Sie konnte nur vorwärts blicken zu der nächsten Reliquie, zu Cam, Gabbe und Molly, nach Avignon.

Durch Lücken in der dünnen Wolkendecke sah sie, wie das Terrain felsig, dunkelgrau und gebirgig wurde. Die Winterluft wurde kälter, schärfer, und das unablässige Schlagen von Engelsflügeln durchbrach die Stille am Rand der Atmosphäre. Nach etwa einer Stunde Flug kamen Rolands marmorierte Flügel ein Stück vor Luce und Daniel in Sicht. Er trug Dee auf die gleiche Weise, wie Daniel Luce trug: Die Schultern waren aneinandergelegt, ein Arm lag vor ihrer Brust, der andere um ihrer Taille. Wie Luce verkreuzte Dee die Beine an den Knöcheln, ihre Stiletto-Absätze baumelten jedoch unsicher in der Luft. Es sah beinahe komisch aus, wie Rolands dunkle muskulöse Arme Dees zerbrechlichen, alten Körper umfassten. Aber das erregte Funkeln in Dees Augen ließ sie viel jünger erscheinen, als sie war. Strähnen ihres roten Haares peitschten ihr über die Wange, und ihr Duft – Cold Cream und Rosen – erfüllte die Luft, durch die sie flogen.

»Nun, ich denke, die Luft ist rein«, bemerkte Dee.

Luce spürte eine leichte Turbulenz ringsum. Sie verkrampfte sich in Erwartung eines weiteren Zeitbebens. Aber diesmal war es nicht die Wirkung von Luzifers Sturz, der die Luftwellen verursachte. Es war Dee, die die zweite Patina entfernte. Eine diesige Wand kam auf Luce zu, glitt durch sie hindurch und ließ sie vor unbestimmter Wonne erschauern. Dann zog sie sich zurück, bis sie zu einer kleinen Lichtkugel um Dee wurde. Sie schloss die Augen und einen Moment später nahm sie die Patina in ihre Haut auf. Sie war fast unsichtbar – und mit das Schönste, was Luce je gesehen hatte.

Dee lächelte und winkte Luce mit einer kleinen Geste heran. Die beiden Engel, die sie trugen, bogen ihre Flügel nach oben, sodass die Damen sich unterhalten konnten.

Dee legte eine Hand um den Mund und rief Luce über den Wind hinweg zu: »Also, erzähl mal, Liebes, wie habt ihr zwei euch kennengelernt?«

Luce spürte, wie Daniels Schultern hinter ihr zuckten, als er kicherte. Für ein Paar in einer glücklichen Beziehung war es eine normale Frage. Warum machte sie Luce dann unglücklich?

Weil die Antwort unnötig kompliziert war.

Weil sie nicht einmal die Antwort darauf kannte.

Sie berührte das Medaillon an ihrem Hals. Es hüpfte, als Daniel kräftig mit den Flügeln schlug. »Also, wir haben dieselbe Schule besucht, und ich …«

»Oh, Lucinda!« Dee lachte. »Ich habe doch nur Spaß gemacht. Ich habe mich nur gefragt, ob du die Geschichte eurer *ursprünglichen* Begegnung ergründet hast.«

»Nein, Dee«, sagte Daniel entschieden. »Das hat sie noch nicht …«

»Ich habe gefragt, aber er will es mir nicht sagen.« Luce warf einen Blick in die schwindelerregende Tiefe und fühlte sich von der Wahrheit über diese erste Begegnung so weit entfernt wie von den Städten, über die sie flogen. »Es macht mich verrückt, dass ich es nicht weiß.«

»Alles zu seiner Zeit, Liebes«, sagte Dee gelassen und schaute geradeaus auf den gewölbten Horizont. »Ich nehme an, du hast zumindest *einige* deiner früheren Erinnerungen erschlossen?«

Luce nickte.

»Großartig. Ich werde mich mit der Geschichte über die früheste Romanze begnügen, an die du dich erinnern kannst. Nur zu, Liebes. Tu es einer alten Dame zuliebe. Es wird uns helfen, die Zeit bis nach Avignon zu vertreiben.«

Eine Erinnerung blitzte vor Luces Augen auf: Das kalte, feuchte Grab, in dem sie mit Daniel in Ägypten eingeschlossen gewesen war, die Art, wie seine Lippen sich auf ihre gepresst hatten. Sie hatten sich eng aneinandergedrückt, als seien sie die beiden letzten Menschen auf der Welt …

Aber sie waren nicht allein gewesen. Bill war auch da gewesen. Er hatte dort gewartet und beobachtet, hatte gewollt, dass ihre Seele in einem klammen ägyptischen Grab starb.

Luce riss die Augen auf und kehrte in die Gegenwart zurück, in der seine roten Augen sie nicht finden konnten. »Ich bin müde«, sagte sie.

»Dann schlaf«, erwiderte Daniel leise.

»Nein, ich bin es müde, bestraft zu werden, einfach weil ich dich liebe, Daniel. Ich will nichts mit Luzifer zu tun haben, mit der Waage und den Outcasts und welche anderen Seiten es noch alles gibt. Ich bin keine Schachfigur, ich bin ein Mensch. Und mir reicht's.«

Daniel nahm ihre Hand und drückte sie.

Dee und Roland sahen beide so aus, als wollten sie das Gleiche tun.

»Du hast dich verändert, Liebes«, bemerkte Dee.

»Seit wann?«

»Seit früher. Ich habe dich nie so reden hören. Du vielleicht, Daniel?«

Daniel schwieg für einen Moment. Schließlich, über die Geräusche des Windes und des Flatterns der Engelsflügel hinweg, sagte er: »Nein. Aber ich bin froh, dass sie es jetzt kann.«

»Und warum nicht? Es ist eine transdimensionale Tragödie, was ihr durchgemacht habt. Aber du bist ein zähes Mädchen, ein Mädchen mit Muskeln, ein Mädchen, das mir einst erzählt hat, sie würde sich niemals die Haare abschneiden, obwohl sie verflucht war – deine Worte, Liebes – durch verfilzte Knoten, ein Magnet für Dornen, weil dieses Haar ein Teil von ihr war, unauslöschlich an ihre Seele gebunden.«

Luce sah die alte Frau mit schmalen Augen an. »Wovon reden Sie?«

Dee legte den Kopf schief und spitzte die rundlichen Lippen.

Luce sah sie prüfend an, ihre goldenen Augen und ihr weiches rotes Haar, die zarte Art, wie sie beim Fliegen vor sich hin summte. Und dann war es ihr schlagartig klar.

»Ich erinnere mich an Sie!«

»Wunderbar«, sagte Dee. »Ich erinnere mich auch an dich!«

»Habe ich nicht in einer Hütte auf einer freien Ebene gelebt?«

Dee nickte.

»Und wir *haben* über mein Haar geredet! Ich – ich bin auf einer Jagd durch Nesseln gekrochen und hätte das Tier beinahe gehabt ... war es ein Fuchs?«

»Du warst ein ziemlicher Wildfang. Mutiger als einige der Männer in der Prärie, um genau zu sein.«

»Und Sie«, sagte Luce. »Sie haben Stunden damit verbracht, sie mir aus dem Haar zu zupfen.«

»Ich war deine Lieblingstante, bildlich gesprochen. Du hast immer gesagt, der Teufel habe dich mit dem dichten Haar verflucht. Ein bisschen dramatisch, aber du *warst* erst sechzehn – und nicht allzu weit von der Wahrheit entfernt, wie es nur Sechzehnjährige sein können.«

»Sie sagten, ein Fluch sei nur dann ein Fluch, wenn ich mich von ihm verfluchen lasse. Sie sagten ... ich hätte es in meiner Macht, mich von jedem Fluch zu befreien – dass Flüche der Auftakt zu Segnungen seien ...«

Dee zwinkerte.

»Dann haben Sie mir gesagt, ich soll es abschneiden. Mein Haar.«

»Das ist richtig. Aber du wolltest nicht.«

»Nein.« Luce schloss die Augen, als der kühle Nebel einer Wolke über sie hinwegging und ihr Kondenswasser sie kitzelte. Sie war plötzlich unerklärlich traurig. »Ich wollte nicht. Ich war nicht bereit dazu.«

»Nun«, sagte Dee. »Du bist zur Besinnung gekommen und deine neue Frisur gefällt mir sehr gut!«

»Seht.« Daniel zeigte nach vorn, wo die dichte Wolkendecke wie ein Kliff abfiel. »Wir sind da.«

Sie stiegen nach Avignon hinab. Der Himmel über der Stadt war klar, ohne Wolken, die ihnen die Sicht versperrten. Die Flügel der Engel warfen Schatten auf die mittelalterlichen Häuser und den Papstpalast. Ringsum breiteten sich grüne Äcker und Weiden aus. Kühe grasten friedlich und ein Traktor fuhr über das Land.

Sie schwenkten nach links und atmeten über einem Pferdestall den feuchten Gestank von Heu und Dung ein. Dann kreisten sie tief über einer Kathedrale aus dem gleichen gelbbraunen Stein wie die meisten anderen Bauten der Altstadt. Touristen nippten in einem fröhlichen Café an ihrem Kaffee. Die Stadt glühte golden in der Mittagssonne.

Die Verblüffung darüber, so schnell angekommen zu sein, vermischte sich mit dem Gefühl, dass ihnen die Zeit durch die Finger rann. Sie hatten viereinhalb Tage nach den Reliquien gesucht. Die Hälfte der Zeit, bevor Luzifers Sturz über sie kommen würde, war aufgebraucht.

»Da müssen wir hin.« Daniel zeigte auf eine Brücke am Ortsrand, die nicht ganz über den schimmernden Fluss reichte, der sich durch die Stadt wand. Es war, als sei die Hälfte der Brücke ins Wasser gestürzt. »Pont Saint-Bénézet.«

»Was ist damit passiert?«, fragte Luce.

Daniel warf einen Blick über die Schulter. »Erinnerst du dich, wie still Annabelle geworden ist, als ich erwähnte, dass wir hierherkommen würden? Sie hat den Jungen inspiriert, der im Mittelalter diese Brücke gebaut hat, in der Zeit, da die Päpste hier und nicht in Rom lebten. Er bemerkte eines Tages, wie sie über die Rhône flog, als sie dachte, dass niemand sie sehen konnte. Er baute eine Brücke, um ihr auf die andere Seite zu folgen.«

»Wann ist sie eingestürzt?«

»Langsam, mit der Zeit, stürzte ein Bogen nach dem anderen in den Fluss. Arriane sagt, der Junge – er hieß Bénézet – habe einen Blick für Engel gehabt, aber nicht für Architektur. Annabelle hat ihn geliebt. Sie ist als seine Muse in Avignon geblieben, bis er starb. Er hat nie geheiratet, hielt sich abseits von der Gesellschaft Avignons. Die Stadt dachte, er sei verrückt.«

Luce versuchte, ihre Beziehung mit Daniel nicht mit dem zu vergleichen, was Annabelle mit Bénézet gehabt hatte, aber es war schwer. Welche Art von Beziehung konnten ein Engel und ein Sterblicher *wirklich* haben? Wenn all das einmal vorüber war, wenn sie Luzifer besiegten … was dann? Würden sie und Daniel nach Georgia zurückkehren und wie jedes andere Paar leben, freitags nach dem Kino noch ein Eis essen gehen? Oder würde die ganze Stadt sie für verrückt halten, wie Bénézet?

War es einfach hoffnungslos? Was würde am Ende aus ihnen werden? Würde ihre Liebe verschwinden wie die Bögen einer mittelalterlichen Brücke?

Die Vorstellung, ein normales Leben mit einem Engel zu führen, war verrückt. Luce spürte es in jedem Moment, den Daniel sie durch den Himmel *flog*. Und doch liebte sie ihn mit jedem Tag mehr.

Sie landeten am Ufer des Flusses im Schatten einer Trauerweide und ein Schwarm Enten flatterte aufgeregt ins Wasser. Am helllichten Tage falteten die Engel ihre Flügel zusammen. Luce stand hinter Daniel, um den komplizierten Vorgang zu beobachten, als seine Flügel wieder in seine Haut einfuhren. Zuerst zogen sie sich von der Mitte aus ein, dann falteten sich mit einem leisen Schnappen Schichten von Muskeln und himmlischen Federn aufeinander. Als Letztes kamen Daniels dünne, beinahe durchsichtige Flügelspitzen, die leuchteten, als sie in seinem Körper verschwanden und keine Spur auf dem eigens für ihn geschneiderten T-Shirt hinterließen.

Sie gingen zu der leeren Brücke, ganz wie gewöhnliche

Touristen, die sich für Architektur interessierten. Annabelle bewegte sich steifer als sonst, und Luce sah, dass Arriane sie an der Hand berührte. Die Sonne schien und es roch nach Lavendel und dem Fluss. Die Brücke bestand aus großen weißen Steinen und wurde von langen Bögen getragen. Auf dem dritten Pfeiler der Brücke stand eine kleine Kapelle mit einem Turm. Auf einem Schild stand: CHAPELLE SAINT-NICOLAS. Luce fragte sich, wo die echten Touristen waren.

Die Kapelle war mit feinem silbrigem Staub bedeckt.

Sie gingen schweigend weiter, aber Luce bemerkte, dass Annabelle nicht als Einzige erregt war. Daniel und Roland zitterten und hielten einen sicheren Abstand zum Eingang der Kapelle. Luce erinnerte sich, dass es ihnen verboten war, ein Heiligtum Gottes zu betreten.

Dee strich mit einem tiefen Seufzer über das schmale Messinggeländer. »Wir kommen zu spät.«

»Dies ist nicht …« Luce berührte den Staub. Er war fein und leicht, mit einem silbernen Schimmer darin, wie der Staub, der den Garten ihrer Eltern überzogen hatte. »Sie meinen …«

»Hier sind Engel gestorben.« Rolands Stimme war ausdruckslos, als er in den Fluss starrte.

»A-aber«, stammelte Luce, »wir wissen nicht, ob Gabbe, Cam und Molly es überhaupt bis hierher geschafft haben.«

»Dies war einst ein wunderschöner Ort«, sagte Annabelle. »Jetzt haben sie ihn für immer verschandelt. *Je m'excuse,* Bénézet.«

Das war der Moment, in dem Arriane eine silberne Feder hochhielt. »Gabbes Zeichen. Intakt, sie muss sie also selbst herausgezogen haben. Vielleicht, um sie einem Outcast zu geben, der sie nicht …« Sie wandte den Blick ab und hielt die Feder an die Brust gedrückt.

»Ich dachte, die Waage würde keine Engel töten«, wandte Luce ein.

»Das tut sie auch nicht.« Daniel bückte sich und wischte den Staub weg, der sich wie Schnee zu seinen Füßen sammelte.

Darunter war etwas begraben.

Seine Finger fanden einen staubigen silbernen Sternenpfeil. Er wischte ihn an seinem Hemd ab, und Luce schauderte wie immer, wenn seine Finger in die Nähe der tödlichen Spitze kamen. Schließlich hielt er ihn so, dass die anderen ihn sehen konnten. Er war mit einem kunstvollen Buchstaben markiert: Z.

»Die Ältesten«, flüsterte Arriane.

»*Sie* töten Engel nur allzu gern«, sagte Daniel leise. »Es gibt nichts, was sie lieber tun.«

Ein lautes Knacken ertönte.

Luce fuhr herum und erwartete … sie wusste nicht, was. Die Waage? Die Ältesten?

Dee schüttelte die Faust und rieb sich mit der anderen Hand die roten Knöchel. Dann sah Luce es: Die Holztür zur Kapelle war in der Mitte eingeschlagen. Dee musste es getan haben. Sonst fand es niemand bemerkenswert, dass eine so kleine Frau einen so großen Schaden anrichten konnte.

»Alles klar, Dee?«, rief Arriane.

»Sophia hat hier nichts zu suchen.« Ihre Stimme zitterte vor Zorn. »Was Luzifer tut, hat nichts mit den Angelegenheiten der Ältesten zu tun. Und doch könnte sie für euch Engel alles ruinieren. Ich könnte sie umbringen.«

»Versprochen?«, fragte Roland.

Daniel ließ den Sternenpfeil in die Tasche gleiten und zog sie zu. »Wie auch immer dieser Kampf ausgegangen ist, er muss wegen der dritten Reliquie begonnen haben. Irgendjemand hat sie gefunden.«

Luce zuckte zusammen. »Und jemand ist dafür gestorben.«

»Wir wissen nicht, was geschehen ist, Luce«, erklärte Daniel. »Und wir werden es nicht wissen, bis wir vor den Ältesten stehen. Wir müssen sie aufspüren.«

»Wie?«, fragte Roland.

»Vielleicht sind sie zum Berg Sinai gegangen, um uns zu überwachen«, schlug Annabelle vor.

Daniel schüttelte den Kopf und ging auf und ab. »Sie wissen nicht, dass sie zum Berg Sinai müssen – es sei denn, sie hätten die Information aus einem unserer Engel herausgefoltert.« Er blieb stehen und wandte den Blick ab.

»Nein«, antwortete Dee und sah einen nach dem anderen auf der Brücke an. »Die Ältesten haben ihre eigene Agenda. Sie sind gierig. Sie wollen einen größeren Anteil an dieser Sache. Sie wollen, dass man sich an sie erinnert, wie an ihre Vorväter. Wenn sie sterben, dann als Märtyrer.« Sie schwieg. »Und was ist der maßloseste Ort, um seinen eigenen Märtyrertod zu inszenieren?«

Die Engel traten von einem Fuß auf den anderen. Daniel ließ den Blick über den blassrosa Himmel im Westen schweifen. Annabelle fuhr sich mit den langen Nägeln durchs Haar. Arriane schlang die Arme um sich und starrte zu Boden, und ausnahmsweise hatte sie einmal keine sarkastische Bemerkung auf Lager. Luce schien die Einzige zu sein, die nicht wusste, wovon Dee redete. Schließlich hallte Rolands Stimme über die zerfallende Brücke:

»Golgatha. Die Schädelstätte.«

Elf

Via Dolorosa

Als die Engel das Mittelmeer erreichten, dessen dunkle Wellen unter ihnen an das felsige Ufer schlugen, stellte Luce einige Berechnungen an:

Nach Mitternacht begann Dienstag, der 1. Dezember. Fünf Tage waren verstrichen, seit sie aus dem Verkünder zurückgekehrt war. Also war die neuntägige Frist, während derer die Engel zur Erde stürzten, bereits zur Hälfte verstrichen. Luzifer und all ihre früheren Ichs hatten mehr als die Hälfte ihres Sturzes hinter sich.

Sie hatten zwei der drei Reliquien, aber sie wussten nicht, um was es sich bei der dritten handelte, wussten nicht, wie sie sie lesen sollten, sobald sie alle zusammen hatten. Schlimmer noch, während der Suche nach den Gegenständen hatten sie sich weitere Feinde gemacht. Und es sah so aus, als hätten sie ihre Freunde verloren.

Staub von der Pont Saint-Bénézet saß unter Luces Fingernägeln. Was, wenn es Cam war? Luce war wegen Cams Verstrickung in ihre Mission argwöhnisch gewesen, und nun, wenige Tage später, bedrückte sie der Gedanke, ihn zu verlieren. Cam war wild und dunkel, unberechenbar und Furcht einflößend und nicht der Mann, der für Luce bestimmt war – aber das hieß nicht, dass sein Schicksal ihr gleichgültig war, dass er ihr gleichgültig war.

Und Gabbe. Die Südstaaten-Schönheit, die immer wusste, was zu sagen und zu tun war. Von dem Moment an, als Luce Gabbe in der Sword & Cross kennengelernt hatte, hatte der Engel nichts anderes getan, als auf sie aufzupassen. Jetzt wollte Luce auf Gabbe aufpassen.

Molly Zane war mit Cam und Gabbe ebenfalls nach Avignon gegangen. Luce hatte Molly zunächst gefürchtet und dann gehasst – bis zu dem Morgen, als Luce zu Hause durchs Fenster geklettert war und Molly vorfand, die sich in ihrem Bett für sie ausgegeben hatte. Es war ein großer Gefallen gewesen. Selbst Callie war gern mit Molly zusammen. Hatte der Dämon sich verändert? Hatte Luce sich verändert?

Das rhythmische Schlagen von Daniels Flügeln am Sternenhimmel lullte Luce ein; sie entspannte sich vollkommen, aber sie wollte nicht schlafen. Sie wollte sich darauf konzentrieren, was in Golgatha womöglich auf sie warten würde, wenn sie dort eintrafen, wollte gewappnet sein gegen das, was kommen würde.

»Was hast du auf dem Herzen?«, fragte Daniel. Seine Stimme war leise und intim in dem wilden Wind. Annabelle und Arriane flogen vor ihnen her, ein kleines Stück tiefer. Ihre Flügel, dunkel silbern und schillernd, breiteten sich weit über den grünen Stiefel Italiens aus.

Luce berührte das silberne Medaillon an ihrem Hals. »Ich habe Angst.«

Daniel drückte sie fest an sich. »Du bist so tapfer, Luce.«

»Ich fühle mich stärker als je zuvor, und ich bin stolz auf all die Erinnerungen, zu denen ich selbst Zugang finden kann, vor allem wenn sie uns helfen können, Luzifer aufzuhalten« – sie hielt inne und warf einen Blick auf ihre dreckigen Fingernägel – »aber ich habe trotzdem Angst vor dem, auf das wir jetzt zufliegen.«

»Ich werde Sophia nicht in deine Nähe lassen.«

»Es geht nicht darum, was sie mir antun könnte, Daniel. Es geht darum, was sie vielleicht schon jenen angetan hat, an denen mir etwas liegt. Diese Brücke, dieser ganze Staub ...«

»Ich hoffe ebenso wie du, dass Cam, Gabbe und Molly unverletzt sind.« Er schlug kräftig mit den Flügeln, und Luce spürte, wie sie über eine dicke Regenwolke stiegen. »Aber Engel können sterben, Lucinda.«

»Das weiß ich, Daniel.«

»Ja. Und du weißt, wie gefährlich das hier ist. Jeder Engel, der sich unserem Kampf anschließt, um Luzifer aufzuhalten, weiß es ebenfalls. Indem sie sich uns anschließen, erkennen sie an, dass unsere Mission wichtiger ist als die Seele eines einzelnen Engels.«

Luce schloss die Augen. *Die Seele eines einzelnen Engels.*

Da war es wieder. Die Idee, von der sie zum ersten Mal gehört hatte, als Arriane in dem IHOP in Vegas darüber gesprochen hatte. Ein einziger mächtiger Engel als Zünglein an der Waage. Eine Entscheidung, die den Ausgang eines Kampfes entschied, der Jahrtausende angedauert hatte.

Als sie die Augen wieder öffnete, war der Mond, der gerade über der dunklen Landschaft aufging, in sanftes weißes Licht gebadet.

»Die Kräfte von Himmel und Hölle«, begann sie, »befinden sie sich gerade wirklich im Gleichgewicht?«

Daniel schwieg. Sie spürte, wie seine Brust sich an ihrem Rücken hob und senkte. Seine Flügel schlugen ein wenig schneller, aber er antwortete nicht.

»Du weißt schon?«, drängte Luce weiter. »Die gleiche

Zahl von Dämonen auf einer Seite und die gleiche Zahl von Engeln auf der anderen?«

Wind peitschte ihr ins Gesicht.

Schließlich sagte Daniel: »Ja, obwohl es nicht so einfach ist. Es geht nicht um tausend hier gegen tausend dort. Manche zählen mehr als andere. Die Outcasts haben kein Gewicht. Du hast Phil darüber klagen hören. Die Waage ist fast zu vernachlässigen – obwohl man das nach der Art und Weise, wie sie ständig ihre Wichtigkeit betont, nicht vermuten würde.« Er hielt inne. »Einer der Erzengel ist tausend geringere Engel wert.«

»Ist es wahr, dass es einen einzigen wichtigen Engel gibt, der noch eine Seite wählen muss?«

Eine Pause. »Ja, das ist wahr.«

Sie hatte ihn bereits einmal angefleht zu wählen, auf dem Dach der Shoreline. Sie waren mitten in einem Streit gewesen und der Zeitpunkt war nicht der richtige gewesen. Aber ihre Verbindung war jetzt stärker. Wenn er wusste, wie sehr sie ihn unterstützte, dass sie zu ihm stehen und ihn lieben würde, was auch geschah, würde es ihm sicher helfen, seine Entscheidung doch noch zu treffen. »Was, wenn du es einfach tun würdest und … dich entschiedest?«

»Nein …«

»Aber Daniel, du könntest diese Sache beenden! Du könntest das Gewicht verschieben, und niemand würde mehr sterben müssen, und …«

»Ich meine, nein, so einfach ist das nicht.« Sie hörte ihn seufzen und wusste, ohne hinzuschauen, welche Schattierung seine Augen haben würden: ein dunkles, wildes, wölfisches Violett. »Es ist nicht mehr so einfach«, wiederholte er.

»Warum nicht?«

»Weil diese Gegenwart keine Rolle mehr spielt. Wir befinden uns in einem Zeitfenster, das aufhören könnte zu existieren. Eine Wahl zum jetzigen Zeitpunkt wäre vollkommen bedeutungslos, solange die neuntägige Verzögerung nicht eingeholt ist. Wir würden ihn immer noch aufhalten müssen. Entweder bekommt Luzifer seinen Willen und löscht die vergangenen fünf oder sechs Jahrtausende aus, und wir beginnen alle von vorne …«

»Oder wir haben Erfolg«, ergänzte Luce automatisch.

»Wenn das passiert«, sagte Daniel, »werden wir die Ordnung der Ränge überdenken müssen.«

Einige Meter unter ihnen flog Arriane in langsamen, tranceähnlichen Loopings, wie um sich die Zeit zu vertreiben. Annabelle hingegen steuerte in einen Regenschauer, denen die Engel normalerweise auswichen. Sie kam auf der anderen Seite mit feuchten Flügeln hinaus, und das rosafarbene Haar klebte ihr im Gesicht, ohne dass sie es zu bemerken schien. Roland war irgendwo hinter ihnen, wahrscheinlich tief in Gedanken versunken, während er Dee in den Armen trug. Jeder schien erschöpft und abgelenkt zu sein.

»Aber *wenn* wir Erfolg haben, könntest du nicht …«

»Den Himmel wählen?«, fragte Daniel. »Nein. Ich habe meine Entscheidung schon vor langer Zeit, fast zu Beginn getroffen.«

»Aber ich dachte …«

»Ich habe dich gewählt, Lucinda.«

Luce strich über Daniels Hand, als die teerdunkle See einer Wüstenlandschaft Platz machte. Sie erinnerte Luce an das Gebiet um den Berg Sinai: felsige Abhänge, unterbrochen von dem Grün spärlicher Bäume. Sie verstand nicht, warum Daniel zwischen dem Himmel und der Liebe wählen musste.

Sie hatte nie etwas anderes als seine Liebe gewollt – aber um welchen Preis? War ihre Liebe das Auslöschen der Welt und all ihrer Geschichten wert? Hätte Daniel diese Bedrohung verhindern können, wenn er schon vor langer Zeit den Himmel gewählt hätte?

Und wäre er dorthin zurückgekehrt, wo er hingehörte, hätte seine Liebe zu Luce ihn nicht vom Weg abgeführt?

Als lese er ihre Gedanken, sagte Daniel: »Wir vertrauen auf die Liebe.«

Roland holte sie ein. Er winkelte die Flügel an und drehte sich zu Daniel und Luce um. Dees rotes Haar wehte ihr um den Kopf und ihre Wangen glühten. Sie bedeutete Daniel, näher zu kommen. Daniel schlug einmal anmutig mit den Flügeln, und sie schossen durch eine Wolke, um an Rolands und Dees Seite zu schweben. Roland stieß einen Pfiff aus, woraufhin Arriane und Annabelle kehrtmachten und sie einen schimmernden Kreis am dunklen Himmel schlossen.

»In Jerusalem ist es jetzt kurz vor vier Uhr morgens«, erklärte Dee. »Wir können also damit rechnen, dass die Mehrheit der Sterblichen vielleicht noch für eine weitere Stunde schläft oder anderweitig aus dem Weg ist. Wenn Sophia eure Freunde in ihrer Gewalt hat, plant sie wahrscheinlich … nun, wir sollten uns beeilen, meine Lieben.«

»Sie wissen, wo sie sind?«, fragte Daniel.

Dee dachte kurz nach. »Bevor ich mich von den Ältesten abgewendet habe, bestand der Plan immer darin, an der Grabeskirche wieder zusammenzukommen. Sie wurde auf der Schädelstätte erbaut, im christlichen Viertel der Altstadt.«

Die Gruppe segelte auf den geheiligten Boden zu. Sie bildeten eine Säule leuchtender Flügel. Der klare Himmel war dunkelblau und von Sternen übersät und der weiße Stein ferner Gebäude unter ihnen leuchtete in einem unheimlichen kühlen Blau. Obwohl das Land von Natur aus trocken und staubig schien, war es von dicken Palmen und Olivenhainen bestanden.

Sie flogen über den größten Friedhof, den Luce je gesehen hatte, erbaut auf einem sanften Hang gegenüber der Altstadt von Jerusalem.

Die Stadt selbst war dunkel und schläfrig, eingehüllt in Mondlicht und von einer hohen Steinmauer umgeben. Der prächtige Felsendom stand hoch auf einem Hügel, seine goldene Kuppel glänzte selbst in der Dunkelheit. Der Bau lag am Rande des dicht gedrängten Zentrums, abgetrennt durch lange Treppen und hohe Tore an jedem Eingang. Jenseits der alten Mauern erhoben sich einige moderne Hochhäuser zu einer fernen Skyline, aber innerhalb des historischen Stadtkerns waren die Gebäude viel älter, kleiner und bildeten ein Gewirr schmaler Gassen, in dem man sich am besten zu Fuß bewegte.

Sie landeten auf der Brustwehr eines hohen Stadttors.

»Dies ist das Neue Tor«, erklärte Dee. »Es ist der Eingang, der dem christlichen Viertel, in dem die Kirche steht, am nächsten ist.«

Während sie hintereinander über die ausgetretenen Stufen der Brustwehr hinabgestiegen waren, hatten die Engel die Flügel in die Schultern eingezogen. Die meisten der steinernen Ladenfronten, an denen sie vorbeigingen, waren mit Eisentüren versehen und mit Vorhängeschlössern gesichert. Luce hielt Daniels Hand und hoffte das Beste.

Je tiefer sie in die Stadt kamen, desto mehr schienen sie von den Gebäuden links und rechts bedrängt zu werden. Sie gingen unter den gestreiften Markisen leerer arabischer

Märkte hindurch, unter hohen Steinbögen und durch schwach beleuchtete Gänge. Es roch nach geröstetem Lamm, dann nach Weihrauch, dann nach Waschseife. Üppige rote Blütenranken überzogen die hellen Mauern.

Im Viertel war es still bis auf die Schritte der Engel und einen Hund, der in den Hügeln heulte. Sie kamen an einem geschlossenen Waschsalon vorbei, dessen Schild auf Arabisch geschrieben war, dann an einem Blumenladen, dessen Fenster mit hebräischer Werbung zugeklebt waren.

Wohin Luce auch sah, zweigten schmale Gehwege von der Straße ab: hier durch ein offenes Holztor, dort eine kurze Treppe hinauf. Dee schien die Türen zu zählen, an denen sie vorbeikamen, und wackelte dabei mit dem Finger. An einem Punkt schnippte sie, duckte sich unter einem verwitterten Holzbogen hindurch, bog um eine Ecke und verschwand. Luce und die Engel wechselten einen schnellen Blick, dann folgten sie ihr. Es ging mehrere Stufen hinab, um eine feuchte, dunkle Ecke herum, eine Treppe hinauf, und plötzlich standen sie auf dem Dach eines Gebäudes und blickten auf eine enge Straße hinab.

»Da ist sie.« Dee nickte finster.

Die Kirche überragte alles in der Nähe. Sie war aus blassen, glatten Steinen erbaut – das Kirchenschiff drei Geschosse hoch, die massigen Türme noch höher. Eine riesige blaue Kuppel in ihrer Mitte sah aus wie ein Fels, der in eine Decke aus Mitternachtshimmel gehüllt war. Riesige Quader formten große Bögen entlang der Fassade, über den schweren Holztüren im Erdgeschoss und den Bogenfenstern mit Glasmalereien weiter oben. Eine Leiter lehnte an einem Sims vor einem Fenster im Obergeschoss.

Teile der Fassade waren bröckelig und schwarz vor Alter,

während andere so aussahen, als seien sie frisch restauriert worden. Zu beiden Seiten ragten zwei lange steinerne Arme hervor und fassten einen gepflasterten Platz ein. Direkt hinter der Kirche stach ein hohes weißes Minarett in den Himmel.

»Wow«, hörte Luce sich murmeln, als sie und die Engel eine weitere überraschende Treppenflucht hinuntergingen, um den Platz zu betreten.

Die Engel näherten sich den schweren Doppeltüren, die vor ihnen mehrere Meter hoch aufragten. Sie waren aus Holz und wurden zu beiden Seiten von drei schlichten Steinsäulen flankiert. Luce' Blick wurde von einer zweiten Tür angezogen, die grün bemalt war, von dem kunstvollen Fries auf den Türflügeln und dem glänzenden goldenen Kreuz in dem Bogen darüber. Das Gebäude strahlte Stille, Ernsthaftigkeit und spirituelle Elektrizität aus.

»Dann nichts wie rein«, sagte Dee.

»Wir können dort nicht hineingehen«, entgegnete Roland und trat von der Kirche weg.

»Oh ja«, meinte Dee. »Die Sache mit dem Feuer. Ihr denkt, ihr könnt nicht hineingehen, weil es ein Heiligtum Gottes ist ...«

»Es ist *das* Heiligtum Gottes«, unterbrach Roland sie. »Ich will nicht derjenige sein, der diesen Ort zerstört.«

»Nur dass es kein Heiligtum Gottes ist«, sagte Dee schlicht. »Ganz im Gegenteil. Dies ist der Ort, an dem Jesus gelitten hat und gestorben ist. Daher war es nie ein Heiligtum, so weit es den Thron betrifft, und das ist die einzige Meinung, die wirklich zählt. Ein Heiligtum ist eine sichere Zuflucht, ein Ort, an dem man vor Schaden bewahrt wird. Sterbliche betreten diese Mauern, um auf ihre unendlich morbide Art zu beten, aber soweit es euren Fluch angeht, werdet ihr davon nicht betroffen sein.« Dee hielt inne. »Was gut ist, weil Sophia und eure Freunde in der Kirche sind.«

»Woher wissen Sie das?«, fragte Luce.

Dann hörte sie Schritte, die sich von der Ostseite des Innenhofes näherten. Dee warf einen kurzen Blick die schmale Straße hinunter.

Daniel umfasste Luces Taille so schnell, dass sie gegen ihn fiel. Zwei betagte Nonnen bogen unter einem Straßenschild mit der Aufschrift VIA DOLOROSA um eine Ecke und mühten sich mit einem großen Holzkreuz ab. Sie trugen eine schlichte dunkelblaue Tracht, dicke Gesundheitssandalen und Kreuze um den Hals.

Luce entspannte sich beim Anblick der beiden gewiss über achtzigjährigen Gläubigen. Sie wollte auf die Frauen zugehen und gehorchte damit einem Instinkt, alten Leuten beim Tragen zu helfen, aber Daniel ließ sie nicht los, als die Nonnen sich den großen Türen der Kirche mit quälender Langsamkeit näherten. Es schien unmöglich, dass die Nonnen die Gruppe von Engeln in wenigen Metern Entfernung nicht sahen – sie waren die einzigen anderen Seelen auf dem Platz –, aber die mit dem Kreuz kämpfenden Schwestern schauten nicht einmal in ihre Richtung.

»Ein bisschen früh für die Schwestern der Stationen des Kreuzes, oder?«, flüsterte Roland Daniel zu.

Dee zog ihren Rock glatt und steckte sich eine rebellische Haarsträhne hinters Ohr. »Ich hatte gehofft, dass es nicht dazu kommen würde, aber wir werden sie töten müssen.«

»Was?« Luce warf einen Blick auf eine der schwachen, verhutzelten Frauen. Ihre grauen Augen lagen wie Kieselsteine in den tiefen Falten ihres Gesichtes. »Sie wollen diese Nonnen töten?«

Dee runzelte die Stirn. »Das sind keine Nonnen, Liebes. Es sind Älteste, und wir müssen sie beseitigen, oder sie beseitigen uns.«

»Ihr Verfallsdatum ist längst überschritten.« Arriane tänzelte von einem Fuß auf den anderen. »Die recyceln hier in Jerusalem aber auch einfach alles.«

Vielleicht hörten die Nonnen Arrianes Stimme und wurden durch sie aufgeschreckt, vielleicht hatten sie auch gewartet, bis sie an genau der richtigen Stelle waren. In diesem Moment, als sie die Kirchentüren erreicht hatten, blieben sie stehen und drehten sich so, dass der lange Balken ihres Kreuzes wie eine Kanone über den Platz auf die Engel zielte.

»Wir haben keine Zeit zu verschwenden, Engel«, sagte Dee mit schmalen Lippen.

Die Nonne mit den Kieselsteinaugen bleckte rot geäderte Gaumen und sah die Engel an, während sie am kurzen Ende des Balkens fummelte. Daniel drückte Luce die Tasche in die Hand, dann stellte er sie hinter Dee. Die ältere Frau verdeckte Luce nicht ganz – sie reichte Luce nur bis ans Kinn –, aber Luce verstand und duckte sich. Die Engel entfesselten ihre Flügel in rasendem Tempo, während sie zu beiden Seiten ausschwärmten – Arriane und Annabelle bogen nach links ab, Roland und Daniel sprangen nach rechts.

Das riesige Kreuz war nicht die Bürde eines Pilgers, die er sich zur Buße auferlegt hatte. Es war eine gewaltige Armbrust, gefüllt mit Sternenpfeilen, um sie alle zu töten.

Es ging so schnell, dass Luce es nicht bemerkte. Eine der Nonnen gab den ersten Schuss ab. Der Sternenpfeil zischte durch die Luft genau auf Luces Gesicht zu. Luce sah ihn größer und größer werden.

Dann sprang Dee mit weit ausgebreiteten Armen nach

vorn. Die stumpfe Spitze des Sternenpfeils prallte ihr mitten auf die Brust. Dee ächzte, als der Pfeil – harmlos für Sterbliche, das wusste Luce – von ihrem Körper abglitt und klappernd zu Boden fiel. Es schmerzte zwar, doch die Transhimmlische war unverletzt. »Presidia, du Närrin«, rief Dee der Nonne zu und zog den Pfeil mit ihrem hohen Absatz zu sich heran. Luce bückte sich, hob ihn auf und schob ihn in die Tasche. »Du weißt, dass mir das nichts anhaben kann! Jetzt hast du meine Freunde verärgert.« Sie deutete mit einer ausholenden Handbewegung auf die Engel, die herbeigestürzt kamen, um die kostümierten Ältesten zu entwaffnen.

»Halt dich zurück, Abtrünnige!«, erwiderte Presidia. »Wir verlangen das Mädchen! Liefert sie aus, und wir werden ...«

Aber Presidia bekam nicht mehr die Gelegenheit, den Satz zu beenden. Arriane war im Nu hinter der Ältesten, zog ihr den Schleier vom Kopf und packte sie mit den Fäusten an ihrem weißen Haar.

»Weil ich die Alten respektiere«, zischte Arriane durch zusammengebissene Zähne, »habe ich das Gefühl, das ich sie daran hindern muss, sich selbst in Verlegenheit zu bringen.« Dann hob sie vom Boden ab, wobei sie Presidia immer noch an den Haaren festhielt. Die Älteste trat um sich, als führe sie ein unsichtbares Fahrrad. Arriane drehte sich und schleuderte die alte Frau mit Wucht in das Gesims der Kirchenfassade, wo sie mit verdrehten Gliedern liegen blieb.

Die andere verkleidete Älteste hatte ihr unheilvolles Kreuz fallen lassen und versuchte zu fliehen. Sie rannte auf eine Gasse in der gegenüberliegenden Ecke des Platzes zu. Annabelle ergriff das Kreuz und wurde zur Speerwerferin. Sie bog sich zurück wie eine Sprungfeder und machte dann einen Schritt nach vorn, um das schwere hölzerne *Kreuz* fliegen zu lassen.

Es beschrieb einen Bogen durch die Luft und bohrte sich der fliehenden Ältesten in den krummen Rücken. Sie fiel vornüber und zuckte nur noch einmal kurz, bevor sie reglos liegen blieb.

Im Innenhof wurde es still. Instinktiv drehten sich alle zu Luce um.

»Sie ist okay!«, rief Dee und hob Luces Hand hoch, als hätten sie beide gerade einen Staffellauf gewonnen.

»Daniel!« Luce deutete auf etwas Weißes, das hinter Daniels Rücken in der Kirche verschwand. Als die Doppeltüren sich langsam schlossen, konnten sie hören, wie ein alter Mönch, den sie nicht bemerkt hatten, die Treppe im Inneren hinaufstieg.

»Folgt ihm«, rief Dee und stieg über Presidias geschundenen Leichnam.

Dann rannte sie mit Luce hinter den anderen her. Als sie die Kirche betraten, war sie dunkel und still. Roland deutete auf eine Treppe in der Ecke. Sie führte zu einem kleinen steinernen Bogen, der sich zu einer längeren Treppe öffnete. Es war zu eng, als dass die Engel die Flügel hätten ausbreiten können, daher liefen sie die steilen Stufen hoch, so schnell sie konnten.

»Der Älteste wird uns zu Sophia führen«, flüsterte Daniel, als sie sich unter dem steinernen Durchgang duckten. »Wenn sie die anderen in ihrer Gewalt hat – wenn sie die Reliquie hat …«

Dee legte Daniel energisch eine Hand auf den Arm. »Sie darf nichts von Luces Anwesenheit erfahren. Du musst verhindern, dass der Älteste zu Sophia gelangt.«

Daniels Blick ging zurück zu Luce, dann hinauf zu Roland, der rasch nickte und die Treppe hinaufschoss, als wäre er schon früher durch alte steinerne Festungen gerannt.

Kaum zwei Minuten später wartete er oben an der engen Treppe auf sie. Der Älteste lang tot auf dem Boden, die Lippen blau, die Augen glasig und nass. Roland stand vor einer Tür, hinter der es scharf nach links abging. Auf diesem Treppenabsatz sang jemand etwas, das wie ein Kirchenlied klang.

Luce schauderte.

Daniel bedeutete ihnen zurückzubleiben, während er über den Rand der geschwungenen Treppe spähte. Luce drückte sich an die Steinmauer und konnte von ihrem Platz aus einen kleinen Teil der Kapelle hinter dem Treppenabsatz sehen. Die Mauern waren mit kunstvollen Fresken bemalt und von Dutzenden kleiner Blechlampen erleuchtet, die an Perlenketten von der gewölbten Decke herabhingen. Da war ein kleiner Raum mit einem Mosaik der Kreuzigung, das sich über die gesamte westliche Wand zog. Dahinter befand sich eine Reihe reich geschmückter Säulen, die das Deckengewölbe trugen und über einen Meter breit waren. Sie teilten eine zweite, größere Kapelle ab, die für Luce schwer einzusehen war. Zwischen den beiden Kapellen befand sich ein großer vergoldeter Marienschrein, der mit Blumensträußen und halb heruntergebrannten Opferkerzen bedeckt war.

Daniel legte den Kopf schief. Etwas Rotes huschte an einer der Säulen vorbei.

Eine Frau in einer langen scharlachroten Robe.

Sie beugte sich über einen Altar, dessen große Marmorplatte mit einem weißen Spitzentuch bedeckt war. Auf diesem Altar lag etwas, aber Luce konnte nicht erkennen, was es war.

Die Frau war gebrechlich, aber attraktiv, mit kurzem grauem Haar, das zu einem modischen Bob geschnitten war. Ihre Robe wurde in der Taille von einem farbigen gewebten Gürtel gehalten. Sie entzündete eine Kerze vor dem Altar. Die fließenden Ärmel ihrer Robe glitten zurück, als sie das Knie beugte, und brachten Handgelenke zum Vorschein, die mit Reihen um Reihen von Perlarmbändern geschmückt waren.

Miss Sophia.

Luce schob sich von Daniel weg, um eine Stufe höher hinaufzusteigen, weil sie unbedingt einen besseren Blick haben wollte. Die breiten Säulen verdeckten den größten Teil der Kapelle, aber als Daniel ihr half, ein kleines Stück weiter die Treppe hinaufzugehen, konnte sie mehr sehen. Es gab nicht nur einen, sondern drei Altäre in dem Raum, nicht nur eine, sondern drei in scharlachrote Roben gehüllte Frauen, die überall ringsum rituell Kerzen entzündeten. Luce kannte die beiden anderen nicht.

Sophia wirkte älter und müder als hinter ihrem Bibliothekarsschreibtisch. Luce fragte sich kurz, ob es daran lag, dass sie nicht mehr von Jugendlichen umgeben war, sondern sich mit Wesen herumtrieb, die schon seit Hunderten von Jahren keine Jugendlichen mehr waren. Sophia hatte sich die Lippen blutrot geschminkt. Die Robe aber, die sie trug, war staubig und dunkel von Schweißflecken. Sie war diejenige, die gesungen hatte. Als sie wieder begann, in einer Sprache, die wie Latein klang, aber kein Latein war, krampfte sich Luces ganzer Körper zusammen. Sie erinnerte sich an das Lied.

Es war das Ritual, das Miss Sophia in der letzten Nacht, die Luce an der Sword & Cross verbracht hatte, an ihr vollzogen hatte. Miss Sophia war drauf und dran gewesen, sie zu ermorden, als Daniel durch die Decke gekracht war.

»Reich mir das Seil, Vivina«, sagte Miss Sophia. Sie waren so versunken in ihr düsteres Ritual, dass sie die Engel nicht spürten, die draußen vor der Kapelle an der Treppe hockten. »Gabrielle sieht aus, als hätte sie es etwas zu bequem. Ich würde ihr gern die Kehle zuschnüren.«

Gabbe.

»Wir haben keins mehr«, antwortete Vivina. »Ich musste Cambriel hier doppelt fesseln. Er hat sich gewunden. Ooh, er windet sich immer noch.«

»Oh mein Gott«, flüsterte Luce. Cam und Gabbe waren da. Sie nahm an, dass die Anwesenheit einer dritten Dame in einer Robe bedeutete, dass Molly ebenfalls dort war.

»Gott hat nichts damit zu tun«, murmelte Dee leise. »Und Sophia ist zu verrückt, um es zu wissen.«

»Warum sind die Gefallenen so still?«, wisperte Luce. »Warum leisten sie keinen Widerstand?«

»Ihnen wird nicht klar sein, dass dieser Ort *kein* Heiligtum Gottes ist«, meinte Daniel. »Sie müssen unter Schock stehen – ich würde das jedenfalls tun –, und Sophia nutzt das zu ihrem Vorteil aus. Sie weiß, dass sie Angst haben, alles, was sie tun oder sagen, könnte dazu führen, dass die Kirche in Flammen aufgeht.«

»Ich weiß, wie sie sich fühlen«, flüsterte Luce. »Wir müssen Sophia aufhalten.« Sie ging auf die Tür zu, mutig geworden von der frischen Erinnerung an die Ältesten, die sie draußen getötet hatten, von der Macht der Engel hinter ihr, von Daniels Liebe, von dem Wissen um die beiden Reliquien, die sie bereits entdeckt hatten. Aber eine Hand legte sich ihr auf die Schulter und zog sie zurück auf den Gang.

»Ihr bleibt alle hier«, flüsterte Dee und schaute jeden Engel einzeln an, um sich zu vergewissern, dass sie es verinnerlichten. »Wenn sie euch sehen, werden sie wissen, dass Luce bei euch ist. Wartet hier.« Sie zeigte auf die Säulen, die dick genug waren, dass die drei Engel sich dahinter verstecken konnten. »Ich weiß, wie ich mit meiner Schwester umzugehen habe.«

Ohne ein weiteres Wort schritt Dee in die Kapelle, und ihre Absätze klapperten über den schwarz-weißen Fliesenboden.

»Du schaufelst dir hier in der Grabeskirche gerade selbst dein Grab, Sophia«, bemerkte Dee.

»Wer ist da?«, jaulte Vivina erschrocken mitten im Kniefall.

Dee verschränkte die Arme vor der Brust, während sie um die Altäre ging und in gespielter Missbilligung über die Arbeit der Ältesten mit der Zunge schnalzte. »Sehr schäbige Kleidung. Typisch Sophia, nur das Zweitbeste zu einem Opfer mit Folgen für den Kosmos und die Ewigkeit mitzubringen.«

Luce brannte darauf, die Reaktion auf Miss Sophias Gesicht zu sehen, aber Daniel hielt sie zurück. Es gab ein Kratzen, ein melodramatisches Aufkeuchen und ein grausames, leises Gelächter.

»Ah, ja«, sagte Miss Sophia. »Meine Herumtreiberin von einer Schwester kehrt zurück, gerade rechtzeitig, um meine große Stunde mitzuerleben. Dies wird dein überschätztes Klavierspiel überbieten!«

»Du bist wirklich unglaublich dumm.«

»Weil ich nicht das Seil vom empfohlenen Hersteller habe?« Sophia schnaubte.

»Vergiss es, du einfach gestrickte Zicke«, erwiderte Dee. »Du bist auf viele Dutzende Arten dumm, aber vor allem ist es dumm zu glauben, dass du hiermit durchkommen wirst.«

»Lass dich nicht auf ihr Niveau herab!«, zischte die dritte Älteste.

»Anders ist mit ihr wirklich nicht zu reden«, antwortete Dee.

»Danke, Lyrica, aber ich werde mit Paulina schon fertig«, sagte Sophia, ohne Dee aus den Augen zu lassen. »Oder wie nennen dich die Leute jetzt? Lee, die Todeskralle?«

»Du weißt genau, dass es Dee ist. Und du hast keine Ahnung, warum.«

»Ah, ja, *Dee*. Grooooooßer Unterschied. Nun, genießen wir unser kurzes Wiedersehen, so gut wir können.«

»Lass sie gehen, Sophia.«

»Ich soll sie gehen lassen?« Sophia gackerte. »Aber ich will ihren Tod.« Ihre Stimme schwoll an, und Luce stellte sich vor, wie sie mit der Hand auf die Engel zeigte, die gefesselt auf den Altären lagen. »Vor allem will ich *sie* tot sehen!«

Luce stockte der Atem. Sie wusste, wen die Bibliothekarin meinte.

»Es wird Luzifer nicht daran hindern, dich auszulöschen.« Dee klang beinahe traurig.

»Nun, du weißt ja, was Daddy immer gesagt hat: ›Wir werden sowieso in der Hölle landen‹. Da könnten wir genauso gut versuchen, zu bekommen, was wir wollen, während wir auf dieser Erde weilen. Wo ist sie, Dee?«, zischte Sophia. »Wo ist Lucinda, dieses wimmernde Kind?«

»Woher soll ich das wissen?« Dees Stimme war ruhig. »Aber ich bin gekommen, um dich daran zu hindern, es herauszufinden.«

Jetzt erlaubte Daniel Luce, sich ein wenig näher an den Eingang der ersten Kapelle zu drücken.

»Ich hasse dich!«, rief Sophia und stürzte sich auf Dee. Roland drehte sich zu Daniel um und fragte mit den Augen, ob sie eingreifen sollten. Daniel schien den Fähigkeiten des Desideratums zu vertrauen. Er schüttelte kurz den Kopf.

Die anderen Ältesten, die Sophia unterstützten, beobachteten von ihren Altären aus, wie die beiden Schwestern sich über den Boden wälzten. Mal konnte Luce sie sehen, mal nicht. Erst war Dee oben, dann Sophia, dann wieder Dee.

Dees Hände fanden Sophias Hals und drückten zu. Das Gesicht der alten Bibliothekarin aus der Sword & Cross lief rot an, während sie Dee die Hände gegen die Brust stemmte und um ihr Leben kämpfte.

Langsam zog Sophia ein Knie hoch und bohrte es ihrer Schwester in den Bauch, um sie zurückzustoßen. Dee drückte die Arme durch, um den Griff um Sophias Hals nicht lockern zu müssen. Sie schaute auf das zornverzerrte Gesicht ihrer Schwester hinab, die Augen von brennendem Hass erfüllt.

»Dein Herz ist schwarz geworden, Sophia«, sagte Dee, und in ihrer Stimme klang Wehmut mit. »Es ist, als sei ein Licht erloschen. Niemand kann es wieder einschalten. Wir können nur versuchen, dich daran zu hindern, uns im Dunkeln zu überwältigen.« Dann ließ sie Sophia los und erlaubte ihr, die Lungen in einem gewaltigen, panischen Atemzug zu füllen.

»Du hast mich verraten«, keuchte Sophia, während Dee den Kragen ihrer Schwester in die Hände nahm, die Augen schloss und sich daran machte, Sophias Schädel gegen die Fliesen des Mosaikbodens zu schlagen.

Aber stattdessen erklang ein lang gezogenes Kreischen, als Dee in die Luft geschleudert wurde. Sophia hatte sie mit einer Kraft getreten, von der Luce vergessen hatte, dass die alte Frau sie besaß. Sophia sprang auf die Füße. Sie schwitzte und war rot im Gesicht, und ihr weißes Haar stand zu allen Seiten ab, als sie zu der Stelle rannte, wo Dee mehrere Schritte entfernt gelandet war. Luce erhob sich auf die Zehenspitzen und zuckte zusammen, als sie sah, dass Dees Augen geschlossen waren.

»Ha!« Sophia kehrte zu den Altären zurück und griff unter jenen, auf dem Cam gefesselt lag. Sie zog einen Köcher mit Sternenpfeilen hervor.

Draußen in der Nische warf Roland Daniel erneut einen Blick zu. Diesmal nickte Daniel.

Sofort flogen Arriane, Annabelle und Roland aus ihren Verstecken in den Raum. Roland stürzte sich auf Miss Sophia, aber im letzten Moment duckte sie sich und wich ihm geschickt aus. Sein Flügel schlug ihr ins Gesicht, doch sie hatte sich seinem Griff entzogen.

Die beiden anderen Ältesten kauerten sich vor den Engelflügeln in panischer Furcht zusammen. Annabelle hielt sie zurück, während Arriane ein Schweizer Armeemesser aus ihrer Tasche aufklappen ließ – das rosafarbene, dasselbe, das Luce benutzt hatte, um dem Mädchen vor Monaten die Haare zu schneiden – und sägte an den Seilen, die Gabbe auf dem Altar festhielten.

»Hört auf, oder ich werde ihn töten!«, rief Sophia den Engeln zu, während sie eine Faust voller Pfeile herauszog und auf Cam sprang. Sie setzte sich rittlings auf ihn und hob die silbernen Schäfte über seinen Kopf.

Sein dunkles Haar war verfilzt und fettig. Seine Hände

waren bleich und zitterten. Miss Sophia betrachtete diese Einzelheiten mit einem Feixen.

»Ich liebe es ja so sehr, einen Engel *sterben* zu sehen.« Sie gackerte und hielt die Sternenpfeile hoch. »Und noch dazu so einen arroganten.« Sie schaute wieder auf Cam hinab. »Sein Tod wird ein schöner Anblick sein.«

»Nur zu.« Cams Stimme erklang zum ersten Mal, leise und gleichmäßig. Luce schrie beinahe auf, als sie ihn murmeln hörte: »Ich habe nie um ein Happy End gebeten.«

Luce hatte beobachtet, wie Sophia Penn mit bloßen Händen und ohne Reue getötet hatte. Es würde nicht wieder geschehen. *»Nein!«*, rief Luce und kämpfte gegen Daniels Griff an, sodass sie ihn mit sich in die Kapelle zerrte.

Langsam drehte Miss Sophia sich herum, die Sternenpfeile in der Faust umklammernd. Ihre Augen glänzten silbern und ihre dünnen Lippen verzogen sich zu einem schauerlichen Lächeln.

»Wir müssen sie aufhalten, Daniel!«

»Nein, Luce, es ist zu gefährlich.«

»Oh, da bist du ja, Liebes.« Miss Sophia strahlte. »Und Daniel Grigori! Wie nett. Ich habe auf euch gewartet.« Dann zwinkerte sie und schwang das dichte Bündel Sternenpfeile über ihrem Kopf und zielte direkt auf Daniel und Luce.

Zwölf

Ungeweihtes Wasser

Es geschah in dem gebrochenen Bruchteil einer Sekunde: Roland griff Miss Sophia an und warf sie zu Boden. Aber er kam einen halben Herzschlag zu spät.

Fünf silberne Sternenpfeile segelten lautlos durch den leeren Raum der Kapelle. Ihr Bündel löste sich im Flug und schien für einen Moment auf dem Weg zu Daniel und Luce in der Luft zu hängen.

Daniel.

Luce drückte sich wieder an seine Brust. Daniel hatte den entgegengesetzten Instinkt: Er zog sie fest an sich und riss sie hart zu Boden.

Zwei gewaltige Flügelpaare tauchten unvermittelt von rechts und von links auf und kreuzten sich vor Luce. Ein Paar war von einem strahlenden Kupfergold, das andere von reinstem silbrigem Weiß. Sie füllten den Raum vor ihr und Daniel wie riesige, gefiederte Wandschirme – und dann waren sie in einem Wimpernschlag fort.

Etwas zischte Luce am linken Ohr vorbei. Sie drehte sich um und sah einen einzelnen Sternenpfeil von der grauen Steinmauer abprallen und zu Boden klappern. Die anderen Sternenpfeile waren verschwunden.

Ein feiner schimmernder Sand rieselte rings um Luce zu Boden.

Sie blinzelte durch den Nebel aus Staub. Daniel hockte neben ihr. Eine erregte Dee kämpfte auf einer sich windenden Miss Sophia. Annabelle stand über den anderen Ältesten, die leblos am Boden lagen. Arriane hielt ein leeres Stück Seil und ihr Schweizer Armeemesser in den zitternden Händen. Cam, noch immer auf dem Altar gefesselt, war benommen.

Gabbe und Molly, gerade von ihren Altären von Arriane befreit …

Verschwunden.

Und Luce und Daniel waren mit einer Staubschicht bedeckt.

Nein.

»Gabbe … Molly …« Luce erhob sich auf die Knie. Sie streckte die Hände aus und untersuchte sie, als hätte sie noch nie zuvor Hände gesehen. Kerzenlicht brach sich auf ihrer Haut und gab dem Staub einen sanften schimmrigen Goldton, der sich wiederum zu einem leuchtenden, glitzernden Silber wandelte, als sie die Hände umdrehte, um die Innenflächen zu betrachten. »Nein nein nein nein nein nein nein nein.«

Sie schaute zurück und begegnete Daniels Blick. Sein Gesicht war aschfahl, und seine Augen brannten in einem solch konzentrierten Violett, dass es schwer war, hineinzuschauen.

Das wurde noch schwerer, als Tränen ihr die Sicht nahmen.

»Warum haben sie …?«

Für einen Moment war alles still.

Dann zerriss ein animalisches Brüllen den Raum.

Cam zerrte sein rechtes Bein mit Gewalt aus den Seilen, die es gefesselt hatten, und riss sich dabei den Knöchel auf. Mit äußerster Anstrengung versuchte er, seine Handgelenke zu befreien und brüllte, als er die rechte Hand aus den Fesseln löste und dabei seinen Flügel zerfetzte, der von einem Eisenpfahl gehalten wurde, und sich die Schulter ausrenkte. Sein Arm baumelte auf eine unheimliche überlängte Art von seiner Schulter, als sei er beinahe abgerissen worden.

Er stieß vom Altar auf Sophia hinab und schob Dee beiseite. Die Wucht warf alle drei zu Boden. Cam landete auf Sophia, die auf der Seite lag, und versuchte, sie mit seinem Gewicht zu zerquetschen. Sie stieß ein gequältes Heulen aus, dann zog sie sich die Arme schwach vors Gesicht, als Cam die Hände nach ihrem Hals ausstreckte.

»Erwürgen ist die intimste Art, jemanden zu töten«, sagte Cam, als unterrichte er *Gewalt für Anfänger.* »Jetzt zeigen Sie uns die Schönheit Ihres Todes.«

Aber Miss Sophias Kampf war hässlich. Gurgler und Grunzlaute kamen blubbernd aus ihrer Kehle. Cam drückte fester zu, und er schlug ihren Kopf brutal auf den Boden, wieder und wieder und wieder. Blut begann aus dem Mund der alten Frau zu sickern, dunkler als ihr Lippenstift.

Daniel berührte Luce am Kinn und drehte sie zu sich um. Er fasste sie an den Schultern. Sie sahen einander wieder in die Augen und suchten nach einer Möglichkeit, Sophias ersticktes Stöhnen auszublenden.

»Gabbe und Molly wussten, was sie taten«, flüsterte Daniel.

»Sie wussten, dass sie getötet werden würden?«, fragte Luce.

Hinter ihnen wimmerte Sophia, die jetzt beinahe so klang, als hätte sie akzeptiert, dass dies die Art war, wie sie sterben würde.

»Sie wussten, dass Luzifer aufzuhalten wichtiger ist als ein individuelles Leben«, erwiderte Daniel. »Mehr als alles andere, das geschehen ist, sollte es dich davon überzeugen, wie dringend unsere Aufgabe hier ist.«

Die Stille um sie herum war laut. Von Miss Sophia kam kein blutiges Husten mehr. Luce brauchte nicht hinzuschauen, um zu wissen, was das bedeutete.

Ein Arm legte sich ihr um die Taille. Eine vertraute schwarze Mähne ruhte an ihrer Schulter. »Kommt«, sagte Arriane, »sehen wir zu, dass wir euch beide sauber bekommen.«

Daniel überließ Luce Arriane und Annabelle. »Geht ihr Mädchen voraus.«

Luce folgte benommen den Engeln. Die beiden führten sie in den hinteren Teil der Kapelle und öffneten mehrere Schränke, bis sie fanden, wonach sie gesucht hatten: eine kleine schwarz lackierte Tür, durch die man in einen runden, fensterlosen Raum gelangte.

Annabelle entzündete einen Armleuchter auf einem gekachelten Tisch neben der Tür, dann zündete sie einen zweiten in einer steinernen Nische an. Der Raum mit seinen Ziegelwänden hatte die Größe einer geräumigen Speisekammer und war bis auf ein erhöhtes achteckiges Taufbecken leer. Das Becken schmückte innen ein Mosaik aus grünen und blauen Steinen, außen ein umlaufendes Marmorfries mit Engeln, die auf die Erde hinabstiegen.

Luce fühlte sich innerlich elend und tot. Selbst das Taufbecken schien sie zu verspotten. Hier war sie – das Mädchen, dessen verfluchte Seele irgendwie wichtig war, zu haben war, weil sie als Kind nie getauft worden war –, und stand im Begriff, den Staub zweier toter Engel abzuwaschen. War die Rettung von Daniel und ihr die Seelen von Gabbe und Molly wert gewesen? Wie konnte das sein? Diese »Taufe« brach Luces bereits gebrochenes Herz noch ein wenig mehr.

»Keine Sorge«, sagte Arriane, die ihre Gedanken las. »Es wird nicht zählen.«

Annabelle fand Wasserhähne in der Ecke des Raumes, hinter dem Taufstein. Sie kippte einen großen Holzeimer nach dem anderen mit dampfend heißem Wasser in das Becken. Arriane stand neben Luce und sah sie nicht an, hielt nur ihre Hand. Als das Bad voll war und blaugrün von den Kacheln schimmerte, hoben Annabelle und Arriane Luce über das Wasser. Sie trug immer noch ihren Pullover und die Jeans. Sie hatten nicht daran gedacht, sie auszuziehen, aber dann bemerkten sie ihre Stiefel.

»Hoppla«, murmelte Annabelle leise und zog ihr die Stiefel aus und warf sie beiseite. Arriane hob das silberne Medaillon über Luces Kopf und schob es in einen Stiefel. Ihre Flügel flatterten, als sie vom Boden abhoben, um Luce in das warme Wasser hinabzulassen.

Luce schloss die Augen, ließ den Kopf unter Wasser gleiten und blieb eine Weile so. Wenn sie eine Träne vergoss, würde sie es nicht merken, solange sie unter Wasser blieb. Sie wollte nichts fühlen. Es war, als sei Penn noch einmal gestorben, und neuer Schmerz wühlte alten Schmerz wieder auf, der sich für Luce immer noch neu anfühlte.

Nach einer Zeit, die ihr sehr lang vorgekommen war, spürte sie, wie ihr Hände unter die Arme griffen, um sie im Becken aufzurichten. Auf der Wasseroberfläche schwamm eine Schicht aus grauem Staub. Er schimmerte nicht mehr.

Luce riss den Blick davon erst los, als Annabelle begann, ihr den Pullover über den Kopf zu ziehen. Sie spürte, wie er ihr ausgezogen wurde, gefolgt von dem T-Shirt, das sie darunter getragen hatte. Sie fummelte an dem Knopf ihrer Jeans. Wie viele Tage hatte sie diese Kleider schon getragen? Es war seltsam, von ihnen befreit zu sein, als lege man eine Hautschicht ab und betrachte sie auf dem Boden.

Sie fuhr sich mit der Hand durch das nasse Haar, um es sich aus dem Gesicht zu streichen. Ihr war nicht bewusst gewesen, wie schmutzig es war. Dann setzte sie sich auf die Bank im hinteren Teil des Beckens, lehnte sich an den Rand und begann zu bibbern. Annabelle goss heißes Wasser in die Wanne nach, aber Luces Zittern hörte nicht auf.

»Wenn ich nur im Flur geblieben wäre, wie Dee es mir gesagt hatte …«

»Dann wäre Cam jetzt tot«, unterbrach Arriane sie. »Oder jemand anders. Sophia und ihr Clan hätten heute so oder so Staub gemacht. Wir haben es alle gewusst, nur du nicht.« Sie seufzte. »Du bist aus der Deckung gekommen und hast versucht, Cam zu retten. Dazu gehört mächtig Arsch in der Hose, Luce.«

»Aber *Gabbe* …«

»Wusste, was sie tat.«

»Das hat Daniel auch gesagt. Aber warum sollte sie sich opfern, um …«

»Weil sie darauf gesetzt hat, dass Daniel und du und wir Erfolg haben werden.« Arriane stützte am Rand der Wanne das Kinn auf den Arm. Sie zog einen Finger durchs Wasser und durchbrach die Staubschicht. »Aber dieses Wissen macht es nicht leichter. Wir haben sie alle sehr geliebt.«

»Sie kann nicht wirklich fort sein.«

»Sie *ist* fort. Fort von dem höchsten Altar der Schöpfung.«

»Was?« Das hatte Luce nicht gemeint. Sie meinte, dass Gabbe ihre Freundin gewesen war.

Arriane legte die Stirn in Falten. »Gabbe war der höchste der Erzengel – hast du das nicht gewusst? Ihre Seele war viel wert, sie war … ich weiß nicht einmal, wie viele andere sie wert gewesen ist. Ich weiß nur, dass sie sehr wertvoll war.«

Luce hatte noch nie darüber nachgedacht, welchen Rang ihre Freunde im Himmel hatten, aber jetzt dachte sie daran, wie Gabbe auf sie aufgepasst hatte, für sie gesorgt hatte, ihr etwas zu essen oder Kleidung oder einen Rat gegeben hatte. Sie war Luce' freundliche himmlische Mutter gewesen. »Was bedeutet ihr Tod?«

»Vor langer Zeit hat Luzifer den ersten Rang bekleidet«, sagte Annabelle. Nach einer Pause warf sie Luce einen Blick zu und bemerkte ihren Schock. »Er war ganz oben, wo die Action ist. Dann hat er rebelliert und Gabbe ist aufgestiegen.«

»Obwohl es ein zweifelhafter Segen ist, direkt unter dem Thron zu rangieren«, murmelte Arriane. »Dein alter Kumpel Bill könnte dir da einiges erzählen.«

Luce wollte fragen, wer nach Gabbe kam, aber irgendetwas hinderte sie daran. Vielleicht war es einst Daniel gewesen, aber sein Platz im Himmel war in Gefahr, weil er sich immer wieder für Luce entschied.

»Was ist mit Molly?«, fragte Luce schließlich. »Wiegt ihr Tod … Gabbes auf? In Bezug auf das Gleichgewicht zwischen Himmel und Hölle?« Sie kam sich gefühllos vor, über ihre Freunde zu reden, als seien sie Dinge – aber sie wusste auch, dass es nun auf die Antwort ankam.

»Molly war auch wichtig, aber sie stand im Rang etwas weiter unten«, erklärte Annabelle. »Das war natürlich vor dem Sturz, als sie sich auf die Seite von Luzifers Heerschar gestellt hat. Ich weiß, wir sollen nicht schlecht von den Zerstaubten sprechen, aber Molly hat mich wirklich genervt. Sie war so negativ.«

Luce nickte schuldbewusst.

»Aber in letzter Zeit war sie verändert. Es war, als sei sie aufgewacht.« Annabelle sah Luce an. »Um deine Frage zu beantworten, das Gleichgewicht zwischen Himmel und Hölle kann immer noch hergestellt werden. Wir müssen einfach abwarten, wie die Dinge sich entwickeln. Eine Menge Dinge, die jetzt von Bedeutung sind, werden unwichtig, falls Luzifer Erfolg haben sollte.«

Luce hörte Arriane, die hinter der Tür verschwunden war, dreimal hintereinander niesen. »Hallo, Mottenkugeln!« Als sie wieder zum Vorschein kam, hielt sie ein weißes Handtuch und einen übergroßen, karierten Bademantel in den Händen. »Das wird vorerst genügen müssen. Wir besorgen dir etwas anderes zum Anziehen, bevor wir Jerusalem verlassen.«

Als Luce nicht aus der Wanne kam, schnalzte Arriane mit der Zunge, als wolle sie ein Pferd aus dem Stall locken, und hielt das Handtuch für Luce bereit. Luce stand auf und fühlte sich wie ein Kind, als Arriane sie in das Handtuch einwickelte und sie abtrocknete. Das Handtuch war dünn und rau, aber der Bademantel war dick und warm.

»Wir müssen abhauen, bevor die Touristenhorden einfallen«, sagte Arriane und sammelte Luces Stiefel ein.

Als sie den Taufraum verlassen hatten und in die Kapelle zurückgekehrt waren, war die Sonne aufgegangen. Sie schien durch die Darstellung von Christi Himmelfahrt in dem Glasfenster und warf bunte Lichtstrahlen in den Raum.

Unter dem Fenster lagen die aneinandergefesselten Leichen von Miss Sophia und den beiden anderen Ältesten.

Die Mädchen gingen nach vorne in die größere Kapelle, wo Cam, Roland und Daniel auf dem mittleren Altar saßen und sich leise unterhielten. Cam trank die letzte Sternenpfeil-Cola aus Phils schwarzer Ledertasche. Luce konnte *sehen,* wie sein blutiger Knöchel verschorfte und wie dann der Schorf abzublättern begann. Er schluckte den letzten Tropfen hinunter und ließ die Schulter mit einem Knacken wieder in ihr Gelenk zurückspringen.

Die Jungen schauten auf und sahen Luce zwischen Annabelle und Arriane stehen. Alle drei sprangen vom Altar, aber Cam trat als Erster auf Luce zu.

Sie stand vollkommen reglos da, während er näher kam. Ihr Herz klopfte schnell.

Seine Haut war bleich und ließ das Grün seiner Augen wie Smaragde erscheinen. An seinem Haaransatz hatte sich Schweiß gebildet und er hatte einen kleinen Kratzer am linken Auge. Seine Flügelspitzen hatten aufgehört zu bluten und waren mit einer Art edlem Mull verbunden worden.

Er lächelte sie an. Ergriff ihre Hände. Seine waren warm und lebendig. Es hatte einen Moment gegeben, da Luce gedacht hatte, dass sie ihn vielleicht nie wiedersehen würde, dass sie nie wieder seine Augen leuchten sehen, nie wieder zusehen würde, wie seine goldenen Flügel sich entfalteten, dass sie nie wieder hören würde, wie seine Stimme lauter wurde, wenn er einen düsteren Scherz machte … und obwohl sie Daniel mehr liebte als alles andere, mehr als sie es je für möglich gehalten hätte, konnte Luce es nicht ertragen, Cam zu verlieren. Das war es, was sie dazu gebracht hatte, sich in den Raum zu stürzen. »Danke«, sagte er.

Luce spürte, dass ihre Lippen zitterten und ihre Augen brannten. Bevor sie wusste, was sie tat, fiel sie Cam um den

Hals, spürte seine Hände auf ihrem Rücken. Als sein Kinn auf ihrem Kopf ruhte, begann sie zu weinen.

Er ließ sie weinen. Hielt sie fest. Er flüsterte: »Du bist so mutig.«

Dann bewegten sich Cams Arme und er zog sich leicht zurück. Für eine Sekunde fühlte sie sich kalt und schutzlos, aber dann nahm jemand anders Cams Stelle ein. Und ohne die Augen zu öffnen, wusste sie, dass es Daniel war. Kein anderer Körper im Universum passte so gut zu ihrem.

»Was dagegen, wenn ich mich einschalte?«, fragte er leise.

»Daniel ...« Sie ballte die Fäuste und drückte ihn fest, wollte den Schmerz hinauspressen.

»Scht.« Er hielt sie, und es kam ihr wie Stunden vor, wiegte sie sanft, eingehüllt in seine Schwingen, bis ihre Tränen versiegt waren und ihr Herz wieder leicht genug geworden war, dass sie atmen konnte, ohne zu schluchzen.

»Wenn ein Engel stirbt«, sagte sie an seiner Schulter, »kommt er dann in den Himmel?«

»Nein«, antwortete er. »Für einen Engel gibt es nichts nach dem Tod.«

»Wie kann das sein?«

»Der Thron hat nicht vorausgesehen, dass ein Engel rebellieren würde, geschweige denn, dass der gefallene Engel Asasel Jahrhunderte in einer tiefen griechischen Höhle über einem Feuer verbringen und eine Waffe entwickeln würde, um Engel zu töten.«

Wieder bebte ihre Brust. »Aber ...«

»Scht«, flüsterte er. »Trauer kann dich ersticken. Sie ist gefährlich, noch etwas, das du besiegen musst.«

Sie holte tief Luft und lehnte sich weit genug zurück, um

sein Gesicht zu sehen. Ihre Augen waren geschwollen und müde, und Daniels Hemd war nass von ihren Tränen, als hätte sie ihn mit ihrem Kummer getauft.

Hinter Daniels Schulter, auf dem Altar, auf dem Gabbe gefesselt gewesen war, glänzte etwas Silbernes. Es war ein riesiger Kelch, so groß wie eine Punschschale, aber von länglicher Form und aus gehämmertem Silber.

»Ist sie das?« War das die Reliquie, die ihre Freunde das Leben gekostet hatte?

Cam ging darauf zu und hob den Kelch hoch. »Wir haben ihn am Fuße der Pont Saint-Bénézet gefunden, unmittelbar bevor die Ältesten uns überrascht haben.« Er schüttelte den Kopf. »Ich hoffe stark, dass dieser Spucknapf es wert ist.«

»Wo ist Dee?« Luce sah sich nach der Person um, die am ehesten etwas über die Bedeutung der Reliquie wissen konnte.

»Sie ist unten«, erklärte Daniel. »Die Kirche ist vor Kurzem für die Besucher geöffnet worden, deshalb ist Dee nach unten gegangen, um eine kleine Patina um die Leichen der Ältesten zu bilden. Jetzt steht sie am Fuß der Treppe mit einem Schild, auf dem steht, dass dieser ›Flügel‹ wegen Renovierung geschlossen sei.«

»Und das hat funktioniert?«, fragte Annabelle beeindruckt.

»Bisher ist noch niemand an ihr vorbeigekommen. Gläubige Touristen sind keine Hooligans«, meinte Cam grinsend. »Stürmt die Gebetskissen!«

»Wie kannst du jetzt Witze machen?«, fragte Luce.

»Wieso denn nicht?«, konterte Cam düster. »Soll ich vielleicht heulen?«

Ein Klopfen erklang am Fenster auf der anderen Seite der Kapelle. Die Engel versteiften sich, während Cam durch den Raum ging, um die Scheibe neben der Glasmalerei zu öffnen. Er biss die Zähne zusammen. »Haltet die Sternenpfeile bereit!«

»Cam, warte!«, rief Daniel. »Nicht schießen.«

Cam hielt inne. Einen Moment später schlüpfte ein Junge in einem hellbraunen Trenchcoat durch das offene Fenster. Sobald er auf den Füßen war, hob Phil seinen kurz geschorenen blonden Kopf und richtete seine toten weißen Augen auf Cam.

Cam knurrte: »Du bist verloren, Outcast.«

»Sie stehen jetzt auf unserer Seite, Cam.« Daniel zeigte auf die Feder aus seinem eigenen Flügel, die an Phils Revers steckte.

Cam schluckte und verschränkte die Arme vor der Brust. »Entschuldigung. Das wusste ich nicht.« Er räusperte sich und fügte hinzu: »Das erklärt, warum die Outcasts, die wir auf der Brücke in Avignon gesehen haben, gegen die Ältesten kämpften, als wir eintrafen. Sie hatten keine Chance, etwas zu erklären, bevor sie alle ...«

»Getötet wurden«, beendete Phil den Satz. »Ja. Die Outcasts haben sich für eure Sache geopfert.«

»Das Universum ist die Sache aller«, sagte Daniel, und Phil nickte.

Luce ließ den Kopf hängen. All dieser Staub auf der Brücke. Es war ihr gar nicht in den Sinn gekommen, dass er von den getöteten Outcasts herrühren konnte. Sie hatte sich zu große Sorgen um Gabbe, Molly und Cam gemacht.

»Diese letzten Tage waren ein schwerer Schlag für die Outcasts«, bemerkte Phil. Seine Stimme verriet einen Anflug von Trauer. »Viele wurden in Wien von der Waage gefangen. Viele weitere sind in Avignon den Ältesten zum Opfer gefallen. Vier von uns sind noch übrig. Darf ich sie hereinführen?«

»Natürlich«, sagte Daniel.

Phil streckte eine Hand zum Fenster aus, und drei weitere hellbraune Trenchcoats schlüpften durch die offene Scheibe: ein Mädchen, das Luce nicht kannte und das Phil als Phresia vorstellte, Vincent, einer der Outcasts, die auf dem Berg Sinai für Luce und Daniel Wache gestanden hatten, und Olianna, das blasse Mädchen von dem Palastdach in Wien. Luce lächelte sie an, obwohl sie wusste, dass sie es nicht sehen konnte. Aber Luce hoffte, dass Olianna es spüren konnte, denn Luce war froh darüber, dass sie sich erholt hatte. Die Outcasts sahen wie Geschwister aus, bescheiden, attraktiv und erschreckend bleich.

Phil deutete auf die toten Ältesten unter dem Fenster. »Es sieht so aus, als würdet ihr ein wenig Hilfe bei der Entsorgung dieser Leichen brauchen. Dürfen die Outcasts sie euch abnehmen?«

Daniel stieß ein überraschtes Lachen aus. »Gerne.«

»Aber erweist diesen platten Rentnerratten auf keinen Fall Respekt«, fügte Cam hinzu.

»Phresia.« Phil nickte dem Mädchen zu, und Phresia ließ sich vor den Leichen auf die Knie fallen, warf sie sich über die Schultern, entfaltete ihre schlammbraunen Flügel und schoss durchs Fenster. Luce sah ihr nach, wie sie durch den Himmel flog, und warf einen letzten Blick auf Miss Sophia.

»Was ist in der Reisetasche?« Cam zeigte auf die dunkelblaue Leinentasche, die Vincent über der Schulter trug.

Phil bedeutete Vincent, die Tasche auf den zentralen Altar

zu stellen. Sie landete schwer mit einem dumpfen Aufprall. »In Venedig hat Daniel Grigori mich gefragt, ob ich für Lucinda Price etwas zu essen hätte. Ich habe bedauert, dass alles, was ich anbieten konnte, billige, ungesunde Snacks waren, wie sie meine italienischen Freundinnen – allesamt Models – bevorzugen. Diesmal habe ich ein sterbliches israelisches Mädchen gefragt, was sie gerne isst. Sie hat mich zu etwas geführt, das sie als Falafel-Stand bezeichnet hat.« Phil zuckte die Achseln.

»Willst du damit sagen, ich blicke auf einen massiven Falafelklotz?« Roland zog zweifelnd die Augenbraue hoch und betrachtete Vincents ausgebeulte Tasche.

»Oh nein«, sagte Vincent. »Die Outcasts haben auch Hummus gekauft, Pita, eingelegtes Gemüse, einen Behälter mit etwas, das Taboulé heißt, außerdem Gurkensalat und frischen Granatapfelsaft. Hast du Hunger, Lucinda Price?«

Es war eine absurde Menge köstlicher Speisen. Irgendwie kam es ihnen falsch vor, auf den Altären zu essen, daher breiteten sie das Sammelsurium auf dem Boden aus, und alle – Outcasts, Engel und Sterbliche – machten sich darüber her. Die Stimmung war ernst, aber das Essen war sättigend und heiß und genau das, was sie alle zu brauchen schienen. Luce zeigte Olianna und Vincent, wie man ein Falafel-Sandwich machte, Cam bat Phil sogar, ihm den Hummus zu reichen. Irgendwann flog Arriane zum Fenster hinaus, um neue Kleider für Luce zu suchen. Sie kehrte mit einer verblichenen Jeans zurück, einem weißen T-Shirt mit V-Ausschnitt und einer coolen israelischen Splitterschutzweste mit einem Aufnäher, der eine orangegelbe Flamme darstellte.

»Dafür musste ich einen Soldaten küssen«, stellte sie fest, aber ihrer Stimme fehlte die angeberische Leichtigkeit, die sie gehabt hätte, wenn sie ihre Show auch vor Gabbe und Molly abgezogen hätte.

Als keiner von ihnen mehr essen konnte, erschien Dee in der Tür. Sie begrüßte die Outcasts höflich und legte Daniel eine Hand auf die Schulter. »Hast du die Reliquie, mein Lieber?«

Bevor Daniel antworten konnte, entdeckte Dee den Kelch. Sie hob ihn hoch, drehte ihn in den Händen und untersuchte ihn sorgfältig von allen Seiten. »Die silberne Feder«, flüsterte sie. »Hallo, alter Freund.«

»Ich schätze, sie weiß, was man damit machen muss«, meinte Cam.

»Sie weiß es«, antwortete Luce.

Dee zeigte auf eine Messingplatte, die in eine der Längsseiten des Kelchs eingelassen war, und murmelte leise vor sich hin, als würde sie lesen. Sie strich über das eingravierte Bild. Luce rückte näher heran, um es besser sehen zu können. Es glich Engelsflügeln im freien Fall.

Schließlich schaute Dee mit einem seltsamen Ausdruck zu ihnen auf. »Nun, jetzt ergibt alles einen Sinn.«

»Was ergibt einen Sinn?«, fragte Luce.

»Mein Leben. Meine Aufgabe. Wohin wir gehen müssen. Es ist Zeit.«

»Zeit wofür?«, hakte Luce nach. Sie hatten jetzt alle Reliquien beisammen, aber was mussten sie nun tun?

»Zeit für meinen letzten Akt, Liebes«, erwiderte Dee warm. »Keine Sorge, ich werde euch Schritt für Schritt führen.«

»Zum Berg Sinai?« Daniel erhob sich vom Boden und half Luce auf die Füße.

»Fast.« Dee schloss die Augen und holte tief Luft, als

wollte sie die Erinnerung aus ihren Lungen ziehen. »Es gibt dort zwei Bäume in den Bergen, etwa eine Meile oberhalb des Katharinenklosters. Dort müssen wir hin. Die Stelle heißt *Qayom Malak.*«

»*Qayom Malak* … *Qayom Malak*«, wiederholte Daniel. Die Worte klangen wie *Kajome Malaka.* »Darüber steht etwas in meinem Buch.« Er zog den Reißverschluss der Tasche auf und blätterte leise murmelnd einige Seiten um. Schließlich hielt er Dee das Buch hin. Luce trat vor, um ebenfalls hineinzuschauen. Unten auf Seite hundert zeigte Daniel auf eine verblasste Notiz, die in einer Sprache geschrieben war, die Luce nicht kannte. Neben der Notiz hatte er dreimal die gleiche Gruppe von Buchstaben geschrieben:

qywm' ml'k'. qywm' ml'k'.
qywm' ml'k'.

»Gut gemacht, Daniel.« Dee lächelte. »Du hast es die ganze Zeit über gewusst. Obwohl *Qayom Malak* für moderne Zungen viel leichter auszusprechen ist als …« Sie gab eine Abfolge von komplizierten kehligen Lauten von sich, die Luce nicht hätte wiederholen können.

»Aber ich weiß nicht, was es bedeutet«, sagte Daniel.

Dee schaute zu dem offenen Fenster hinaus, auf den Nachmittagshimmel über der heiligen Stadt. »Schon bald wirst du es wissen, mein Junge. Sehr bald wirst du es wissen.«

Dreizehn

Die Ausgrabung

Über ihr das Rauschen schlagender Flügel. Schwaden ziehender Wolken, die ihr über die Haut glitten.

Luce stieg durch die Dunkelheit berauscht in die Höhe. Sie war so schwerelos wie der Wind.

Ein einziger Stern hing in der Mitte des dunkelblauen Himmels, hoch über dem hellen Band am Horizont in den Farben des Regenbogens.

Funkelnde Lichter auf dunklem Boden schienen unglaublich weit entfernt zu sein. Luce war in einer anderen Welt, stieg in die Unendlichkeit auf, erhellt vom Schein strahlender silberner Flügel.

Sie schlugen wieder, drängten nach vorne, dann nach hinten, trugen sie höher … höher …

Die Welt war still hier oben, als hätte sie sie ganz für sich allein.

Höher … höher …

Ganz gleich, wie hoch sie war, wurde sie immer von dem warmen silbernen Flügellicht beschirmt.

Sie griff nach Daniel, als wolle sie diesen Frieden mit ihm teilen, um seine Hand zu streicheln, wo sie immer ruhte, um ihre Taille. Ihre Hand fand ihre eigene nackte Haut. Seine Hand war nicht da.

Daniel war nicht da.

Da war nur ihr eigener Körper und ein dunkler werdender Horizont und ein einziger ferner Stern.

Sie schreckte aus dem Schlaf auf. Hoch oben, wach, fand sie Daniels Hände wieder – eine an ihrer Taille, die andere höher, um ihre Brust geschmiegt. Genau da, wo sie immer waren.

Es war später Nachmittag – nicht Nacht. Sie und Daniel und die anderen stiegen eine Leiter aus weichen weißen Wolken empor, die die Sterne verbargen.

Nur ein Traum.

Ein Traum, in dem *Luce* diejenige gewesen war, die flog. Jeder hatte diese Träume. Angeblich wurde man wach, kurz bevor man auf dem Boden aufschlug. Aber Luce, die jeden Tag im wirklichen Leben flog, war erwacht, als ihr klar geworden war, dass sie aus eigener Kraft flog. Warum hatte sie dann nicht nach oben geblickt, um zu schauen, wie ihre Flügel aussahen, um zu sehen, ob sie herrlich und stolz waren?

Sie schloss die Augen und wollte an diesen anderen Himmel zurückkehren, wo Luzifer nicht auf sie zugedonnert kam, wo Gabbe und Molly nicht verloren waren.

»Ich weiß nicht, ob ich das kann«, sagte Daniel.

Sie riss die Augen auf, zurück in der Realität. Die Granitgipfel der Sinai-Halbinsel unten waren so zerklüftet, dass sie aussahen, als bestünden sie aus Splittern von zerbrochenem Glas.

»Was kannst du nicht?«, fragte Luce. »Den Ort des Sturzes finden? Dee wird uns helfen, Daniel. Ich glaube, sie weiß genau, wo er ist.«

»Klar«, sagte er, nicht überzeugt. »Dee ist toll. Wir haben das Glück, sie bei uns zu haben. Aber selbst wenn wir den

Ort des Sturzes finden, weiß ich nicht, wie wir Luzifer aufhalten sollen. Und wenn wir das nicht können« – seine Brust hob sich in ihrem Rücken – »kann ich nicht noch einmal siebentausend Jahre durchstehen, in denen ich dich verliere.«

Im Laufe ihrer Leben hatte Luce Daniel grüblerisch gesehen, frustriert, besorgt, leidenschaftlich, wieder grüblerisch, zärtlich, zurückhaltend, verzweifelt traurig. Aber sie hatte ihn nie mutlos klingen hören. Die düstere Kapitulation in seinem Tonfall traf sie unvermittelt, und sie traf sie tief, so wie ein Sternenpfeil, der sich in Engelfleisch hineinbohrte.

»Das wirst du auch nicht.«

»Ich male mir ständig aus, was auf uns zukommt, wenn Luzifer Erfolg hat.« Er ließ sich leicht aus der Formation, in der sie flogen, zurückfallen – Cam und Dee an der Spitze, Arriane, Roland und Annabelle direkt dahinter, während die Outcasts sich um sie herum verteilten. »Es ist zu viel, Luce. Das ist der Grund, warum Engel eine Seite wählen, warum Menschen sich Mannschaften anschließen. Es kostet zu viel, es nicht zu tun, es ist zu schwer, unermüdlich allein weiterzumachen.«

Es gab eine Zeit, da hätte Luce sich instinktiv zurückgezogen, verunsichert von Daniels Zweifel, als würde er auf eine Schwäche in ihrer Beziehung verweisen. Aber jetzt war sie durch die Lektionen aus ihrer Vergangenheit gestärkt. Sie kannte das Maß seiner Liebe, wenn Daniel zu müde war, um sich daran zu erinnern.

»Ich will es nicht alles noch einmal durchmachen. All diese Zeit ohne dich, immer zu warten, mein dummer Optimismus, dass es eines Tages anders sein würde …«

»Dein Optimismus war berechtigt! Sieh mich an. Sieh uns

an! Das hier *ist* anders. Ich weiß, dass es anders ist, Daniel. Ich habe uns in Helston und Tibet und Tahiti gesehen. Wir waren verliebt, klar, aber es war kein Vergleich zu dem, was wir jetzt haben.«

Sie ließen sich weiter zurückfallen, außer Hörweite der anderen. Sie waren einfach nur Luce und Daniel, zwei Liebende, die am Himmel miteinander sprachen. »Ich bin immer noch hier«, sagte sie. »Ich bin hier, weil du an uns geglaubt hast. Du hast an mich geglaubt.«

»Ich habe an dich geglaubt – und ich *glaube* immer noch an dich.«

»Ich glaube auch an dich.« Sie hörte, wie ein Lächeln in ihre Stimme drang. »Das habe ich immer getan.«

Sie würden *nicht* scheitern.

Als sie in den Sinkflug gingen, gerieten sie in einen Wüstensturm.

Er hing über der Wüste wie eine gewaltige Decke, als hätten riesige Hände die Sahara in die Luft geworfen. In dem dicken gelbbraunen Nebel waren die Engel und ihre Umgebung nicht mehr voneinander zu unterscheiden: Der Boden wurde von wirbelndem Sand überdeckt und der Horizont von großen, pulsierenden braunen Sandfahnen ausradiert. Alles sah verrückt aus, in staubige Elektrizität gebadet, wie weißes Rauschen in Rostrot, ein Vorgeschmack auf das, was kommen würde, wenn Luzifer seinen Willen bekam.

Luce hatte die Nase und den Mund voller Sand. Er drang ihr in die Kleider und kratzte auf der Haut. Er war viel schärfer als der samtige Staub, den Gabbe und Molly bei ihrem

Tod hinterlassen hatten, eine trostlose Erinnerung an etwas Schöneres und Schlimmeres.

Luce verlor jedes Gefühl für ihre Umgebung. Sie hatte keine Ahnung, wie nahe sie der Landung waren, bis ihre Füße den unsichtbaren steinigen Boden berührten. Sie spürte, dass links von ihnen große Felsen waren, vielleicht Berge, aber sie konnte nur wenige Schritte weit sehen. Einzig das Leuchten der Engelsflügel, von Wellen aus Sand und Wind gedämpft, zeigte an, wo die anderen sich befanden.

Als Daniel sie auf dem unebenen Felsen losließ, zog Luce sich die israelische Armeeweste über die Ohren, um ihr Gesicht gegen den stechenden Sand zu schützen. Sie hatten sich in einem Kreis versammelt, und die Flügel der Engel schufen einen Heiligenschein aus Licht auf einem felsigen Pfad in den Ausläufern eines Berges: Phil mit den drei letzten Outcasts, Arriane, Annabelle, Cam und Roland, Luce und Daniel, und Dee, die in ihrer Mitte stand, so gelassen wie eine Museumsführerin vor einer Gruppe.

»Keine Sorge, nachmittags ist es hier häufig so!«, rief Dee über einen Wind, der so rau war, dass er die Flügel der Engel durcheinanderwirbelte. Sie benutzte die Hand wie ein Visier und legte sie sich seitwärts an die Stirn. »Dies wird alles bald vorüber sein! Sobald wir den Ort des *Qayom Malak* erreichen, werden wir alle drei Reliquien zusammenbringen. Sie werden uns die wahre Geschichte des Sturzes erzählen.«

»Wo genau *ist* der *Qayom Malak*?«, rief Daniel.

»Wir werden auf diesen Berg steigen müssen.« Dee deutete hinter sich auf den kaum sichtbaren Gipfel, auf dessen Ausläufer die Engel gelandet waren. Das Wenige, was Luce von dem Berg sehen konnte, wirkte unvorstellbar steil.

»Du meinst, wir fliegen, oder?« Arriane schlug die Absätze

ihrer schwarzen Turnschuhe zusammen. »Ich war nie ein großer ›Kletterer‹.«

Dee schüttelte den Kopf. Sie griff nach der Reisetasche, die Phil in der Hand hielt, zog den Reißverschluss auf und nahm ein Paar robuste braune Wanderschuhe heraus. »Ich bin froh, dass ihr anderen bereits vernünftige Schuhe tragt.« Sie trat ihre spitzen Highheels von den Füßen, warf sie in die Tasche und begann die Schuhe zu schnüren. »Diese Wanderung ist kein Spaziergang, aber unter diesen Bedingungen erreicht man den *Qayom Malak* wirklich am besten zu Fuß. Ihr könnt eure Flügel nutzen, um in dem Wind das Gleichgewicht zu halten.«

»Warum warten wir nicht ab, bis der Sandsturm nachlässt?«, schlug Luce vor, deren Augen in dem staubigen Wind tränten.

»Nein, Liebes.« Dee hängte Phil den schwarzen Riemen der Reisetasche wieder über die schmale Schulter. »Dafür ist keine Zeit. Es muss jetzt sein.«

Also bildeten sie hinter Dee eine Reihe und vertrauten ihrer Führung. Daniel fand Luces Hand. Er wirkte immer noch schlecht gelaunt nach ihrem Gespräch, aber sein Griff um ihre Hand war energisch.

»Dann macht's mal gut, es war schön, euch gekannt zu haben!«, witzelte Arriane, als die anderen zu klettern begannen.

»Wenn du mich suchst, frag den Staub«, antwortete Cam.

Dees Route führte sie in die Berge hinauf, über einen Felspfad, der immer schmaler und steiler wurde. Er war mit spitzen Steinen übersät, die Luce nicht sehen konnte, bis sie darüber stolperte. Die sinkende Sonne sah aus wie der Mond, ihr Licht verdunkelt und bleich hinter dem dicken Vorhang aus Luft.

Luce hustete und würgte an dem Staub, ihre Kehle noch immer wund von dem Kampf in Wien. Sie lief im Zickzack von links nach rechts und sah nicht, wohin sie trat, spürte nur, dass es immer irgendwie bergauf ging. Sie konzentrierte sich auf Dees gelbe Strickjacke, die wie eine Fahne an dem kleinen Körper der alten Frau wehte. Und die ganze Zeit hielt Luce Daniels Hand fest.

Hier und da verfing der Sandsturm sich hinter einem Felsbrocken und schuf einen kurzen Moment der Sichtbarkeit. In einem dieser Augenblicke entdeckte Luce einen blassgrünen Fleck in der Ferne. Er befand sich an einem Pfad viele Hunderte Schritt über ihnen und genauso weit rechts von der Stelle, an der sie standen. Dieser leichte Farbklecks war das Einzige, was den Rhythmus der kargen Sepia-Landschaft auf Meilen durchbrach. Luce starrte ihn an, als sei er eine Fata Morgana, bis Dee sie an der Schulter berührte.

»Das ist unser Ziel, Liebes. Es ist gut, den Preis im Auge zu behalten.«

Dann riss der Sturm sich von den Kanten des Felsens los, Staub wirbelte auf, und der grüne Fleck war verschwunden. Die Welt wurde wieder zu einer Masse körniger Kugeln.

Bilder von Bill schienen sich in dem wirbelnden Sand zu bilden: die Art, wie er bei ihrer ersten Begegnung gelacht hatte, wie er sich von einem falschen Daniel in eine Kröte verwandelt hatte, sein unergründlicher Gesichtsausdruck, als sie im Globe Theatre Shakespeare kennengelernt hatte. Die Bilder halfen Luce, sich aufzurichten, wenn sie auf dem Pfad stolperte. Sie würde nicht stehen bleiben, bis sie den Teufel besiegt hatte.

Bilder von Gabbe und Molly trieben Luce ebenfalls weiter. Das Aufblitzen ihrer Flügel in zwei großen goldenen und silbernen Bögen kam ihr wieder vor Augen.

Du bist nicht müde, sagte sie sich. *Du hast keinen Hunger.*

Schließlich ertasteten sie sich ihren Weg um einen hohen Felsblock herum, der wie eine Pfeilspitze geformt war, die in den Himmel wies. Dee bedeutete ihnen, dass sie an der Seite der Pfeilspitze, die dem Berg zugewandt war, zusammenrücken sollten, und dort erstarb endlich der Wind.

Die Dämmerung war hereingebrochen. Die Berge trugen ein dunkler werdendes silbernes Kleid. Sie standen auf einem Plateau, das ungefähr so groß war wie Luces Wohnzimmer zu Hause. Bis auf eine schmale Lücke, wo sie den Pfad verlassen hatten, erhoben sich rings um die kleine, runde Fläche schroffe rötliche Hänge, die einen Raum bildeten, der als natürliches Amphitheater hätte dienen können. Er schützte sie vor mehr als nur dem Wind: Selbst wenn kein Sandsturm getobt hätte, wäre der größte Teil des Plateaus durch den Pfeilspitzenfels und die hohen, umliegenden Hänge verborgen gewesen.

Hier konnten sie von niemandem, der den Pfad heraufkam, gesehen werden. Verfolger der Waage würden über sie hinwegfliegen, ohne sie zu bemerken. Es war eine Art Zuflucht.

Die Geister von Flüssen hatten gewundene Adern in dem staubverkrusteten Boden hinterlassen. Links von dem Pfeilspitzenfels öffnete sich am Fuße der Felswand der zerklüftete Eingang einer Höhle.

Am anderen Ende des Plateaus, ein Stück rechts von der Stelle, an der sie standen, war ein Erdrutsch den Steilhang heruntergekommen. Das Geröll bestand aus Steinbrocken, die von der Größe her zwischen klein wie ein Schneeball und größer als ein Kühlschrank rangierten. Flechten wuchsen aus den Felsritzen und schienen die Felsblöcke an dem Hang zusammenzuhalten.

Ein Olivenbaum mit blassen Blättern und ein kleiner Feigenbaum mühten sich, diagonal um die Felsen am Hang herumzuwachsen. Dies musste der grüne Fleck gewesen sein, den Luce aus der Ferne gesehen hatte. Dee hatte gesagt, dies sei ihr Ziel, aber Luce konnte kaum glauben, dass sie den langen steilen Weg durch den wirbelnden Staub geschafft hatten.

Die Flügel der Engel sahen aus, als gehörten sie Outcasts, braun und zerfetzt, und sie gaben nur ein dumpfes Licht ab. Die Flügel der echten Outcasts sahen noch zerbrechlicher aus als sonst, wie Spinnweben. Dee wischte sich den Staub mit einem vom Wind gedehnten Pulloverärmel vom Gesicht. Dann fuhr sie sich mit rot lackierten Fingernägeln durch das wilde rote Haar. Irgendwie sah die alte Dame immer noch elegant aus. Luce wollte nicht darüber nachdenken, wie sie selbst aussah.

»Keine Minute Untätigkeit!« Dees Stimme verlor sich, als sie in der Höhle verschwand.

Sie folgten ihr hinein und blieben nach wenigen Schritten stehen, wo das Dämmerlicht in Dunkelheit überging. Luce lehnte sich neben Daniel an eine kalte Sandsteinwand. Er stieß mit dem Kopf beinahe an die niedrige Decke. Alle Engel mussten die Flügel einziehen, um sich an die Enge in der Höhle anzupassen.

Luce hörte ein kratzendes Geräusch und dann streckte sich Dees Schatten in den beleuchteten Teil am Eingang der Höhle. Sie schob mit dem Fuß eine große hölzerne Truhe auf sie zu.

Cam und Roland eilten ihr zu Hilfe, wobei der dumpfe bernsteinfarbene Schein ihrer staubigen Flügel dem Raum ein seltsames Licht verlieh. Sie hoben die Truhe an und trugen sie zu einer natürlichen Nische in der Höhle, auf welche Dee mit einer Geste wies. Auf ihr zustimmendes Nicken stellten sie die Truhe an der Höhlenwand ab.

»Vielen Dank, die Herren.« Dee strich mit den Fingern über den Messingrand der Truhe. »Es scheint mir erst gestern gewesen zu sein, dass ich dieses Ding hier heraufgebracht habe. Obwohl es fast zweihundert Jahre her sein muss.« Sie lächelte ein wenig wehmütig. »Aber das Leben eines Menschen ist nur ein Tag. Gabbe hat mir geholfen, obwohl sie sich wegen der Sandstürme danach nicht mehr an den genauen Ort erinnert hat. Das war ein Engel, der den Wert einer guten Vorbereitung gekannt hat. Sie wusste, dass dieser Tag kommen würde.«

Dee zog einen eleganten silbernen Schlüssel aus der Tasche ihrer Strickjacke und drehte ihn im Schloss der Truhe. Als das alte Ding sich knarrend öffnete, beugte Luce sich in der Erwartung vor, dass etwas Magisches – oder zumindest Historisches – zum Vorschein kommen würde. Stattdessen warf Dee sechs normale Militärfeldflaschen heraus, drei kleine Bronzelaternen, einen schweren Stapel Decken und Handtücher sowie Brechstangen, Spitzhacken und Schaufeln.

»Trinkt, wenn ihr müsst. Lucinda zuerst.« Sie verteilte die Feldflaschen, die mit kaltem, köstlichem Wasser gefüllt waren. Luce stürzte den Inhalt ihrer Flasche hinunter und wischte sich mit dem Handrücken über den Mund. Als sie sich die Lippen ableckte, waren sie kratzig vom trockenen Sand.

»So ist es schon besser, nicht wahr?« Dee lächelte. Sie nahm eine Streichholzschachtel zur Hand und entzündete in jeder Laterne eine Kerze. Licht flackerte von den Wänden und rief dramatische Schatten hervor, als die Engel sich vorbeugten, sich drehten und einander abklopften.

Arriane und Annabelle schrubbten sich die Flügel mit den trockenen Tüchern. Daniel, Roland und Cam zogen es vor, den Sand aus ihren herauszuschütteln und schlugen sie gegen die Felsen, bis das leise Geräusch rieselnden Sandes auf dem Steinboden nachließ. Die Outcasts schienen sich damit abzufinden, schmutzig zu bleiben. Bald war die Höhle von einem engelhaften Schein hell erleuchtet, als hätte jemand ein Lagerfeuer angezündet.

»Was jetzt?«, fragte Roland, als er den Sand aus einem Lederstiefel schüttete.

Dee war zum Eingang der Höhle gegangen und wandte den anderen den Rücken zu. Sie trat auf das Felsplateau hinaus, dann wartete sie, dass sie ihr folgten.

Sie versammelten sich in einem kleinen Halbkreis und blickten auf die schräge Geröllhalde und die Olive und den Feigenbaum, die sich in die Felsen krallten.

»Wir müssen *hinein*gehen«, erklärte Dee.

»Wo hinein?« Luce schaute sich um. Die Höhle, aus der sie gerade gekommen waren, bot die einzige Möglichkeit, irgendwo hineinzugehen, soweit Luce sehen konnte. Hier draußen gab es nur den flachen Boden des Plateaus und den Bergsturz an der Felswand.

»Heiligtümer werden auf Heiligtümern gebaut, die auf Heiligtümern gebaut wurden«, sagte Dee. »Das erste auf Erden stand früher genau hier unter diesem Hang aus herabgefallenem Stein. Im Innern ist das letzte Stück der frühen

Geschichte der Gefallenen verschlüsselt. Dies ist der *Qayom Malak*. Nachdem das erste Heiligtum zerstört worden ist, folgten mehrere andere an seiner Stelle, aber der *Qayom Malak* blieb immer in ihnen.«

»Sie meinen, dass auch Sterbliche den *Qayom Malak* benutzt haben?«, fragte Luce nach.

»Ohne viel nachzudenken oder zu verstehen. Im Laufe der Jahre hat jede neue Gruppe, die hier ihren Tempel erbaut hat, es immer weniger verstanden. Viele dachten, dieser Ort bringe Unglück« – sie warf Arriane einen Blick zu, die von einem Fuß auf den anderen trat –, »aber das ist niemandes Schuld. Es war vor einer langen Zeit. Heute Nacht graben wir aus, was einst verloren gegangen ist.«

»Sie meinen das Wissen über unseren Sturz?« Roland ging am Rand des Gerölls auf und ab. »Ist es das, was der *Qayom Malak* uns verraten wird?«

Dee lächelte rätselhaft. »Die Worte sind aramäisch. Sie bedeuten … nun, es ist besser, wenn ihr es selbst seht.«

Neben ihnen kaute Arriane geräuschvoll auf einer Strähne ihres Haares, die Hände tief in den Taschen ihres Overalls verborgen, die Flügel steif und reglos. Sie starrte die Feige und den Olivenbaum an, als sei sie in Trance.

Luce bemerkte nun das Seltsame an den Bäumen. Der Grund, warum sie diagonal aus dem Stein zu wachsen schienen, war der, dass ihre Stämme tief unter den Steinbrocken begraben lagen.

»Die Bäume«, sagte sie.

»Ja, früher standen sie einmal ganz frei.« Dee bückte sich, um über die welken grünen Blätter der kleinen Feige zu streichen. »Genau wie der *Qayom Malak*.« Sie erhob sich und klopfte auf den Geröllhaufen. »Dieses Plateau war einst viel größer, zeitweilig sogar ein schöner, lebendiger Ort, obwohl man sich das jetzt nur schwer vorstellen kann.«

»Was ist mit ihm passiert?«, fragte Luce. »Wie wurde das Heiligtum zerstört?«

»Das Jüngste wurde von diesem Felsrutsch verschüttet. Das war vor ungefähr siebenhundert Jahren, nach einem besonders schweren Erdbeben. Aber selbst davor hat sich hier eine Reihe beispielloser Katastrophen ereignet – Flut, Feuer, Mord, Krieg, Explosionen.« Sie schwieg und blickte auf den Haufen von Steinbrocken, als sei er ein Berg von Kristallkugeln. »Wie dem auch sei, der einzige Teil, der zählt, besteht noch. Zumindest hoffe ich es. Und das ist der Grund, warum wir hineingehen müssen.«

Cam schlenderte zu einem der größeren Steinbrocken hinüber und lehnte sich mit verschränkten Armen dagegen. »Ich bin ein Mann mit vielen Talenten, Dee. Aber die Gabe, *durch* Fels zu gehen, ist mir nicht gegeben.«

Dee klatschte in die Hände. »Aus genau diesem Grund habe ich vor all diesen Jahren die Brechstangen, Spitzhacken und Schaufeln eingepackt. Wir werden die Steine beiseiteräumen müssen«, erklärte Dee. »Wir suchen das, was im Innern liegt.«

»Du willst damit sagen, wir werden den *Qayom Malak* ausgraben?«, fragte Annabelle und kaute an rosa lackierten Fingernägeln.

Dee berührte eine moosbewachsene Stelle in der Mitte des Gerölls, das vor langer Zeit von dem Hang gerutscht war. »Ich an eurer Stelle würde hier anfangen!«

Als ihnen klar wurde, dass Dee es ernst meinte, verteilte Roland die Werkzeuge, die Dee aus der Holztruhe geholt hatte, und sie machten sich an die Arbeit.

»Lasst hier Platz.« Dee deutete auf die freie Fläche zwischen dem Felsrutsch und dem Ende des Pfades, der sie hergeführt hatte. Sie markierte einen Bereich von etwa drei Quadratmetern. »Wir werden ihn brauchen.«

Luce nahm eine Spitzhacke und tippte damit unsicher gegen den Stein.

»Weißt du, wie der *Qayom Malak* aussieht?«, fragte sie Daniel, der die Brechstange unter einen Felsblock hinter dem Feigenbaum geklemmt hatte. »Wie werden wir ihn erkennen?«

»In meinem Buch gibt es davon keine Abbildung.« Daniel spaltete den Block mühelos mit einer Drehung seines Handgelenks. Die Muskeln seiner Arme zitterten, als er die Hälften des Brockens hochhob, jede von der Größe eines Schrankkoffers. Er warf sie hinter sich, wobei er darauf achtete, dass sie nicht in dem Bereich landeten, den Dee markiert hatte. »Wir werden uns darauf verlassen müssen, dass Dee sich erinnert.«

Luce trat in die Stelle, wo der Stein gewesen war, den Daniel fortgeräumt hatte. Die Stämme der beiden Bäume lagen nun frei. Sie waren von den Tonnen abgebrochenen Gesteins beinahe flach gedrückt worden. Luces Blick wanderte über den riesigen Haufen von Felsgestein, den sie würden wegräumen müssen. Er war mehrere Meter hoch. Konnte irgendetwas der Gewalt dieses Erdrutsches widerstanden haben?

»Macht euch keine Sorgen«, rief Dee, als hätte sie Luces Gedanken gelesen. »Es ist irgendwo dort drin, so sicher versteckt wie eure erste Erinnerung an die Liebe.«

Die Outcasts waren zum oberen Rand des Hangs geflogen. Phil zeigte den anderen, wohin sie die Steine werfen sollten, die sie bereits abgeschlagen hatten, und sie schleuderten sie an den Hang, wo sie an der Felswand zerbrachen und hinabrutschten.

»He! Ich sehe da ein paar wirklich alte gelbe Ziegelsteine.« Annabelles Flügel flatterten über dem höchsten Punkt des Felsrutsches, wo er an die hohen, steilen Wände des Berges stieß. Sie schaufelte einige Trümmer fort. »Ich glaube, es könnte eine Mauer des Heiligtums sein.«

»Eine Mauer, Liebes? Sehr gut«, sagte Dee. »Es sollte noch drei weitere geben, wie das bei Mauern oft so ist. Grabt weiter.« Dann ging sie auf dem quadratischen Stück Fels auf und ab, das sie am Anfang des Weges abgesteckt hatte, und achtete nicht auf den Fortschritt der Grabung. Sie schien etwas zu zählen. Ihr Blick war starr auf den Boden gerichtet. Luce beobachtete Dee für einige Momente und sah, dass die alte Dame ihre Schritte zählte, wie bei einer Stellprobe im Theater.

Sie schaute auf und begegnete Luces Blick. »Komm mit.«

Luce sah Daniel an, seine schweißglänzende Haut. Er war mit einem großen, sperrigen Felsbrocken beschäftigt. Sie drehte sich um und folgte Dee in den Eingang der Höhle.

Dees Laterne flackerte wie ein Stroboskop in die dunklen Tiefen. Die Höhle war unendlich viel finsterer und kälter ohne den Schimmer der Engelsflügel. Dee stöberte eine Zeit lang in ihrer Kiste.

»Wo steckt dieser verdammte Besen?«, murmelte sie.

Luce beugte sich über Dee und hielt eine andere Laterne hoch, um ihr bei der Suche mehr Licht zu geben. Sie griff in die riesige Truhe und spürte das raue Stroh eines Besens. »Hier.«

»Wunderbar. Immer der letzte Ort, an dem man sucht, vor allem wenn man nichts sehen kann.« Dee warf sich den

Besen über die Schulter. »Ich möchte dir etwas zeigen, während die anderen mit der Ausgrabung fortfahren.«

Sie gingen zurück auf das Plateau, das jetzt vom Klingen von Metall auf Stein widerhallte. Dee blieb am Rand des Felsrutsches stehen und wandte sich dem Bereich zu, den die Engel freihalten sollten. Sie zog den Besen in energischen, geraden Linien darüber. Luce hatte gedacht, das Plateau bestehe vollständig aus dem gleichen roten Gestein, aber nachdem Dee gründlich gefegt hatte, bemerkte Luce, dass eine flache Marmorplattform zum Vorschein gekommen war. Und es wurde ein Muster sichtbar, gebildet aus hellgelbem und weißem Stein.

Schließlich erkannte Luce ein Symbol: eine lange Linie aus gelbem Stein, die von weißen, absteigenden diagonalen Linien eingefasst war, die immer kürzer wurden.

Luce hockte sich hin, um mit den Fingern über den Stein zu streichen. Es sah aus wie eine Pfeilspitze, die vom Berggipfel weg zeigte, zurück in die Richtung, aus der sie gekommen waren.

»Dies ist die Pfeilspitzenplatte«, sagte Dee. »Sobald alles bereit ist, werden wir sie als eine Art Bühne benutzen. Cam hat das Mosaik vor vielen Jahren geschaffen, obwohl ich bezweifle, dass er sich daran erinnert. Er hat seitdem so viel durchgemacht. Liebeskummer ist eine eigene Form von Amnesie.«

»Sie wissen von der Frau, die Cam das Herz gebrochen hat?«, flüsterte Luce und erinnerte sich, dass Daniel ihr gesagt hatte, dass sie es nie erwähnen sollte.

Dee runzelte die Stirn, nickte und deutete auf den gelben Pfeil in den marmornen Fliesen. »Was hältst du von dem Muster?«

»Ich finde es schön«, antwortete Luce.

»Ich auch«, bestätigte Dee. »Ein ähnliches ist über meinem Herzen eintätowiert.«

Lächelnd machte Dee die beiden obersten Knöpfe ihrer Strickjacke auf, unter der sie ein gelbes Hemdchen trug. Sie zog den Halsausschnitt ein Stück nach unten und entblößte ihre blasse Haut. Schließlich zeigte sie auf eine schwarze Tätowierung auf ihrer Brust. Sie hatte genau die gleiche Form wie die Linien in dem Boden des Felsens.

»Was bedeutet es?«, fragte Luce.

Dee tippte leicht auf die Tätowierung und zog ihr Hemdchen wieder hoch. »Ich kann es gar nicht erwarten, es dir zu erzählen« – sie lächelte und drehte sich, sodass sie der Geröllhalde zugewandt war –, »aber immer eins nach dem anderen. Sieh nur, wie gut sie vorankommen!«

Die Engel und Outcasts hatten einen Teil der oberen Schicht des Felsrutsches weggeräumt. Die Ecke einer alten Ziegelmauer ragte mehrere Meter hoch aus den Trümmern. Sie war schwer beschädigt, hier und da klafften Löcher wie unbeabsichtigte Fenster. Das Dach war verschwunden. Einige der Ziegelsteine waren von einem lang vergessenen Feuer geschwärzt. Andere sahen modrig aus, als erholten sie sich von einer prähistorischen Flut. Aber die rechteckige Form des ehemaligen Tempels wurde allmählich erkennbar.

»Dee«, rief Roland und winkte die Frau an die Nordwand heran, um seinen Fortschritt zu begutachten.

Luce kehrte an Daniels Seite zurück. In der Zeit, die sie bei Dee gewesen war, hatte er einen hohen Haufen Steine beiseite geräumt und ordentlich rechts neben dem Hang aufgeschichtet. Sie hatte ein schlechtes Gewissen, weil sie kaum geholfen hatte, und nahm schnell wieder die Spitzhacke zur Hand.

Sie arbeiteten stundenlang. Es war weit nach Mitternacht, als sie die Hälfte des Hanges freigelegt hatten. Dees Laternen erhellten das Plateau, aber Luce blieb lieber nah bei Daniel, denn in dem einzigartigen Schein seiner Flügel konnte sie genug sehen. Ihr taten die Schultern weh und die Augen brannten. Aber sie hörte nicht auf und beklagte sich nicht.

Luce schlug auf ein viereckiges Stück rosafarbenen Steins, das Daniel gerade freigelegt hatte. Sie erwartete, dass ihre Hacke von dem massiven Fels abprallen würde. Stattdessen bohrte sie sich in etwas Weiches. Luce ließ die Spitzhacke fallen und grub mit den Händen in diesem überraschend tonähnlichen Bereich. Sie hatte eine Schicht Sandstein erreicht, der so bröckelig war, dass er bei der Berührung ihrer Finger zerfiel. Sie rückte die Laterne näher heran, um besser sehen zu können, und grub tiefer. Unter mehreren Handbreit Sandstein fühlte sie etwas Glattes und Hartes. »Ich habe etwas gefunden!«

Die anderen scharten sich um sie, während Luce sich die Hände an der Jeans abwischte und mit den Fingern eine quadratische Kachel freilegte, die etwa fünfzig Zentimeter im Durchmesser maß. Sie musste einst vollständig bemalt gewesen sein, aber jetzt war nur ein dünner Umriss eines Mannes mit einem Heiligenschein um den Kopf zu sehen.

»Ist es das?«, fragte sie aufgeregt.

Dees Schulter streifte die von Luce. Sie berührte die Kachel mit dem Daumen. »Ich fürchte, nein, Liebes. Das ist nur eine Darstellung von unserem Freund Jesus. Wir müssen weiter zurückgehen.«

»Weiter zurück?«, wiederholte Luce.

»Den ganzen Weg bis ins Innere.« Dee klopfte auf die Kachel. »Das ist die Fassade des jüngsten Heiligtums, eines mittelalterlichen Klosters von besonders einsiedlerischen Mönchen. Wir müssen bis hinunter zu dem ursprünglichen Gebäude graben, hinter dieser Mauer.«

Sie bemerkte Luce' Zögern. »Hab keine Scheu, alte Darstellungen zu zerstören«, sagte Dee. »Es muss getan werden, um an das *wirklich* Alte heranzukommen.« Sie betrachtete den Himmel, als suche sie nach der Sonne, aber diese war schon vor langer Zeit hinter dem Horizont in ihrem Rücken versunken. Die Sterne waren aufgegangen. »Oje. Die Uhr tickt, nicht wahr? Nur weiter! Ihr macht das toll!«

Schließlich trat Phil mit seinem Stemmeisen vor und zerschmetterte die Jesuskachel. Der Raum dahinter war hohl, dunkel und roch modrig.

Die Outcasts sprangen auf die kaputte Kachel und erweiterten den Spalt, sodass sie tiefer hineingraben konnten. Sie arbeiteten hart und waren effizient in ihrem Zerstörungswerk. Das Heiligtum hatte schon lange kein Dach mehr gehabt, und sie stellten fest, dass der Felssturz auch das Innere gefüllt hatte. Die Outcasts wechselten sich damit ab, die Mauer wegzureißen und die Steinblöcke beiseitezuwerfen, die aus dem Gebäude nachrutschten.

Arriane stand abseits der Gruppe, in einer dunklen Ecke des eingeschlossenen Plateaus, und trat auf einen Steinhaufen ein, als wolle sie einen Rasenmäher in Gang bringen. Luce ging zu ihr hinüber.

»He«, sagte Luce. »Alles in Ordnung mit dir?«

Arriane schaute auf und schob die Daumen unter die Träger ihres Overalls. Ein verrücktes Lächeln blitzte auf ihrem Gesicht auf. »Erinnerst du dich, als wir zusammen Strafarbeit machen mussten? Sie haben uns die Reinigung des Friedhofs an der Sword & Cross aufgebrummt. Wir mussten zusammen diesen Engel abschrubben.«

»Natürlich.« Luce hatte sich an dem Tag elend gefühlt – von Molly zusammengestaucht, in Sorge um Daniel und in ihn verknallt, und, wenn sie so darüber nachdachte, unsicher, ob Arriane sie mochte oder einfach nur Mitleid mit ihr hatte.

»Das hat Spaß gemacht, nicht?« Arrianes Stimme klang wie aus weiter Ferne. »Das werde ich nie vergessen.«

»Arriane«, begann Luce, »in Wirklichkeit denkst du doch gerade über etwas ganz anderes nach, nicht wahr? Was hat dieser Ort an sich, dass du dich hier vor den anderen versteckst?«

Arriane balancierte auf ihrer Schaufel, schwankte vor und zurück. Sie beobachtete, wie die Outcasts und die anderen eine hohe Innensäule freilegten.

Schließlich schloss Arriane die Augen und platzte heraus: »Ich bin der Grund, warum dieses Heiligtum nicht mehr existiert. Ich bin der Grund, warum es Unglück bringt.«

»Aber – Dee sagte, es sei niemandes Schuld. Was ist passiert?«

»Nach dem Sturz«, sagt sie, »kam ich langsam wieder zu Kräften und suchte nach einer Zuflucht, nach einer Möglichkeit, meine Flügel in Ordnung zu bringen. Ich war noch nicht zum Thron zurückgekehrt. Ich wusste noch nicht einmal, wie ich das tun sollte, ich erinnerte mich nicht daran, was ich war. Ich war allein, und ich habe diesen Ort gesehen, und ich …«

»Du bist in das Heiligtum hineingegangen, das hier früher gewesen ist«, sagte Luce, der wieder einfiel, was Daniel ihr über den Grund erzählt hatte, warum gefallene Engel nicht in die Nähe von Kirchen gingen. An der Grabeskirche waren sie alle nervös gewesen. Und sie hatten sich nicht der Kapelle auf der Pont Saint-Bénézet nähern wollen.

»Ich wusste es nicht!« Arrianes Brust bebte, als sie einatmete.

»Natürlich nicht.« Luce legte einen Arm um Arriane. Sie war nur Haut und Knochen und Flügel. Der Engel legte Luce den Kopf auf die Schulter. »Ist es in die Luft geflogen?«

Arriane nickte. »So wie du … nein« – sie korrigierte sich – »so wie du es *früher* in deinen anderen Leben getan hast. Puff. Das ganze Ding stand in Flammen. Nur war es nicht total – entschuldige, wenn ich das so sage –, tragisch schön oder romantisch. Es war trostlos und schwarz und *endgültig*. Wie eine Tür, die mir vor der Nase zuschlug. In dem Moment wurde mir klar, dass ich wirklich aus dem Himmel hinausgeworfen worden war.« Sie drehte sich zu Luce um, ihre großen blauen Augen unschuldiger, als Luce sie je gesehen hatte. »Ich wollte den Himmel nicht verlassen. Es war ein Unfall, viele von uns wurden einfach … in den Kampf von jemand anderem hineingezogen.«

Sie zuckte die Achseln und einer ihrer Mundwinkel ging schelmisch nach oben. »Vielleicht habe ich mich zu sehr daran gewöhnt, ein Außenseiter zu sein. Aber es passt irgendwie zu mir, findest du nicht?« Sie machte eine Fingerpistole und feuerte in Cams Richtung. »Ich schätze, es macht mir nichts aus, mit dieser Bande von Gesetzlosen umherzuziehen.« Dann veränderte sich Arrianes Gesicht und jede Spur von Schalk verschwand. Sie packte Luce an den Schultern und flüsterte: »Das ist es.«

»Was?« Luce fuhr herum.

Die Engel und die Outcasts mussten inzwischen mehrere Tonnen Gestein fortgeschafft haben. Sie standen jetzt dort, wo der Geröllhaufen gewesen war. Es hatte bis kurz vor Morgengrauen gedauert. Doch nun erhob sich das innere Heiligtum vor ihnen, das Dee ihnen versprochen hatte. Die elegante alte Dame hatte Wort gehalten.

Nur zwei brüchige Wände waren erhalten und formten einen rechten Winkel, aber der graue Fliesenrand auf dem Boden ließ darauf schließen, dass es sich ursprünglich um einen großen Raum gehandelt hatte. Große, schwere Marmorsteine bildeten den Fuß der Mauern, wo kleinere, zerfallende Sandsteinziegel einst ein Dach gehalten hatten. Verwitterte Friese schmückten Teile des Gebäudes – geflügelte Wesen, so alt und verblasst, dass sie beinahe mit dem Stein verschmolzen. Ein Feuer hatte Teile des ausladenden dekorativen Gesimses am oberen Rand der Mauern verkohlt.

Die inzwischen vollkommen freigelegten Feigen- und Olivenbäume markierten die Grenze zwischen Dees sauber gefegter Pfeilspitzenplatte und dem ausgegrabenen Heiligtum. Die zwei fehlenden Wände überließen den Rest des Gebäudes Luce' Fantasie, die sich alte Pilger vorstellte, die hier zum Gebet niederknieten. Es war klar, wo sie knien würden:

Vier ionische Marmorsäulen mit kannelierten Schäften und Volutenkapitellen umgaben ein erhöhtes Podest. Und auf diesem Podest stand ein riesiger rechteckiger Altar aus hellbraunem Stein.

Der Altar sah vertraut aus, aber anders als alles, was Luce je zuvor gesehen hatte. Er war mit Schmutz und Steinen verkrustet, und Luce konnte die Reste einer Skulptur erkennen, die oben herausgemeißelt worden war: zwei steinerne Engel, die einander zugewandt waren, jeder vom Format einer großen Puppe. Sie waren einst vergoldet gewesen, so schien es, aber jetzt war nur noch wenig von ihrem früheren Glanz übrig. Die Engel knieten im Gebet, die Köpfe gesenkt und ohne Heiligenschein, und ihre schönen, bis ins Detail ausgearbeiteten Flügel wölbten sich nach vorne, sodass die oberen Ränder sich berührten.

»Ja.« Dee holte tief Luft. »Das ist es. *Qayom Malak*. Es bedeutet ›Aufseher der Engel‹. Oder, wie ich es gern nenne: ›Gehilfe der Engel‹. Es birgt ein Geheimnis, das keine Seele je enträtselt hat: den Schlüssel zu dem Ort, an dem die Gefallenen auf der Erde gelandet sind. Erinnerst du dich daran, Arriane?«

»Ich glaube schon.« Arriane wirkte nervös, als sie auf die Skulptur zutrat. Lange stand sie still vor den knienden Engeln. Dann kniete sie sich selbst hin. Sie berührte die Flügel, die Stelle, wo die beiden Engel miteinander verbunden waren. Sie schauderte. »Ich habe es nur für eine Sekunde gesehen, bevor …«

»Ja«, sagte Dee. »Du wurdest aus dem Heiligtum gesprengt. Die Wucht der Explosion verursachte den ersten Felsrutsch, der den *Qayom Malak* begrub, aber die beiden Bäume wurden nicht verschüttet, ein Orientierungspunkt für andere Heiligtümer, die in den kommenden Jahren erbaut wurden. Die Griechen waren hier, die Juden, die Christen und die Mauren. Ihre Heiligtümer fielen ebenfalls Felsstürzen, Feuern, Skandalen oder Furcht zum Opfer, die eine fast undurchdringliche Mauer rund um den *Qayom Malak* schufen. Ihr habt mich gebraucht, um euch zu helfen, ihn wiederzufinden. Und ihr konntet mich erst finden, als ihr mich *wirklich* gebraucht habt.«

»Wie geht es jetzt weiter?«, wollte Cam wissen. »Sagen Sie mir nicht, dass wir beten müssen.«

Dee ließ den *Qayom Malak* keinen Moment aus den Augen, selbst als sie Cam das Handtuch zuwarf, das ihr über der Schulter hing. »Oh, es ist viel schlimmer, Cam. Ihr müsst jetzt putzen. Poliert die Engel, vor allem ihre Flügel. Poliert sie, bis sie glänzen. Das Mondlicht muss genau auf die richtige Weise auf sie scheinen.«

Vierzehn

Luftbild

Bumm.

Es klang wie Donner, das Zusammenbrauen eines dunklen Tornados. Luce schreckte aus dem Schlaf in der Höhle hoch, wo sie an Daniels Schulter eingeschlafen war. Sie hatte nicht die Absicht gehabt, einzunicken, aber Dee hatte darauf bestanden, dass sie sich ausruhten, bevor sie ihnen die Aufgabe des *Qayom Malak* erklärte. Aus dem Schlaf gerissen, hatte Luce das Gefühl, dass viele kostbare Stunden verstrichen waren. Sie schwitzte in ihrem Flanellschlafsack. Das silberne Medaillon auf ihrer Brust fühlte sich heiß an.

Daniel lag völlig reglos da, den Blick auf den Eingang der Höhle gerichtet. Das Rumoren hörte auf.

Luce stützte sich auf die Ellbogen und bemerkte Dee, die ihr gegenüber zusammengerollt schlief und sich gerade leicht regte, ihr rotes Haar offen und wirr. Links von Dee lagen die leeren Schlafsäcke der Outcasts. Die seltsamen Wesen standen wachsam im hinteren Teil des kleinen Raumes zusammen, die trostlosen Flügel überlappend. Rechts von Luce schliefen Annabelle und Arriane, oder zumindest ruhten die beiden Schwestern, die silbernen Flügel ungehemmt ineinander verschlungen.

In der Höhle war es ruhig. Luce musste das Rumoren geträumt haben. Sie war immer noch müde.

Als sie sich herumrollte und den Rücken an Daniels Brust drückte, sodass er sie in den rechten Flügel hüllte, schlossen sich ihre Lider flatternd. Dann flogen sie wieder auf.

Sie blickte genau auf Cam.

Er lag dicht vor ihr auf der Seite, den Kopf in die Hand gestützt, während er sie mit seinen grünen Augen wie gebannt anstarrte, als wären sie beide in Trance. Er öffnete den Mund, wie um etwas zu sagen …

BUMM.

Der Raum zitterte wie ein Blatt. Für einen Moment schien die Luft eine seltsame Klarheit anzunehmen. Cams Körper schimmerte, er war gleichzeitig da und irgendwie *nicht* da, seine Existenz selbst schien zu flackern.

»Zeitbeben«, sagte Daniel.

»Aber hallo«, pflichtete Cam ihm bei.

Luce sprang auf und starrte auf ihren eigenen Körper in dem Schlafsack, auf Daniels Hand auf ihrem Knie, auf Arriane, deren gedämpfte Stimme rief: »War ich nicht«, bevor Annabelle sie mit einem Flügelschlag weckte. Sie alle *flackerten* vor den Augen der anderen. Einen Augenblick waren sie körperlich präsent, im nächsten so unwirklich wie Gespenster.

Das Zeitbeben hatte eine Dimension erreicht, in der sie noch nicht einmal *da* waren.

Die Höhle um sie herum erbebte. Sand rieselte von den Wänden. Aber anders als bei Luce und ihren Freunden blieben die körperlichen Eigenschaften des roten Felsens starr, wie um zu beweisen, dass nur Menschen – Seelen – Gefahr liefen, ausgelöscht zu werden.

»Der *Qayom Malak!*«, sagte Phil. »Ein Felsrutsch würde ihn wieder begraben.«

Luce beobachtete mit einem mulmigen Gefühl, wie die

bleichen Flügel des Outcasts flackerten, als er auf den Eingang der Höhle zutorkelte.

»Das hier ist eine seismische Verwerfung der Realität, Philipp, kein Erdbeben«, rief Dee und hielt Phil auf. Ihre Stimme klang, als würde jemand sie lauter und leiser drehen. »Ich weiß deine Sorge zu schätzen, aber wir werden es einfach aussitzen müssen.«

Und dann gab es einen letzten großen Knall, ein langes, schreckliches Rumpeln, in dem Luce *keinen* von ihnen sehen konnte, doch gleich darauf waren sie wieder da, fest und schwer, *real*. Eine jähe Stille setzte ein, so vollkommen, dass Luce ihr Herz in der Brust schlagen hörte.

»Na bitte«, sagte Dee. »Das Schlimmste ist vorbei.«

»Sind alle okay?«, fragte Daniel.

»Ja, mein Lieber, es geht uns gut«, antwortete Dee. »Obwohl es höchst unangenehm war.« Sie erhob sich und sprach im Gehen. »Zumindest war es eines der letzten Zeitbeben, das wir erleben mussten.«

Die anderen tauschten Blicke und folgten ihr nach draußen.

»Wie meinen Sie das?«, fragte Luce. »Ist Luzifer bereits so nah?« So schnell sie konnte, zählte sie Sonnenaufgänge und Sonnenuntergänge. Sie verschmolzen miteinander, ein einziger langer Strom von Hektik und Panik und Flügeln im Himmel.

Es war Morgen gewesen, als Luce eingeschlafen war …

Vor dem *Qayom Malak* stellten sie sich auf. Luce stand auf der Pfeilspitzenplatte, der Skulptur der beiden Engel gegenüber. Roland und Cam stiegen in den Himmel empor und schwebten einige Meter hoch in der Luft. Sie schauten über den Horizont und flogen dicht nebeneinander, um leise miteinander zu sprechen. Ihre riesigen Flügel verbargen die Sonne – die, wie Luce bemerkte, beunruhigend tief am Horizont stand.

»Es ist jetzt der Abend des sechsten Tages, seit Luzifer seinen einsamen Sturz begonnen hat«, murmelte Dee.

»Wir haben den ganzen Tag geschlafen?«, fragte Luce entsetzt. »Wir haben so viel Zeit verschwendet ...«

»Nichts wurde verschwendet«, unterbrach Dee. »Es wird für mich eine sehr bedeutende Nacht werden. Und für dich auch, wenn ich es recht bedenke. Du wirst bald froh sein, dass du dich ausgeruht hast.«

»Lasst uns anfangen, bevor die Waage uns auf die Spur kommt und wir gegen sie kämpfen müssen«, sagte Cam, als er und Roland wieder auf dem Boden landeten. Ihre Flügel verhedderten sich leicht unter der Wucht des Aufpralls.

»Cam hat recht. Wir haben keine Zeit zu verschwenden.« Daniel förderte die schwarze Tasche zutage, die den Heiligenschein enthielt, den Luce aus der versunkenen Kirche in Venedig gestohlen hatte. Dann zog er die Reisetasche heran, die sich in der Mitte ausbeulte, wo er den Reißverschluss um den Kelch der silbernen Feder zugezogen hatte. Er stellte beide Taschen offen vor Dee hin, sodass sich die drei Reliquien in einer Reihe befanden.

Dee bewegte sich nicht.

»Dee?«, fragte Daniel. »Was müssen wir tun?«

Dee antwortete nicht.

Roland trat vor und berührte sie am Rücken. »Cam und ich haben Anzeichen von weiteren Mitgliedern der Waage am Horizont gesehen. Sie kennen unseren Aufenthaltsort noch nicht, aber sie sind nicht weit entfernt. Es wäre das Beste, wenn wir uns beeilen würden.«

Dee runzelte die Stirn. »Ich fürchte, das ist unmöglich.«

»Aber Sie haben doch gesagt …« Luce brach ab, als Dee sie sanft ansah. »Die Tätowierung. Das Symbol auf dem Boden …«

»Ich würde es gerne *erklären*«, sagte Dee, »aber die Tat selbst lässt sich nicht beschleunigen.«

Sie blickte in die Runde von Engeln, Outcasts und Luce. Als sie sich sicher war, dass sie ihre Aufmerksamkeit hatte, begann sie. »Wie wir wissen, wurde die frühe Geschichte der Gefallenen nicht niedergeschrieben. Obwohl ihr euch vielleicht nicht sehr klar daran erinnert« – ihr Blick glitt über die Engel –, »habt ihr eure ersten Tage auf Erden in *Dingen* festgehalten. Bis auf den heutigen Tag sind die wesentlichen Elemente eurer frühgeschichtlichen Überlieferung in dem Material verschiedener Gegenstände verschlüsselt. Gegenstände, die dem bloßen Auge etwas ganz anderes zu sein scheinen.«

Dee griff nach dem Heiligenschein und hielt ihn ins Sonnenlicht. »Wie ihr seht« – sie strich mit dem Finger über eine Reihe von Rissen in dem Glas, die Luce zuvor nicht aufgefallen waren –, »ist dieser gläserne Heiligenschein gleichzeitig eine Linse.« Sie hielt ihn hoch, damit sie hindurchschauen konnten. Die konvexe Wölbung des Glases ließ ihr Gesicht dahinter leicht verzerrt erscheinen und ihre goldenen Augen sahen riesig aus.

Sie legte den Heiligenschein beiseite, trat vor die Reisetasche und nahm die silberne Feder heraus. Sie leuchtete in den letzten Sonnenstrahlen des Tages, als sie mit der Hand sanft durch ihr Inneres fuhr. »Und dieser Kelch« – sie zeigte auf die Darstellung, die in das Silber eingraviert war, die Flügel, die Luce in Jerusalem bemerkt hatte – »enthält eine Aufzeichnung des Exodus vom Ort des Falls, der ersten Diaspora der Engel. Um zu eurem ersten Heim auf Erden zurückzukehren, müsst ihr zuerst diesen Kelch füllen.« Sie hielt inne und sah tief in die Silberne Feder hinein. »Wenn er gefüllt ist, werden wir ihn auf dem kunstvollen Fliesenboden der Platte ausleeren, der Bilder davon enthält, wie die Welt einst war.«

»Wenn der Kelch gefüllt ist?«, wiederholte Luce. »Gefüllt womit?«

»Immer eins nach dem anderen.« Dee trat an den Rand der Marmorplatte und wischte ein wenig Schmutz beiseite. Dann beugte sie sich vor, um den Kelch direkt auf das gelbe Symbol in dem Stein zu stellen. »Ich glaube, das kommt hierhin.«

Luce stand gebannt neben Daniel, während sie zusahen, wie Dee langsam auf der Platte auf und ab ging. Schließlich nahm sie den Heiligenschein wieder auf und trug ihn zu dem *Qayom Malak*. Irgendwann hatte sie die Wanderschuhe ausgezogen und war in ihre Stilettos geschlüpft, sodass ihre Absätze nun auf dem Marmor klapperten. Ihr ungebändigtes Haar fiel ihr bis zur Taille hinab. Sie sog die Luft tief und genüsslich ein und stieß sie dann wieder aus.

Mit beiden Händen hob sie den Heiligenschein über ihren Kopf, flüsterte ein kurzes Gebet und ließ ihn dann sehr vorsichtig genau auf den Kreis sinken, der von den sich berührenden Flügelspitzen der Skulptur der betenden Engel gebildet wurde. Er passte wie ein Ring auf einen Finger.

»Das habe ich *nicht* kommen sehen«, flüsterte Arriane Luce zu.

Luce hatte es auch nicht kommen sehen – sie war jedoch davon überzeugt, dass die Frau einen zutiefst heiligen Akt vollzog.

Als Dee sich wieder zu Luce und den Engeln umdrehte, sah sie so aus, als wolle sie etwas sagen. Stattdessen ließ sie sich auf die Knie sinken und legte sich zu Füßen des *Qayom Malak* auf den Rücken. Daniel stürzte auf sie zu, bereit zu helfen, aber sie winkte ab. Ihre Schuhspitzen lagen an der Basis des *Qayom Malak,* ihre schlanken Arme hatte sie über den Kopf gestreckt, sodass sie mit den Fingerspitzen die silberne Feder berührte. Ihr Körper passte genau dazwischen.

Sie schloss die Augen und blieb minutenlang still liegen.

Gerade als Luce sich zu fragen begann, ob Dee eingeschlafen sei, sagte diese: »Es ist gut, dass ich vor zweitausend Jahren aufgehört habe zu wachsen.«

Dann ließ sie sich von Roland aufhelfen und klopfte sich ab.

»Es ist alles in Ordnung. Wenn der Mond etwa hier steht …« Sie deutete auf den östlichen Himmel, über die Stelle, wo die Felsen spitz zuliefen.

»Der Mond?« Cam warf Daniel einen Blick zu.

»Ja, der Mond. Er muss genau hier durchscheinen.« Dee tippte auf die Mitte des gläsernen Heiligenscheins, wo ein gezackter Riss deutlicher als noch Minuten zuvor zu sehen war. »So wie ich den Mond kenne, und das tue ich – nach all diesen Jahren entwickelt man eine intime Beziehung zu seinen Gefährten –, sollte er genau dort hinscheinen, wo wir ihn brauchen, sobald es heute Mitternacht schlägt. Wirklich passend, da Mitternacht meine liebste Tageszeit ist. Die Geisterstunde.«

»Was geschieht dann?«, fragte Luce. »Um Mitternacht, wenn der Mond dort ist, wo er sein muss?«

Dee legte Luce eine Hand an die Wange. »Alles, meine Liebe.«

»Und was machen wir in der Zwischenzeit?«, fragte Daniel.

Dee griff in die Tasche ihrer Strickjacke und förderte eine große goldene Taschenuhr zutage. »Einige Dinge bleiben noch zu tun.«

Sie folgten Dees Anweisungen bis ins kleinste Detail. Jedes der Objekte wurde abgewischt, poliert und von mehreren Händen abgestaubt. Die Nacht war schon weit fortgeschritten, ehe Luce in der Lage war, sich vorzustellen, was Dee für die Zeremonie im Sinn hatte.

»Zwei weitere Laternen, bitte«, wies Dee sie an. »Dann haben wir drei, für jede Reliquie eine.« Es war seltsam, wie Dee von den Reliquien sprach, als gehöre sie nicht selbst dazu. Noch seltsamer war die Art, wie sie über das umschlossene Plateau wuselte, wie eine Gastgeberin, die eine Dinnerparty vorbereitete und dafür sorgte, dass alles perfekt war.

Das Quartett der Outcasts entzündete feierlich die Laternen, ihre geschorenen Köpfe umkreisten den Felsen wie Planeten. Das erste Licht beleuchtete den *Qayom Malak*.

Die zweite Laterne schien auf den silbernen Kelch, der immer noch dort stand, wo Dee ihn platziert hatte, auf dem goldenen Pfeil der Steinplatte, genau Dees Körpergröße – knappe ein Meter fünfzig – von dem *Qayom Malak* entfernt. Zuvor hatten die Engel links und rechts der Platte Steinquader wie Sitzbänke in einem Halbkreis aufgestellt, sodass es einer Bühne ähnelte. Der Raum sah dadurch noch mehr wie ein Amphitheater aus, während Annabelle die Steine abstaubte wie ein Saaldiener, der die Sitze für ein Publikum vorbereitete, das gleich eintreffen würde.

»Was hat Dee damit vor?«, flüsterte Luce Daniel zu.

Daniels violette Augen wirkten schwermütig von etwas, das er nicht in Worte fassen konnte, und bevor Luce ihn bitten konnte, es zu versuchen, fanden Dees Hände ihren Weg zu Luces Schultern.

»Bitte, legt diese Roben an. Ich finde, dass feierliche Gewänder helfen, sich auf die bevorstehende Aufgabe zu konzentrieren. Daniel, ich glaube, das sollte dir passen.« Sie drückte ihm einen schweren braunen Umhang in die Arme. »Und hier ist eine für die anmutige Arriane.« Sie reichte sie dem Engel. »Damit bleibst du noch übrig, Luce. Ganz unten in meiner Truhe liegen kleinere Roben. Nimm meine Laterne und hol dir eine.« Luce nahm die Laterne und wollte mit Daniel auf die Höhle zugehen, in der sie in der Nacht zuvor geschlafen hatten, aber Dee hielt Daniel am Arm fest.

»Auf ein Wort?«

Daniel bedeutete Luce mit einem Nicken, dass sie allein gehen sollte, was sie auch tat, wobei sie sich fragte, was Dee nicht vor ihr sagen wollte. Sie hängte sich den Griff der Laterne über den Unterarm, sodass ihr Licht hin und her schwankte, als sie auf den Eingang der Höhle zuging.

Vorsichtig öffnete Luce den klemmenden Deckel der Truhe und griff hinein. Es war nichts als eine lange braune Robe darin. Sie zog sie hinaus. Die Robe war aus schwerer Wolle, dick wie eine Cabanjacke und muffig wie Tabak. Als Luce sie sich anhielt, sah sie aus, als sei sie viel zu lang. Jetzt war sie noch neugieriger, warum Dee sie weggeschickt hatte. Sie stellte die Laterne auf den Boden und zog sich unbeholfen die Robe über den Kopf.

»Hilfe gefällig?« Cam war so leise wie eine Wolke in die Höhle gekommen. Er stand hinter ihr und schob ein Stück des Umhangs unter den gewebten Gürtel. Dann knotete er es fest, sodass der Saum genau an Luce Knöcheln endete, als sei die Robe für sie gemacht worden.

Sie drehte sich zu ihm um. Laternenlicht flackerte ihm über das Gesicht. Er stand ganz still da, so wie es nur Cam konnte.

Luce schob den Daumen unter den Gürtel, den er geknotet hatte. »Danke«, sagte sie und wollte die Höhle verlassen.

»Luce, warte …«

Sie blieb stehen. Cam blickte auf die Spitze seines Stiefels hinab und trat gegen die Truhe. Luce schaute ebenfalls darauf. Sie fragte sich, wie er die Höhle hatte betreten können, ohne dass sie ihn gehört hatte, wie es gekommen war, dass sie nun allein miteinander waren.

»Du glaubst immer noch nicht, dass ich auf deiner Seite bin.«

»Das spielt jetzt keine Rolle, Cam.« Ihre Kehle fühlte sich furchtbar eng an.

»*Hör zu.*« Cam machte einen Schritt auf sie zu, sodass er dicht vor ihr stand. Sie dachte, dass er sie packen würde, aber das tat er nicht. Er versuchte nicht einmal, sie zu berühren, er stand einfach still da – und sehr nah. »Die Dinge waren früher anders. Sieh mich an.« Sie kam seiner Bitte nervös nach. »Ich trage jetzt vielleicht Luzifers Gold auf meinen Flügeln, aber das war nicht immer so. Du hast mich gekannt, bevor ich diesen Weg gegangen bin, Lucinda, und wir beide waren Freunde.«

»Nun, wie du sagtest, die Dinge ändern sich.«

Cam stieß ein frustriertes Stöhnen aus. »Es ist *unmöglich*, sich bei einem Mädchen zu entschuldigen, das praktischerweise ein höchst selektives Gedächtnis hat. Erlaube mir, eine Vermutung zu wagen: Während du zu deinem wahren Selbst erwachst, kramst du alle möglichen tollen Erinnerungen hervor, in denen du und Daniel euch verliebt, und Daniel sagt diesen schönen Satz, und Daniel dreht sich um und sinnt auf seidene Silhouetten, die die zarten Sternenspitzen am Horizont liebkosen …«

»Warum auch nicht? Wir gehören zusammen. Daniel ist alles für mich. Und du bist …«

»Was sagt er über mich?« Cams Augen wurden schmal.

Luce ließ die Knöchel knacken und dachte daran, wie Daniel in den ersten Tagen an der Sword & Cross über ihre Hand gestrichen hatte, um die gedankenlose Angewohnheit zu unterbinden. Seine Berührung war ihr von Anfang an nicht fremd gewesen.

»Er sagt, dass er dir traut.«

Ein Schweigen folgte, und Luce weigerte sich, es zu brechen. Sie wollte gehen. Was, wenn Daniel herüberschaute und sie mit Cam in dieser schummrigen Höhle sah? Sie stritten sich, aber Daniel würde das aus der Ferne nicht erkennen können. Wie sahen sie aus, sie und Cam? Als sie aufsah, waren seine Augen klar, grün und unglaublich traurig.

»Vertraust *du* mir?«, fragte er.

»Warum ist das denn jetzt so wichtig …«

Er riss die Augen auf und sie waren wild und erregt. »*Jetzt ist alles wichtig.* Jetzt ist Showtime, alle anderen Shows dienten nur zum Warmwerden. Und damit du das tun kannst, was du tun musst, darfst du mich nicht als Feind ansehen. Du hast ja keine Ahnung, worauf du dich da eingelassen hast.«

»Wovon redest du?«

»Luce.« Es war Dees Stimme. Sie und Daniel standen am Eingang der Höhle. Dee war die Einzige, die lächelte. »Wir sind bereit für dich!«

»Mich?«

»Dich.«

Luce hatte plötzlich Angst. »Was muss ich tun?«

»Warum kommst du nicht her und siehst es dir an?«

Dee hatte die Hand ausgestreckt, doch Luce fiel es schwer, sich zu bewegen. Sie schaute zu Cam, aber er sah Daniel an. Daniel hatte den Blick noch immer auf sie gerichtet, und seine Augen brannten auf die hungrige Weise, wie immer, wenn er sie gleich in die Arme reißen und leidenschaftlich küssen würde. Aber er bewegte sich nicht und das verwandelte die zehn Schritte zwischen ihnen in zehntausend Meilen.

»Habe ich etwas Falsches getan?«, fragte sie.

»Du stehst in Begriff, etwas Wunderbares zu tun«, erwiderte Dee, die immer noch die Hand ausstreckte. »Lass uns keine Zeit verschwenden, die wir nicht haben.«

Luce nahm ihre Hand, und sie fühlte sich so kalt an, dass es ihr Angst machte. Sie musterte Dee, die bleicher, zerbrechlicher und älter aussah als in der Bibliothek in Wien. Aber irgendwie strahlte unter ihrer welken Haut und den hervortretenden Knochen immer noch etwas Helles und Überschäumendes aus ihr heraus.

»Sitzt meine Frisur nicht richtig, Liebes? Du starrst mich so an.«

»Doch, alles bestens«, antwortete Luce. »Es ist nur …«

»Meine Seele? Sie leuchtet, nicht wahr?«

Luce nickte.

»Gut.«

Cam und Daniel glitten schweigend aneinander vorbei. Cam schritt in die plötzlich wieder windige Wildnis hinaus, während Daniel hinter Luce trat, um die Laterne zu halten.

»Dee?« Luce drehte sich zu der Frau um, deren eisige Hand sie zu wärmen versuchte. »Ich will nicht hinausgehen. Ich habe Angst, und ich weiß nicht, warum.«

»Das ist so, wie es sein sollte. Aber dieser Kelch kann nicht an dir vorübergehen.«

»Kann mir bitte mal jemand sagen, was hier los ist?«

»Ja«, erwiderte Dee und zog Luce mit einem festen, aber helfenden Ruck vorwärts. »Sobald wir draußen sind.«

Als sie den wie eine Pfeilspitze geformten Fels umrundeten, der den Eingang zu der kleinen Höhle halb verbarg, fuhr der kalte Wind unversöhnlich in sie hinein. Luce taumelte zurück und hielt sich die freie Hand schützend gegen den plötzlichen Sandregen vor das Gesicht. Dee und Daniel drängten sie weiter an dem Pfad vorbei, den sie in der Nacht zuvor erklommen hatten, wo sie dem Wind am schutzlosesten ausgeliefert waren.

Luce stellte fest, dass die Hänge um das Plateau herum Barrieren gegen die kreiselnden, sandigen Windstöße bildeten und sie wieder sehen und hören ließen. Obwohl sie den täglichen Sandsturm hinter dem Plateau heulen hören konnte, wirkte alles innerhalb der gewölbten Felswände plötzlich unnatürlich still und klar.

Zwei Laternen leuchteten auf der Marmorplatte – eine vor dem *Qayom Malak,* eine hinter der silbernen Feder. Beide Lichter zogen Schwaden von Stechmücken an, die von den kleinen Glasscheiben abprallten, was Luce seltsamerweise beruhigte. Wenigstens war sie immer noch in einer Welt, in der Licht Ungeziefer anzog. Sie war immer noch in einer Welt, die sie kannte.

Die Laterne beleuchtete die beiden goldenen Engel, die sich im Gebet einander zuneigten. Ihr Licht traf auf die Ränder des schweren, rissigen Heiligenscheins, den Dee an seinen rechtmäßigen Platz gebracht hatte, gehalten von den Engelsflügeln.

An den steilen Hängen, die über dem Plateau aufragten, hockten die vier Outcasts auf Felsvorsprüngen, und jeder bleiche Krieger sah in eine andere Himmelsrichtung. Die Flügel der Outcasts, die sie angelegt hatten, waren kaum zu sehen, aber im Licht von Daniels Laterne schimmerten die Sternenpfeile in den silbernen Bögen auf, als erwarteten sie jeden Moment die Ankunft der Waage.

Die vier gefallenen Engel, die Luce so vertraut waren, saßen auf den steinernen Sitzen rund um die feierlich platzierten Reliquien: Arriane und Annabelle kerzengerade auf einer Seite, die Flügel verborgen, auf der anderen Seite Cam und Roland. Der Platz zwischen ihnen war frei.

War er für Luce oder für Daniel?

»Gut, bis auf den Mond sind alle hier.« Dee schaute zum Osthimmel hinauf. »Noch fünf Minuten. Daniel, würdest du bitte Platz nehmen?«

Daniel reichte Dee die Laterne und ging über die Marmorplatte. Er stellte sich vor den *Qayom Malak*. Luce wollte zu ihm gehen, aber bevor sie sich auch nur in seine Richtung drehen konnte, wurde Dees Griff um ihre Hand fester. »Bleib bei mir, Schätzchen.«

Daniel setzte sich zwischen Roland und Cam und richtete seinen ausdruckslosen Blick auf Luce.

»Erlaube mir, es zu erklären.« Dees ruhige, klare Stimme hallte von den roten Felswänden wider und alle Engel richteten sich aufmerksam auf. »Wie ich euch bereits gesagt habe, brauchen wir den Mond, und jetzt, in wenigen Augenblicken, wird er uns über diesem Gipfel besuchen kommen.

Er wird durch die Linse des Heiligenscheins herablächeln. Wir haben Glück, dass der Himmel heute Nacht klar ist, sodass nichts die Schatten seiner schönen Krater verbirgt, wenn sie sich mit den Rissen in dem Glas des Heiligenscheins verbinden.

Gemeinsam werden diese Elemente die Umrisse von Kontinenten und die Grenzen von Ländern projizieren, was, zusammen mit den Linien auf der Platte, die Karte des Simulacrum Terra Prima ergeben wird. Genau hier.« Sie zeigte auf eine leere Stelle auf der Marmorstufe, wo sie zuvor gelegen hatte, um den Abstand zwischen dem *Qayom Malak* und der Silbernen Feder zu messen. »Ihr werdet eine Darstellung dessen sehen, wie die Welt gewesen ist, als ihr Engel auf die Erde gestürzt seid. Ja« – sie atmete ein – »nur noch einen Augenblick. Da.«

Die Krone des Mondes stieg über die Felsspitze, die direkt hinter dem Qayom *Malak* hervorragte. Und obwohl der Mond blassweiß und im Abnehmen begriffen war, leuchtete er in diesem Moment hell genug. Die Engel, die Outcasts, Luce und Dee standen minutenlang schweigend da und sahen zu, wie der Mond am Himmel hinaufkletterte, sahen, wie er erst ein wenig Licht und dann ein wenig mehr durch die Glasfläche des Heiligenscheins warf. Die Marmorplatte dahinter war leer, dann trüb, und dann, ganz plötzlich, war die Projektion klar und scharf und real. Sie zeigte Linien, Überschneidungen – *Kontinente* – Grenzen, Länder und Meere.

Es sah unvollständig aus. Einige Linien verloren sich im Nichts, einige Konturen wurden nicht geschlossen. Aber es war deutlich eine Karte der Erde, dachte Luce, so wie sie ausgesehen haben musste, als Daniel sich in sie verliebt hatte. Es weckte etwas in den tiefsten Winkeln ihres Gedächtnisses. Es sah vertraut aus.

»Seht ihr den gelben Stein dort in der Mitte?«, fragte Dee.

Luce kniff die Augen zusammen, um eine Kachel aus dem gleichen, etwas dunkleren gelben Stein zu sehen wie denjenigen, auf den der Kelch gestellt worden war. »Das sind wir, genau hier, in der Mitte von allem.«

»Wie ein Pfeil, der sagt: ›Ihr seid hier‹«, sagte Luce.

»Ganz recht, Liebes.« Dee wandte sich an Luce. »Und jetzt, meine Lucinda, hast du schon herausgefunden, welche Rolle du in dieser Zeremonie spielst?«

Luce wand sich. Was wollten sie von ihr? Dies war die Geschichte der Engel, nicht ihre. Nach diesem ganzen Wirbel war sie doch nur irgendein Mädchen, mitgerissen in dem Versprechen auf Liebe. Daniel hatte sie auf der Erde gefunden, nachdem er in Ungnade gefallen war, man sollte ihn fragen, was los war. »Es tut mir leid. Ich weiß es nicht.«

»Ich werde dir einen Tipp geben«, erwiderte Dee. »Siehst du die Stelle, wo die Engel gefallen sind, auf dieser Karte markiert?«

Luce seufzte, sie wollte zur Sache kommen. »Nein.«

»Vor Jahrtausenden ist verfügt worden, dass dieser Ort auf dieser Karte nur durch Blut offenbart werden kann. Das Blut, das durch unsere Adern fließt, weiß viel mehr als wir. Schau genau hin. Siehst du die Rillen im Marmor? Das sind die Linien, um die Grenzen der angelico-prälapsarischen Erde zu schließen. Sie werden sichtbar werden, sobald das Blut vergossen wurde. Das Blut wird sich an einem äußerst wichtigen Punkt sammeln. Das Wissen, meine Liebe, liegt im Blut.«

»Der Ort des Sturzes«, murmelte einer der Engel ehrfürchtig. Es war Arriane oder Annabelle, Luce konnte es nicht genau sagen.

»Ein bisschen wie bei einer Schatzkarte in einer Abenteuergeschichte wird der Aufschlagpunkt – das ist der Ort des Sturzes – durch einen fünfzackigen Stern aus Blut markiert werden. Also …«

Dee redete weiter, aber Luce konnte nicht mehr hören, was sie sagte. Das war es also, was notwendig sein würde, um Luzifer aufzuhalten. Das war es, was Cam gemeint hatte, was sie tun müsse. Das war der Grund, warum Daniel sie nicht ansehen wollte. Ihre Kehle fühlte sich an, als sei sie mit Baumwolle ausgestopft. Als sie den Mund öffnete, klang ihre Stimme, als spreche sie unter Wasser. »Ihr braucht« – sie schluckte gequält – »mein Blut.«

Dee verschluckte sich fast vor Lachen und legte Luce eine kalte Hand auf die heiße Wange. »Gütiger Himmel, nein, Kind! Du behältst dein Blut. Ich werde euch meines geben.«

»Was?«

»Ganz recht. Während ich diese Welt verlasse, wirst du die silberne Feder mit meinem Blut füllen. Du wirst es in diese Vertiefung östlich der Markierung des goldenen Pfeils gießen« – sie deutete auf eine Kerbe links neben dem Kelch, dann breitete sie dramatisch die Hände aus, um auf die Karte zu zeigen – »und beobachten, wie es durch die Rillen hier und da und dort fließt, bis du den Stern findest. Dann wirst du wissen, wo du Luzifer begegnen und seinen Plan vereiteln kannst.«

Luce ließ die Knöchel knacken. Wie konnte Dee so beiläufig über ihren eigenen Tod sprechen? »Warum solltest du das tun?«

»Nun, dafür wurde ich gezeugt. Engel wurden zur Anbetung geschaffen, und auch ich habe eine Aufgabe.« Dann zog Dee aus einer tiefen Tasche ihres braunen Umhangs einen langen silbernen Dolch.

»Aber das ist …«

Der Dolch, den Miss Sophia benutzt hatte, um Penn zu töten. Der, den sie in Jerusalem gehabt hatte, als sie die gefallenen Engel gefesselt hatte.

»Ja. Den habe ich in Golgotha mitgenommen«, erklärte Dee und bewunderte die kunstvoll gefertigte Klinge. Sie glänzte, als sei sie frisch geschärft worden. »Dieser Dolch hat eine dunkle Geschichte. Es wird Zeit, dass er einer *guten* Verwendung zugeführt wird, Liebes.« Sie streckte die Waffe aus, die Klinge flach auf ihrer offenen Hand, während der Griff auf Luce zeigte. »Es würde mir viel bedeuten, wenn du diejenige wärst, die mein Blut vergießt, Liebes. Nicht nur, weil du mir lieb *bist*, sondern auch, weil du es sein *musst*.«

»Ich?«

»Ja, du. Du musst mich töten, Lucinda.«

Fünfzehn

Das Geschenk

»Ich kann nicht!«

»Du kannst«, sagte Dee. »Und du wirst. Niemand sonst kann es tun.«

»Warum?«

Dee schaute über ihre Schulter in Daniels Richtung. Der blickte immer noch Luce an, aber er schien sie nicht zu sehen. Keiner der Engel erhob sich, um ihr zu helfen.

Dee sprach im Flüsterton. »Wenn du, wie du behauptest, fest entschlossen bist, deinen Fluch zu brechen ...«

»Sie wissen, dass ich das bin.«

»Dann musst du mein Blut benutzen, um ihn zu brechen.«

Nein. Wie konnte ihr Fluch an das Blut von jemand anderem gebunden sein? Dee hatte sie hierher zum *Qayom Malak* gebracht, um den Ort des Engelsturzes zu offenbaren. Das war ihre Rolle als Desideratum. Es hatte nichts mit Luce' Fluch zu tun.

Oder doch?

Brich den Fluch. Natürlich wollte Luce es, es war alles, was sie wollte.

Konnte sie ihn brechen, hier und jetzt? Wie würde sie mit sich selbst leben, wenn sie Dee getötet hätte? Luce sah die alte Frau an, die sie an den Händen nahm.

»Möchtest du nicht die Wahrheit über dein ursprüngliches Leben erfahren?«

»Natürlich will ich das. Aber warum sollte es meine Vergangenheit enthüllen, wenn ich dich töte?«

»Es wird alles Mögliche offenbaren.«

»Das verstehe ich nicht.«

»Oje.« Dee seufzte und schaute an Luce vorbei zu den anderen hinüber. »Diese Engel haben gute Arbeit geleistet, dich zu beschützen – aber sie haben dich auch durch ihren Schutz selbstgefällig werden lassen. Die Zeit ist für dich gekommen, zu erwachen, Lucinda, und um zu erwachen, musst du *handeln.*«

Luce wandte sich ab. Der Ausdruck in Dees goldenen Augen war zu flehentlich, zu intensiv. »Ich habe genug Tod gesehen.«

Ein Engel erhob sich in der Dunkelheit aus dem Kreis, den sie um den Qayom *Malak* gebildet hatten. »Wenn sie es nicht tun kann, dann kann sie es eben nicht tun.«

»Halt die *Klappe,* Cam«, sagte Arriane. »Setz dich hin.«

Cam trat vor, auf Luce zu. Er warf einen Schatten über die Marmorplatte. »Wir sind so weit gekommen. Man kann nicht sagen, wir hätten nicht alles versucht.« Er drehte sich zu den anderen um. »Aber vielleicht kann sie es einfach nicht. Es gibt Grenzen, was man von einem Menschen verlangen kann. Sie wäre nicht das erste Fohlen, mit dem jemand ein Vermögen verloren hätte. Also, was ist, wenn sie zufällig das letzte wäre?«

Sein Tonfall passte nicht zu seinen Worten, genauso wenig wie seine Augen, die mit verzweifelter Aufrichtigkeit sagten: *Du kannst es tun. Du musst es tun.*

Luce wog den Dolch in der Hand. Sie hatte gesehen, wie

diese Klinge Penn das Leben genommen hatte. Sie hatte seinen Stich gespürt, als Sophia versucht hatte, sie in der Kapelle der Sword & Cross zu ermorden. Der einzige Grund, warum Luce jetzt nicht tot war, war der, dass Daniel durch das bunte Glasfenster gekracht war, um sie zu retten. Der einzige Grund, warum sie keine Narbe trug, war Gabbes heilende Berührung. Sie hatten ihr Leben für diesen Moment gerettet. Damit sie das Leben einer anderen nehmen konnte.

Dee bemerkte, wie sehr die Furcht Luce abgelenkt hatte. Sie bedeutete Cam, sich hinzusetzen. »Vielleicht wäre es besser, Liebes, wenn du es nicht als meine Tötung ansiehst. Du würdest mir das größte Geschenk machen, Lucinda. Kannst du nicht sehen, dass ich bereit bin, weiterzuziehen?« Sie lächelte. »Ich weiß, es ist schwer zu verstehen, aber es kommt eine Zeit in der Reise eines sterblichen Körpers, in der er danach strebt, auf die bestmögliche Weise zu sterben. Sie nannten es früher einen ›guten Tod‹. Es wird Zeit für mich zu gehen, und wenn du mir das Geschenk dieses *sehr* guten Todes machst, verspreche ich dir, dass du es nicht bereuen wirst.«

Mit von Tränen brennenden Augen schaute Luce an Dee vorbei. »Dan... «

»Ich kann dir nicht helfen, Luce.« Daniel antwortete, bevor sie auch nur seinen Namen ausgesprochen hatte. »Du musst es allein tun.«

Roland erhob sich von seinem Platz und studierte die Karte. Er schaute nach Osten, zum Mond hinüber. »Wenn es damit getan wäre, wenn es getan ist, dann wäre es gut, wenn es schnell getan werden würde.«

»Es bleibt nicht viel Zeit«, übersetzte Dee und legte Luce eine zerbrechliche Hand auf die Schulter.

Luces Hände zitterten und schwitzten auf dem silbernen

Griff des Dolches, wodurch sie ihn nur schwer halten konnte. Hinter Dee konnte sie die Marmorplatte mit der halbfertigen Karte sehen, und hinter der Karte den *Qayom Malak,* in dem der gläserne Heiligenschein steckte. Die silberne Feder stand zu Dees Füßen.

Luce hatte schon früher ein Opfer erlebt: In Chichén Itzá, als sie mit ihrem früheren Ich Ix Cuat verschmolzen war. Das Ritual ergab für Luce keinen Sinn. Warum musste etwas, das man liebte, sterben, damit etwas anderes, das man liebte, leben konnte? Hatte derjenige, der diese Regeln gemacht hatte, nicht daran gedacht, dass sie eine Erklärung verdienten? Es war wie bei Abraham, als er gebeten wurde, Isaak zu opfern. Hatte Gott die Liebe erschaffen, um den Schmerz noch schlimmer zu machen?

»Wirst du es für mich tun?«, fragte Dee.

Brich den Fluch.

»Wirst du es für dich selbst tun?«

Luce hielt das Messer in den offenen Händen. »Was muss ich machen?«

»Ich werde dir dabei helfen.« Dees linke Hand schloss sich um Luces rechte, die sich um den Dolch schloss. Der Griff war schweißnass.

Mit ihrer rechten Hand band Dee ihren Umhang auf und legte ihn ab, sodass sie in einer langen weißen Tunika vor Luce stand. Der obere Teil ihres Brustkorbs war nackt und offenbarte ihre Pfeilspitzentätowierung.

Luce wimmerte bei ihrem Anblick.

»Bitte, mach dir keine Sorgen, Liebes. Ich gehöre zu einer ganz speziellen Sorte, und dieser Moment war immer mein Schicksal. Ein schneller Stoß der Klinge in mein Herz sollte mich erlösen.«

Es war das, was Luce hören musste. Der Dolch zitterte, als Dee ihn zu der Tätowierung auf ihrer Brust führte. Doch die alte Frau konnte Luce nur in einem begrenzten Maß Halt geben, und Luce wusste, dass sie die Klinge bald würde allein halten müssen.

»Du machst das sehr gut.«

»Warten Sie!«, rief Luce, als die Klinge Dees Fleisch einritzte. Ein roter Blutstropfen quoll aus ihrer Haut, direkt über dem Saum der Tunika. »Was wird mit Ihnen geschehen, wenn Sie sterben?«

Dee lächelte so friedlich, dass Luce keinen Zweifel daran hatte, dass es zu ihrem Besten war. »Nun, Liebes, ich werde in das Meisterwerk schlüpfen.«

»Sie werden in den Himmel kommen, nicht wahr?«

»Lucinda, lass uns nicht darüber reden …«

»Bitte. Ich kann Sie nicht aus diesem Leben entlassen, wenn ich nicht weiß, wie Ihr nächstes aussehen wird. Werde ich Sie wiedersehen? Gehen Sie einfach fort wie ein Engel?«

»Oh nein, mein Tod wird ein geheimes Leben sein, wie Schlaf«, antwortete Dee. »Sogar besser als Schlaf, denn ich werde ausnahmsweise einmal träumen können. Im Leben träumen Transhimmlische nie. Ich werde von Doktor Otto träumen. Es ist so lange her, seit ich meinen Liebsten gesehen habe, Lucinda. Das kannst du doch sicher verstehen?«

Luce wollte weinen. Sie verstand. Natürlich verstand sie das.

Noch heftiger zitternd als zuvor, zog sie das Messer wieder über die Tätowierung auf Dees Brust. Die alte Frau drückte ihr ganz sanft die Hände. »Gott segne dich, Kind. Sei reich gesegnet. Und jetzt beeile dich.« Dee warf einen ängstlichen Blick zum Himmel hinauf, zum Mond. »Hinein damit.«

Luce ächzte, als sie der alten Frau das Messer in die Brust stieß. Die Klinge bohrte sich durch Fleisch und Knochen und Muskeln – und dann steckte sie bis zum Griff in ihrem schönen Herzen. Luces und Dees Gesichter berührten einander fast. Ihre Atemwolken vermischten sich in der Luft.

Dee knirschte mit den Zähnen und packte Luce' Hand, als sie die Klinge scharf nach links drehte. Ihre goldenen Augen weiteten sich, dann erstarrten sie vor Schmerz und Schreck. Luce wollte wegsehen, aber sie konnte nicht. Sie suchte nach dem Schrei in sich.

»Zieh die Klinge heraus«, flüsterte Dee. »Gieße mein Blut in die silberne Feder.«

Luce wand sich und zog den Dolch hinaus. Sie spürte, wie etwas tief in Dee zerriss. Die Wunde war eine klaffende schwarze Höhle. Blut strömte hinaus. Es war beängstigend zu sehen, wie Dees goldene Augen sich trübten. Die Dame brach auf dem mondbeschienenen Plateau zusammen.

In der Ferne erscholl das Kreischen eines Mitglieds der Waage. Alle Engel schauten nach oben.

»Luce, du musst schnell machen«, sagte Daniel. Seine erzwungene Ruhe schürte die Angst mehr, als offene Panik es getan hätte.

Luce hielt den Dolch noch immer in den Händen. Er war glitschig und rot und tropfte vor transhimmlischem Blut. Sie warf ihn zu Boden. Er landete mit einem blechernen Klirren, das sie wütend machte, weil es wie ein Spielzeug klang und nicht wie die mächtige Waffe, die zwei Seelen getötet hatte, die Luce liebte.

Sie wischte sich die blutigen Hände am Umhang ab und rang nach Luft. Hätte Daniel sie nicht aufgefangen, wäre sie zusammengesackt.

»Es tut mir leid, Luce.« Er küsste sie und seine Augen strahlten in ihrer alten Zärtlichkeit.

»Was tut dir leid?«

»Dass ich dir dabei nicht helfen konnte.«

»Warum nicht?«

»Du hast getan, was keiner von uns tun konnte. Du hast es allein getan.« Er fasste sie an den Schultern und drehte sie zu dem Bild, das sie nicht sehen wollte.

»Nein. Bitte, zwing mich nicht ...«

»Sieh hin«, sagte Daniel.

Dee saß aufrecht da und hielt die silberne Feder in den Armen, sodass ihr Rand sich ihr gegen die Brust drückte. Blut quoll ungehindert aus ihrem Herzen und schoss mit jedem kraftvollen Schlag heraus, als sei es nicht Blut, sondern etwas Magisches und Seltsames aus einer anderen Welt. Luce nahm an, dass es das auch war. Dees Augen waren geschlossen, aber sie strahlte, ihr Gesicht erhoben, vom Mond erhellt. Sie sah nicht aus, als hätte sie je Schmerzen gelitten.

Nachdem der Kelch gefüllt war, trat Luce vor und bückte sich, um ihn aufzuheben und zurück auf den gelben Pfeil zu stellen. Als sie die silberne Feder Dee entwand, versuchte die alte Frau aufzustehen. Sie stemmte die blutigen Hände auf den Boden, um sich aufzurichten. Ihre Knie zitterten, als sie sich mühsam auf einen Fuß, dann auf den anderen stellte. Sie beugte sich vornüber und zuckte leicht, als sie den braunen Umhang aufhob. Luce begriff, dass sie versuchte, ihn sich wieder über die Schultern zu hängen, damit ihre Wunde bedeckt war. Arriane kam herbei, um ihr zu helfen, doch schon sickerte weiteres Blut durch den Umhang.

Dees goldene Augen waren blasser, ihre Haut beinahe durchscheinend. Alles an ihr wirkte gedämpft und weich, als sei sie bereits an einem anderen Ort. Ein neues Schluchzen stieg in Luce' Brust auf, als Dee einen stockenden Schritt auf sie zu machte.

»Dee!« Luce überwand die Entfernung zwischen ihnen und streckte die Arme aus, um die sterbende Frau aufzufangen. Ihr Körper fühlte sich an wie ein Bruchteil dessen, was sie gewesen war, bevor Luce den Dolch in die Hände genommen hatte.

»Scht«, gurrte Dee. »Ich wollte dir nur danken, Liebes. Und dir dieses kleine Abschiedsgeschenk machen.« Sie griff in ihren Umhang. Als sie die Hand herauszog, war ihr Daumen dunkel vor Blut. »Das Geschenk der Selbsterkenntnis. Du darfst nicht vergessen, dass du träumst, was du bereits weißt. Jetzt ist für mich die Zeit gekommen zu schlafen und für dich die Zeit zu erwachen.«

Dees Blick glitt über Luce' Gesicht, und es schien, als könne sie alles sehen, was Luce ausmachte – ihre ganze Vergangenheit und ihre ganze Zukunft. Schließlich drückte sie ihren blutigen Daumen Luce mitten auf die Stirn.

»Genieße es, Liebes.«

Dann schlug sie auf dem Boden auf.

»Dee!« Luce stürzte zu ihr, aber die alte Frau war tot. *»Nein!«*

Daniel fasste sie von hinten an den Schultern und gab ihr Halt, doch es konnte Dee nicht zurückbringen oder die Tatsache ändern, dass Luce sie getötet hatte. Nichts konnte das.

Luce' Augen schwammen in Tränen. Wind rauschte von Westen heran und pfiff von den geschwungenen Hängen, was ein weiteres Kreischen der Waage nach sich zog. Es kam Luce so vor, als versinke die ganze Welt im Chaos und als würde sich nichts jemals wieder beruhigen. Sie berührte den blutigen Daumenabdruck auf ihrer Stirn …

Weißes Licht flammte um sie herum auf. Ihr Inneres brannte heiß. Sie taumelte, streckte die Arme aus und schwankte, während ihr Körper sich füllte mit …

Licht.

»Luce?« Daniels Stimme klang weit entfernt.

Starb sie?

Sie fühlte sich plötzlich elektrisiert, als sei der Daumenabdruck auf ihrer Stirn ein Zündungsschalter und als hätte Dee ihre Seele in Gang gesetzt.

»Ist das ein weiteres Zeitbeben?«, fragte sie, obwohl der Himmel nicht grau war, sondern strahlend weiß. So hell, dass sie Daniel oder einen der anderen Engel ringsum nicht sehen konnte.

»Nein.« Rolands Stimme. »Das ist sie.«

»Das bist du, Luce.« Daniels Stimme zitterte.

Ihre Füße berührten flüchtig den Stein, als ihr Körper sich im Glanz der Schwerelosigkeit erhob. Für einen Moment summte die Welt in strahlender Harmonie.

Jetzt ist für dich die Zeit gekommen zu erwachen.

Die Luft vor Luce schien zu zittern und verwandelte sich von Weiß in ein verschwommenes Grau. Dann kam aus weiter Ferne die Vision von Bills grinsendem Gesicht. Seine schwarzen Flügel breiteten sich weiter aus als der Himmel, weiter als tausend Galaxien, füllten ihren Geist, füllten jeden Winkel im Universum, verschlangen Luce mit unendlichem Zorn.

Diesmal werde ich gewinnen.

Seine Stimme war scharf wie Glasscherben, die über nackte Haut gezogen wurden.

Wie nah war er jetzt?

Luce kam mit den Füßen auf dem Boden des Tafelbergs auf. Das Licht war fort.

Sie fiel auf die Knie und landete neben Dee, die auf der Seite ruhte, einen Arm um den Kopf gelegt, während ihr langes rotes Haar sich wie Blut um sie herum ergoss. Ihre Augen waren geschlossen, ihr Gesicht entspannt, so anders als das Gesicht, das Luce während der letzten Woche nicht losgelassen hatte. Sie versuchte aufzustehen, aber sie kam sich unbeholfen vor.

Daniel ließ sich neben ihr auf der Marmorplatte nieder und nahm sie in die Arme. Der Geruch seines Haares und die Berührung seiner Hände beruhigten sie. Er flüsterte: »Ich bin hier, Luce, es ist alles gut.«

Sie wollte ihm nicht sagen, dass sie immer wieder Bill sah. Sie wollte zurück zu diesem Licht. Sie berührte den Daumenabdruck auf ihrer Stirn, doch nichts geschah. Dees Blut war trocken.

Daniel sah sie mit zusammengepressten Lippen an. Er strich ihr das Haar aus den Augen und legte ihr die Hand auf die Stirn. »Du bist ganz heiß.«

»Mir geht es gut.« Sie fühlte sich wirklich fiebrig, aber es war keine Zeit, sich darüber Sorgen zu machen. Sie erhob sich taumelnd und schaute zum Mond auf.

Er war genau über ihnen, mitten am Himmel. Dies war der Augenblick, auf den sie warten sollten, der Augenblick, für den Dee gestorben war.

»Luce. Daniel.« Rolands Stimme. »Ihr solltet euch das besser ansehen.«

Er hielt den Kelch schräg und kippte den Rest von Dees Blut in die Vertiefung am Rand der Karte. Als Luce und

Daniel neben die anderen traten, war das Blut bereits in die meisten der unterbrochenen Linien des Marmors hineingeflossen. Obwohl Dee gesagt hatte, dass die Erde zur Zeit des Engelsturzes anders ausgesehen habe, ähnelte die Karte vor ihnen immer mehr einer modernen Karte der Erde.

Südamerika stieß beinahe an Afrika. Die nordöstliche Ecke Nordamerikas schob sich dicht an Europa heran, aber größtenteils sah es aus wie heute. Da war der Streifen Wasser, wo der Golf von Suez das ägyptische Festland von der Sinai-Halbinsel trennte, und in der Mitte der Halbinsel lag der gelbe Stein, der das Plateau markierte, auf dem sie sich gerade befanden. Im Norden lag das Mittelmeer, von tausend kleinen Inseln übersät – und am Ende seines schmalen Gürtels, an dem Punkt, wo Asien nach Europa griff, formte sich eine flache Blutlache langsam zu einem Stern.

Luce hörte Daniel neben sich schlucken. Die Engel blickten alle wie vor den Kopf geschlagen, als Dees Blut die Spitzen des Sterns ausfüllte und die heutige Türkei auswies – genauer gesagt –

»Troja«, stieß Daniel schließlich hervor und schüttelte verwundert den Kopf. »Wer hätte gedacht …«

»*Wieder einmal*«, sagte Roland, dessen Tonfall ein langes, gespanntes Verhältnis zu der Stadt verriet.

»Ich hatte immer das Gefühl, dass dieser Ort dem Untergang geweiht war.« Arriane schauderte. »Aber ich …«

»Habe nie gewusst, warum«, beendete Annabelle ihren Satz.

»Cam?«, fragte Daniel, und die anderen richteten den Blick von der Karte auf den Dämon.

»Ich werde gehen«, sagte Cam schnell. »Kein Problem.«

»Dann wäre das geklärt«, meinte Daniel, als könne er es nicht glauben. »Philipp«, rief er und schaute nach oben.

Phil und seine drei Outcasts erhoben sich von ihren Plätzen oben auf den Hängen.

»Verständige die anderen.«

Welche anderen? Wer war denn sonst noch übrig?, dachte Luce.

»Was soll ich ihnen sagen?«, fragte Phil.

»Sag ihnen, dass wir den Ort des Sturzes kennen, dass wir jetzt nach Troja aufbrechen.«

»Nein.« Luce' Stimme hielt den Outcast zurück. »Wir können noch nicht gehen. Was ist mit Dee?«

Am Ende war es keine Überraschung, dass Dee sich um alles gekümmert hatte, bis zu den Anweisungen für ihre Totenfeier. Annabelle fand sie; sie steckten zwischen den Brettern des Deckels der Holztruhe, welche, wie Dees Brief erklärte, umgedreht eine Bahre ergab. Die Sonne stand bereits tief am Himmel, als sie begannen, ihre Gedenkfeier zu halten. Es war das Ende des siebten Tages, aber Dees Brief versicherte ihnen, dass dies keine Zeitverschwendung sein würde.

Roland, Cam und Daniel trugen die Totenbahre zur Mitte der Marmorplattform. Sie bedeckte die Karte vollständig, sodass die Waage dort bei ihrer Landung eine Beerdigung sehen würde, nicht den Ort des Engelsturzes.

Annabelle und Arriane trugen den Leichnam zur Bahre und legten ihn vorsichtig so darauf, dass sich Dees Herz direkt über dem Stern aus ihrem Blut befand. Luce erinnerte sich daran, dass Dee gesagt hatte, Heiligtümer seien über

Heiligtümern erbaut worden. Ihr Körper würde ein schützendes Heiligtum für die Karte bilden, die sie verbarg.

Cam legte Dees Umhang über ihren Leichnam, aber er ließ ihr Gesicht frei. An ihrer letzten Ruhestätte wirkte Dee, ihr Desideratum, klein, aber mächtig. Und sie wirkte friedlich. Luce wollte glauben, dass Dee mit Dr. Otto durch Träume wandelte.

»Sie will, dass Luce diejenige ist, die sie segnet«, las Annabelle aus dem Brief vor.

Daniel drückte ihr die Hand, als wolle er sagen: *Bist du okay?*

Luce hatte noch nie so etwas getan. Sie wartete auf ein Gefühl der Befangenheit, dass sie ein schlechtes Gewissen hätte, weil sie auf der Beerdigung für jemanden sprach, den sie ermordet hatte. Stattdessen erfasste sie ein Empfinden von Ehre und Ehrfurcht.

Sie trat an die Totenbahre. Doch dann nahm sie sich einige Augenblicke Zeit, um sich zu sammeln.

»Dee war unser Desideratum«, begann sie. »Aber sie war mehr als ein begehrenswertes Ding.«

Sie holte Luft, und ihr wurde klar, dass sie nicht nur Dee segnete, sondern auch Gabbe und Molly, deren Körper sich in Staub aufgelöst hatten – und Penn, an deren Beerdigung sie nicht hatte teilnehmen können. Es war alles zu viel. Die Welt um sie herum drehte sich und die Worte verschwanden. Sie wusste nur noch, dass Dee ihr Opferblut auf die Stirn geschmiert hatte.

Es war Dees Geschenk an Luce.

Du darfst nicht vergessen, dass du träumst, was du bereits weißt.

Blut pochte in ihren Schläfen. Ihr Kopf und ihr Herz standen vor Hitze in Flammen, doch ihre Finger waren eisig, als sie Dees Hand ergriff.

»Irgendetwas geschieht.« Luce schloss die Augen und sah ein leuchtend weißes Licht durch die Lider.

»Luce ...«

Als sie die Augen öffnete, hatten die Engel ihre Umhänge abgeworfen und die Flügel entfaltet. Das Plateau war lichtdurchflutet. Eine riesige Menge von Waage-Engeln kreischte irgendwo über ihr.

»Was geht hier vor?« Sie hielt sich die Hand über die Augen.

»Wir müssen uns beeilen, Daniel«, rief Roland von oben. Waren die anderen Engel bereits abgeflogen? Woher kam das Licht?

Daniel schlang ihr die Arme um die Taille. Er hielt sie fest. Es tat gut, aber sie hatte trotzdem Angst.

»Ich bin hier bei dir, Lucinda. Ich liebe dich, was auch geschieht.«

Sie wusste, dass ihre Füße sich vom Boden hoben, dass ihr Körper sich aufschwang. Sie wusste, dass sie bei Daniel war. Sie nahm ihren Flug durch den brennenden Himmel jedoch kaum wahr, nahm kaum etwas anderes wahr als das seltsame neue Pulsieren in ihrer Seele.

Sechzehn

Apokalypse

Irgendwo unterwegs begann es zu regnen. Regentropfen prasselten auf Daniels Flügel. Donner grollte am Himmel vor ihnen. Blitze zerrissen die Nacht. Luce hatte geschlafen oder sich in einem schweren, schlafähnlichen, von Träumen beherrschten Zustand befunden.

Der unablässige Gegenwind war brutal und presste Luce gegen Daniels Körper. Die Engel flogen mit einer ungeheuren Geschwindigkeit hindurch, jeder Flügelschlag stieß sie über ganze Städte, über Gebirgszüge. Sie flogen über Wolken, die wie riesige Eisberge aussahen, doch sie passierten sie in einem Wimpernschlag.

Luce wusste nicht, wo sie waren oder wie lange sie schon unterwegs waren. Aber ihr war nicht danach zumute, zu fragen.

Es war wieder dunkel. Wie viel Zeit verblieb noch? Sie konnte sich nicht erinnern. Zählen schien unmöglich, obwohl Luce es früher geliebt hatte, komplexe Rechenaufgaben zu lösen. Sie lachte beinahe bei dem Gedanken, in Mathe an einem hölzernen Pult neben zwanzig sterblichen Kindern zu sitzen und auf einem Radiergummi zu kauen. Hatte sie das wirklich jemals erlebt?

Die Temperatur sank. Der Regen wurde stärker, als die Engel in einen Sturm flogen, der weiter reichte, als ihre Augen sehen konnten. Jetzt klangen die Regentropfen, die auf Daniels Flügel klatschten, wie Hagel, der auf vereisten Schnee traf.

Das Regen kam von der Seite und von unten. Luce war völlig durchnässt. Einen Moment war ihr heiß, im nächsten kalt. Daniels Hände, die sie umfasst hielten, rieben ihr die Gänsehaut von den Armen. Sie beobachtete, wie Wasser von den Spitzen ihrer schwarzen Stiefel in die Tiefe strömte.

Visionen erschienen durch den Sturm in der Dunkelheit. Sie sah Dee, die ihr rotes Haar löste, sodass es ihr um den Körper wirbelte. Die alte Dame flüsterte: *Brich den Fluch.* Ihre Haare wurden zu blutigen Fühlern, die sie einhüllten wie eine Mumie, dann wie der Kokon einer Raupe ... bis ihr Körper sich in eine gewaltige Säule aus dickem, tropfendem Blut verwandelte.

Durch den Nebel schien ein goldenes Licht, das immer heller wurde. In dem Raum zwischen Luces Füßen und dem Flecken Land, den sie beobachtet hatte, nahmen Cams Flügel Gestalt an.

»Ist es das?«, rief Cam durch den Wind.

»Keine Ahnung«, antwortete Daniel.

»Wie *werden* wir es wissen?«

»Wir werden es einfach wissen.«

»Daniel. Die Zeit ...«

»Hetz mich nicht. Wir müssen sie an den richtigen Ort bringen.«

»Schläft sie?«

»Sie ist fiebrig. Ich weiß es nicht. Scht.«

Mit einem frustrierten Knurren verschwand Cams Leuchten wieder im Dunst.

Luces Lider flackerten. Schlief sie wirklich? Der Himmel schien Albträume zu regnen. Jetzt sah sie Miss Sophia, ihre schwarzen Augen glänzten in dem Licht, das die Regentropfen reflektierten. Sie hob den Dolch, und ihre Perlenarmbänder rasselten, als sie Luce das Messer ins Herz rammte. Ihre Worte – *Vertrauen ist ein schlechter Ratgeber* – hallten in Luce' Kopf wider, bis sie schreien wollte. Dann flackerte und kreiselte die Vision von Miss Sophia und verdunkelte sich zu dem Gargoyle, dem Luce so arglos vertraut hatte.

Der kleine Bill, der sich als Freund ausgegeben hatte, während er die ganze Zeit über etwas Gewaltiges und Schreckliches verborgen hatte. Vielleicht war es das, was Freundschaft dem Teufel bedeutete: Liebe, stets mit einem Hauch des Bösen. Der Körper des Gargoyles war eine Hülle für Kräfte, die auf dunkle Weise mächtig waren.

In ihrer Vision bleckte Bill verrottete schwarze Reißzähne und stieß Rostwolken aus. Er brüllte, aber lautlos, eine Stille, die schlimmer war als alles, was er jemals hätte sagen können, denn ihre Fantasie füllte die Leere aus. Er nahm ihre Sichtebene ein als Luzifer, als das Böse, als das Ende.

Sie riss die Augen auf und schloss die Hände um Daniels Arme, die sie umfingen, während sie durch den endlosen Sturm flogen.

Du hast keine Angst, schwor sie sich stumm im Regen. Es war das Schwerste, wovon sie sich selbst auf dieser Reise überzeugen musste.

Wenn du ihm wieder gegenüberstehst, wirst du keine Angst haben.

»Leute«, sagte Arriane, die rechts von Daniels Flügeln auftauchte. »Seht euch das an.«

Die Wolken waren dünner geworden. Unter ihnen lag ein

Tal, ein breiter Strich steinigen Ackerlandes, das auf seiner westlichen Seite an eine Meerenge stieß. Ein riesiges hölzernes Pferd stand in der kargen Landschaft, ein Monument einer dunklen Vergangenheit. Luce konnte steinerne Ruinen neben dem Pferd ausmachen, ein römisches Theater, einen Parkplatz aus der Gegenwart.

Die Engel flogen weiter. Das Tal breitete sich unter ihnen aus, dunkel bis auf ein einziges Licht in der Ferne: eine elektrische Lampe, die durch das Fenster einer kleinen Hütte mitten im Hang schien.

»Fliegt zum Haus«, rief Daniel den anderen zu.

Luce hatte eine Reihe von Ziegen beobachtet, die über die aufgeweichten Felder zogen und sich in einem Aprikosenhain sammelten. Ihr drehte sich der Magen um, als Daniel plötzlich nach unten schoss. Als sie den Boden berührten, waren Luce und die Engel ungefähr eine Viertelmeile von der weißen Hütte entfernt.

»Lasst uns hineingehen.« Daniel nahm ihre Hand. »Sie werden uns erwarten.«

Luce lief neben Daniel durch den Regen. Das dunkle Haar klebte ihr im Gesicht und ihr geborgter Mantel kam ihr vor, als sei er von tonnenschweren Regentropfen durchnässt.

Sie stapften einen gewundenen Schlammpfad hinauf, als ein großer Wassertropfen an Luces Wimpern klebte und ihr ins Auge lief. Als sie ihn wegrieb und blinzelte, hatte die Erde sich vollkommen verändert.

Ein Bild blitzte vor ihr auf, eine lang vergessene, wachgerufene Erinnerung:

Der nasse Boden unter ihren Füßen war nicht mehr grün, sondern schwarzverkohlt an einer Stelle, aschegrau an einer anderen. Das Tal ringsum war von tiefen, qualmenden Kratern übersät. Luce roch ein Blutbad, verschmortes Fleisch und Verwesung, ein Geruch so stark und stechend, dass er ihr in der Nase brannte und am Gaumen klebte. Es zischte aus Trichtern, als beherbergten sie Klapperschlangen. Staub – Engelsstaub – war überall. Er schwebte durch die Luft, bedeckte den Boden und die Felsen, fiel ihr wie Schneeflocken ins Gesicht.

Aus dem Augenwinkel nahm sie etwas Silbernes wahr. Es sah aus wie die Scherben eines Spiegels, nur dass es phosphorizierte – schimmerte, beinahe lebendig wirkte. Luce ließ Daniels Hand los, fiel auf die Knie und kroch über den schlammigen Boden auf das zerbrochene silberne Glas zu.

Sie wusste nicht, warum sie das tat. Sie wusste nur, dass sie es berühren musste.

Sie griff nach einem großen Stück und stöhnte vor Anstrengung. Sie hatte die Hand fest darum gelegt …

Und dann blinzelte sie und hielt nichts als eine Handvoll weichen Schlamms in den Fingern.

Sie sah zu Daniel auf und ihre Augen füllten sich mit Tränen. »Was geschieht hier?«

Er sah Arriane an. »Bring Luce hinein.«

Sie spürte, wie sie an den Armen hochgezogen wurde. »Dir passiert nichts, Kleine«, murmelte Arriane. »Ehrenwort.«

Die dunkle Holztür der Hütte wurde geöffnet und ein warmes Licht fiel heraus. Steven Filmore, Luce' Lieblingslehrer aus der Shoreline, spähte den nassen Engeln ruhig und gefasst entgegen.

»Ich bin froh, dass du es geschafft hast«, sagte Daniel.

»Gleichfalls.« Stevens Stimme war entspannt und wie die eines Professors, genau wie Luce ihn in Erinnerung hatte. Irgendwie war es beruhigend.

»Geht es ihr gut?«, fragte Steven.

Nein. Sie drehte gleich durch.

»Ja.« Daniels Zuversicht überraschte Luce.

»Was ist mit ihrem Hals passiert?«

»Wir sind in Wien einigen Mitgliedern der Waage über den Weg gelaufen.«

Luce halluzinierte. Es ging ihr nicht gut. Zitternd sah sie in Stevens Augen. Sein Blick war fest, tröstend.

Es geht dir gut. Es muss dir gut gehen. Für Daniel.

Steven hielt die Tür auf und ließ sie herein. Die kleine Hütte hatte einen Lehmboden und ein Strohdach. In einer Ecke lag ein Haufen Decken und Teppiche, neben dem Feuer war ein primitiver Kochherd aufgestellt und in der Mitte des Raumes befanden sich vier Schaukelstühle.

Vor den Stühlen stand Francesca – Stevens Frau und ebenfalls Lehrerin an der Shoreline. Phil und die anderen drei Outcasts lehnten wachsam an der hinteren Wand der Hütte. Annabelle, Roland, Arriane, Daniel und Luce zwängten sich in die vom Feuer erhellte Wärme des Hauses.

»Was jetzt, Daniel?«, fragte Francesca ganz geschäftsmäßig.

»Nichts«, sagte Daniel schnell. »Noch nichts.«

Warum nicht? Hier waren sie auf den Feldern Trojas, nahe der Stelle, an der sie Luzifers Landung erwarteten. Sie waren hierher geeilt, um ihn aufzuhalten. Warum alles durchmachen, was sie in dieser Woche durchgemacht hatten, nur um in einer Hütte herumzusitzen und zu warten?

»Daniel«, sagte Luce. »Ich könnte eine Erklärung gebrauchen.«

Aber Daniel sah nur Steven an.

»Bitte, nehmt Platz.« Steven führte Luce zu einem der

Schaukelstühle. Sie sank hinein und nickte ihm dankend zu, als er ihr eine Metalltasse mit würzigem türkischem Apfeltee reichte. Er machte eine ausholende Handbewegung. »Es ist nicht viel, aber sie hält den Regen und den größten Teil des Windes ab, und ihr wisst ja, was man sagt …«

»Lage, Lage, Lage«, beendete Roland seinen Satz. Er stützte sich auf die Armlehne des Schaukelstuhls, in dem Arriane sich Luce gegenüber zusammengerollt hatte.

Annabelle ließ den Blick über den Regen, der am Fenster heulte, und den engen Raum wandern. »Also, *das* ist der Ort des Sturzes? Ich meine, ich kann es irgendwie spüren, aber ich weiß nicht, ob es daran liegt, dass ich es so fest versuche. Es ist *unheimlich.*«

Steven putzte die Brille an seinem Seemannspullover. Er setzte sie wieder auf und fuhr in seinem Professorenton fort. »Der Ort des Sturzes ist sehr groß, Annabelle. Stell dir den Platz vor, den man für einhundertundfünfzig Millionen achthundertsiebenundzwanzig Tausend achthundertundeinundsechzig …«

»Du meinst einhundertundfünfzig Millionen achthundertsiebenundzwanzig Tausend *siebenhundertundsechsundvierzig* …« unterbrach Francesca.

»Natürlich gibt es Unstimmigkeiten.« Steven kam seiner schönen, streitlustigen Ehefrau immer entgegen. »Der Punkt ist, dass viele Engel gestürzt sind, also war der Aufprallort gewaltig.« Er warf Luce einen schnellen Blick zu. »Aber ihr befindet euch tatsächlich an einem Teil des Ortes, an dem die Engel zur Erde gestürzt sind.«

»Wir sind der Karte der alten Braut gefolgt«, sagte Cam, der im Feuer im Herd stocherte. Es war heruntergebrannt, doch er erweckte es wieder zu tosendem Leben. »Aber ich frage mich noch immer, woher wir die Gewissheit nehmen sollen, dass es hier ist. Es ist nicht mehr viel Zeit übrig. Woher *wissen* wir es?«

Weil ich Visionen davon habe, schrie Luce' Verstand plötzlich. *Weil ich irgendwie da war.*

»Ich bin froh, dass du fragst.« Francesca breitete auf dem Boden zwischen den Schaukelstühlen eine Pergamentrolle aus. »Die Bibliothek der Nephilim in der Shoreline besitzt eine Karte vom Ort des Sturzes. Die Karte wurde in einem so kleinen Maßstab gezeichnet, dass es überall hätte sein können, bis jemand einen geografischen Standort ermitteln konnte.«

»Es hätte genauso gut eine Ameisenfarm sein können«, fügte Steven hinzu. »Wir haben auf Daniels Signal gewartet, seit Luce durch die Verkünder zurückgekommen ist. Wir haben euren Weg verfolgt und versucht, in Reichweite zu bleiben für den Fall, dass ihr uns braucht.«

»Die Outcasts haben uns kurz nach Mitternacht in unserem Wintersitz in Kairo gefunden.« Francesca zog die Schultern zusammen, als wehre sie ein Schaudern ab. »Glücklicherweise hatte dieser dein Zeichen, oder wir hätten vielleicht ...«

»Er heißt Philipp. Die Outcasts stehen jetzt auf unserer Seite«, unterbrach Daniel sie.

Es war merkwürdig, dass Phil sich monatelang in der Shoreline als Schüler ausgegeben hatte und Francesca ihn nicht erkannt hatte. Andererseits schenkte die versnobte Engellehrerin nur den »begabten« Schülern an der Schule Beachtung.

»Ich hatte gehofft, dass ihr es rechtzeitig schaffen würdet«, warf Daniel ein. »Wie standen die Dinge in der Shoreline, als ihr aufgebrochen seid?«

»Nicht gut«, antwortete Francesca. »Für dich war es sicherlich schlimmer, aber trotzdem war es nicht gut für uns. Die Waage ist am Montag durch die Shoreline gekommen.«

Daniel biss die Zähne zusammen. »Nein.«

»Miles und Shelby«, stieß Luce hervor. »Sind sie okay?«

»Deinen Freunden geht es gut. Sie konnten nichts finden, was sie uns zur Last legen konnten …«

»Ganz recht«, erklärte Steven stolz. »Meine Frau hat den Laden fest im Griff. Über jeden Tadel erhaben.«

»Trotzdem«, sagte Francesca. »Die Schüler waren sehr beunruhigt. Einige unserer größten Förderer haben ihre Kinder von der Schule genommen.« Sie hielt inne. »Ich hoffe, dies ist es wert.«

Arriane sprang auf. »Darauf kannst du deinen Arsch verwetten.«

Roland erhob sich schnell und zog Arriane wieder zurück auf ihren Platz. Steven ergriff Francescas Arm und schob sie zum Fenster hinüber. Schon bald tuschelten alle, und Luce hatte nicht genug Kraft, um mehr als Arrianes lautes: »Die kann sich ihre fette Geldspritze sonstwohin stecken« zu hören.

Draußen vor den Fenstern waren die Berge in ein schmales Band rostroten Lichts getaucht. Während Luce es betrachtete, krampfte sich ihr Magen zusammen, weil sie wusste, dass es den Sonnenaufgang des achten Tages anzeigte, des letzten vollen Tages, bevor …

Daniels Hand lag auf ihrer Schulter, warm und stark. »Wie geht es dir?«

»Mir geht es gut.« Sie richtete sich auf und heuchelte Wachsamkeit. »Was müssen wir als Nächstes tun?«

»Schlafen.«

Sie straffte die Schultern. »Nein, ich bin nicht müde. Die Sonne geht auf, und Luzifer ...«

Daniel beugte sich über den Schaukelstuhl und küsste sie auf die Stirn. »Es wird besser gehen, wenn du ausgeruht bist.«

Francesca blickte von ihrem Gespräch mit Steven auf. »Hältst du das für eine gute Idee?«

»Wenn sie müde ist, muss sie schlafen. Einige Stunden werden nicht schaden. Wir sind bereits hier.«

»Aber ich bin *nicht* müde«, protestierte Luce, obwohl es offensichtlich war, dass sie log.

Francesca schluckte. »Ich schätze, du hast recht. Entweder es passiert oder es passiert nicht.«

»Was meint sie?«, fragte Luce Daniel.

»Nichts«, antwortete er leise. Dann drehte er sich zu Francesca um und sagte kaum hörbar: »Es *wird* passieren.« Er hob Luce weit genug an, dass er sich neben sie in den Schaukelstuhl gleiten lassen konnte. Dann schlang er die Arme um sie. Das Letzte, was sie spürte, war sein Kuss auf ihrer Schläfe und sein Flüstern in ihrem Ohr. »Lass sie ein letztes Mal schlafen.«

»Bist du bereit?«

Luce stand neben Daniel auf einem brachliegenden Feld draußen vor der weißen Hütte. Nebel stieg vom Boden auf und der Himmel war von dem klaren Blau wie nach einem schweren Sturm. Auf den Hügeln im Osten lag Schnee, aber die gewellten Ebenen des Tals verströmten eine frühlingshafte Wärme. Blumen blühten am Feldrand. Schmetterlinge waren überall, weiß und rosa und golden.

»Ja.«

Luce war gerade aufgewacht, als sie spürte, wie Daniel sie aus dem Schaukelstuhl hob und durch die Tür der stillen Hütte trug. Er musste sie die ganze Nacht in den Armen gehalten haben.

»Moment«, sagte sie. »Bereit wofür?«

Die anderen beobachteten sie, in einem Kreis versammelt, als hätten sie gewartet. Die Engel und die Outcasts hatten ihre Flügel ausgefahren.

Ein großer Schwarm Störche überquerte den Himmel, ihre Schwingen mit den schwarzen Spitzen weit ausgebreitet wie Palmwedel. Ihr Flug verdunkelte für einen Moment die Sonne und warf Schatten auf die Flügel der Engel, bevor die Vögel weiterzogen.

»Sag mir, wer ich bin«, sagte Daniel einfach.

Er war der einzige Engel, der die Flügel unter seinen Kleidern verbarg. Er trat von ihr weg, rollte die Schultern zurück, schloss die Augen und ließ die Flügel frei.

Sie entfalteten sich schnell und mit äußerster Eleganz, erwuchsen zu beiden Seiten von ihm und verursachten einen Windstoß, der die Zweige der Aprikosenbäume schwanken ließ.

Daniels Flügel ragten über seinem Körper auf, strahlend und wunderbar, und ließen ihn unaussprechlich schön aussehen. Er leuchtete wie eine Sonne – nicht nur seine Flügel, sein ganzer Körper – und sogar mehr als das. Was die Engel ihre Herrlichkeit nannten, strahlte von Daniel aus. Luce konnte den Blick nicht von ihm abwenden.

»Du bist ein Engel.«

Er öffnete seine violetten Augen.

»Erzähl mir mehr.«

»Du bist – du bist Daniel Grigori«, fuhr Luce fort. »Du bist der Engel, der mich seit Tausenden von Jahren liebt. Du bist der Junge, dessen Liebe ich von dem Moment an erwidert habe – nein, von *jedem* Moment, in dem ich dich zum ersten Mal gesehen habe.« Sie sah, wie die Sonne auf dem Weiß seiner Flügel spielte, und sehnte sich danach zu spüren, wie sie sie umfingen. »Du bist die Seele, die in meine passt.«

»Gut«, erwiderte Daniel. »Jetzt sag mir, wer *du* bist.«

»Nun … ich bin Lucinda Price. Ich bin das Mädchen, in das du dich verliebtest.«

Ringsum herrschte eine angespannte Stille. Alle Engel schienen den Atem anzuhalten.

Daniels violette Augen füllten sich mit Tränen. Er flüsterte: »Mehr.«

»Reicht das nicht?«

Er schüttelte den Kopf.

»Daniel?«

»Lucinda.«

Die Art, wie er ihren Namen aussprach – so ernst –, verursachte ihr Magenschmerzen. Was wollte er von ihr?

Sie blinzelte, und es klang wie ein Blitzschlag – und dann wurde die trojanische Ebene schwarz wie in der Nacht zuvor. Die Erde war von gewundenen Rissen durchzogen. Rauchende Krater waren dort, wo das Feld gewesen war. Überall Staub und Asche und Tod. Die Bäume am Horizont standen in Flammen und mit dem Wind zog ein übler Verwesungsgestank heran. Es war, als wäre ihre Seele Jahrtausende in der Zeit zurückgeworfen worden. Da war kein Schnee auf den Bergen, keine saubere weiße Hütte vor ihr, kein Kreis aus besorgten Gesichtern von Engeln.

Aber da war Daniel.

Seine Flügel schimmerten durch die staubige Luft. Seine nackte Haut war perfekt, taufeucht, rosig. Seine Augen erstrahlten in dem gleichen berauschenden Violett, aber er sah sie nicht an. Er blickte zum Himmel. Er schien nicht zu wissen, dass Luce neben ihm stand.

Bevor sie seinem Blick nach oben folgen konnte, begann die Welt sich zu drehen. Der Geruch in der Luft veränderte sich von Fäulnis zu trockenem Staub. Sie war wieder in Ägypten, in dem dunklen Grab, wo sie eingesperrt gewesen war und beinahe ihre Seele verloren hätte. Diese Szene spielte sich vor ihren Augen ab: der Sternenpfeil warm in ihrem Kleid, die Panik deutlich auf dem Gesicht ihres früheren Ichs, der Kuss, der sie zurückholte – und Bill, der um den Sarkophag des Pharao herumflatterte und bereits seinen ehrgeizigsten Plan schmiedete. Sein raues Gelächter hallte ihr in den Ohren wider.

Und dann war das Lachen verstummt. Die Vision von Ägypten verwandelte sich in eine andere: Eine Lucinda aus einer noch ferneren Vergangenheit lag auf dem Bauch in einem Feld hoher Blumen. Sie trug ein Hirschfellkleid und hielt ein Gänseblümchen vor dem Gesicht, von dem sie ein Blatt nach dem anderen zupfte. Das letzte bog sich im Wind und sie dachte: *Er liebt mich.* Die Sonne blendete sie, bis etwas sich davorschob. Daniels Gesicht, seine Augen randvoll mit violetter Liebe, sein blondes Haar von einem Heiligenschein aus Sonnenstrahlen umrahmt.

Er lächelte.

Dann verschwand sein Gesicht. Eine neue Vision, ein anderes Leben: die Hitze eines Lagerfeuers auf ihrer Haut, Verlangen, das in ihrer Brust brannte. Da war seltsame, laute

Musik, Leute lachten, Freunde und Verwandte überall um sie herum. Luce sah sich selbst mit Daniel, wie sie wild um das Feuer tanzten. Sie konnte die Rhythmen der Bewegungen tief in sich spüren, selbst als die Musik verklang und die züngelnden Flammen von einer heißen Röte zu einem weichen Silber übergingen.

Ein Wasserfall. Ein langer, breiter Sturz von eisigem Wasser über einen Kalksteinhang. Luce war darunter und teilte mit ihrem Schwimmstoß eine Gruppe Seerosen. Ihr langes, nasses Haar legte sich ihr um die Schultern, als sie sich über das Wasser erhob, dann tauchte sie unter. Sie kam auf der anderen Seite des Wasserfalls wieder hervor, in einer feuchten steinernen Lagune. Und da war Daniel, der auf sie wartete, als hätte er sein Leben lang auf sie gewartet.

Er sprang von einem Fels und bespritzte sie, als er in das Wasser eintauchte. Dann schwamm er auf sie zu, zog sie an sich, einen Arm um ihren Rücken und den anderen unter ihre Knie gelegt. Sie schlang ihm die Arme um den Hals und ließ sich von ihm küssen. Sie schloss die Augen …

Bumm.

Wieder der Blitzschlag. Luce war zurück auf der qualmenden trojanischen Ebene. Aber diesmal war sie in einem der Krater gefangen, ihr Körper unter einem Felsblock begraben. Sie konnte das linke Bein und den linken Arm nicht bewegen. Sie mühte sich ab, schrie auf und sah rote Punkte und Splitter von etwas, das wie ein zerbrochener Spiegel aussah. Ihr war schwindelig von dem intensivsten Schmerz, den sie je verspürt hatte.

»Hilfe!«

Und dann: Daniel, der über ihr schwebte und seine violetten Augen starr vor Entsetzen über ihren Körper schweifen ließ. »*Was ist mit dir passiert?*«

Luce kannte die Antwort nicht – wusste nicht, wo sie war oder wie sie dort hingelangt war. Die Lucinda aus ihrer Erinnerung erkannte Daniel nicht einmal. Aber sie erkannte ihn.

Plötzlich begriff sie: Dies war das allererste Mal, dass sie und Daniel sich auf Erden begegnet waren. Dies war der Moment, um den sie gefleht hatte, der Moment, über den Daniel nie reden wollte.

Keiner erkannte den anderen. Sie waren sofort verliebt.

Wie konnte *dies* der Ort ihrer ersten Begegnung sein? Diese geplagte dunkle Landschaft stank nach Schmutz und Tod. Ihr vergangenes Ich sah geschlagen aus, blutverschmiert – als sei sie in tausend Stücke zerschmettert worden.

Als sei sie aus einer unvorstellbaren Höhe gefallen.

Luce blickte zum Himmel. Da war etwas – eine Menge unendlich kleiner Funken, als habe der Himmel einen Stromschlag erlitten und würde bis in ewige Zeiten Schockwellen aussenden.

Nur dass die Funken näher kamen. Dunkle Gestalten, in Licht gehüllt, stürzten von oben aus einer Unendlichkeit. Es musste eine Million von ihnen dort oben versammelt sein, dunkel und hell, schwebend und fallend zugleich, als seien sie außerhalb der Reichweite der Schwerkraft.

War Luce dort oben gewesen? Sie hatte beinahe das Gefühl, dass es so war.

Dann wurde ihr etwas klar: *Das waren die Engel. Es war der Sturz.*

Die Erinnerung daran, Zeuge ihres Sturzes zur Erde geworden zu sein, quälte Luce. Es war, als beobachte man, wie alle Sterne aus dem Nachthimmel fielen.

Je weiter sie fielen, desto mehr löste sich ihre ziellose Formation. Einzelne Wesen wurden sichtbar, autonom. Sie konnte sich nicht vorstellen, dass einer ihrer Engel, ihrer Freunde, jemals so ausgesehen hatte. Verlorener und unkontrollierter als der ärmste Sterbliche am schlimmsten Tag seines Lebens. War Arriane darunter? Cam?

Ihr Blick folgte einer Lichtkugel genau über ihr. Sie wurde größer und heller, je näher sie kam.

Daniel schaute ebenfalls auf. Luce begriff, dass er die stürzenden Formen ebenfalls nicht erkannte. Sein Aufprall auf der Erde hatte ihn so gründlich durchgeschüttelt, dass er seine Erinnerung daran verloren hatte, wer er war, woher er gekommen war, wie prächtig er einmal gewesen war. Er beobachtete den Himmel mit nacktem Entsetzen in den Augen.

Ein paar vereinzelte fallende Engel waren in einer Sekunde nur noch Hunderte von Metern über ihnen … und dann nah genug, dass Luce die merkwürdigen dunklen Körper im Inneren der Lichtgefäße erkennen konnte. Die Körper bewegten sich nicht, schienen aber unleugbar am Leben zu sein.

Sie fielen immer dichter und stürzten auf Luce zu, bis sie schrie – und die große Masse aus Dunkel und Hell krachte in das Feld neben ihr.

Eine Explosion aus Feuer und schwarzem Rauch schleuderte Daniel fort, sodass Luce ihn nicht mehr sehen konnte. Es kamen immer mehr – noch über eine Million. Sie würden die Erde und jedes Lebewesen darauf zu Brei schlagen. Luce duckte sich und schützte die Augen und öffnete den Mund, um wieder zu schreien.

Doch das Geräusch, das ihr entfuhr, war kein Schrei …

Denn die Erinnerung hatte sich in eine andere verwandelt, die noch weiter zurücklag. Weiter zurück als der Sturz?

Luce war nicht mehr auf dem Feld mit den rauchenden Kratern und den kometenhaften Engeln.

Sie stand in einer Landschaft aus reinem Licht. Jeder Schrecken in ihrer Stimme gehörte nicht hierher, konnte an diesem Ort nicht *existiert* haben, diesem Ort, den sie kannte und doch nicht kannte. Sie hatte eine Ahnung, wo sie war, aber es konnte unmöglich wahr sein.

Aus ihrer Seele strömte ein starker, voller Musikakkord, der so schön war, dass er alles um sie herum in Weiß tauchte. Der Krater war fort. Die Erde war fort. Ihr Körper war …

Sie wusste es nicht. Sie konnte es nicht sehen. Sie konnte nichts sehen außer diesem fantastischen, silbern gefärbten, weißen Leuchten. Die Helligkeit entfaltete sich wie ein Päckchen, bis Luce eine gewaltige weiße Wiese ausmachen konnte, die sich vor ihr erstreckte. Prächtige Haine weißer Bäume säumten sie zu beiden Seiten.

In der Ferne erhob sich ein gewellter silberner Altar. Luce spürte, dass er wichtig war. Dann sah sie, dass es sieben weitere gab, die einen großen Bogen um etwas herum bildeten, das so hell war, dass Luce es nicht ertragen konnte, hinzusehen.

Sie konzentrierte sich auf den Altar, den dritten von links. Sie konnte den Blick nicht davon losreißen. Warum?

Weil … ihre Erinnerung spulte zurück … weil …

Dieser Altar gehörte ihr.

Vor langer Zeit hatte sie hier gesessen, neben … wem? Es schien wichtig zu sein.

Ihre Vision verwirbelte und verblasste, der silberne Altar löste sich auf. Das verbliebene Weiß wurde schärfer, teilte sich in Formen, in …

Gesichter. Körper. Flügel. Ein Hintergrund aus blauem Himmel.

Dies war keine Erinnerung. Sie war zurück in der Gegenwart, in ihrem echten und letzten Leben. Um sie herum standen ihre Lehrer Francesca und Steven, ihre Verbündeten, die Outcasts, ihre Freunde Roland, Arriane, Annabelle und Cam. Und ihre Liebe, Daniel. Sie sah jeden Einzelnen von ihnen an und sie fand sie wunderschön. Sie beobachteten sie mit einem Ausdruck sprachloser Freude auf den Gesichtern. Und sie weinten.

Das Geschenk der Selbsterkenntnis, hatte Dee zu ihr gesagt. *Du darfst nicht vergessen, dass du das träumst, was du bereits weißt.*

All dies war die ganze Zeit über in ihr gewesen, in jedem Moment in jedem ihrer Leben. Doch erst jetzt fühlte Luce sich wach, eine Wachheit, die ihr Vorstellungsvermögen, was es bedeutete, wach zu sein, überstieg. Ein leichter Wind wehte ihr über die Haut, und sie konnte das ferne Meer *fühlen,* das auf ihm herangetragen wurde und das ihr sagte, dass sie immer noch in Troja war. Auch ihre Sicht war klarer, als sie es je zuvor gewesen war. Sie sah leuchtende Pigmentpunkte, aus denen die Flügel eines vorbeifliegenden goldenen Schmetterlings bestanden. Sie sog die kalte Luft ein, füllte ihre Lungen, roch das Zink in dem Lehmboden, das ihn im Frühling fruchtbar machen würde.

»Ich war dort«, flüsterte sie. »Ich war im …«

Himmel.

Aber sie konnte es nicht sagen. Sie wusste zu viel, um es zu leugnen – und doch nicht genug, um die Worte auszusprechen. Daniel. Er würde ihr helfen.

Mach weiter, flehten seine Augen.

Wo hatte sie angefangen? Sie berührte das Medaillon mit

dem Bild, das aufgenommen worden war, als sie und Daniel in Mailand gelebt hatten.

»Als ich mein früheres Leben in Helston besucht habe«, begann sie, »habe ich erfahren, dass unsere Liebe tiefer ging, als wir sie in jedem unserer Leben erfahren haben …«

»Ja«, sagte Daniel. »Unsere Liebe übersteigt alles.«

»Und … als ich Tibet besucht habe, habe ich erfahren, dass eine einzelne Berührung oder ein einzelner Kuss nicht der Auslöser meines Fluches waren.«

»Nicht Berührung.« Rolands Stimme. Lächelnd stand er neben Daniel, die Hände hinter dem Rücken verschränkt. »Nicht Berührung, sondern Selbsterkenntnis. Eine Bewusstseinsebene, für die du nicht bereit warst – bis jetzt.«

»Ja.« Luce berührte sich an der Stirn. Da war mehr, so viel mehr. »Versailles.« Sie sprach schneller. »Ich war verurteilt, einen Mann zu heiraten, den ich nicht liebte. Und dein Kuss hat mich erlöst, und mein Tod war wunderbar, weil wir einander immer wiederfinden würden. Immer.«

»Wir gehören zusammen wie der Wind und das Meer«, krähte Arriane und wischte sich die feuchten Augen an Rolands Hemdärmel ab.

Inzwischen war Luces Kehle so zugeschnürt, dass es ihr schwerfiel zu sprechen. Aber sie schmerzte nicht mehr. »Ich habe erst in London begriffen, dass dein Fluch viel schlimmer war als meiner«, sagte sie zu Daniel. »Was du durchmachen musstest, mich zu verlieren …«

»Es hat nie eine Rolle gespielt«, murmelte Annabelle, deren Flügel so stark summten, dass ihre Füße eine Handbreit über dem Boden schwebten. »Er würde immer auf dich warten.«

»Chichén Itzá.« Luce schloss die Augen. »Ich habe gelernt, dass die Herrlichkeit eines Engels für Sterbliche tödlich sein kann.«

»Ja«, bestätigte Steven. »Aber du bist immer noch hier.«

»Mach weiter, Luce.« Francescas Stimme war ermutigender, als sie es je an der Shoreline gewesen war.

»Das alte China.« Sie schwieg. Die Bedeutung dieses Lebens unterschied sich von der der anderen. »Du hast mir gezeigt, dass unsere Liebe wichtiger ist als jeder Krieg.«

Niemand sprach. Daniel nickte kaum merklich.

Und das war der Moment, in dem Luce nicht nur begriff, wer sie war – sondern worauf es alles hinauslief. Sie holte tief Luft.

Denk nicht an Bill, sagte sie sich. *Du hast keine Angst.*

»Als ich in dem Grab in Ägypten eingeschlossen war, wusste ich ein und für alle Mal, dass ich mich immer für deine Liebe entscheiden würde.«

Das war der Moment, in dem die Engel sich auf ein Knie niederließen und sie erwartungsvoll anschauten – alle bis auf Daniel. Seine Augen leuchteten in dem kräftigsten Violett, das sie je gesehen hatte. Er streckte die Hände nach ihr aus.

»*Au!*«, rief Luce, als ihr ein scharfer Schmerz durch den Rücken schnitt. Sie verkrampfte sich unter einem fremden, durchdringenden Gefühl. Ihre Augen tränten. Ihre Ohren klingelten. Sie dachte, dass sie sich vor Schmerzen übergeben würde. Aber langsam konzentrierte sich der Schmerz, der ihren ganzen Rücken umfasst hatte, auf zwei kleine Bereiche oben auf ihren Schulterblättern.

Blutete sie? Sie griff hinter sich, über ihre Schulter. Die Wunde fühlte sich empfindlich und roh an und außerdem so, als würde etwas aus ihrem Inneren herausgezogen werden. Es tat nicht weh, aber es war verwirrend. Panisch riss sie den

Kopf herum, aber sie konnte nichts sehen, konnte nur das Geräusch von rutschender Haut hören, die gestreckt wurde, und etwas Knarrendes, das so klang, als würden neue Muskeln erschaffen.

Dann kam ein plötzliches Gefühl von Schwere, als seien ihr Gewichte an die Schultern gebunden worden.

Und dann – sah sie aus dem Augenwinkel ein gewaltiges, sich aufblähendes Weiß zu beiden Seiten von sich, und ein kollektiver Aufschrei kam von den Lippen der Engel.

»Oh, Lucinda«, flüsterte Daniel und hielt sich eine Hand vor den Mund.

Es war so einfach: Sie breitete ihre Flügel aus.

Sie waren leuchtend, elastisch, unglaublich leicht, aus der feinsten, glänzendsten himmlischen Materie gemacht. Von Spitze zu Spitze maß ihre Flügelspanne vielleicht zehn Meter, aber sie fühlten sich gewaltig an, endlos. Sie verspürte keinen Schmerz mehr. Als ihre Finger sich um die Flügelwurzel hinter ihren Schultern legten, war sie mehrere Zentimeter dick und flauschig. Sie waren silbern und doch nicht silbern, wie die Oberfläche eines Spiegels. Sie waren unvorstellbar, sie waren unabdingbar.

Es waren ihre Flügel.

Sie enthielten jede Unze Stärke und Befähigung, die sie im Laufe der Jahrtausende, die sie gelebt hatte, gesammelt hatte. Und bei dem leisesten Hauch eines Gedankens begannen ihre Flügel zu schlagen.

Ihr erster Gedanke: *Jetzt kann ich alles tun.*

Wortlos fassten sie und Daniel einander an den Händen. Die oberen Ränder ihrer Flügel wölbten sich in eine Art Kuss vor, wie die Engelsflügel auf dem *Qayom Malak.* Sie weinten und lachten und schon bald küssten sie sich.

»Also?«, fragte er.

Sie war benommen und erstaunt – und glücklicher, als sie es je zuvor gewesen war. Es konnte unmöglich wahr sein, dachte sie – es sei denn, sie sprach die Wahrheit laut aus, mit Daniel und dem Rest der gefallenen Engel als Zeugen.

»Ich bin Lucinda«, sagte sie. »Ich bin dein Engel.«

Siebzehn

Die Erfindung der Liebe

Fliegen war wie Schwimmen und Luce konnte beides gut.

Ihre Füße hoben vom Boden ab. Kein Gedanke, keine Vorbereitung war dazu nötig. Ihre Flügel schlugen mit jäher Intuition. Wind summte gegen die Fasern ihrer Flügel und trug sie in den hauchzarten rosafarbenen Himmel. Schwebend spürte sie das Gewicht ihres Körpers, vor allem in ihren Füßen, aber das wurde von einer neuen, unvorstellbaren Beschwingtheit ausgeglichen. Sie glitt über niedrige Wolkenbänke und verursachte eine ganz leichte Störung, wie eine Brise, die durch ein Glockenspiel fährt.

Sie sah von einer Flügelspitze zur anderen und untersuchte ihren silbrigen perlmuttartigen Glanz, voller ehrfürchtiger Scheu vor all den Veränderungen. Es war, als würde der Rest ihres Körpers sich jetzt ihren Flügeln unterwerfen. Sie reagierten auf das erste Anzeichen eines Wunsches mit eleganten Schlägen, die eine unglaubliche Geschwindigkeit schufen. Sie flachten sich wie eine Tragfläche ab, um nur durch die Schwungkraft dahinzugleiten, und zogen sich dann wieder in eine Herzform hinter ihre Schultern zurück, wenn sie sich steil nach oben schraubte.

Ihr erster Flug.

Nur … dass es nicht ihr erster war. Was Luce jetzt wusste,

so sicher, wie ihre Flügel wussten, wie man fliegt, war, dass es bereits ein gewaltiges *Früher* gegeben hatte. Vor Lucinda Price, bevor ihre Seele auch nur die gekrümmte Erde je gesehen hatte. Während all ihrer Leben auf der Erde, die sie in den Verkündern gesehen hatte, all den Körpern, die sie bewohnt hatte, hatte Luce kaum die Oberfläche dessen angekratzt, wer sie war, wer sie gewesen ist. Es gab eine Geschichte, die älter als die Geschichte war, in der sie mit diesen Flügeln geschlagen hatte.

Sie konnte sehen, dass die anderen sie vom Boden aus beobachteten. Daniels Gesicht glänzte vor Tränen. Er hatte es die ganze Zeit über gewusst. Er hatte auf sie gewartet. Sie wollte ihn berühren, wollte, dass er emporschwebte und mit ihr flog – aber dann konnte sie ihn plötzlich nicht mehr sehen.

Das Licht wich der totalen Dunkelheit ...

Der Dunkelheit einer anderen Erinnerung, die sich Bahn brach.

Sie schloss die Augen und ergab sich ihr, ließ sich von ihr zurücktragen. Irgendwie wusste sie, dass dies die früheste Erinnerung war, der Moment in den hintersten Winkeln ihrer Seele. Lucinda war vom Anfang des Anfangs an dabei gewesen.

Die Bibel hatte diesen Teil ausgelassen:

Bevor es Licht gab, gab es Engel. Eben noch Dunkelheit, dann das warme Gefühl, von einer sanften, großartigen Hand ins Dasein geschubst zu werden.

Gott schuf die himmlische Heerschar der Engel – alle dreihundertachtzehn Millionen – in einem einzigen brillanten Augenblick. Lucinda war da, und Daniel und Roland und Annabelle und Cam – und Millionen weitere, alle perfekt, alle herrlich, alle dazu bestimmt, ihren Schöpfer zu verehren.

Ihre Körper bestanden aus der gleichen Substanz, aus der das Firmament des Himmels gemacht war. Sie waren nicht aus Fleisch und Blut, sondern aus himmlischer Materie, aus dem Material des Lichts – stark, unzerstörbar, schön anzusehen. Ihre Schultern, Arme und Beine nahmen schimmernd Form an und ließen die Gestalt erahnen, die Sterbliche bei ihrer eigenen Schöpfung annehmen würden. Die Engel entdeckten alle gleichzeitig ihre Flügel. Jedes Paar war ein wenig anders und spiegelte die Seele seines Besitzers.

Schon bei der Entstehung der Engel waren Lucindas Flügel von einem hellen, reflektierenden Silber, der Farbe des Sternenlichts. Sie hatten seit Anbeginn der Zeit in ihrer einzigartigen Herrlichkeit gestrahlt.

Die Schöpfung geschah mit der Geschwindigkeit von Gottes Willen, aber sie entfaltete sich in Luce' Erinnerung wie eine Geschichte, wie eine weitere von Gottes frühesten Schöpfungen, ein Nebenprodukt der Zeit. Eben noch war nichts, dann war der Himmel voller Engel. In jenen Tagen war der Himmel grenzenlos, sein Boden mit Wolkengrund bedeckt, einer weichen weißen Substanz wie neblige Wolken, die die Füße und Flügelspitzen der Engel umhüllte, wenn sie darüber wandelten.

Es gab endlose Ebenen im Himmel, jede davon voller Nischen und gewundener Pfade, die sich unter einem honigfarbenen Himmel in alle Richtungen verzweigten. Die Luft war vom Duft eines Nektars erfüllt, der aus zarten weißen Blumen quoll, die auf lieblichen Hainen sprossen. Ihre runden Blüten sprenkelten alle Ecken und Winkel des Himmels mit Tupfern und sahen aus wie die Vorfahren weißer Pfingstrosen.

Obstgärten voll silberner Bäume trugen die köstlichsten Früchte, die es je gegeben hat. Die Engel taten sich daran gütlich und dankten für ihr erstes und einziges Heim. Ihre Stimmen erhoben sich gemeinsam zum Lob ihres Schöpfers und verbanden sich zu einem Klang, der in den Kehlen der Menschen später als Harmonie bekannt werden würde.

Eine Wiese entstand und teilte den Obstgarten in zwei Hälften. Und als alles andere im Himmel vollendet war, stellte Gott einen atemberaubenden Thron ans Ende der Wiese. Er pulsierte von göttlichem Licht.

»Kommt zu mir«, befahl Gott und ließ sich verdientermaßen zufrieden in dem tiefen Sitz nieder. »Fortan werdet ihr mich als den Thron anreden.«

Die Engel versammelten sich auf der Ebene des Himmels und näherten sich voller Freude dem Thron. Instinktiv bildeten sie eine Reihe und stellten sofort und für immerdar eine Rangordnung auf. Lucinda erinnerte sich daran, dass sie vom Rand der Wiese den Thron nicht deutlich sehen konnte. Er leuchtete zu hell für die Engelaugen. Sie erinnerte sich auch daran, dass sie einst der dritte Engel in der Reihe gewesen war – der Engel, der Gott am drittnächsten war.

Ihre Flügel wuchsen und verdichteten sich angesichts dieser Ehre.

Über dem Thron hingen acht Altäre aus gewelltem Silber in der Luft und formten einen Bogen, wie ein Baldachin, der den Thron beschirmte. Gott rief die ersten acht Engel in der Reihe auf, diese Sitze einzunehmen und zu den Erzengeln des Throns zu werden. Lucinda nahm auf dem dritten Stuhl von links Platz. Sie passte perfekt hinein, da er nur für sie geschaffen worden war. Hier gehörte sie hin. Verehrung strömte aus ihrer Seele, floss zu Gott.

Es war perfekt.

Es war nicht von Dauer.

Gott hatte weitere Pläne für das Universum. Eine andere Erinnerung erfüllte Lucinda und ließ sie schaudern.

Gott verließ die Engel.

Alles war voller Freude auf der Wiese, und dann war der Thron plötzlich verwaist. Gott überschritt die Schwellen des Himmels und ging fort, um die Sterne zu erschaffen und die Erde und den Mond.

Mann und Frau wurden ins Leben gerufen.

Der Himmel verdunkelte sich, als Gott ihn verließ. Lucinda fror und kam sich nutzlos vor. Das war der Moment, erinnerte sie sich, in dem die Engel begannen, einander anders zu sehen, die unterschiedlichen Farben ihrer Flügel zu bemerken. Einige begannen zu tratschen, dass Gott ihrer und ihrer harmonisierenden Loblieder müde geworden sei. Einige sagten, dass Menschen bald den Platz der Engel einnehmen würden.

Lucinda erinnerte sich daran, dass sie sich in ihrem silbernen Sitz neben dem Thron zurückgelehnt hatte. Sie erinnerte sich daran, dass sie bemerkt hatte, wie schlicht und glanzlos er ohne Gottes belebende Anwesenheit wirkte. Sie versuchte, ihren Schöpfer aus der Ferne zu verehren, aber es konnte das Gefühl der Einsamkeit nicht mindern. Anbetung in Gottes Gegenwart war das, wofür sie geschaffen worden war, und alles, was sie jetzt empfand, war Leere. Was konnte sie tun?

Sie schaute von ihrem Stuhl hinunter und sah einen Engel über den Wolkengrund wandern. Er wirkte teilnahmslos, melancholisch. Er schien ihre Augen zu spüren und sah auf. Als ihre Blicke sich trafen, lächelte er. Sie erinnerte sich daran, wie schön er gewesen war, bevor Gott weggegangen war …

Sie dachten nicht nach. Sie reichten sich die Hand. Ihre Seelen verbanden sich.

Daniel, dachte Luce. Aber sie konnte sich nicht sicher sein. Die Wiese war dunkel gewesen und ihre Erinnerung war trüb …

War dies der Moment ihrer ersten Begegnung?

Blitz.

Die Wiese war wieder leuchtend weiß. Zeit war vergangen, Gott war zurückgekehrt. Der Thron strahlte vor erhabener Herrlichkeit. Lucinda saß nicht mehr auf ihrem gewellten silbernen Stuhl neben dem Thron. Sie drängte sich auf der Wiese mit der gesamten Heerschar von Engeln und wurde aufgefordert, etwas zu wählen.

Der Namensaufruf. Auch dort war Lucinda dabei gewesen. Natürlich war sie das. Ihr war warm und sie war nervös, ohne zu wissen, warum. Eine heiße Welle durchfuhr sie, genau wie bei ihren früheren Ichs, wenn sie am Rande des Todes gewesen waren. Sie konnte ihre zitternden Flügel nicht beruhigen.

Sie hatte gewählt …

Ihr wurde flau im Magen. Die Luft schien dünn. Sie … stürzte. Luce blinzelte und sah die Sonne hinter den Bergen versinken, und sie wusste, dass sie wieder in der Gegenwart war, in Troja. Und sie fiel vom Himmel, sieben Meter … fünfzehn. Ihre Arme ruderten, als wäre sie wieder nur ein Mädchen, als könne sie nicht fliegen.

Sie breitete die Flügel aus, aber es war zu spät.

Sie landete mit einem weichen Aufprall in Daniels Armen. Ihre Freunde umringten sie auf dem flachen Grasland. Alles war genauso, wie es zuvor gewesen war: Zedern mit flacher Krone um schlammiges, brachliegendes Ackerland, eine verlassene Hütte in der Mitte der kahlen Fläche, purpurne Hügel, Schmetterlinge. Die Gesichter gefallener Engel, die voller Sorge über sie wachten.

»Geht es dir gut?«, fragte Daniel.

Ihr Herz raste noch immer. Warum konnte sie sich nicht daran erinnern, was beim Namensaufruf passiert war? Vielleicht würde es ihnen nicht helfen, Luzifer aufzuhalten, aber Luce wollte es unbedingt wissen.

»Ich war so nah daran«, sagte sie. »Ich habe beinahe verstanden, was geschehen ist.«

Daniel stellte sie sanft auf den Boden und küsste sie. »Du wirst es verstehen, Luce. Ich weiß es.«

Es war die Abenddämmerung am achten Tag ihrer Reise. Als die Sonne über die Dardanellen glitt und goldenes Licht auf das Brachland warf, wünschte Luce, es gäbe einen Weg, ihren Lauf aufzuhalten.

Was, wenn ein Tag nicht reichen würde?

Luce zog die Schultern hoch und ließ sie wieder fallen. Sie war nicht an das Gewicht ihrer Flügel gewöhnt, leicht wie Rosenblätter am Himmel, aber schwer wie Bleivorhänge, wenn ihre Füße auf dem Boden waren.

Als ihre Flügel sich das erste Mal entfalteten, waren sie durch ihr T-Shirt und ihre khakifarbene Armeeweste geschossen. Die Kleider lagen zerfetzt im Gras, ein seltsamer Beweis. Annabelle war rasch mit einem neuen T-Shirt aus der Hütte geeilt. Es war hellblau und hatte ein Bild von Marlene Dietrich aufgedruckt. In die Rückseite waren unauffällige Schlitze für die Flügel eingearbeitet.

»Statt an all das zu denken, woran du dich noch nicht

erinnern kannst«, sagte Francesca, »erkenne das, was du nun weißt.«

»Also.« Luce ging auf der Wiese auf und ab und spürte zum ersten Mal, wie ihre Flügel hinter ihr wippten. »Ich weiß, dass der Fluch mich daran gehindert hat, meine wahre Natur als Engel zu erkennen, dass er mich jedes Mal sterben ließ, wenn ich mich einer Erinnerung aus meiner Vergangenheit zu nähern begann. Das ist der Grund, warum keiner von euch mir sagen konnte, wer ich war.«

»Durch dieses finstere Tal musstest du allein wandern«, bemerkte Cam.

»Und der Grund, warum du bis zu diesem Leben gebraucht hast, war ebenfalls ein Teil deines Fluches«, sagte Daniel.

»Diesmal wurde ich ohne eine spezielle Religion erzogen, ohne ganz bestimmte Regeln, die mein Schicksal festlegten, was es mir erlaubt ...« Luce hielt inne und dachte wieder an den Namensaufruf, »... selbst zu wählen.«

»Nicht jeder hat diesen Luxus«, meldete sich Phil aus der Reihe der Outcasts zu Wort.

»Ist das der Grund, warum die Outcasts mich entführen wollten?«, fragte sie und wusste plötzlich, dass es so war. »Aber habe ich nicht bereits Daniel gewählt? Ich konnte mich vorher nicht erinnern, aber als Dee mir ihr Geschenk des Wissens gab, kam es mir so vor« – sie nahm Daniels Hand –, »als hätte ich die Entscheidung schon immer in mir getragen.«

»Du weißt jetzt, wer du bist, Luce«, sagte Daniel. »Du weißt, was dir wichtig ist. Du solltest nun alles verstehen.«

Sie nahm Daniels Worte auf. Das war es, was sie jetzt war – es war das, was sie *immer* gewesen war.

Ihr Blick wanderte zu den Outcasts, die in einiger Entfernung von der Gruppe standen. Luce wusste nicht, wie viel sie von ihrer Verwandlung gesehen haben konnten, ob ihre blinden Augen die Metamorphose einer Seele wahrnehmen konnten. Sie suchte nach einem Anzeichen bei Olianna, dem weiblichen Outcast, die Luce auf dem Dach in Wien beschützt hatte. Aber als sie Olianna anschaute, wurde ihr klar, dass sie sich ebenfalls … verändert hatte.

»Ich erinnere mich an dich«, sagte Luce und ging näher an das dünne blonde Mädchen mit den hohlen weißen Augen heran. Sie kannte sie aus dem Himmel. »Olianna, du warst einer der zwölf Engel des Tierkreises. Du hast über den Löwen geherrscht.«

Olianna nahm einen tiefen, bebenden Atemzug und nickte. »Ja.«

»Und du, Phresia. Du warst ein Gestirn.« Luce schloss die Augen, in Gedanken in der Vergangenheit. »Warst du nicht eine der Vier, die aus dem göttlichen Willen hervorgegangen sind? Ich erinnere mich an deine Flügel. Sie waren« – sie stockte und spürte, wie ihre Miene sich beim Anblick der trostlosen braunen Flügel, die das Mädchen jetzt trug, verdüsterte – »außergewöhnlich.«

Phresia zog ihre hängenden Schultern hoch und hob das blasse, eingefallene Gesicht. »Seit einer Ewigkeit hat mich niemand mehr wahrhaft gesehen.«

Vincent, der von den Outcasts am jüngsten aussah, trat vor. »Und ich, Lucinda Price? Erinnerst du dich an mich?«

Luce berührte den Jungen an der Schulter. »Du bist Vincent, der Engel des Nordwinds.«

Vincents blinde Augen trübten sich, als wollte seine Seele weinen, während sein Körper es ihr verweigerte.

»Phil«, sagte Luce und sah schließlich den Outcast an, den sie so gefürchtet hatte, als er in den Garten ihrer Eltern gekommen war, um sie zu holen. Seine Lippen waren angespannt und weiß, er war nervös. »Du warst einer der Montagsengel, nicht wahr? Mit den Kräften des Mondes versehen.«

»Ich danke dir, Lucinda Price.« Phil verneigte sich zögernd, aber anmutig. »Die Outcasts gestehen, dass es falsch war zu versuchen, dich deinem Seelengefährten und deinen Verpflichtungen zu entführen. Aber wir wussten, wie du gerade bewiesen hast, dass du allein uns als diejenigen sehen konntest, die wir früher einmal waren. Und dass du allein uns wieder in unsere Herrlichkeit zurückversetzen kannst.«

»Ja«, antwortete sie. »Ich kann euch sehen.«

»Die Outcasts können dich ebenfalls sehen«, erwiderte Phil. »Du strahlst.«

»Ja, das tut sie.«

Daniel.

Sie drehte sich zu ihm um. Sein blondes Haar und seine violetten Augen, die starken Schultern, die vollen Lippen, die sie tausend Mal ins Leben zurückgeholt hatten. Sie hatten einander noch länger geliebt, als Luce bewusst gewesen war. Seit den Anfangstagen des Himmels war ihre Liebe stark gewesen. Ihre Beziehung umspannte die gesamte Geschichte des Daseins. Sie wusste, wo sie Daniel zum ersten Mal auf Erden begegnet war – genau hier, auf den verbrannten Feldern von Troja, während die Engel stürzten –, aber es gab noch eine ältere Geschichte. Einen anderen Anfang ihrer Liebe.

Wann? Wie war es passiert?

Sie suchte in seinen Augen nach der Antwort – doch sie

wusste, dass sie sie dort nicht finden würde. Sie musste in ihre eigene Seele schauen. Sie schloss die Augen.

Die Erinnerungen kamen jetzt leichter, als sei durch ihre sich ausbreitenden Flügel ein Netz von Rissen in der Wand zwischen dem Mädchen Lucinda und dem Engel, der sie davor gewesen war, entstanden. Was immer sie von ihrer Vergangenheit trennte, war jetzt zerbrechlich, so dünn und brüchig wie eine Eierschale.

Blitz.

Zurück auf der Wiese, rittlings auf ihrem silbernen Altar sitzend, sehnte sie sich nach der Rückkehr Gottes. Luce schaute auf den blonden Engel hinab. Sie hatte sich bereits daran erinnert, dass sie nach seiner Hand gegriffen hatte. Sie erinnerte sich an seine langsamen, traurigen Schritte auf dem Wolkengrund. An seinen Scheitel, bevor er aufsah. Damals war der Himmel still gewesen. Luce und der Engel waren für einen seltenen Moment allein gewesen, abseits von der Harmonie der anderen.

Er drehte sich um und blickte zu ihr hinauf. Er hatte ein kantiges Gesicht, lockiges bernsteinfarbenes Haar und eisblaue Augen. Er bekam Lachfältchen, wenn er sie anlächelte. Sie erkannte ihn nicht.

Nein – das war es nicht –, sie erkannte, kannte ihn durchaus. Vor langer Zeit hatte Lucinda diesen Engel *geliebt.*

Aber er war nicht Daniel.

Ohne zu wissen, warum, wollte Luce vor dieser Erinnerung zurückschrecken, wollte so tun, als hätte sie sie nicht gesehen, wollte mit einem Blinzeln wieder mit Daniel auf den steinigen Ebenen von Troja sein. Aber ihre Seele war an diese Szene wie festgeschweißt. Sie konnte sich von diesem Engel, der nicht Daniel war, nicht abwenden.

Er streckte die Hände nach ihr aus. Ihre Flügel schlangen sich umeinander. Er flüsterte ihr ins Ohr:

»Unsere Liebe ist endlos. Es kann nichts anderes geben.«

Nein.

Schließlich riss sie sich von der Erinnerung los. Zurück in Troja. Außer Atem. Ihre Augen mussten ihre Panik verraten.

»Was hast du gesehen?«, flüsterte Annabelle.

Luce öffnete den Mund, aber es kamen keine Worte.

Ich habe ihn betrogen. Wer immer er war. Es gab jemanden vor Daniel, und ich ...

»Es ist noch nicht vorbei.« Endlich fand sie ihre Stimme wieder. »Der Fluch. Obwohl ich weiß, wer ich bin und dass ich Daniel wähle, gibt es noch etwas anderes, nicht wahr? Jemand anderes. Er ist derjenige, der mich verflucht hat.«

Daniel strich ihr ganz sachte mit den Fingern über den glänzenden Rand ihrer Flügel. Sie schauderte, denn jede Berührung ihrer Flügel brannte mit der Leidenschaft eines tiefen Kusses und entzündete etwas tief in ihrem Inneren. Endlich wusste sie, welche Wonne es ihm bereitete, wenn sie ihre Hände über seine Flügel gleiten ließ. »Du bist so weit gekommen, Lucinda. Aber du hast immer noch ein Stück des Weges vor dir. Suche in deiner Vergangenheit. Du weißt bereits, wonach du Ausschau hältst. Finde es.«

Sie schloss die Augen und durchkämmte erneut Jahrtausende von schweren Erinnerungen.

Sie verlor den Boden unter den Füßen. Ein Meer von Farben verschwamm um sie herum, ihr Herz schlug heftig, und alles wurde weiß.

Wieder im Himmel.

Er strahlte seit Gottes Rückkehr auf den Thron. Der Himmel leuchtete in der Farbe eines Opals. Die Wolken waren dick an diesem Tag, weiße Bäusche, die den Engeln fast bist an die Hüfte reichten. Die hohen weißen Türme rechts waren Bäume im Hain des Lebens, die silbrigen Blüten links würden schon bald die Früchte des Gartens des Wissens tragen. Die Bäume waren jetzt größer. Sie hatten Zeit zum Wachsen gehabt, seit Luce sich das letzte Mal an sie erinnert hatte.

Sie war zurück auf der Wiese, in der Mitte einer großen, flackernden Zusammenkunft von Licht. Die Engel im Himmel waren vor dem Thron versammelt, der nun wieder in einer Helligkeit erstrahlte, die so intensiv war, dass Lucinda sich bei seinem Anblick wand.

Der silberne Altar, der einst Luzifer gehört hatte, war jetzt ans andere Ende der Wiese gebracht worden. Der Thron hatte ihn auf eine Ebene herabgesenkt, die eine Beleidigung darstellte. Zwischen Luzifer und dem Thron stand der Rest der Engel vereint beisammen – aber bald, wurde Lucinda klar, würden sie sich trennen, sich der einen oder anderen Seite zuwenden.

Sie war wieder bei dem Namensaufruf. Diesmal würde sie sich dazu zwingen, sich daran zu erinnern, wie es ausgegangen war.

Jeder Sohn und jede Tochter des Himmels würde aufgefordert werden, eine Seite zu wählen. Gott oder Luzifer. Gut oder … nein, er war nicht böse.

Das Böse gab es noch nicht.

So eng zusammengedrängt, war jeder Engel atemberaubend, einzigartig, aber irgendwie nicht von den übrigen zu unterscheiden. Dort war Daniel, in der Mitte, das reinste Schimmern, das sie je gesehen hatte. In ihrer Erinnerung bewegte Lucinda sich auf ihn zu.

Von wo kam sie?

Sie hörte Daniels Stimme: *Suche in deiner Vergangenheit.*

Sie hatte Luzifer noch nicht angesehen. Sie wollte es nicht.

Suche, wo du nicht suchen willst.

Als sie sich zum anderen Ende der Wiese umdrehte, sah sie das Licht, das Luzifer umgab. Es war prachtvoll und prahlerisch, als wolle er mit allem auf der Wiese wetteifern – dem Obstgarten, dem himmlischen Summen, dem Thron selbst. Lucinda musste genau hinschauen, um ihn klar sehen zu können.

Er war … wunderschön. Bernsteinfarbenes Haar ergoss sich in schimmernden Wellen über seine Schultern. Er war größer und muskulöser, als je ein Sterblicher sein könnte. Seine kalten blauen Augen fesselten sie.

Lucinda konnte den Blick nicht von ihm abwenden. Dann, zwischen den Takten des himmlischen Summens, hörte sie es. Obwohl sie sich nicht daran erinnerte, das Lied gelernt zu haben, kannte sie den Text, sie würde ihn immer kennen, so wie Sterbliche ihr Leben lang von Kinderreimen begleitet wurden.

Von allen throngewährten Paaren
Keins strahlender ins Auge sticht
Als Luzifer, der Morgenstern
Und Lucinda, sein Abendlicht.

Die Zeilen hallten in ihrem Kopf wider, riefen Erinnerungen wach, die mit jedem Wort auf sie herabregneten.

Lucinda, sein Abendlicht?

Lucindas Seele kam langsam zu einer Erkenntnis, die ihr

Übelkeit verursachte. Luzifer hatte dieses Lied geschrieben. Es war ein Teil seines Plans.

Sie war … war sie *Luzifers* Geliebte gewesen?

In dem Moment, in dem sie sich fragte, ob dieses Grauen möglich war, wusste Luce, dass es die älteste, kälteste Wahrheit war. Sie hatte sich in allem geirrt. Ihre erste Liebe war Luzifer gewesen, und Luzifer war der ihre gewesen. Selbst ihre Namen gehörten zusammen. Sie waren einst Seelengefährten gewesen. Sie fühlte sich verwirrt, sich selbst fremd, als sei sie erwacht und habe festgestellt, dass sie im Schlaf jemanden ermordet hatte.

Auf der anderen Seite der Wiese sahen Lucinda und Luzifer sich beim Namensaufruf an. Ihre Augen weiteten sich ungläubig, als seine sich zu einem unergründlichen Lächeln verzogen.

Blitz.

Eine Erinnerung in einer Erinnerung. Luce grub sich noch tiefer durch die Dunkelheit, zu dem Ort, an den sie nur mit größtem Widerwillen gehen wollte.

Luzifer hielt sie umfangen, streichelte sie ungeniert mit seinen Flügeln und verschaffte ihr eine unaussprechliche Wonne, dort auf ihrem silbernen Sitz über dem leeren Thron.

Unsere Liebe ist endlos. Es kann nichts anderes geben.

Als er sie küsste, wurden Lucinda und Luzifer die ersten Wesen, die mit einer Zuneigung experimentierten, die über Gott hinausging. Die Küsse waren eigenartig und wundervoll gewesen, und Lucinda hatte mehr gewollt, aber sie hatte Angst vor dem, was die anderen Engel von Luzifers Küssen denken würden. Sie machte sich Sorgen, dass sein Kuss wie ein Brandmal auf ihren Lippen aussehen würde. Vor allem aber fürchtete sie, dass Gott es wissen würde, wenn er auf den Thron zurückkehrte.

»Sag, dass du mich verehrst«, flehte Luzifer.

»Verehrung ist für Gott reserviert«, antwortete Lucinda.

»Nicht unbedingt«, flüsterte Luzifer. »Stell dir vor, wie stark wir sein würden, wenn wir offen unsere Liebe vor dem Thron erklären könnten, wenn du mich verehren könntest und ich dich. Der Thron ist nur einer – vereint in Liebe könnten wir größer sein.«

»Was ist der Unterschied zwischen Liebe und Verehrung?«, fragte sie.

»Liebe ist, wenn man die Verehrung, die man für Gott empfindet, jemandem gibt, der tatsächlich *hier* ist.«

»Aber ich will nicht größer sein als Gott.«

Bei ihren Worten verfinsterte sich Luzifers Gesicht. Er wandte sich von ihr ab und Zorn keimte in seiner Seele auf. Lucinda spürte eine merkwürdige Veränderung in ihm, aber sie war so fremdartig, dass sie sie nicht erkannte. Sie begann ihn zu fürchten. Er schien vor nichts Angst zu haben, außer dass sie ihn verlassen könnte. Er lehrte sie das Lied über die Größe ihrer Vereinigung. Lucinda musste es ständig singen, bis sie sich selbst als Luzifers Abendlicht sah. Er sagte ihr, dass dies Liebe sei.

Luce wand sich unter dem Schmerz der Erinnerung. Mit Luzifer ging es immer so weiter. Mit jedem Zusammensein, mit jeder Liebkosung von Lucindas Flügeln wurde er besitzergreifender, wurde er neidischer auf ihre Verehrung des Throns, und sagte Lucinda, dass es genügen würde, wenn sie ihn wirklich liebte.

In dieser dunklen Phase gab es einen Tag, an den sie sich erinnerte: Sie hatte auf der Wiese geweint, bis zum Hals in

Wolken, hatte von allem wegsinken wollen. Der Schatten eines Engels schwebte über ihr.

»Lass mich in Ruhe!«, hatte sie gerufen.

Aber der Flügel, der sich um sie legte, tat das Gegenteil. Er hüllte sie ein. Der Engel schien besser als sie selbst zu wissen, was sie brauchte. Langsam hob Lucinda den Kopf. Die Augen des Engels waren violett.

»Daniel.« Sie kannte ihn als den sechsten Erzengel, betraut mit der Aufgabe, über verlorene Seelen zu wachen. »Warum bist zu du mir gekommen?«

»Weil ich dich beobachtet habe.« Daniel sah Luce an, und sie wusste, dass bisher noch niemand einen Engel hatte weinen sehen. Lucindas Tränen waren die ersten. »Was geschieht mit dir?«

Sie suchte lange nach den Worten. »Ich habe das Gefühl, mein Licht zu verlieren.«

Die Geschichte brach aus ihr heraus und Daniel ließ es zu. Seit langer Zeit hatte niemand mehr Lucinda zugehört.

Als sie zum Ende kam, waren Daniels Augen nass von Tränen. »Was du Liebe nennst, klingt nicht sehr schön«, sagte er langsam. »Denk an die Art, wie wir den Thron verehren. Diese Verehrung macht das Beste aus uns. Wir fühlen uns ermutigt, unseren Instinkten zu folgen, aber nicht, uns aus Liebe zu verändern. Wenn ich dir gehören würde und du mir, würde ich wollen, dass du genauso bist, wie du bist. Ich würde dich niemals mit meinen Begierden in den Hintergrund drängen.«

Lucinda ergriff Daniels warme, starke Hand. Luzifer mochte die Liebe entdeckt haben, aber dieser Engel schien zu wissen, wie man daraus etwas Wunderbares schuf.

Plötzlich küsste Lucinda Daniel und zeigte ihm, wie es

ging, hatte zum ersten Mal das Bedürfnis, ihre Seele ganz einem anderen zu geben. Sie hielten einander fest, und Daniels und Lucindas Seelen leuchteten heller, zwei Hälften, die als Ganzes besser waren.

Blitz.

Natürlich kam Luzifer zu ihr zurück. Der Zorn in ihm war so stark gewachsen, dass er doppelt so groß war wie sie. Sie hatten einst auf Augenhöhe gestanden. »Ich kann das Joch nicht länger ertragen. Wirst du mit mir vor den Thron treten und deine alleinige Treue zu unserer Liebe erklären?«

»Luzifer, warte …« Lucinda wollte ihm von Daniel erzählen, aber er hätte sie ohnehin nicht gehört.

»Es ist eine Lüge für mich, den verehrenden Engel zu spielen, wenn ich dich habe und nichts anderes brauche. Lass uns Pläne schmieden, Lucinda, wir beide. Lass uns nach Herrlichkeit streben.«

»Wie kann das Liebe sein?«, hatte sie gerufen. »Du verehrst deine Träume, deinen Ehrgeiz. Du hast mich gelehrt, wie man liebt, aber ich kann nicht eine Seele lieben, die so dunkel ist, dass sie das Licht anderer auffrisst.«

Er glaubte ihr nicht, oder er tat so, als höre er sie nicht, denn Luzifer forderte den Thron schon bald auf, alle Seelen in der Wiese zum Namensaufruf zusammenzurufen. Er hielt Lucinda dabei gepackt, aber als er zu sprechen begann, war er abgelenkt, und sie stahl sich davon. Sie ging zur Wiese und wanderte zwischen leuchtenden Seelen umher. Sie sah die eine, nach der sie die ganze Zeit über gesucht hatte.

Luzifer rief laut den Engeln zu:

»Es ist eine Linie in den Wolkengrund der Wiese gezogen worden. Jetzt steht es euch allen frei zu wählen. Ich biete euch die Gleichheit an, eine Existenz ohne die willkürliche Rangordnung einer Autorität.«

Luce wusste, dass er meinte, sie sei »frei«, ihm zu folgen. Luzifer mochte geglaubt haben, dass er sie liebte, aber was er liebte, war, sie mit einer dunklen, zerstörerischen Faszination zu kontrollieren. Es war, als dächte Luzifer, dass Lucinda ein Teil seiner selbst sei.

Sie schmiegte sich an Daniel, genoss die Wärme einer aufkeimenden Liebe, die rein war und ihr Halt gab, als Daniels Name über die Wiese schallte. Er war aufgerufen worden. Er erhob sich über dem Lichtermeer der Engel und sagte mit ruhiger Selbstbeherrschung: »Bei allem Respekt, ich werde es nicht tun. Ich werde nicht Luzifers Seite wählen und ich werde auch nicht die Seite des Himmels wählen.«

Ein Gebrüll erhob sich von den gewaltigen Lagern der Engel, von jenen, die neben dem Thron standen, und vor allem von Luzifer. Lucinda war benommen.

»Stattdessen wähle ich die *Liebe*«, fuhr Daniel fort. »Ich wähle die Liebe und überlasse euch eurem Krieg. Du machst einen Fehler, dies über uns zu bringen«, sagte Daniel zu Luzifer.

Dann fügte er an den Thron gewandt hinzu: »Alles Gute im Himmel und auf Erden ist aus Liebe geboren. Vielleicht war das nicht dein Plan, als du das Universum geschaffen hast – vielleicht war Liebe nur ein Aspekt in einer komplizierten und brutalen Welt. Aber die Liebe war das Beste, was du geschaffen hast, und sie ist das Einzige geworden, das sich zu retten lohnt. Dieser Krieg ist nicht gerecht. Dieser Krieg ist nicht gut. Liebe ist das Einzige, wofür es sich zu kämpfen lohnt.«

Nach Daniels Worten kehrte auf der Wiese Schweigen ein. Die meisten Engel wirkten sprachlos, als würden sie nicht verstehen, was Daniel meinte.

Lucinda war noch nicht an der Reihe. Die Namen der Engel wurden von den himmlischen Sekretären ihrem Rang entsprechend aufgerufen, und Lucinda gehörte zu den wenigen Engeln, die höher standen als Daniel. Doch das spielte jetzt keine Rolle. Sie waren ein Team. Sie trat zu Daniel und stellte sich neben ihn.

»Es sollte niemals eine Wahl zwischen dir und der Liebe geben«, erklärte Lucinda an den Thron gewandt. »Vielleicht wirst du eines Tages einen Weg finden, Verehrung und die wahre Liebe, zu der du uns fähig gemacht hast, in Einklang zu bringen. Aber wenn ich gezwungen bin zu wählen, muss ich neben meinem Geliebten stehen. Ich wähle Daniel und werde ihn auf ewig wählen.«

Dann erinnerte Luce sich an das Schwerste, was sie jemals hatte tun müssen. Sie drehte sich zu Luzifer um, ihrer ersten Liebe. Ohne ehrlich zu ihm zu sein, würde dies alles nichts zählen. »Du hast mir die Macht der Liebe gezeigt, und dafür werde ich immer dankbar sein. Aber Liebe rangiert bei dir abgeschlagen auf dem dritten Platz, weit hinter deinem Stolz und deinem Zorn. Du hast einen Kampf begonnen, den du nicht gewinnen kannst.«

»Ich tue das alles für dich!«, rief Luzifer.

Es war seine erste große Lüge, die erste große Lüge des Universums.

Arm in Arm mit Daniel in der Mitte der Wiese hatte Lucinda die einzig mögliche Entscheidung getroffen. Ihre Furcht verblasste im Vergleich zu ihrer Liebe.

Aber den Fluch hätte sie nicht vorhersehen können. Luce erinnerte sich nun daran, dass die Strafe von beiden Seiten gekommen war. Das war es, was den Fluch so bindend gemacht hatte: Sowohl der Thron als auch Luzifer – aus Eifersucht oder Boshaftigkeit oder einer lieblosen Auffassung von Gerechtigkeit – hatten Daniels und Lucindas Schicksal für viele tausend Jahre besiegelt.

In der Stille der Wiese geschah etwas Merkwürdiges: Ein *anderer* Daniel erhob sich neben Lucinda und Daniel. Er war ein Anachronismus – der Daniel, den sie an der Shoreline kennengelernt hatte, der Engel, den Luce Price kannte und liebte.

»Ich bin hierhergekommen, da ich um Gnade bitten will«, sprach Daniels Zwilling. »Wenn wir bestraft werden müssen – und ich hinterfrage deine Entscheidung nicht –, erinnere dich zumindest daran, wie wichtig dein Erbarmen ist, wie groß und rätselhaft, dass es uns alle beschämt.«

Damals hatte Lucinda es nicht verstanden – aber in Luce' Erinnerung ergab endlich alles einen Sinn. Er hatte Luce das Geschenk eines Schlupflochs in dem Fluch gegeben, sodass sie eines Tages in der fernen Zukunft ihre Liebe befreien konnte.

Das Letzte, an das sie sich erinnerte, war Daniel, an den sie sich klammerte, als die Wolken brodelten und schwarz wurden. Der Boden brach unter ihnen weg und die Engel verloren ihr Gedächtnis. Ihr Sturz begann. Daniel war ihr entglitten. Ihr Körper war zur Reglosigkeit erstarrt. Sie hatte ihn verloren. Sie hatte all ihre Erinnerungen verloren. Sie hatte sich selbst verloren.

Bis jetzt.

Als Luce die Augen öffnete, war es Nacht. Es war so kalt, dass ihre Arme zitterten. Die anderen scharten sich um sie, so leise, dass sie die Grillen im Gras zirpen hören konnte. Sie wollte niemanden ansehen.

»Es ist meinetwegen geschehen«, sagte sie. »Die ganze Zeit dachte ich, sie würden dich bestrafen, Daniel, aber die Strafe galt mir.« Sie schwieg. »Bin ich der Grund, warum Luzifer rebelliert hat?«

»Nein, Luce.« Cam lächelte sie traurig an. »Vielleicht warst du die Inspiration, aber Inspiration ist ein Vorwand, um etwas zu tun, was man ohnehin tun will. Luzifer suchte nach einem Einstieg in das Böse. Er hätte einen anderen Weg gefunden.«

»Aber ich habe ihn betrogen.«

»Nein«, widersprach Daniel. »Er hat dich betrogen. Er hat uns alle betrogen.«

»Hätten wir uns ohne seine Rebellion auch ineinander verliebt?«

Daniel lächelte. »Ich möchte gern glauben, dass wir einen Weg gefunden hätten. Jetzt haben wir endlich eine Chance, das alles hinter uns zu lassen. Wir haben eine Chance, Luzifer aufzuhalten, den Fluch zu brechen und einander so zu lieben, wie wir es immer wollten. Wir können all diesen Jahren des Leidens einen Sinn geben.«

»Seht«, sagte Steven und zeigte zum Himmel.

Er war von Sternen übersät. Einer, in weiter Ferne, war besonders hell. Er flackerte, dann schien er ganz zu verlöschen, bevor er heller als zuvor zurückkehrte.

»Das ist er, nicht wahr?«, fragte Luce. »Der Sturz?«

»Ja«, antwortete Francesca. »Das ist er. Er sieht genauso aus, wie es in den alten Texten steht.«

»Es war nur« – Luce legte die Stirn in Falten und blickte angestrengt – »ich kann es nur sehen, wenn ich …«

»Konzentrier dich«, befahl Cam.

»Was geschieht mit ihm?«, fragte Luce.

»Er nimmt auf dieser Welt Gestalt an«, sagte Daniel. »Es war nicht der körperliche Übergang vom Himmel zur Erde, der neun Tage gedauert hat. Es war die Verlagerung von einem himmlischen zu einem irdischen Reich. Als wir hier gelandet sind, waren unsere Körper … anders. Wir wurden anders. Das hat seine Zeit gedauert.«

»Jetzt läuft uns die Zeit davon«, sagte Roland und sah auf die goldene Taschenuhr, die ihm Dee vor ihrem Tod gegeben haben musste.

»Dann wird es Zeit für uns zu gehen«, sagte Daniel zu Luce.

»Da hoch?«

»Ja, wir müssen zu ihnen hinauffliegen. Wir werden direkt zu den Grenzen des Sturzes fliegen und dann wirst du …«

»Ich muss ihn aufhalten?«

»Ja.«

Sie schloss die Augen und dachte zurück an die Art, wie Luzifer sie auf der Wiese angesehen hatte. Er sah aus, als wolle er jeden Funken Zärtlichkeit auslöschen, den es gab. »Ich denke, ich weiß, wie.«

»Ich habe euch doch gesagt, dass sie das sagen würde!«, jubelte Arriane.

Daniel zog Luce an sich. »Bist du dir sicher?«

Sie küsste ihn, nie war sie sich sicherer gewesen. »Daniel, ich habe gerade meine Flügel zurückbekommen. Ich werde nicht zulassen, dass Luzifer sie mir wegnimmt.«

Also verabschiedeten Luce und Daniel sich von ihren

Freunden, nahmen sich an den Händen und erhoben sich in die Nacht. Sie flogen endlos weit nach oben, durch die dünnste äußere Schicht der Atmosphäre, durch einen Schleier aus Licht am Rande des Raums.

Der Mond wurde riesig und schien wie eine Mittagssonne. Sie durchquerten neblige, umwölkte Galaxien und kamen an anderen Monden mit anderen von Kratern überschatteten Antlitzen und fremden Planeten, die von rotem Gas und gestreiften Ringen aus Licht leuchteten, vorbei.

Wie lange sie auch flogen, Luce wurde nicht müde. Sie begann zu verstehen, wie Daniel tagelang auf Schlaf verzichten konnte, sie hatte weder Hunger noch Durst. Ihr war in der eisigen Nacht nicht kalt.

Schließlich, am Rande des Nichts, in der dunkelsten Ecke des Universums, erreichten sie die Grenze. Sie sahen das schwarze Netz von Luzifers Verkünder, das zwischen den Dimensionen waberte. Darin war der Sturz.

Daniel schwebte an ihrer Seite, seine Flügel streiften ihre und übermittelte ihr Stärke. »Du wirst durch den Verkünder gehen müssen. Halt dich da nicht auf. Geh weiter, bis du ihn in dem Sturz findest.«

»Ich muss allein hineingehen, nicht wahr?«

»Ich würde dir bis ans Ende der Welt und darüber hinaus folgen. Aber du bist die Einzige, die es tun kann«, antwortete Daniel. Er nahm ihre Hand und küsste ihr die Finger, die Innenfläche der Hand. Er zitterte. »Ich werde hier sein.«

Ihre Lippen trafen sich ein letztes Mal.

»Ich liebe dich, Luce«, sagte Daniel. »Ich werde dich immer lieben, ob Luzifer Erfolg hat oder nicht ...«

»Nein, sag das nicht«, flehte Luce. »Er wird nicht ...«

»Aber wenn doch«, fuhr Daniel fort, »will ich, dass du

weißt, dass ich es wieder tun würde. Ich werde dich jedes Mal wählen.«

Eine Ruhe überkam Luce. Sie würde ihn nicht enttäuschen. Sie würde sich selbst nicht enttäuschen.

»Ich werde nicht lange weg sein.«

Sie drückte seine Hand, drehte sich um und stürzte sich in die Dunkelheit, hinein in Luzifers Verkünder.

Achtzehn

Einen Stern vom Himmel holen

Es herrschte völlige Dunkelheit.

Luce war bisher nur durch ihre eigenen Verkünder gereist, die kühl und feucht waren, sogar friedlich. Der Eingang zu Luzifers Verkünder war schal, heiß, voller beißendem Rauch – und ohrenbetäubendem Lärm. Schleimige Bitten um Gnade und hohe, hallende Seufzer durchdrangen seine innere Wand.

Luce' Flügel sträubten sich – ein Gefühl, das sie noch nie erlebt hatte –, als sie begriff, dass die Verkünder des Teufels Vorposten der Hölle waren.

Es ist nur ein Durchgang, sagte sie sich. *Es ist wie jeder andere Verkünder, ein Portal, durch das man geht, um an einen anderen Ort und in eine andere Zeit zu gelangen.*

Sie mühte sich weiter vorwärts und würgte wegen des Rauchs. Der Boden war mit etwas Spitzem übersät, das sie nicht erkannte, bis sie stolperte und fiel und den Schmerz von Glasscherben in den Händen spürte, die Daniel gerade erst losgelassen hatte.

Halt dich da nicht auf, hatte er zu ihr gesagt. *Geh weiter, bis du ihn findest.*

Sie holte tief Luft, richtete sich auf und machte sich bewusst, was sie war. Sie breitete die Flügel aus und der Verkünder wurde von Licht überflutet. Jetzt konnte Luce sehen, wie schrecklich er war – jede schwelende Oberfläche war bedeckt von aufragenden Glasscherben in verschiedenen Farben, halbmenschlichen Gestalten, die tot oder sterbend in klebrigen Pfützen auf dem Boden lagen und, dies war das Schlimmste, einem überwältigenden Gefühl von Verlust.

Luce sah auf ihre blutenden Hände hinab, aus denen bösartige, kleine braune Glassplitter ragten. In einem Moment waren sie verheilt. Sie biss die Zähne zusammen und flog durch die innere Wand des Verkünders hindurch, tief in den Bauch von Luzifers gestohlenen Sturz hinein.

Er war riesig. Das war das eine. Riesig genug, um sein eigenes Universum zu sein, und gespenstisch still. Der Sturz war so hell vom Licht der fallenden Engel, dass Luce kaum etwas sehen konnte. Irgendwie konnte sie sie spüren – überall um sie herum, ihre Schwestern und ihre Brüder, mehr als hundert Millionen der himmlischen Heerschar, die den Himmel schmückten wie Gemälde. Sie hingen in der Schwebe, erstarrt in Zeit und Raum, jeder begraben in einer anderen Kugel aus Licht.

So war auch sie gestürzt. Sie erinnerte sich jetzt schmerzhaft daran. Jene neun Tage hatten neunhundert Ewigkeiten enthalten. Und doch sah Luce nun, dass die Engel, still wie sie waren, sich ständig veränderten. Ihre Gestalten nahmen eine seltsame, unfertige Durchsichtigkeit an. Hier und da blitzte Licht von der Unterseite eines Flügelpaars hervor. Ein Arm wurde flackernd sichtbar, dann wurde er wieder undeutlich. Das war es, was Daniel gemeint hatte, als er von der Verlagerung sprach, die während des Sturzes auftrat – Seelen, die sich von der Art, wie sie im himmlischen Reich gewesen waren, zu der Art veränderten, die sie im irdischen Reich sein würden.

Die Engel streiften ihre engelhafte Reinheit ab, traten in die Inkarnationen ein, die sie auf Erden sein würden.

Luce flog auf den nächsten Engel zu. Sie erkannte ihn: Tzadkiel, der Engel der göttlichen Gerechtigkeit, ihr Bruder und ihr Freund. Sie hatte seine Seele seit Ewigkeiten nicht gesehen. Er sah sie auch jetzt nicht, und selbst wenn er sie gesehen hätte, er hätte nicht reagieren können,.

Das Licht in Tzadkiel flackerte und ließ sein Wesen schimmern wie ein Juwel in schlammigem Wasser. Es floss zu einem verschwommenen Gesicht zusammen, das Luce nicht kannte. Es sah grotesk aus – grob geformte Augen, halbfertige Lippen. Es war nicht er, aber sobald die Engel auf dem gnadenlosen Boden der Erde auftreffen würden, würde er es sein.

Je weiter sie in das schwebende Meer der Seelen hineinwatete, umso schwerer fühlte sie sich. Luce erkannte sie alle – Saraquel, Alat, Muriel, Chayo. Entsetzt wurde ihr klar, dass sie, wenn ihre Flügel ihnen nahe genug kamen, die Gedanken eines jeden stürzenden Engels *hören* konnte.

Wer wird sich um uns kümmern? Wen werden wir verehren?

Ich kann meine Flügel nicht spüren.

Ich vermisse meine Obstgärten. Wird es in der Hölle Obstgärten geben?

Es tut mir leid. Es tut mir so leid.

Es war zu schmerzhaft, länger als einen einzelnen Gedanken neben einem der Engel zu bleiben. Luce drängte weiter, richtungslos, überwältigt, bis ein leuchtendes, vertrautes Licht sie anzog.

Gabbe.

Selbst im ungeformten Zustand des Übergangs war Gabbe

schön. Ihre weißen Flügel schlossen sich wie Rosenblätter um ihre schärfer werdenden Züge, ihre langen, dunklen Wimpern ließen sie friedlich und ruhig aussehen.

Luce drückte sich gegen Gabbes silberne Lichtkugel. Für einen Moment dachte sie, dass Luzifers Sturz vielleicht eine gute Seite hatte: Gabbe würde zurückkehren.

Dann flackerte das Licht in Gabbe und Luce hörte den fallenden Engel denken.

Geh weiter, Lucinda. Bitte, geh weiter. Träume, was du bereits weißt.

Luce dachte an Daniel, der auf der anderen Seite wartete. Sie dachte an Lu Xin, das Mädchen, das sie im alten China der Shang-Dynastie gewesen war. Sie hatte einen König getötet, die Kleider seines Generals angezogen und sich auf einen Krieg vorbereitet, der nicht ihrer war – alles aus Liebe zu Daniel.

Luce hatte ihre Seele in Lu Xin im ersten Augenblick erkannt. Sie konnte sich auch hier finden, sogar von leuchtenden Seelen umgeben, die wie die Lichter einer Stadt schimmerten. Sie würde sich im Inneren des Sturzes wiederfinden.

Plötzlich wusste sie, dass das der Ort war, wo auch Luzifer sein würde.

Sie schloss die Augen, schlug leicht mit den Flügeln und bat ihre Seele, sie zu sich selbst zu führen. Sie bewegte sich durch Millionen, glitt über leuchtende Flutwellen von Engeln. Es dauerte eine kleine Ewigkeit. Für neun Tage hatten sie und ihre Freunde ein Wettrennen gegen die Zeit gemacht, hatten nur daran gedacht, wie sie den Ort des Sturzes finden konnten. Wie lange würde Luce nun, da sie ihn gefunden hatten, brauchen, um die Seele aufzuspüren, auf die es ankam, die Nadel in diesem Heuhaufen aus Engeln, die ihre Gestalt wechselten? Wie viel Zeit blieb ihr noch?

Dann, in einer Galaxie aus erstarrten Engeln, erstarrte Luce.

Jemand sang.

Es war ein Liebeslied, so schön, dass es ihre Flügel erbeben ließ.

Sie hielt hinter der festen weißen Kugel eines fallenden Engels namens Ezechiel inne und lauschte.

»Mein Meer hat ein Ufer gefunden … Mein Brennen hat eine Flamme gefunden …«

Ihre Seele schwoll von einer lang vergessenen Erinnerung an. Sie spähte um Ezechiel herum, den Engel der Wolken, um zu schauen, wer auf der Lichtung sang.

Es war ein Junge, der ein Mädchen in den Armen wiegte, seine Stimme, die das Ständchen brachte, sanft und süß wie Honig.

Das langsame Schaukeln seiner Arme war die einzige Bewegung in dem erstarrten Sturz.

Dann sah Luce, dass das Mädchen nicht einfach irgendein Mädchen war. Sie war eine halbgeformte Kugel aus Licht, die einen sich verändernden Engel umgab. Sie war die Seele, die früher einmal Lucinda gewesen war.

Der Junge schaute auf, als er Luce' Nähe spürte. Er hatte ein kantiges Gesicht, gewelltes bernsteinfarbenes Haar und Augen von der Farbe von Eis, die vor stummer Liebe strahlten.

Aber er war kein Junge. Er war ein Engel von solch verheerender Schönheit, dass Luce sich vor einer Einsamkeit, an die sie sich nicht erinnern wollte, verkrampfte.

Er war Luzifer.

So hatte er im Himmel ausgesehen. Aber er war beweglich, voll ausgeformt, anders als die Millionen von Engeln, die ihn umgaben – was Luce bestätigte, dass er der Dämon der Gegenwart war, derjenige, der seinen Verkünder über den Sturz geworfen hatte, um dessen zweite Verbindung mit der Erde herzustellen. Seine eigene stürzende Seele konnte hier überall sein, genauso gelähmt wie die anderen es gewesen waren, als der Thron sie aus dem Himmel verbannt hatte.

Luce hatte recht damit gehabt, dass ihre Seele sie zu Luzifer führen würde. Nachdem er diesen Sturz in Gang gesetzt hatte, musste er durch seinen eigenen Verkünder hier hineingetaucht sein.

Und womit hatte er die letzten neun Tage verbracht? Mit dem Singen von Schlafliedern und Sich-hin-und-her-Wiegen, während die Welt in der Schwebe hing und Armeen von Engeln um die Welt rasten, um ihn aufzuhalten?

Ihre Flügel brannten. Sie wusste, dass dies alles war, was er getan hatte, denn sie wusste, dass er sie liebte, dass er sie noch immer wollte. Hier ging es um ihren Verrat an Luzifer.

»Wer ist da?«, rief er.

Luce bewegte sich auf ihn zu. Sie war nicht hergekommen, um sich vor ihm zu verstecken. Außerdem hatte er bereits den Schimmer ihrer Seele hinter Ezechiel gespürt. Sie hörte an seiner verärgerten Stimme, dass er sie wiedererkannt hatte.

»Oh. Du bist es.« Er hob leicht die Arme und hielt ihr Luce' fallendes Selbst hin. »Hast du meine Geliebte gesehen? Ich glaube, du würdest sie« – Luzifer schaute sich um und suchte nach einem Wort – »erfrischend finden«.

Luce rückte näher heran, gleichermaßen angezogen von dem strahlenden Engel, der ihr das Herz gebrochen hatte, und der seltsamen, halb geformten Version ihrer selbst. Dies war der Engel, der auf der Erde zu dem Mädchen Luce werden würde. Sie sah, wie ihr eigenes Gesicht in dem Licht in Luzifers Armen flackernd sichtbar wurde. Dann war es fort.

Sie überlegte, mit diesem seltsamen Wesen zu verschmelzen. Sie wusste, dass sie es tun konnte: die Hand ausstrecken und Besitz von ihrem ältesten Körper ergreifen, spüren, wie ihr bei der Vereinigung mit ihrer Vergangenheit flau im Magen wurde, blinzeln und sich in Luzifers Armen, im Geiste der fallenden Lucinda wiederfinden, wie schon so oft zuvor.

Aber das brauchte sie nicht mehr. Bill hatte Luce gelehrt, wie man mit einem vergangenen Ich verschmolz, bevor sie gewusst hatte, wer sie wirklich war, bevor sie wie jetzt Zugang zu den Erinnerungen gehabt hatte. Sie brauchte sich nicht mit ihrer fallenden Seele zu vereinigen, damit sie ihr bei dem half, was sie Luzifer zu sagen hatte. Luce kannte bereits die ganze Geschichte.

Sie legte die Hände zusammen und dachte an Daniel auf der anderen Seite des Verkünders.

»Die Liebe, die du empfindest, wird nicht erwidert, Luzifer.«

Er schenkte Luce ein strahlendes, trotziges Lächeln. »Hast du auch nur ansatzweise eine Ahnung, wie selten ein solcher Augenblick ist?«

Ohne nachzudenken, rückte Luce noch näher an ihn heran.

»Ihr beide gleichzeitig zusammen? Die, die mich nicht verlassen kann« – er liebkoste den sich verwandelnden Körper in seinen Armen und schaute auf –, »und die, die nicht weiß, wie sie sich fernhalten soll.«

»Sie und ich haben eine gemeinsame Seele«, erwiderte Luce. »Und wir lieben dich beide nicht mehr.«

»Und da heißt es, *ich* sei hartherzig geworden!« Luzifer verzog das Gesicht, die Liebenswürdigkeit war wie weggeblasen. Seine Stimmlage wurde tiefer, viel tiefer als alles, was Luce je gehört hatte.

»In Ägypten hast du mich enttäuscht. Du hättest das nicht tun sollen, und du solltest jetzt nicht hier sein. Ich habe dich in das äußere Reich verbracht, damit du dich nicht einmischen konntest.«

Seine Gestalt veränderte sich: Das junge, hübsche Gesicht verschrumpelte, und tiefe, zerklüftete Runzeln zogen sich seinen Körper hinab. Mächtige Schwingen brachen aus seinen Schultern hervor, und aus den Fingern schossen ihm lange, gebogene, gelbe Krallen. Luce wand sich, als sie sich in ihren fallenden, halb geformten Körper bohrten.

Seine Augen erglühten von eisigem Blau zu einem Rot wie flüssiger Stahl, und er schwoll auf das Zehnfache seiner alten Größe an. Luce wusste, dass dies geschah, weil er in dem Zorn schwelgte, den er unterdrückt hatte, um als sein schönes, früheres Ich zu erscheinen. Er schien den gesamten leeren Raum einzunehmen und die überall schwebenden Engel schlagartig zu verdrängen.

Luce flog auf seine Augenhöhe hinauf und seufzte.

»Du könntest genauso gut aufhören«, sagte sie.

»Resistent geworden, was?«

Luce schüttelte den Kopf und streckte die Flügel zu ihrer vollen Breite aus. Sie erreichten eine Länge, die sie immer noch erstaunte.

»Ich weiß, wer ich bin, Luzifer. Ich weiß, was ich tun kann. Keiner von uns wird durch irdische Fesseln gebunden. Ich könnte mich auch schrecklich verhalten. Aber wozu?«

Luzifers Kopf rauchte, als er Luces Flügel musterte. »Deine Flügel waren immer atemberaubend«, bemerkte er. »Aber gewöhne dich nicht daran. Die Zeit ist fast um, und dann – und dann …«

Er ließ ihr Gesicht auf der Suche nach einer Spur von Furcht oder Erregung nicht aus den Augen. Sie wusste, wie er vorging, woher er seine Energie und seine Macht bezog. Die faserigen Muskeln spannten und entspannten sich, und Luce sah, wie das Licht ihres fallenden Körpers flackerte, erregt, aber unbeweglich, schutzlos in seinen Armen. Es war, als sehe man einen geliebten Menschen in großer Gefahr, aber Luce würde es sich nicht anmerken lassen, dass es ihr zu schaffen machte.

»Ich habe keine Angst vor dir.«

Er grunzte und stieß dabei eine Wolke aus Schleim und Rauch aus. »Das wirst du, so wie du es früher hattest, so wie du es jetzt in Wirklichkeit auch hast. Angst ist die einzige Art, dem Teufel zu begegnen.«

Er schrumpfte auf seine normale Größe zurück. Seine Augen kühlten sich wieder auf ihr verblüffendes Eisblau ab. Seine Muskeln entspannten sich zu der schlanken Figur, die ihn einst zu dem schönsten Engel der himmlischen Heerschar gemacht hatte. Seine bleiche Haut besaß einen Schimmer, an den Luce sich erst jetzt wieder erinnerte.

Er war sogar noch schöner als Daniel.

Luce gestattete sich die Erinnerung. Sie hatte ihn *geliebt.* Er war ihre erste wahre Liebe gewesen. Sie hatte ihm ihr ganzes Herz geschenkt. Und Luzifer hatte sie ebenfalls geliebt.

Als sein Blick auf sie fiel, war die ganze Geschichte ihrer

Beziehung an seinem schönen Gesicht abzulesen: die anfängliche Leidenschaft, sein verzweifeltes Verlangen, sie zu besitzen, die Qual der Liebe, von der er behauptet hatte, sie habe ihn zu seiner Rebellion gegen den Thron inspiriert.

Ihr Verstand wusste, dass es die erste große Lüge des Großen Betrügers war – aber ihr Herz fühlte etwas anderes, zum Teil, weil sie wusste, dass Luzifer selbst an seine Lüge glaubte. Sie übte eine geheime, wachsende Macht aus, wie eine Flut, die niemand sah.

Sie konnte nichts dagegen machen: Sie wurde weich. Aus den Augen Luzifers sprach die gleiche Zärtlichkeit wie aus Daniels Augen. Sie spürte, wie ihre Augen Luzifer mit der gleichen Zärtlichkeit betrachteten.

Er liebte sie *immer* noch – und jeder Moment, in dem sie nicht bei ihm war, verletzte ihn tief. Das war der Grund, warum er die vergangenen neun Tage mit einem Schatten ihrer Seele verbracht hatte, warum er danach getrachtet hatte, das ganze Universum neu zu schreiben, um sie zurückzubekommen.

»Oh, Luzifer«, sagte sie. »Es tut mir leid.«

»Siehst du?« Er lachte. »Du *hast* Angst vor mir. Du hast Angst vor den Gefühlen, die ich in dir wecke. Du willst dich nicht erinnern …«

»Nein, es ist nicht …«

Aus einem hinter seinem Rücken verborgenen Köcher förderte Luzifer einen langen silbernen Sternenpfeil zutage. Er rollte ihn zwischen den Fingern und summte eine Melodie, die Luce kannte. Sie schauderte. Es war die Hymne, die er geschrieben hatte, in der er aus ihnen ein Paar machte. *Lucinda, sein Abendlicht.*

Sie blickte auf den glänzenden Sternenpfeil. »Was tust du da?«

»*Du* hast mich geliebt. Du hast mir gehört. Jene von uns, die Ewigkeit verstehen, wissen, was wahre Liebe bedeutet. Liebe stirbt nicht. Das ist der Grund, warum ich weiß, dass du die richtige Entscheidung treffen wirst, wenn wir auf dem Boden aufkommen, wenn alles von Neuem beginnt. Du wirst mich wählen, statt ihn, und wir werden zusammen herrschen. Wir werden zusammen sein« – er schaute zu ihr auf – »oder …«

Dann ging Luzifer mit dem Sternenpfeil auf sie los.

»Ja!«, rief Luce. »Ich habe dich einst geliebt!«

Er erstarrte, die stumpfe tödliche Waffe auf ihre Brust gerichtet, während ihre frühere Seele an seiner Armbeuge hing.

»Aber das ist länger her, als du meinst«, fuhr sie fort. »Dir gefällt die Ewigkeit, aber es gefällt dir nicht, dass die Ewigkeit sich von einem Moment auf den anderen verändern kann. Als wir gestürzt sind, habe ich dich nicht geliebt.«

»Lügen.« Der Sternenpfeil kam näher. »Dass du mich geliebt hast, ist nicht so lange her, wie du denkst. Erst letzte Woche in deinen Verkündern, als du dachtest, du liebst einen anderen – es war wunderbar. Erinnerst du dich, als wir auf dem Baum in Tahiti saßen? Wir hatten auch frühere Momente. Ich gehe davon aus, dass du dich an sie erinnerst.« Er trat zurück, musterte ihre Reaktion. »Ich habe dir alles beigebracht, was du über die Liebe zu wissen glaubst! Wir sollten zusammen herrschen. Du hast mir versprochen, mir zu folgen. Du hast *mich* betrogen.« Seine Augen flehten sie an, brannten vor Zorn und Schmerz. »Stell dir vor, wie einsam es war, in einer Hölle, die ich mir selbst geschaffen hatte, gestrandet am Altar, der größte Narr aller Zeiten, der siebentausend Jahre Qual erlitten hat.«

»Hör auf«, flüsterte sie. »Du musst aufhören, mich zu lieben. Denn ich habe aufgehört, dich zu lieben.«

»Wegen *Daniel Grigori,* der nicht ein Zehntel des Engels ist, der ich selbst in meiner schlimmsten Form noch bin? Das ist lächerlich! Du weißt, dass ich immer strahlender, talentierter war. Du warst da, als ich die Liebe erfand. Ich habe sie aus dem Nichts erschaffen, aus bloßer ... Verehrung!« Luzifer runzelte die Stirn, als er das Wort aussprach, als bereite es ihm Übelkeit.

»Und du weißt längst noch nicht alles. Ohne dich habe ich dann das Böse erfunden, das andere Ende des Spektrums, den notwendigen Ausgleich. Ich habe Dante inspiriert, Milton! Du solltest mal die Unterwelt sehen. Ich habe die Ideen des Throns übernommen und verbessert. Du kannst machen, was du willst! Du hast *alles* verpasst.«

»Ich habe nichts verpasst.«

»Oh, Schatz« – er strich ihr zärtlich über die Wange –, »das glaubst du doch nicht im Ernst. Ich könnte dir das größte Königreich aller Zeiten geben – wir arbeiten hart, und dann machen wir Party. Selbst der Thron hat dir die Vorzüge ewigen Friedens angeboten! Und wen hast du gewählt? Daniel. Was hat dieser Justin-Bieber-Verschnitt je geleistet?«

Luce schob seine Hand weg. »Er hat mein Herz erobert. Er liebt mich so, wie ich bin, und nicht für das, was ich ihm bringen kann.«

Er feixte. »Du warst schon immer süchtig nach Anerkennung. Baby, das ist deine Achillesferse.«

Sie betrachtete die Millionen von leuchtenden, reglosen

Seelen ringsum, die sich über Tausende von Meilen in die Ferne erstreckten und unfreiwillig die Wahrheit über die erste romantische Liebe des Universums mitanhörten.

»Ich dachte, dass das, was ich für dich empfand, richtig war«, sagte Luce. »Ich habe dich geliebt, bis es mir wehtat, bis unsere Liebe von deinem Stolz und deinem Zorn verzehrt wurde. Das, was du *Liebe* genannt hast, hat mich klein gemacht. Also musste ich aufhören, dich zu lieben.« Sie schwieg. »Unsere Verehrung hat den Thron niemals herabgesetzt, aber deine Liebe hat mich herabgesetzt. Ich wollte dich nicht verletzen. Ich wollte nur, dass du aufhörst, mich zu verletzen.«

»Dann hör auf, mich zu verletzen!«, flehte er und streckte die Arme aus. Luce erinnerte sich, wie diese Arme sie gehalten hatten, wie geborgen sie sich darin gefühlt hatte. »Du kannst lernen, mich wieder zu lieben. Das ist die einzige Möglichkeit, meinen Schmerz zu lindern. Wähle mich jetzt, wieder, für immer.«

»Nein«, erwiderte sie. »Es ist wirklich vorbei, Luzifer.« Sie deutete auf die anderen Engel, die um sie herum fielen. »Es war schon vorbei, bevor dies alles geschehen ist. Ich habe nie versprochen, außerhalb des Himmels mit dir zu herrschen. Du hast diesen Traum auf mich projiziert, als sei ich eine leere Tafel. Du wirst nichts erreichen, wenn du *diese* Lucinda auf die Erde wirfst. Sie wird deine Liebe nicht erwidern.«

»Vielleicht doch.« Er schaute auf den Engel in seinen Armen hinab. Er versuchte ihn zu küssen, aber das Licht, das Lucindas fallendes Ich umgab, machte es ihm unmöglich, ihre Haut zu berühren.

»Es tut mir leid, dass ich dir Schmerz zugefügt habe«,

sagte Lucinda. »Ich war … jung. Ich bin … mitgerissen worden. Ich habe mit dem Feuer gespielt. Das hätte ich nicht tun sollen. Bitte, Luzifer. Lass uns gehen.«

»Oh.« Er vergrub das Gesicht in dem Körper in seinen Armen. »Ich leide.«

»Du wirst weniger leiden, wenn du akzeptierst, dass das, was wir geteilt haben, Vergangenheit ist. Es ist nicht mehr so, wie es einmal war. Wenn du mich liebst, dann musst du mich meinen Weg weitergehen lassen.«

Luzifer sah Luce lange an. Seine Miene verdüsterte sich, dann nahm sie einen fragenden Ausdruck an, als spiele er mit einer Idee. Er wandte kurz den Blick ab, blinzelte, und als er Luce wieder anschaute, dachte sie, er könne sie so sehen, wie sie wirklich war: der Engel, der ein Mädchen geworden war, das Jahrtausende durchlebt hatte, das sich seines Schicksals immer sicherer geworden war, das es geschafft hatte, wieder ein Engel zu werden. »Du … verdienst mehr«, flüsterte Luzifer.

»Mehr als Daniel?« Luce schüttelte den Kopf. »Ich will nicht mehr als ihn.«

»Ich meine, du verdienst mehr als all dieses Leid. Ich bin nicht blind für das, was du durchgemacht hast. Ich habe dich beobachtet. Ab und zu hat mir dein Schmerz eine Art von Freude bereitet. Ich meine, du kennst mich.« Luzifer lächelte traurig. »Aber selbst meine Art der Freude ist immer ein Schuss Schuld mit beigemischt. Wenn ich die Schuldgefühle loswerden könnte, würdest du *wirklich* etwas Großes sehen.«

»Erlöse mich von meinem Leid. Stoppe den Sturz, Luzifer. Es liegt in deiner Macht.«

Er taumelte auf sie zu. Seine Augen füllten sich mit Tränen.

Der Teufel schüttelte den Kopf. »Sag mir, wie verliert ein Mann mit einem anständigen Job ein …«

»GENUG!«

Die Stimme ließ alles stillstehen. Der Lauf der Sonne, das innere Bewusstsein der dreihundertachtzehn Millionen Engel, selbst der Sturz kam einfach zum Stillstand.

Es war die Stimme, die das Universum geschaffen hatte: vielschichtig und voll, als sprächen Millionen von Versionen dieser Stimme gleichzeitig.

Genug.

Der Befehl des Throns erschütterte Luce. Er verzehrte sie. Sie wurde von einem Licht geblendet und konnte vor lauter Helligkeit Luzifer, ihr fallendes Ich und die ganze Welt nicht mehr sehen. Ihre Seele summte vor unaussprechlicher Elektrizität, als eine Last von ihr abfiel und in die Ferne schwirrte.

Der Sturz.

Es war verschwunden. Luce war mit einem einzigen Wort und einem Ruck, bei dem sie sich fühlte, als sei ihr Innerstes nach außen gekehrt, aus ihm herausgeschleudert worden. Sie bewegte sich durch eine große Leere auf ein unbekanntes Schicksal zu, und sie war schneller unterwegs als das Licht.

Sie bewegte sich mit Gottgeschwindigkeit.

Neunzehn

Lucindas Preis

Nichts als Weiß.

Luce spürte, dass sie und Luzifer nach Troja zurückgekehrt waren, aber sie war sich nicht sicher. Es war zu hell, als brenne Elfenbein. Und es brannte in totaler Stille.

Zuerst war das Licht alles. Es war weißglühend, blendend.

Dann begann es ganz langsam zu verblassen.

Allmählich konnte Luce etwas erkennen: Das schwächer werdende Licht ließ das Feld, die schlanken Zypressen, die an dem Stroh äsenden Ziegen und die Engel ringsum deutlich sichtbar werden. Das Strahlen des Lichtes schien eine Textur zu haben, wie Federn, die ihr über die Haut strichen. Seine Macht machte sie demütig und ängstlich.

Es verblasste noch mehr, schien zu schrumpfen und sich zu reduzieren, als würde es sich in sich selbst verziehen. Alles wurde trüber, verlor seine Farbe, als das Licht sich zurückzog. Es sammelte sich in einer leuchtenden Kugel, einem winzigen glühenden Ball, der in der Mitte am hellsten war. Er schwebte mehrere Meter über dem Boden. Dann begann er zu pulsieren und zu flackeren, als seine Strahlen Gestalt annahmen. Sie streckten sich, wie gezogener Zucker glänzend, in einen Kopf, einen Torso, Beine, Arme. Hände.

Eine Nase.

Ein Mund.

Bis das Licht zu einer Person wurde.

Einer Frau.

Der Thron in Menschengestalt.

Vor langer Zeit war Luce eine Favoritin des Throns gewesen – sie wusste das jetzt, wusste es im Innern ihrer Seele –, doch Luce hatte den Thron nie wirklich *gekannt*. Kein Wesen war zu dieser Art von Wissen fähig.

So war es eben, es war die Natur des Göttlichen. Sie zu beschreiben hieße, sie zu reduzieren. Daher war der Thron hier nun – obwohl sie sehr stark wie eine Königin in einem fließenden weißen Gewand aussah –, immer noch der Thron, was bedeutete, dass er *alles* war. Luce konnte nicht aufhören, die Frau anzustarren.

Sie war unbeschreiblich schön. Ihr Haar war wie gesponnenes Silber und Gold. Ihre Augen, blau wie ein kristallklares Meer, verströmten die Macht, alles allüberall zu sehen. Während der Thron den Blick über die trojanischen Ebenen schweifen ließ, vermeinte Luce, ein Aufblitzen ihres eigenen Gesichtes im Antlitz Gottes zu erkennen – entschlossen, so wie Luce Price die Zähne zusammenbiss, wenn sie eine Entscheidung traf. Sie hatte es schon tausend Mal im Spiegel gesehen.

Und als die Frau den Blick wandte, um das Publikum anzuschauen, veränderte sich auch ihre Miene. Es sah aus wie Daniels Hingabe, es fing dieses spezielle Licht in seinen Augen ein. In der lockeren, offenen Art, wie sie die Hände hielt, erkannte Luce jetzt die Selbstlosigkeit ihrer Mutter – und nun sah sie das stolze Lächeln, das allein Penn gehörte.

Jede flüchtige Spur des Lebens fand ihren Ursprung in der Macht, die vor Luce stand. Sie konnte sehen, wie die ganze Welt – Sterbliche und Engel gleichermaßen – in dem wechselhaften Bild des Throns erschaffen worden war.

Ein elfenbeinerner Stuhl erschien an einem Rand der Ebene. Der Stuhl bestand aus einer jenseitigen Substanz, von der Luce wusste, dass sie sie schon einmal gesehen hatte: Es war das gleiche Material wie der silberne Stab mit der gedrehten Spitze, die der Thron in der linken Hand hielt.

Als er Platz nahm, eilten Annabelle, Arriane und Francesca herbei und fielen anbetend auf die Knie. Das Lächeln des Throns schien auf sie herab und warf Licht in allen Regenbogenfarben auf ihre Flügel. Die Engel summten in harmonischem Entzücken.

Arriane hob das leuchtende Gesicht und schlug mit den Flügeln, um sich zu erheben und das Wort an den Thron zu richten. Ihre Stimme erschallte in einem herrlichen Gesang. »Gabbe ist tot.«

»Ja«, summte der Thron zurück, obwohl der Thron es natürlich schon wusste. Es war eher ein Ritual der Anteilnahme als eine Weitergabe von Informationen. Luce erinnerte sich, dass dies der Zweck war, für den der Thron die Sprache und den Gesang erschaffen hatte, es sollte eine andere Art des Fühlens sein, ein anderer Flügel, mit dem man über den Flügel des Freundes streichen konnte.

Dann hoben sich Annabelles und Arrianes Füße vom Boden und sie flatterten hoch über den Thron. Sie schwebten dort, Luce und ihren Freunden zugewandt, während sie ihre Schöpferin in Verehrung betrachteten. Ihre Formation sah merkwürdig aus – irgendwie unvollständig –, bis Luce etwas verstand:

Die Altäre.

Arriane und Annabelle nahmen ihre alten Plätze als Erzengel ein. Auf der himmlischen Wiese hatten die gewellten silbernen Altäre einst einen Bogen über dem Kopf des Throns gebildet. Sie waren wieder dort, wo sie hingehörten: Arriane rechts von den Schultern des Throns, und Annabelle dicht über dem Boden neben dessen rechter Hand.

In dem Raum rings um den Thron erstrahlten helle Lücken. Luce erinnerte sich, zu welchem Altar Cam immer geflogen war, welcher Roland gehörte und welcher Daniel. Ihr fielen kurz die Plätze von Molly und auch von Steven vor dem Thron wieder ein – sie waren zwar keine Erzengel, aber Engel, die mit einer Verehrung von der Wiese aus glücklich waren.

Schließlich sah sie den Platz von Luzifer und ihren eigenen Sitz, ihre zusammengehörigen silbernen Altäre auf der linken Seite des Throns. Ihre Flügel kribbelten. Es war alles so klar.

Die anderen gefallenen Engel – Roland, Cam, Steven, Daniel und Luzifer – traten nicht vor, um den Thron anzubeten. Luce fühlte sich hin- und hergerissen. Die Verehrung des Throns war etwas Natürliches, es war das, wozu Lucinda erschaffen worden war. Aber irgendwie konnte sie sich nicht bewegen. Der Thron wirkte weder enttäuscht noch überrascht.

»Wo ist der Sturz, Luzifer?« Beim Klang dieser Stimme wollte Luce sich auf die Knie fallen lassen und beten.

»Nur Gott kann das sagen«, knurrte Luzifer. »Es spielt keine Rolle. Vielleicht wollte ich es letzten Endes ja doch nicht.«

Der Thron zwirbelte den silbernen Stab in den Händen und bohrte, wo die Spitze die Erde berührte, ein schlammiges Loch. Eine Ranke aus silberweißen Lilien schoss empor und wand sich um den Stab. Der Thron schien es nicht zu bemerken. Die Gottheit richtete ihre blauen Augen auf

Luzifer, bis er seine blauen Augen hob und den Blick erwiderte.

»Die beiden ersten Feststellungen sind zutreffend«, sagte der Thron, »und bald wirst du auch von der letzten überzeugt sein. Meine Nachsicht hat berühmte Grenzen.«

Luzifer begann zu sprechen, aber der Thron wandte den Blick von ihm ab, und er versetzte der Erde frustriert einen Tritt. Sie öffnete sich unter ihm, Lava blubberte hervor und kühlte ab, ein persönlicher Vulkan.

Eine kleine Geste des Throns ließ sie alle aufmerken. »Wir müssen uns mit dem Fluch von Lucinda und Daniel beschäftigen«, sagte sie.

Luce schluckte hörbar und spürte, wie sich vor Schreck ein flaues Gefühl in ihrem Magen breitmachte.

Aber die phosphoreszierenden Augen der göttlichen Frau waren freundlich, als sie sich eine silbergoldene Haarsträhne hinters Ohr schob. Sie lehnte sich auf ihrem Thron zurück und ließ den Blick über die Versammlung schweifen. »Wie ihr wisst, ist die Zeit für mich gekommen, diesen beiden erneut eine Frage zu stellen.«

Alle verstummten, selbst der Wind.

»Lucinda, wir werden mit dir anfangen.«

Luce nickte. Die Ruhe ihrer Flügel stand in starkem Kontrast zu ihrem klopfenden Herzen. Es war ein seltsam sterbliches Gefühl, und es erinnerte sie daran, wie sie in der Schule zum Direktor gerufen worden war. Sie näherte sich mit gesenktem Kopf dem Thron.

»Du hast deine Leidensschuld im Laufe dieser letzten gut sechstausend Jahre beglichen …«

»Es war nicht nur Leiden«, sagte Luce. »Es waren schwierige Zeiten, aber« – sie sah die Freunde an, die sie gewonnen hatte, sah Daniel, sogar Luzifer an – »es gab auch viel Schönes.«

Der Thron schenkte Luce ein neugieriges Lächeln. »Du hast auch die Bedingungen erfüllt, deine Natur ohne fremde Hilfe zu entdecken – dir selbst treu zu sein. Würdest du sagen, dass du deine Seele kennengelernt hast?«

»Ja«, sagte Luce. »Gründlich.«

»Du bist jetzt mehr Lucinda, als du es je gewesen bist. In jede Entscheidung, die du triffst, fließt nicht nur das Wissen mit ein, das du als Engel mitbringst, sondern auch das Gewicht von siebentausend Jahren in der Schule des Lebens in jedem Zustand des Menschseins.«

»Meine Verantwortung macht mich demütig«, erwiderte sie mit einer Wortwahl, die überhaupt nicht nach Luce Price klang, sondern die ganz Lucinda entsprach, ihrer wahren Seele.

»Dir ist vielleicht zu Ohren gekommen, dass deine Seele in diesem Leben ›zu haben‹ ist?«

»Ja. Das habe ich gehört.«

»Und du hast vielleicht auch etwas über ein Gleichgewicht zwischen den Engeln des Himmels und den Streitkräften von Luzifer gehört?«

Luce nickte langsam.

»Und so fällt dir die Frage einmal mehr zu: Wird es der Himmel oder wird es die Hölle sein? Du hast deine Lektionen gelernt und bist jetzt um vierhundert Leben klüger, also fragen wir dich erneut: Wo möchtest du die Ewigkeit verbringen? Wenn es der Himmel sein soll, erlaube mir zu sagen, dass wir dich willkommen heißen und dir den Übergang erleichtern werden.« Gott richtete den Blick auf Luzifer, aber Luce tat es ihr nicht nach. »Wenn die Hölle deine Wahl ist, wage ich die Vermutung, dass Luzifer dich akzeptieren wird?«

Luzifer antwortete nicht. Luce hörte schweres Gescharre hinter sich. Als sie sich umdrehte, sah sie, dass seine Flügel hinten verknotet waren.

Es war nicht leicht in dem Sturz gewesen, Luzifer zu sagen, dass sie ihn nicht liebte, dass sie ihn nicht wählen würde. Es schien ihr unmöglich, das Gleiche dem Thron zu sagen. Luce stand vor der Macht, die sie erschaffen hatte, und sie hatte sich nie mehr wie ein Kind gefühlt.

»Lucinda?« Der Blick des Throns heftete sich auf sie. »Es liegt bei dir, die Waagschale in die eine oder andere Richtung zu senken.«

Das Gespräch, das sie mit Arriane im IHOP in Vegas geführt hatte, kam ihr wieder in den Sinn: *Aber letztendlich läuft es darauf hinaus, dass ein einzelner mächtiger Engel sich irgendwann einmal entscheidet, wo er nun eigentlich steht. Und wenn das geschieht, dann senkt sich die eine Waagschale.*

»Es fällt *mir* zu?«

Der Thron nickte, als hätte Luce es die ganze Zeit über wissen müssen. »Das letzte Mal hast du dich geweigert zu wählen.«

»Nein, das ist nicht wahr«, widersprach Luce. »Ich habe die Liebe gewählt! Eben hast du mich noch gefragt, ob ich meine Seele kenne, und das tue ich. Ich muss dem treu bleiben, was ich bin, und die Liebe an die erste Stelle setzen.«

Daniel griff nach ihrer Hand. »Wir haben damals die Liebe gewählt und wir werden heute wieder genauso entscheiden.«

»Und wenn du uns jetzt dafür verfluchst«, sagte Luce, »wird der Ausgang derselbe sein. Siebentausend Jahre lang haben wir uns immer wieder gefunden. Ihr seid alle Zeuge. Wir werden es wieder tun.«

»Luzifer?«, fragte der Thron, »Was sagst du dazu?«

Er sah Luce mit flammenden Augen an und sein Schmerz war für alle Anwesenden offensichtlich. »Ich sage, wir alle werden diesen Moment ewig bereuen. Es ist die falsche Entscheidung, und eine selbstsüchtige dazu.«

»Wir müssen akzeptieren, dass wir verlassen worden sind, auch wenn wir es bedauern.« Die ruhige Stimme kam vom Thron. »Aber ich werde deine Antwort als ein kleines Zeichen von Barmherzigkeit und Einwilligung werten, was dem Universum eine gewisse Hoffnung gibt. Lucinda und Daniel haben ihre Entscheidung klargemacht, und ich werde dafür sorgen, dass wir beide uns an unsere Versprechen halten, die wir bei dem Namensaufruf gegeben haben. Ihre Liebe liegt nicht mehr in unseren Händen. So sei es. Aber sie wird einen Preis haben.« Sie richtete den Blick wieder auf Luce und Daniel. »Seid ihr bereit, das letzte Opfer für eure Liebe zu bringen?«

Daniel schüttelte den Kopf. »Wenn ich Lucinda habe und Lucinda mich, dann gibt es so etwas wie ein Opfer nicht.«

Luzifer lachte gackernd, erhob sich vom Boden und schwebte über Luce und Daniel in der Luft. »Wir könnten euch also alles rauben – eure Flügel, eure Stärke, eure *Unsterblichkeit?* Und ihr würdet immer noch eure *Liebe* wählen?«

Aus dem Augenwinkel erhaschte Luce einen Blick auf Arriane. Ihre Flügel waren hinter ihr gefaltet. Sie hatte die Hände in die Taschen ihres Overalls gestopft. Sie nickte grinsend, die Lippen zufrieden geschürzt, als wolle sie sagen: *Zum Teufel, yeah, das würden sie.*

»Ja«, antwortete Luce und Daniel wie aus einem Mund.

»Schön«, sagte der Thron. »Aber eins muss euch klar sein: Es hat einen Preis. Ihr dürft einander haben, aber sonst dürft ihr nichts haben. Wenn ihr ein und für allemal die Liebe wählt, müsst ihr eure Engelnaturen aufgeben. Ihr werdet als Sterbliche wiedergeboren werden.«

Sterbliche?

Daniel, ihr Engel, wiedergeboren als Sterblicher?

In all diesen Nächten hatte sie wach gelegen und sich gefragt, was nach diesen neun Tagen aus ihrer und Daniels Liebe werden würde. Jetzt musste Luce bei der Entscheidung des Throns an Bills Vorschlag in Ägypten denken, dass sie ihre reinkarnierende Seele töten sollte.

Selbst damals hatte sie überlegt, ihr sterbliches Leben zu leben und Daniel seinem eigenen Leben zu überlassen. Es würde keinen Schmerz mehr durch eine weitere verlorene Liebe geben. Sie war beinahe bereit gewesen, es zu tun. Was sie daran gehindert hatte, war der Gedanke, Daniel zu verlieren. Aber diesmal ...

Sie konnte ihn haben, wirklich für eine lange Zeit haben. Alles würde anders sein. Er würde an ihrer Seite sein.

»Wenn ihr akzeptiert« – die Stimme des Throns übertönte Luzifers heiseres Glucksen –, »werdet ihr euch nicht daran erinnern, was ihr einst wart, und ich kann nicht garantieren, dass ihr einander während eures Lebens auf der Erde begegnen werdet. Ihr werdet leben, und ihr werdet sterben, so wie jeder andere Sterbliche der Schöpfung. Die Kräfte des Himmels, durch die ihr euch immer gegenseitig angezogen habt, werden sich zurückziehen. Kein Engel wird euren Weg kreuzen.« Sie warf Luce' und Daniels Freunden, den Engeln, einen warnenden Blick zu. »In der dunkelsten Nacht wird keine freundliche Hand erscheinen, um euch zu leiten. Ihr werdet wahrhaftig auf euch allein gestellt sein.«

Ein leiser Laut kam von Daniels Lippen. Luce drehte sich zu ihm um und nahm seine Hand. Sie würden also Sterbliche sein und auf der Suche nach der anderen Hälfte auf Erden wandeln, so wie jeder andere auch. Es klang nach einem schönen Vorschlag.

Cam, der hinter ihnen stand, sagte: »Sterblichkeit ist die romantischste Geschichte, die je erzählt worden ist. Nur eine Chance, alles zu tun, was man tun sollte. Und dann zieht man wie von Zauberhand weiter.«

Aber Daniel wirkte geknickt.

»Was ist los?«, flüsterte Luce. »Willst du nicht?«

»Du hast gerade erst deine Flügel wiederbekommen.«

»Und genau deshalb weiß ich, dass ich ohne sie glücklich sein kann. Solange ich dich habe. Du bist derjenige, der sie wirklich aufgeben wird. Bist du sicher, dass *du* das willst?«

Daniel senkte sein Gesicht und seine Lippen waren nah, weich. »Für immer.«

Tränen stiegen Luce in die Augen, als Daniel sich wieder zum Thron umdrehte.

»Wir akzeptieren.«

Ringsum leuchteten die Flügel hell auf, bis das ganze Feld vor Licht summte. Und Luce spürte, wie die freudige Erwartung der anderen Engel – ihre lieben, teuren Freunde – in Schock überging.

»Also schön.« Der Thron flüsterte beinahe, mit unergründlichem Ausdruck.

»Warte!«, rief Luce. Da war noch eine Sache. »Wir – wir akzeptieren unter einer Bedingung.«

Daniel regte sich neben ihr und beobachtete Luce aus dem Augenwinkel, aber er unterbrach sie nicht.

»Welches ist eure Bedingung?«, donnerte der Thron schallend, an Verhandlungen nicht gewöhnt.

»Nimm die Outcasts wieder in die Heerschar des Himmels auf«, sagte Luce schnell, bevor sie der Mut verließ. »Sie haben sich als würdig erwiesen. Wenn es Platz genug gab, mich auf eurer Wiese aufzunehmen, dann gibt es auch Platz genug für die Outcasts.«

Der Thron sah die Outcasts an, die nichts sagten und schwach leuchteten. »Es ist eine ungewöhnliche, aber im Wesentlichen selbstlose Bitte. Sie soll euch gewährt werden.« Langsam streckte sie einen Arm aus. »Outcasts, tretet vor, wenn ihr wieder in den Himmel aufgenommen werden wollt.«

Die vier Outcasts stellten sich mit mehr Entschlossenheit, als Luce je bei ihnen gesehen hatte, vor den Thron. Dann gab der Thron ihnen mit einem einzigen Nicken ihre Flügel zurück.

Sie wuchsen.

Wurden dichter.

Ihre zerfetzte braune Farbe verblasste zu einem strahlenden Weiß.

Und dann lächelten die Outcasts. Luce hatte noch nie zuvor einen von ihnen lächeln sehen, und sie waren schön.

Am Ende ihrer Verwandlung wölbten sich die Augen der Outcasts, als ihnen eine Iris wuchs. Sie konnten wieder sehen.

Selbst Luzifer wirkte beeindruckt. Er murmelte: »So eine Nummer konnte nur Lucinda abziehen.«

»Es ist ein Wunder!« Olianna zog die Flügel um den Körper, um sie zu bewundern.

»Dafür ist der Thron ja bekannt«, sagte Luce.

Die Outcasts kehrten an ihre alten Positionen der Verehrung um den Thron zurück.

»Ja.« Der Thron schloss die Augen, um ihre Anbetung entgegenzunehmen. »Ich glaube, so ist es doch besser.«

Schließlich hob der Thron seinen Stab und zeigte damit auf Luce und Daniel. »Es wird Zeit, Lebewohl zu sagen.«

»Schon?« Es war Luce unabsichtlich herausgerutscht.

»Verabschiedet euch.«

Die ehemaligen Outcasts überhäuften Luce mit Dank und Umarmungen und drückten sie und Daniel fest an sich. Als sie sich wieder lösten, standen Francesca und Steven vor ihnen, Arm in Arm, schön, strahlend.

»Wir wussten immer, dass du dazu fähig sein würdest.« Steven zwinkerte Luce zu. »Nicht wahr, Francesca?«

Francesca nickte. »Es war hart für dich, aber du hast bewiesen, dass du eine der beeindruckendsten Seelen bist, die zu unterrichten ich je das Vergnügen hatte. Du bist ein Mysterium, Luce. Mach weiter so.«

Steven schüttelte Daniels Hand, und Francesca küsste beide auf die Wangen, bevor sie zurücktraten.

»Ich danke euch«, sagte Luce. »Passt aufeinander auf. Und passt auch auf Miles und Shelby auf.«

Dann waren sie von den Engeln umringt, von der alten Truppe, die sich an der Sword & Cross und an hundert anderen Orten davor gebildet hatte.

Arriane, Roland, Cam und Annabelle. Sie hatten Luce öfter gerettet, als sie sagen konnte.

»Das ist schwer.« Luce schmiegte sich in Rolands Arme.

»Ach, komm. Du hast doch schon die Welt gerettet.« Er lachte. »Jetzt geh und rette deine Beziehung.«

»Hör nicht auf den Psycho-Onkel!«, kreischte Arriane. »Verlass uns nicht!« Sie versuchte zu lachen, aber es funktionierte nicht. Rebellische Tränen strömten ihr übers Gesicht. Sie wischte sie nicht weg, sie klammerte sich nur fest an Annabelles Hand. »Okay, schön, *geht!*«

»Wir werden an euch denken«, sagte Annabelle. »Immer.«

»Ich werde auch an euch denken.« Luce musste glauben, dass es die Wahrheit war. Anderenfalls, wenn sie *dies alles* wirklich vergessen würde, könnte sie es nicht ertragen, sie zu verlassen.

Aber die Engel lächelten traurig, denn sie wussten, dass sie sie vergessen musste.

Damit blieb noch Cam übrig, der nah bei Daniel stand. Die beiden hatten die Arme umeinander gelegt. »Du hast es durchgezogen, Bruder.«

»Klar habe ich das.« Daniel spielte den Hochmütigen, aber es kam als Liebe rüber. »Ich danke dir.«

Cam ergriff Luce' Hand. Seine Augen waren leuchtend grün, die erste Farbe, die ihr in der düsteren, trostlosen Welt der Sword & Cross aufgefallen war.

Er legte den Kopf schief und schluckte, überlegte sich gut, was er sagen wollte.

Er zog sie an sich, und für einen Moment dachte sie, er würde sie küssen. Ihr Herz klopfte, als seine Lippen an ihren vorbeiglitten und neben ihrem Ohr hielten: »Lass dir nächstes Mal nicht von ihm den Stinkefinger zeigen.«

»Du weißt, dass ich das nicht tun werde.« Sie lachte.

»Ah, Daniel, ein bloßer Schatten eines echten bösen Buben.« Er legte sich die Hand aufs Herz und zog eine Augenbraue hoch, als er sie ansah. »Sorg dafür, dass er gut zu dir ist. Du verdienst das Beste, was es gibt.«

Ausnahmsweise einmal wollte sie seine Hand nicht loslassen. »Was wirst du tun?«

»Ist der Ruf erst ruiniert, lebt sich's völlig ungeniert. Ich habe die Wahl.« Er schaute an ihr vorbei auf die fernen Wüstenwolken. »Ich werde meine Rolle spielen. Ich kenne sie gut. Und ich weiß, wie man sich verabschiedet.«

Er zwinkerte, dann nickte er Daniel ein letztes Mal zu, rollte die Schultern zurück, breitete seine gewaltigen goldenen Schwingen aus und verschwand in dem aufgewühlten Himmel.

Alle schauten ihm nach, bis seine Flügel nur noch ein ferner Goldfleck waren. Als Luce den Blick senkte, fiel er auf Luzifer. Seine Haut hatte ihren schönen Schimmer, aber seine Augen waren eisig. Er sagte nichts, und es schien, dass er sie ewig mit seinem Blick festgehalten hätte, wenn sie sich nicht abgewandt hätte.

Sie hatte für ihn alles getan, was sie konnte. Sein Schmerz war nicht mehr ihr Problem.

Die Stimme donnerte vom Thron. »Ein letztes Lebewohl noch.«

Gemeinsam drehten Luce und Daniel sich zu dem Thron um, aber sobald ihre Blicke darauf fielen, ging die attraktive Gestalt der Frau in eine weißglühende Herrlichkeit auf, und sie mussten sich die Hand vor die Augen halten.

Der Thron war wieder unkenntlich geworden, eine Lichtfülle, die zu strahlend war, als dass Engel sie schauen konnten.

»Hey, Leute.« Arriane schniefte. »Ich glaube, sie meinte, dass ihr zwei euch voneinander verabschieden sollt.«

»Oh«, murmelte Luce und drehte sich mit plötzlicher Panik zu Daniel um. »Jetzt gleich? Wir müssen …«

Er nahm ihre Hand. Seine Flügel streiften ihre. Er küsste sie auf die Wangen.

»Ich habe Angst«, flüsterte sie.

»Was habe ich dir gesagt?«

Sie ging die Millionen Gespräche, die sie und Daniel geführt hatten, durch – die guten, die traurigen, die unschönen. Eins stach aus ihrer Erinnerung hervor.

Sie zitterte. »Dass du mich immer finden wirst.«

»Ja. Immer. Egal, was passiert.«

»Daniel …«

»Ich kann es nicht erwarten, dich zur Liebe meines sterblichen Lebens zu machen.«

»Aber du wirst mich nicht kennen. Du wirst dich nicht erinnern. Alles wird anders sein.«

Er wischte ihr die Träne mit dem Daumen ab. »Und du glaubst, das kann mich aufhalten?«

Sie schloss die Augen. »Ich liebe dich zu sehr, um Lebewohl zu sagen.«

»Es ist kein Lebewohl.« Er gab ihr einen letzten engelhaften Kuss und umarmte sie so fest, dass sie seinen regelmäßigen Herzschlag hören konnte, der sich über ihren legte. »Es heißt auf Wiedersehen.«

Zwanzig

Wildfremde Menschen

Siebzehn Jahre später

Luce klemmte sich die Schlüsselkarte ihres Wohnheimzimmers zwischen die Zähne und verrenkte den Hals, um die Karte durch das Schloss zu ziehen, dann wartete sie auf das kleine elektrische Klicken und stieß die Tür mit der Hüfte auf.

Sie hatte die Hände voll: In ihrem klappbaren gelben Wäschekorb türmte sich ein Berg Klamotten, von denen die meisten nach dem ersten Trocknergang fern von zu Hause eingelaufen waren. Sie kippte die Kleider auf das schmale untere Etagenbett und war erstaunt darüber, wie sie es geschafft hatte, in so kurzer Zeit so viele verschiedene Sachen zu tragen. Die ganze Woche der Erstsemesterorientierung im Emerald College war auf beunruhigende Weise an ihr vorbeigerauscht.

Nora, ihre neue Mitbewohnerin und der erste Mensch außerhalb von Luce' Familie, der sie mit ihrer Zahnspange sah (aber es war cool, weil Nora auch eine hatte), saß auf der Fensterbank, lackierte sich die Nägel und telefonierte.

Sie lackierte sich ständig die Nägel und telefonierte. Sie hatte ein ganzes Bücherregal voll mit Nagellackfläschchen, und in der Woche, die sie sich kannten, hatte sie Luce bereits zwei Pediküren verpasst.

»Ich sage dir, Luce ist nicht so.« Nora winkte Luce aufgeregt zu, die am Bettgestell lehnte und lauschte. »Sie hat noch nie einen Jungen geküsst. Okay, einmal – Lu, wie hieß dieser mickrige Knirps aus dem Sommercamp noch mal, von dem du mir erzählt hast …«

»Jeremy?« Luce rümpfte die Nase.

»*Jeremy*, aber es war so was wie Wahrheit oder Pflicht oder so. Ein Spiel für Kinder. Also, yeah …«

»Nora«, sagte Luce. »Musst du das wirklich weitererzählen … mit wem sprichst du da eigentlich?«

»Nur mit Jordan und Hailey.« Sie sah Luce an. »Ich habe auf laut gestellt. Wink mal!«

Nora zeigte aus dem Fenster auf den düsteren Herbstabend. Ihr Wohnheim war ein schönes, u-förmiges, weißes Ziegelsteingebäude mit einem kleinen Innenhof, wo ständig irgendwer herumhing. Aber Nora zeigte nicht auf den Hof. Direkt gegenüber von Luces und Noras Fenster im zweiten Stock befand sich ein weiteres Fenster im zweiten Stock. Es war hochgeschoben, braune Beine baumelten heraus und zwei Mädchenarme erschienen und winkten.

»Hey, Luce!«, rief eine von ihnen.

Jordan, das mutige rotblonde Mädchen aus Atlanta, und Hailey, zierlich und immer kichernd, mit dickem schwarzem Haar, das ihr in dunklen Kaskaden um das Gesicht fiel. Sie schienen nett zu sein, aber warum sprachen sie über all die Jungen, die Luce nicht geküsst hatte?

Am College war es so seltsam.

Bevor Luce eine Woche zuvor mit ihren Eltern die neunzehnhundert Meilen zum Emerald College gefahren war, hätte sie jedes einzelne Mal aufzählen können, das sie außerhalb von Texas gewesen war – einmal zu einem Familienurlaub zum Pikes Peak in Colorado, zweimal zu den Regionalmeisterschaften im Schwimmen in Tennessee und Oklahoma (im zweiten Jahr hatte sie ihre persönliche Bestleistung im Freistil überboten und ein blaues Band für das Team mit nach Hause gebracht), und der jährliche Besuch bei ihren Großeltern in Baltimore in den Ferien.

Der Umzug nach Connecticut, um aufs College zu gehen, war für Luce eine *riesige* Sache. Die meisten ihrer Freunde von der Plano Senior High besuchten Colleges in Texas. Aber Luce hatte immer das Gefühl gehabt, dass draußen in der Welt etwas war, das auf sie wartete, dass sie von zu Hause fortgehen müsse, um es zu finden.

Ihre Eltern unterstützten sie – vor allem als sie dieses Teilstipendium für ihr Delfinschwimmen bekam. Sie hatte ihr ganzes Leben in eine übergroße rote Reisetasche gepackt und ein paar Kartons mit sentimentalen Lieblingsstücken gefüllt, von denen sie sich nicht trennen konnte: Der Briefbeschwerer in Form der Freiheitsstatue, den ihr Dad ihr aus New York mitgebracht hatte, ein Bild von ihrer Mom mit einem schrecklichen Haarschnitt, als sie so alt wie Luce gewesen war, der Plüschmops, der sie an den Familienhund erinnerte, Mozart, das ausgefranste Tuch aus ihrem zerbeulten Jeep, das nach Wassereis roch – all das gab ihr Trost. Das Gleiche galt für den Blick auf die Hinterköpfe ihrer Eltern, als ihr Vater für vier lange Tage die Ostküste mit der erlaubten Höchstgeschwindigkeit hinaufgefahren war und von Zeit zu Zeit haltmachte, um Gedenktafeln zu lesen und eine Brezelfabrik im nordwestlichen Delaware zu besichtigen.

Es hatte einen Moment gegeben, als Luce daran gedacht hatte, umzukehren. Sie waren bereits zwei Tagesfahrten von zu Hause entfernt, irgendwo in Georgia, und die »Abkürzung« ihres Dads von ihrem Motel zum Highway führte sie an der Küste entlang, wo die Straße kiesig wurde und die Luft nach Mähnengerste stank. Sie hatten kaum ein Drittel der Strecke zu der Schule hinter sich, und Luce vermisste schon das Haus, in dem sie aufgewachsen war. Sie vermisste ihren Hund, die Küche, wo ihre Mom Hefebrötchen gebacken hatte, und die Art, wie sich die Rosen ihres Vaters im Spätsommer um ihr Fenster rankten und ihr Zimmer mit ihrem sanften Duft und dem Versprechen auf frisch geschnittene Sträuße füllten.

Und in dem Moment fuhren Luce und ihre Eltern an einer langen, gewundenen Auffahrt mit einem hohen, düsteren Tor vorbei, das aussah, als stünde es unter Strom. Auf einem Schild vor dem Tor stand in kühnen schwarzen Buchstaben

SWORD & CROSS BESSERUNGSANSTALT.

»Das lässt nichts Gutes ahnen«, bemerkte ihre Mutter vom Vordersitz und blickte von ihrer Wohnzeitschrift auf. »Ich bin froh, dass du nicht da zur Schule gehst, Luce!«

»Ja«, erwiderte sie, »ich auch.« Sie drehte sich um und schaute aus dem Rückfenster, bis das Tor in den Wäldern verschwand. Und ehe es ihr bewusst war, überquerten sie die Grenze nach South Carolina und kamen Connecticut und ihrem neuen Leben im Emerald-College mit jeder Umdrehung der neuen Reifen des Jeeps näher.

Dann war sie da, in ihrem Wohnheimzimmer, und ihre Eltern waren wieder daheim in Texas. Luce wollte nicht, dass ihre Mom sich Sorgen machte, aber in Wirklichkeit war sie krank vor Heimweh.

Nora war toll – das war es nicht. Sie waren Freundinnen

seit dem Moment gewesen, in dem Luce den Raum betreten und gesehen hatte, wie ihre neue Mitbewohnerin ein Poster von Albert Finney und Audrey Hepburn aus *Zwei auf gleichem Weg* mit Reißzwecken an der Wand aufhängte. Das Band festigte sich, als die Mädchen versuchten, in der ersten Nacht um zwei Uhr morgens in der schäbigen Wohnheimküche Popcorn zu machen und stattdessen den Feueralarm auslösten, sodass alle im Schlafanzug nach draußen mussten. Während der ganzen Orientierungswoche hatte Nora sich große Mühe gegeben, Luce in jeden ihrer vielen Pläne einzubeziehen. Sie hatte vor dem Emerald-College eine vornehme Privatschule besucht und war schon an das Wohnheimleben gewöhnt. Es kam ihr gar nicht merkwürdig vor, dass Jungen gleich nebenan wohnten, dass der Online-Radiosender des Campus die *einzige* akzeptable Art war, Musik zu hören, dass man eine Karte durch einen Schlitz ziehen musste, bevor man hier irgendetwas tat, dass Aufsätze immer geschlagene vier Seiten lang sein mussten.

Nora hatte diese ganzen Freunde von der Dover Prep, und sie schien jeden Tag zwölf neue Freunde dazuzugewinnen – wie Jordan und Hailey, die immer noch die Beine aus dem Fenster baumeln ließen und winkten. Luce wollte mithalten, aber sie hatte ihr ganzes Leben in einem verschlafenen Winkel von Texas verbracht. Das Leben dort war langsamer, und ihr wurde jetzt klar, dass es ihr so gefiel. Sie ertappte sich dabei, dass sie sich nach Dingen sehnte, von denen sie zu Hause immer gesagt hatte, sie hasse sie, wie Country-Musik und gebratene Hühnerspieße von der Tankstelle.

Aber sie war an die Schule hier gekommen, um sich selbst zu finden, damit ihr Leben endlich begann. Das sagte sie sich immer wieder.

»Jordan hat gerade gesagt, dass ihr Nachbar dich süß findet.« Nora zog an Luce' gewelltem, hüftlangem, dunklem Haar. »Aber er ist ein Spieler, also habe ich klargemacht, dass du eine Lady bist, Süße. Willst du schon mal rübergehen und vorglühen, bevor wir dann zu dieser Party gehen, von der ich dir erzählt habe?«

»Klar.« Luce zog die Lasche der Cola auf, die sie an dem Automaten neben den Waschmaschinen gezogen hatte.

»Ich dachte, du wolltest mir eine Diät-Cola mitbringen?«

»Habe ich auch.« Luce griff in ihren Wäschekorb, um die Dose herauszuholen, die sie für Nora gekauft hatte. »Tut mir leid, ich muss sie unten gelassen haben. Ich gehe sie holen. Bin gleich wieder da.«

»*Pas de prob*«, erwiderte Nora und wandte ihr Französisch an. »Aber beeil dich, Hailey sagt, dass ihre Flurseite vom Fußball-Schulteam infiltriert wird. Fußballjungs bedeuten gute Partys. Wir sollten bald rübergehen. Muss Schluss machen«, sagte sie ins Telefon. »Nein, ich habe das schwarze T-Shirt an. Luce trägt Gelb – oder wirst du dich umziehen? So oder so …«

Luce winkte Nora zu, dass sie gleich zurück sein werde, und schlüpfte aus dem Raum. Sie nahm auf der Treppe zwei Stufen auf einmal und lief die Stockwerke des Wohnheims hinab, bis sie auf dem abgewetzten braunen Teppich am Eingang des Kellers stand, den jeder auf dem Campus die Grube nannte, ein Ausdruck, der Luce an kleine Kaninchen denken ließ.

An dem Fenster, das auf den Innenhof hinausging, blieb Luce stehen. Ein Auto voller Jungs hielt in der runden Einfahrt des Wohnheims. Als sie ausstiegen und dabei lachten und sich anrempelten, sah Luce, dass sie alle T-Shirts des

Fußballteams der Schule trugen. Luce erkannte einen von ihnen. Er hieß Max und war in dieser Woche in einigen von Luces Orientierungsveranstaltungen gewesen. Er war absolut süß – blondes Haar, breites, strahlendes Lächeln, der typische Privatschuljunge, den Luce jetzt erkannte, nachdem Nora ihr neulich beim Mittagessen ein Diagramm gezeichnet hatte. Sie hatte noch nie mit Max geredet, nicht einmal, als sie mit ein paar anderen zum gleichen Team bei einer Schnitzeljagd auf dem Campus gehört hatten. Aber vielleicht, wenn er an diesem Abend auf der Party sein würde …

Alle Jungen, die aus dem Wagen stiegen, waren wirklich süß, was für Luce gleichbedeutend war mit bedrohlich. Ihr gefiel der Gedanke nicht, das einzige schüchterne Mädchen in Jordans und Haileys Zimmer zu sein.

Aber ihr gefiel der Gedanke, auf die Party zu gehen. Was sollte sie auch sonst tun? Sich in ihrem Wohnheimzimmer verstecken, weil sie nervös war? Selbstverständlich würde sie hingehen.

Sie rannte die letzte Treppe zum Keller hinunter. Es ging auf Sonnenuntergang zu, daher hatte sich der Wäscheraum geleert und verströmte ein einsames Licht. Sonnenuntergang war die Zeit, in der man die Sachen trug, die man gewaschen und getrocknet hatte. Da war nur ein Mädchen in verrückten Ringelstrümpfen, die ihr bis übers Knie reichten. Es schrubbte wild einen Fleck aus einer Batik-Jeans, als hingen all seine zukünftigen Hoffnungen und Träume von der Entfernung des Fleckes ab. Und ein Junge, der oben auf einem lauten, ruckelnden Trockner saß und eine Münze in die Luft warf und sie mit der Hand wieder auffing.

»Kopf oder Zahl?«, fragte er, als sie hereinkam. Er hatte ein kantiges Gesicht, gewelltes bernsteinfarbenes Haar, große blaue Augen und eine schmale Goldkette um den Hals.

»Kopf.« Luce zuckte die Achseln und lachte leise.

Er warf die Münze, fing sie auf und legte sie sich in die Hand, und Luce sah, dass es kein Vierteldollar war. Die Münze war alt, wirklich alt, von einem staubigen Goldton mit abgenutzten Buchstaben in einer anderen Sprache. Der Junge sah sie mit hochgezogener Augenbraue an. »Du hast gewonnen. Aber was, das liegt wahrscheinlich an dir.«

Sie drehte sich und suchte nach der Cola-Dose, die sie hier unten gelassen hatte. Dann sah sie, dass die Dose neben dem rechten Knie des Jungen stand. »Die gehört nicht dir, oder?«

Er antwortete nicht, sah sie nur mit eisblauen Augen an, die, wie sie jetzt bemerkte, eine tiefe Traurigkeit verrieten, was bei einem Menschen seines Alters nicht möglich zu sein schien.

»Ich habe sie vorhin hier stehen lassen. Sie ist für meine Freundin. Meine Mitbewohnerin. Nora«, erklärte Luce und griff nach der Dose. Dieser Junge war merkwürdig, intensiv. Sie redete zu viel. »Wir sehen uns später.«

»Noch einmal?«, fragte er.

Sie drehte sich an der Tür um. Er meinte das Spiel mit der Münze. »Oh. Kopf.«

Er warf. Die Münze schien in der Luft zu schweben. Er fing sie, ohne hinzusehen, drehte sie um und öffnete die Hand. »Du hast schon wieder gewonnen«, sang er mit einer Stimme, die eine unheimliche Ähnlichkeit mit der von Hank Williams hatte, einem alten Lieblingssänger ihres Dads.

Wieder oben im Zimmer, warf Luce Nora die Dose zu. »Hast du schon den verrückten Münzenwerfer im Wäscheraum kennengelernt?«

»Luce.« Nora blinzelte. »Wenn mir die Unterwäsche ausgeht, kaufe ich neue. Ich hoffe, dass ich es bis Thanksgiving schaffe, ohne waschen zu müssen. Bist du so weit? Die Fußballjungs warten und hoffen auf einen Treffer. Wir sind ihr Tor, aber wir müssen sie daran erinnern, dass sie die Hände nicht benutzen dürfen.«

Sie fasste Luce am Ellbogen und bugsierte sie aus dem Zimmer.

»Also, wenn du einen Jungen namens Max kennenlernst, dann schlage ich vor, geh ihm aus dem Weg. Ich bin mit ihm in Dover gewesen, und ich bin mir sicher, dass er in der Fußballmannschaft ist. Er wird süß und sehr charmant wirken. Aber er hat die größte Hexe von einer Freundin zu Hause sitzen. Jedenfalls glaubt sie, sie sei seine Freundin« – Nora murmelte hinter vorgehaltener Hand – »und sie ist von der Emerald abgelehnt worden und deswegen schrecklich verbittert. Sie hat überall Spione.«

»Kapiert.« Luce lachte und runzelte innerlich die Stirn. »Ich soll mich von Max fernhalten.«

»Was ist eigentlich dein Typ? Ich meine, ich weiß, dass du über den schlacksigen alten Jeremy hinweggekommen bist.«

»Nora.« Luce versetzte ihr einen kleinen Stoß. »Fang nicht ständig wieder von ihm an. Das war ein nächtliches Privatgespräch zwischen Mitbewohnerinnen. Was in Pyjamas passiert, bleibt in Pyjamas.«

»Du hast vollkommen recht.« Nora nickte und hob kapitulierend die Hände. »Manche Dinge sind heilig. Ich respektiere das. Okay. Wenn du in fünf oder weniger Worten deinen Traumkuss beschreiben müsstest …«

Sie gingen um die zweite Biegung des u-förmigen Wohnheims. Gleich würden sie um die Ecke laufen und sich dem

Ende des Flurs nähern, genannt das Schlusslicht, wo das Zimmer von Jordan und Hailey war. Luce lehnte sich an die Wand und seufzte.

»Es ist mir nicht peinlich, dass ich, du weißt schon, keine Erfahrung habe«, sagte Luce leise – diese Wände waren dünn. »Es ist bloß, hast du nie das Gefühl, dass du *gar nichts* erlebt hast? Als wüsstest du, dass du ein Schicksal hast, aber vom Leben bisher noch nichts Besonderes gesehen hast? Ich will, dass mein Leben anders ist. Ich will spüren, dass es begonnen hat. Ich warte auf *diesen* Kuss. Aber manchmal habe ich das Gefühl, als könnte ich ewig warten, und nichts würde sich jemals ändern.«

»Ich habe es auch eilig.« Noras Blick war ein wenig abwesend geworden. »Ich weiß, was du meinst – aber du hast wenigstens ein bisschen Kontrolle. Vor allem wenn du bei mir bleibst. Wir können alles möglich machen. Unser erstes Semester hat kaum angefangen.«

Nora konnte es gar nicht erwarten, zu der Party zu kommen, und Luce wollte ja auch hin, sie wollte es wirklich. Aber sie sprach von diesem Unbeschreiblichen, das größer war, als sich bei einer Party zu amüsieren. Luce sprach von einem Schicksal, von dem sie das Gefühl hatte, dass sie darüber genauso viel Kontrolle hatte wie über den Ausgang eines Münzwurfs – etwas, das in ihren Händen lag und doch wieder nicht.

»Alles klar bei dir?« Nora sah Luce mit schräg gelegtem Kopf an. Eine kurze rotbraune Locke fiel ihr über die Augen.

»Ja.« Luce lächelte lässig. »Alles bestens.«

Sie gingen zu der Party. Ein paar Wohnheimzimmertüren waren geöffnet und Erstsemestern gingen ein und aus. Jeder hatte Plastikbecher, die mit diesem total süßen roten Punsch gefüllt waren, der sich automatisch selbst nachzufüllen schien. Jordan gab mit ihrem iPod die DJane und rief ab und zu »Holla!«. Die Musik war gut. Ihr süßer Türnachbar David Franklin bestellte Pizza, die Hailey verbesserte, indem sie frischen Oregano aus dem Kräutergarten, den sie von zu Hause mitgebracht und in die Ecke am Fenster gestellt hatte, dazugab. Es waren gute Menschen, und Luce war froh, sie zu kennen.

Luce lernte in dreißig Minuten zwanzig Kommilitonen kennen, und die meisten waren Jungen, die sich vorbeugten und ihr die Hand auf den Rücken legten, wenn sie sich vorstellte, als könnten sie sie sonst nicht hören, als mache die Berührung ihre Stimme klarer. Sie merkte, dass sie nach dem Münzenwurfjungen aus dem Wäscheraum Ausschau hielt.

Drei Becher Punsch und zwei Stücke einer unglaublich dünnen, knusprigen Peperoni-Pizza später war Luce offiziell Max vorgestellt worden und verbrachte dann die nächsten zehn Minuten mit dem Versuch, ihm aus dem Weg zu gehen. Nora hatte recht: Er sah gut aus, aber er flirtete viel zu sehr für jemanden, der eine verrückte Freundin zu Hause hatte. Luce und Nora und Jordan zwängten sich auf Jordans Bett und gaben zwischen Kicheranfällen flüsternd Bewertungen für alle Jungen im Raum ab, als Luce beschloss, dass sie ein klein wenig zu viel von dem rätselhaften Punsch getrunken hatte. Sie verließ die Party und glitt die Treppe hinunter, auf der Suche nach Stille und frischer Luft.

Die Nacht war kühl und trocken, ganz anders als in Texas. Der Wind erfrischte ihre Haut. Es waren ein paar Sterne am Himmel und einige Kinder im Innenhof, aber niemand, den Luce kannte, also setzte sie sich auf eine der steinernen Bänke zwischen zwei kräftigen Pfingstrosenbüschen. Es waren ihre Lieblingsblumen. Sie hatte es als gutes Omen gewertet, als sie sah, dass auf dem Grundstück um ihr Wohnheim Pfingstrosen blühten, sogar noch Ende August. Sie befühlte die gelappten Blätter einer der vollen weißen Blüten und beugte sich vor, um ihren sanften Duft einzuatmen.

»Hallo.«

Sie machte einen Satz. Die Nase in einer Blume vergraben, hatte sie ihn nicht kommen sehen. Jetzt stand ein Paar abgelaufener Converse Sneakers direkt vor ihr. Ihr Blick wanderte nach oben: ausgeblichene Jeans, ein schwarzes T-Shirt, ein dünner roter Schal, den er sich locker um den Hals geschlungen hatte. Ihr Herz schlug schneller, und sie wusste nicht, warum, sie hatte nicht einmal sein Gesicht gesehen – kurzes goldenes Haar ... unanständig weich aussehende Lippen ... Augen, die so schön waren, dass Luce scharf die Luft einsog.

»Es tut mir leid«, sagte er. »Ich wollte dich nicht erschrecken.«

Was hatte er für eine Augenfarbe?

»Du hast mich nicht erschreckt. Ich meine ...« Die Blume fiel ihr aus der Hand. Drei Blütenblätter landeten auf den Schuhen des Jungen.

Sag etwas.

Er liebt mich. Er liebt mich nicht. Er liebt mich.

Nicht das!

Es war ihr körperlich unmöglich, etwas zu sagen. Dieser Junge war nicht nur das Unglaublichste, was Luce in ihrem ganzen Leben gesehen hatte, er war auch noch auf sie zugekommen und hatte sich vorgestellt. Die Art, wie er sie ansah, gab Luce das Gefühl, als sei sie die einzige andere Person im Innenhof. Als sei sie der einzige andere Mensch auf Erden. Und sie vermasselte es.

Instinktiv hob sie die Hand, um ihre Kette zu berühren –

und fand ihren Hals nackt. Das war merkwürdig. Sie trug das silberne Medaillon immer, das ihre Mutter ihr an ihrem siebzehnten Geburtstag geschenkt hatte. Es war ein Familienerbstück und enthielt ein altes Bild von ihrer Großmutter, die Luce sehr ähnlich gesehen hatte, aufgenommen ungefähr zu der Zeit, als sie den Mann kennengelernt hatte, der ihr Großvater geworden war. Hatte sie an diesem Morgen vergessen, es anzulegen?

Der Junge neigte den Kopf in einer Art Lächeln.

Oh nein. Sie hatte ihn die ganze Zeit über angestarrt. Er hob die Hand, als wolle er winken. Aber er winkte nicht. Seine Finger verharrten in der Luft. Und ihr Herz begann zu klopfen, denn ganz plötzlich hatte sie keine Ahnung, was dieser Fremde tun würde. Er konnte alles tun. Eine freundliche Geste war nur eine Möglichkeit. Er konnte ihr den Stinkefinger zeigen. Vermutlich verdiente sie es sogar, weil sie ihn angestarrt hatte wie ein verrückter Stalker. Das war lächerlich. Sie war lächerlich.

Er winkte, als wolle er sagen: *Hallo da drinnen, jemand zu Hause.* »Ich bin Daniel.«

Als er lächelte, sah sie, dass seine Augen von einem wunderschönen Grau waren, mit einem Anflug von – war das Violett? Oh Gott, sie würde sich in einen Jungen mit purpurnen Augen verlieben. Was würde Nora dazu sagen?

»Luce«, brachte sie schließlich heraus. »Lucinda.«

»Cool.« Er lächelte wieder. »Wie Lucinda Williams. Die Sängerin.«

»Woher weißt du das?« Niemand war je auf Lucinda Williams gekommen. »Meine Eltern haben sich bei einem Lucinda-Williams-Konzert in Austin kennengelernt. Texas«, fügte sie hinzu. »Wo ich herkomme.«

»*Essence* ist mein Lieblingsalbum von ihr. Ich habe es mir die halbe Fahrt hierher von Kalifornien angehört. Texas, was? Große Umstellung, nach Emerald zu kommen?«

»Ein totaler Kulturschock.« Es kam ihr vor wie das Ehrlichste, was sie die ganze Woche gesagt hatte.

»Du gewöhnst dich dran. Ich habe mich jedenfalls nach zwei Jahren daran gewöhnt.« Er berührte sie an der Schulter, als er ihren panischen Gesichtsausdruck bemerkte. »Ich mache nur Spaß. Du siehst viel anpassungsfähiger aus, als ich es bin. In einer Woche wirst du dich vollkommen eingelebt haben und ein Sweatshirt mit einem großen ›E‹ darauf tragen.«

Sie betrachtete seine Hand auf ihrem Arm. Aber mehr noch erlebte sie tausend kleine Explosionen in ihrem Inneren, wie das Finale eines großen Feuerwerks am 4. Juli. Er lachte, und dann lachte sie, und sie wusste nicht warum.

»Möchtest du« – sie konnte nicht glauben, dass sie im Begriff stand, das zu einem Jungen aus Kalifornien zu sagen, der so schön war wie ein männliches Model – »dich setzen?«

»Ja«, sagte er sofort, dann sah er zum Fenster hoch, wo das Licht brannte und die Party tobte. »Du weißt nicht zufällig etwas über eine Fußballparty, die irgendwo da drin stattfindet?«

Luce streckte die Hand aus, leicht geknickt. »Ich war gerade da. Es ist gleich die Treppe rauf.«

»Kein Spaß?«

»Es hat Spaß gemacht«, erwiderte sie. »Ich habe nur …«

»Gedacht, du müsstest frische Luft schnappen?«

Sie nickte.

»Ich wollte mich mit einem Freund treffen.« Daniel zuckte die Achseln und schaute zu dem Fenster auf, wo Nora mit jemandem flirtete, den sie nicht sehen konnten. »Aber vielleicht habe ich das bereits.«

Er sah sie mit halb zugekniffenen Augen an, und sie fragte sich entsetzt, ob sie mit Blütenpollen auf der Nase zu ihm gesprochen hatte. Wäre nicht das erste Mal gewesen.

»Belegst du dieses Semester Zellbiologie?«, fragte er.

»Auf keinen Fall. Das habe ich an der Highschool nur ganz knapp überlebt.« Sie sah ihn an, seine Augen, die definitiv leicht violett waren. Sie leuchteten, als sie sagte: »Warum fragst du?«

Daniel schüttelte den Kopf, als hätte er etwas gedacht, das er nicht laut aussprechen wollte. »Es ist nur – du kommst mir so vertraut vor. Ich hätte schwören können, dass wir uns irgendwo schon mal begegnet sind.«

Epilog

Die Sterne in ihren Augen

»Ich liebe, was jetzt kommt!«, quiekte Arriane.

Drei Engel und zwei Nephilim saßen am vorderen Rand einer niedrigen grauen Wolke über einem u-förmigen Wohnheim im Herzen von Connecticut.

Roland grinste sie an. »Sag mir nicht, du hättest es schon mal gesehen?«

Seine marmorierten goldenen Flügel waren ausgestreckt und flach zusammengelegt wie eine Picknickdecke bei einem Drive-in im Himmel, sodass Miles und Shelby darauf sitzen konnten.

Die Nephilim hatten die Engel seit über zwölf Jahren nicht gesehen. Obwohl Roland, Arriane und Annabelle keine körperlichen Spuren von diesem Verstreichen der Zeit zeigten, waren die Nephilim gealtert. Sie trugen gleiche Eheringe und um die Augen hatten sie Lachfältchen von den vielen Jahren einer glücklichen Ehe. Unter seiner ausgeblichenen blauen Baseballkappe war Miles' Haar an den Schläfen leicht grau. Seine Hand lag auf Shelbys Bauch, der sich über einem Baby wölbte, das im nächsten Monat erwartet wurde. Sie rieb sich den Kopf, als sei sie knapp einer Gehirnerschütterung entgangen. »Aber Luce isst doch keine Pfeffersalami. Sie ist Vegetarierin!«

»Und sonst ist dir gar nichts an dieser Szene aufgefallen?«

Annabelle verdrehte die Augen. »Luce ist jetzt anders. Sie ist das gleiche Mädchen mit anderen Details. Sie sieht keine Verkünder und sie war nicht bei jedem einzelnen Seelenklempner an der Ostküste. Sie ist jetzt ›normaler‹, was sie zu Tode langweilt, aber« – Annabelle grinste – »ich glaube, auf lange Sicht wird sie wirklich glücklich sein.«

»Schmeckt dieses Popcorn nicht ein bisschen angebrannt?«, fragte Miles, der geräuschvoll kaute.

»Iss das nicht«, sagte Roland und nahm Miles das Popcorn aus der Hand. »Arriane hat es aus dem Müll geholt, nachdem Luce die Wohnheimküche in Brand gesetzt hatte.«

Miles begann wild zu spucken und beugte sich über den Rand von Rolands Flügeln.

»Es war meine Art, Verbindung mit Luce aufzunehmen.« Arriane zuckte die Achseln. »Aber hier, wenn es unbedingt sein muss, nimm ein paar Milk Duds.«

»Ist es nicht etwas absonderlich, dass wir uns das wie einen Film anschauen?«, fragte Shelby. »Wir sollten sie uns wie einen Roman vorstellen oder ein Gedicht oder ein Lied. Manchmal bedrückt es mich, wie reduktiv das filmische Medium ist.«

»He. Roland *musste* euch nicht hier rausfliegen, Nephilim. Also nicht klugscheißen, sondern zugucken. Seht.« Arriane klatschte in die Hände. »Er starrt total ihre Haare an. Ich wette, er geht nach Hause und macht davon heute Abend eine Zeichnung. Wie süüüüüß!«

»Arriane, du bist viel zu gut darin geworden, eine Jugendliche zu sein«, bemerkte Roland. »Wie lange werden wir zuschauen? Ich meine, findest du nicht, sie haben sich ein wenig Privatsphäre verdient?«

»Er hat recht«, sagte Arriane. »Wir haben andere Sachen

um unsere himmlischen Ohren. Wie zum Beispiel …« Ihr Grinsen verging, als ihr anscheinend nichts einfiel.

»Also, seht ihr euch noch?«, fragte Miles Arriane, Annabelle und Roland. »Seit Rolands, ihr wisst schon …«

»Natürlich sehen wir ihn.« Annabelle lächelte Roland zu. »Denn wir arbeiten immer noch an ihm. Selbst nach all diesen Jahren. Der Thron hat nämlich Vergebung erfunden.«

Roland schüttelte den Kopf. »Ich glaube nicht, dass für mich in nächster Zeit himmlische Erlösung drin ist. Alles ist so *weiß* da oben.«

»Man kann nie wissen«, schaltete Arriane sich ein. »Wir können manchmal ziemlich offen sein. Komm vorbei und sag hallo. Denk dran: Es ist dem Thron zu verdanken, dass Luce und Daniel jetzt gerade zusammenfinden.«

Roland wurde ernst, schaute an der Szene unten vorbei in die dunklen, fernen Wolken. »Als ich das letzte Mal nachgesehen habe, war die Balance zwischen Himmel und Hölle perfekt. Ihr braucht mich nicht, um die Waagschalen zu senken.«

»Es besteht zumindest immer die Hoffnung, dass wir alle wieder zusammenkommen«, meinte Annabelle. »Luce und Daniel sind ein Beispiel dafür – keine Strafe währt ewig. Vielleicht nicht einmal Luzifers.«

»Hat jemand was von Cam gehört?«, erkundigte sich Shelby. Für einige Momente war es in den Wolken still. Dann räusperte Shelby sich und drehte sich zu Miles um. »Nun, da wir gerade von Dingen sprechen, die nicht ewig sind – die Schicht unserer Babysitterin ist fast um. Sie hat uns letzte Woche Überstunden berechnet, als das Dodgers-Spiel in die Verlängerung gegangen ist.«

»Sollen wir dir Bescheid sagen, wenn Luce und Daniel ihr erstes Date haben?«, fragte Annabelle.

Miles zeigte auf die Erde hinab. »Sollten wir sie nicht in Ruhe lassen?«

»Wir werden da sein«, sagte Shelby. »Hör nicht auf ihn.« An Miles gewandt fügte sie hinzu: »Sag nichts.«

Roland packte sich die Nephilim unter die Arme und schickte sich an, sich in die Luft zu erheben.

Dann flogen die Engel, der Dämon und die Nephilim in ferne Winkel des Himmels und hinterließen einen kurzen, leuchtenden Lichtblitz, als Luce und Daniel sich unten zum ersten – und zum letzten Mal verliebten.

Danksagung

Es ist etwas Wunderbares, wenn die Danksagung mit jedem Buch länger wird. Ich bin Michael Stearns und Ted Malawer dankbar, dass sie an mich glauben, mir nachgeben und mich so hart arbeiten lassen. Ich danke Wendy Loggia, Beverly Horowitz, Krista Vitola und dem großartigen Verlagsteam von Delacorte Press – durch euch war »Engelsnacht« von Anfang bis zum Ende ein Höhenflug. Ebenfalls danke ich Angela Carlino, Barbara Perris, Chip Gibson, Judith Haut, Noreen Herits (du fehlst mir jetzt schon!), Roshan Nozari und Dominique Cimina dafür, wie meisterhaft ihr aus meiner Geschichte ein Buch gemacht habt.

Sandra Van Mook und meinen Freunden in Holland danke ich ebenso wie Gabriella Ambrosini und Beatrice Masini in Italien, Shirley Ng und der Crew bei MPH in Kuala Lumpur, Rino Balatbat, Karla, Chad, der wunderbaren Familie Ramos und meinen tollen Fans auf den Philippinen, Dorothy Tonkin, Justin Ratcliffe und der genialen Gruppe bei Random House Australien, Rebecca Simpson in Neuseeland, Ana Lima und Cecilia Brandi und Record für einen schönen Aufenthalt in Brasilien, Lauren Kate Bennett und den netten Mädchen bei RHUK und schließlich Amy Fisher und Iris Barazani für die Inspirationen in Jerusalem. Das Jahr mit euch allen war einfach wunderbar – auf viele weitere Jahre!

Meinen Lesern, die mir jeden Tag aufs Neue die schönste Seite des Lebens zeigen, sei besonders herzlich gedankt.

Meiner Familie habe ich für ihre Geduld und ihr Vertrauen und ihren Sinn für Humor zu danken, und auch meinen Freunden, die mich aus meiner Schreibhöhle locken. Vor allem aber geht mein ewiger Dank an Jason, der sich in die Höhle wagt, wenn ich mich nicht herauslocken lasse. Ich habe das Glück, dass ihr alle Teil meines Lebens seid.

Foto: © Christina Hultquist

Autorin

Lauren Kate wuchs in Dallas auf, arbeitete einige Zeit in einem New Yorker Verlag und zog dann nach Kalifornien, wo sie Creative Writing studierte, bevor sie zu schreiben begann. Ihre romantische Fantasyserie über den gefallenen Engel Daniel und seine große Liebe Luce wurde weltweit zum Bestseller.

Von Lauren Kate sind bei cbt ebenfalls erschienen:

Engelsnacht (Band 1, 30840)
Engelsmorgen (Band 2, 30889)
Engelsflammen (Band 3,30946)
Engelszeiten (E-Only, 09421)
Engelsnacht – Cams Geschichte (E-Only, 19795)

Teardrop (Band 1, 12440)
Waterfall (Band 2, 16386)
Engelsdämmerung – Sieben unsterbliche Geschichten (E-Only, 19680)

Übersetzerin

Michaela Link lebt mit ihrem Mann und engstem Mitarbeiter auf einem aufgelassenen Bauernhof in Norddeutschland. Sie hat zahlreiche Romane aller Art aus dem Englischen ins Deutsche übersetzt und auch selbst einige phantastische und historische Romane geschrieben.

Mehr zu unseren Büchern auch auf Instagram

Lauren Kate

ENGELS SAGA

Band 1 – Engelsnacht
448 Seiten, ISBN 978-3-570-30840-0

Band 2 – Engelsmorgen
448 Seiten, ISBN 978-3-570-30889-9

Band 3 – Engelsflammen
416 Seiten, ISBN 978-3-570-30946-9

Band 4 – Engelslicht
ca. 400 Seiten, ISBN 978-3-570-31017-5

Engelszeiten – Vier unsterbliche Liebesgeschichten eOnly
ISBN 978-3-641-09421-8

Engelsnacht – Cams Geschichte eOnly
ISBN 978-3-641-19795-7

Engelsdämmerung – Sieben unsterbliche Geschichten aus der Welt der FALLEN-Saga eOnly
ISBN 978-3-641-19680-6

30153_4

cbt

www.cbj-verlag.de

Lauren Kate

Teardrop

ISBN 978-3-641-12440-3

»Vergieße nie eine Träne!« Das musste Eureka ihrer Mutter versprechen. 17 Jahre lang hat sie sich daran gehalten – selbst als ihre Mutter bei einem Autounfall stirbt. Dann trifft sie den attraktiven und äußerst mysteriösen Ander, und er bringt sie so durcheinander, dass sie eine Träne vergießt – die Ander mit seiner Fingerspitze auffängt. Auch er scheint zu wissen, dass Eureka nicht weinen darf. Doch was ist ihr Geheimnis? Warum wissen alle anderen Bescheid, nur sie nicht? Und warum verhält sich ihr bester Freund, Brooks, plötzlich so aggressiv?

cbt

www.cbt-buecher.de

30280

Lynn Raven

Seelenkuss

ca. 600 Seiten, ISBN 978-3-570-30997-1

Prinzessin Darejan erkennt ihre Schwester nicht wieder. Die mitfühlende Königin Seloran scheint plötzlich eiskalt geworden zu sein und behandelt den geheimnisvollen Gefangenen in ihrem Kerker ungewöhnlich grausam. Angeblich sei er ein Spion der Nordreiche. Doch dann begreift Darejan, dass der finstere Magier Ahoren Besitz von Seloran ergriffen hat und plant, das Königreich zu unterwerfen. Bald muss Darejan fliehen, zusammen mit dem Spion, der die Macht hätte, Ahoren zu bannen. Doch der Gefangene hat sein Gedächtnis verloren. Und zudem scheint er Darejan zu hassen. Das ungleiche Paar begibt sich auf eine Suche voller tödlicher Gefahren ...

30188

cbt

www.cbj-verlag.de